Daisy Alpert Florin
MEIN LETZTES JAHR DER UNSCHULD

Das Buch

In ihrem letzten Jahr am College scheint sich alles, was Isabel Rosen für sicher gehalten hat, aufzulösen: Ihre Freundschaften driften auseinander, und anders als die meisten anderen weiß Isabel noch immer nicht, was sie nach dem Studienabschluss tun will. Mit ihrem Kommilitonen Zev verbindet sie eigentlich nur Freundschaft, doch irgendwie landen die beiden im Bett. Und dann fällt auch noch Isabels Lieblingsdozentin aus, auf deren Kurs im Kreativen Schreiben sie sich den ganzen Sommer gefreut hat. Doch R. H. Connelly, der den Kurs stattdessen übernimmt, fasziniert sie. Er erkennt ihr Talent, fördert sie, glaubt an sie – und gibt Isabel die Orientierung, nach der sie schon lange gesucht hat. Die beiden beginnen eine Affäre, die Isabels Vorstellungen von Macht, Consent und Verantwortung für immer verändern wird.

Die Autorin

Daisy Alpert Florin studierte an der Columbia University und der Bank Street Graduate School of Education. Ihre Texte erscheinen in verschiedenen Literaturmagazinen. Geboren in New York, lebt sie heute mit ihrer Familie in Connecticut. *Mein letztes Jahr der Unschuld* ist ihr erster Roman, der von Presse und Publikum begeistert aufgenommen wurde.

DAISY ALPERT FLORIN

MEIN LETZTES JAHR DER UNSCHULD

ROMAN

Aus dem amerikanischen Englisch
von pociao und Roberto de Hollanda

EISELE

Besuchen Sie uns im Internet:
www.eisele-verlag.de

Das Motto auf Seite 7 stammt aus Joan Didion:
Wir erzählen uns Geschichten, um zu leben.
In der Übersetzung von Antje Rávik Strubel.
© 2021 Ullstein Buchverlage, Berlin.

Die Originalausgabe »My Last Innocent Year«
erschien 2023 bei Henry Holt, New York.

Taschenbuchausgabe
1. Auflage Mai 2025

© 2023 Daisy Alpert Florin
© 2024 der deutschsprachigen Ausgabe
Julia Eisele Verlags GmbH
Lilienstraße 73, 81669 München
Bei Fragen zur Produktsicherheit wenden Sie sich bitte an
info@eisele-verlag.de
Umschlaggestaltung: FAVORITBUERO, München
Umschlagillustration: © Design by Nicolette Seeback Ruggiero,
Artwork by Leslie Singer
Alle Rechte vorbehalten
Gesetzt aus Sentinel Book und der URW Geometric
Satz: Red Cape Production, Berlin
Druck und Bindearbeiten: CPI books GmbH, Leck
ISBN 978-3-96161-255-0

Meiner Mutter, die mich Schönheit lehrte,
und meinem Vater, der mir beibrachte,
wie man Geschichten erzählt.

Rückblickend scheint es mir, als seien die Tage, bevor ich die Namen all der Brücken kannte, glücklicher gewesen als die, die danach kamen, aber vielleicht werden Sie das im Laufe der Zeit selbst bemerken.

JOAN DIDION, »DAS SPIEL IST AUS«

1

Ich kann nicht mehr genau sagen, wie ich am Abend vor den Weihnachtsferien in Zev Nemans Schlafzimmer gelandet war. Es war bitterkalt – Dezember in New Hampshire –, und auf dem Rückweg von der Bibliothek hatten wir uns gestritten, diesmal darüber, ob der Windchill-Effekt ein wissenschaftlich fundiertes Wetterphänomen ist, wie Zev glaubte, oder ein Dreh, den irgendwelche Wetteragenten ausgeheckt hatten, um uns von der drohenden globalen Erderwärmung abzulenken.

»Wetteragenten?«, sagte Zev. Er hatte einen leicht israelischen Akzent. »Isabel! So was gibt es doch gar nicht.«

»So ist es aber«, sagte ich und stieg über einen schmutzigen Schneehaufen.

Zev blieb unter einer Straßenlaterne vor seinem Wohnheim stehen und verschränkte die Arme; sein schmales Gesicht war von Schatten zerfurcht. »Ich hab dich nie für eine Verschwörungstheoretikerin gehalten. Eine militante Linke vielleicht, aber Verschwörungstheoretikerin?« Er schüttelte den Kopf.

»Ist aber doch eine Überlegung wert, oder?« Ich versuchte, seinen Blick zu deuten, aber Zev war wie immer undurchschaubar. Der Wind zerrte an meinem Mantel und fuhr mir durch die Jeans bis auf die Haut.

»Egal, jedenfalls ist es verdammt kalt.« Er deutete mit dem Kopf auf die Tür. »Kommst du mit rein?«

Ich zuckte die Achseln und folgte ihm in das niedrige Gebäude.

So also war ich wohl in Zev Nemans Zimmer gelandet: Er hatte mich eingeladen, und ich hatte nicht Nein gesagt.

Sein Einzelzimmer mit Blick auf den Fluss war ordentlich und aufgeräumt. Das Bett war gemacht, auf dem Boden lagen keine Klamotten herum; es roch sogar sauber. Nicht wie die Zimmer anderer Jungs, die ich in meinen fast vier Jahren am Wilder College gesehen hatte. Die Sauberkeit führte ich auf Zevs zweijährigen Dienst in der israelischen Armee zurück, in denen er das jüdische Vaterland verteidigt hatte – mein Vaterland, wie er mir gern ins Gedächtnis rief. Er zog den Parka aus und ließ sich aufs Bett fallen. Auf dem einzigen Stuhl stapelten sich Bücher, deshalb sah ich mir sein Bücherregal an: Fachliteratur zum Thema Ökonomie, Bücher auf Hebräisch, ein paar Paperback-Thriller, so dick wie Türstopper. Diesen Teil wollte ich überspringen, den, in dem man sich fragt, wann das, wofür man ins Zimmer eines Jungen gekommen ist, passieren wird, wann man mit dem Small Talk aufhören kann, der einem bloß auf hunderterlei Arten vor Augen führt, dass dieser Junge, überhaupt irgendein Junge, einen nie verstehen wird. Wenn man die Sprache hinter sich lässt und gleich zum Hautkontakt übergeht.

Ich zog eine zerfledderte Ausgabe von *Gedankenlos: Das Lied vom Henker* aus dem Regal. Daneben stand das gerahmte Foto eines Mädchens am Strand mit schwarzem Bikini und verspiegelter Sonnenbrille.

»Wer ist das?«

Zev warf einen Basketball in seinen Händen hin und her. »Meine Freundin, Yael«, sagte er, als hätten wir gerade über sie gesprochen, obwohl er sie bisher noch nie erwähnt hatte, nicht mal, dass er überhaupt eine Freundin hatte.

Ich nahm das Bild in die Hand. Yael war hübsch. Sehr hübsch sogar. Lange Beine, olivfarbene Haut, sonnengebräunt, von der Sonne ausgebleichtes bernsteinfarbenes Haar. Ich fragte mich, ob ich vielleicht auch so ausgesehen hätte, wenn meine Vorfahren nach links statt nach rechts abgebogen wären, als sie aus Russland auswanderten. Ich war überrascht, dass Zev eine Freundin hatte, und noch überraschter, dass sie so hübsch war. Ich sah zum Bett hinüber, auf dem er ausgestreckt lag, und begriff, dass Yael ihn in einem ganz neuen Licht erscheinen ließ.

»Wieso hast du mir nie von ihr erzählt?«

»Warum hätte ich das tun sollen? Bist du eifersüchtig?«

»Nein«, sagte ich und stellte das Bild zurück ins Regal. Was ich fühlte, war keine Eifersucht, eher Neugier. Wie wurde man zu einem Mädchen, das sich im Badeanzug ablichten lässt? Oder wie konnte man eine Freundin haben, so eine Freundin, ohne sie je zu erwähnen? Hätte ich einen Freund gehabt, da war ich mir sicher, hätte ich ununterbrochen von ihn gesprochen.

Zev warf den Basketball zwischen seinen Händen hin und her, immer schneller, ohne ihn zu verfehlen. »Wieso hätte ich dir von ihr erzählen sollen?«, fragte er. »Außerdem ist sie dort, und ich bin hier, also.« Er zielte mit dem Ball auf einen Korb an der Rückwand seiner Schranktür. »Treffer!«

Ich sah aus dem Fenster auf den Fluss, der im Mondschein schimmerte. So was hielt man am College für selbstverständlich: ein Zimmer mit Blick auf den Fluss. Ich konnte Zev nicht erklären, warum ich es seltsam fand, dass er Yael nie erwähnt hatte, ohne dass es sich so anhörte, als würde es mir etwas ausmachen: So war es nicht. Oder vielleicht doch. Egal, ich dachte, dass man doch genau deswegen eine Freundin hatte, um das hier nicht mehr tun zu müssen.

Das hier. Ich war mir Zevs Anwesenheit sehr bewusst: des Geräuschs seines Atems, der quietschenden Matratze, wenn er sein Gewicht verlagerte. Ich schob das Amulett an meiner Halskette hin und her und horchte auf eine Veränderung seines Atmens oder ein Zeichen, dass er mich berühren würde. Nach ein oder zwei Minuten hörte ich, wie er aufstand und auf mich zukam, langsame Schritte auf dem Linoleumboden. Ich spürte eine Hand auf meiner Schulter, drehte mich um, und da war er: mit leicht geöffnetem Mund, als hätte er eine verstopfte Nase. Als er sich unbeholfen vorbeugte und mich küsste, stockte mir der Atem. Ich stieß gegen das Bücherregal und hörte, wie Yaels Foto zu Boden fiel.

Ich weiß nicht mehr, was meiner Ansicht nach passieren würde, oder ob ich überhaupt wollte, dass etwas passierte. Ich war hauptsächlich erleichtert, weil mir jetzt klar war, welche Richtung der Abend nehmen würde. Vielleicht wäre ich genauso erleichtert gewesen, wenn Zev mich gebeten hätte zu gehen, weil er Kopfschmerzen hatte oder für eine Prüfung pauken musste, ja sogar, wenn er gesagt hätte, ich solle mich verdammt noch mal verpissen. Als ich ihn küsste und spürte, wie seine Zunge die Tiefen meines Mundes erforschte, was durchaus nicht unangenehm war, dachte ich zum ersten Mal daran, wie es wäre, mit Zev Neman zu vögeln, und ob ich das wollte. Ich stellte mir vor, wie ich auf zukünftigen Dinnerpartys von uns erzählen würde. »Wir haben uns gleich im ersten Semester kennengelernt, sind uns aber erst im letzten Studienjahr wirklich näher gekommen«, würde ich nachdenklich, mit einem Glas Merlot in der Hand, sagen, während Zev unterm Tisch mein Knie streichelte. Ich dachte an Yael, die mit dem Gesicht nach unten auf dem Boden lag, und fragte mich, wie sie in diese Erzählung hineinpasste. Yael, die lästige Freundin, der Zev das Herz brechen musste, um zu mir zu finden. Zev schob seine Hand unter meine Bluse. Seine Zunge machte weiter, die Dinnerpartys verblassten allmählich. Wenn ich in der Geschichte, die ich eines Tages erzählen würde, ein Wörtchen mitzureden hätte – und mit einundzwanzig war ich mir da ganz und gar nicht sicher –, wusste ich weder, ob ich einen solchen Anfang gewollt hätte, noch, ob mir das Ende recht gewesen wäre.

Als Zev meine Brust ein bisschen zu fest zusammenpresste, dachte ich kurz, dass ich keine Ahnung hatte, was ich hier zu suchen hatte. Ich war eher aus Neugier und Langeweile als aus Verlangen mit in Zevs Zimmer gekommen, weil die Bibliothek, wo wir uns zufällig über den Weg gelaufen waren, früh geschlossen hatte und ich noch keine Lust hatte, nach Hause zu gehen, und weil es draußen trotz meiner klaren Haltung in Sachen Windchill-Effekt verdammt kalt war. Kurz gesagt, ich war in diese Begegnung hineingestolpert wie in ein dunkles Zimmer: mit ausgestreckter Hand, mich vorwärts tastend, unfähig zu sehen, was an den Wänden war oder wie ich da wieder rauskam.

Es war seltsam, aber Zev kannte ich länger als fast alle anderen in Wilder, länger noch als Debra und Kelsey. Wir waren uns am ersten Freitag des ersten Semesters bei einem Schabbat-Essen im Hillel House begegnet, einem kleinen beigefarbenen Gebäude am Rande des Campus, wo sich Wilders spärliche Anzahl von Juden versammelten. Wie viele Elite-Colleges konnte Wilder auf eine lange Geschichte von institutionellem Antisemitismus zurückblicken, aber auch einen neueren Skandal, bei dem Studenten einer Verbindung eine Gruppe barfüßiger Bewerber in gestreiften Pyjamas gezwungen hatten, schwere Steine über den Rasen zu schleppen. Die Holocaust-Symbolik war unübersehbar, und der Vorfall erregte landesweit Aufmerksamkeit. Doch inzwischen hatten sich die Wogen geglättet, und vor ein paar Jahren hatte eine Gruppe ehemaliger jüdischer Studenten das Geld für die Einrichtung eines Hillel House aufgebracht. Jetzt konnten jüdische Eltern ihre Kinder endlich unbesorgt aufs Wilder College schicken. Mein Vater hatte derlei Bedenken nicht. Ich hatte mein ganzes Leben unter Juden verbracht, und er wollte ausdrücklich, dass ich nach Wilder gehe, um Abstand von ihnen zu gewinnen.

Ich war mit Sally Steinberg von den Bethesda Steinbergs zu dem Abendessen gegangen. Ich hatte sie Anfang der Woche in einem Step-Aerobic-Kurs kennengelernt. Sally war das verwöhnte Einzelkind älterer Eltern, die sich auf der Brandeis University kennengelernt hatten, wohin sie sie unbedingt auch hatten schicken wollen, doch Sally hatte auf Wilder bestanden. Ihre Eltern hatten wie immer nachgegeben und ihr als Bedingung das Versprechen abgenommen, an den wöchentlichen Schabbat-Essen teilzunehmen.

Als wir ankamen, war Zev bereits da und saß an dem langen Esstisch. Der Rabbi, ein junger Mann mit Boston-Red-Sox-Kippa, stellte uns einander vor. Zev gab uns die Hand. Das war typisch für Wilder, wie ich erfahren hatte. Man schüttelte sich die Hand, etwas, das ich bisher nur mit

Erwachsenen gemacht hatte, und auch dann nur selten. »Freut mich, euch kennenzulernen«, sagte er und reichte erst Sally und dann mir die Hand. Sein Händedruck war fest, die Fingerkuppen gelb verfärbt.

»Lass mich raten, woher du kommst«, sagte er zu mir, während Mädchen in langen Röcken mit Plastikbestecken und Traubensaftkrügen um uns herumschwirrten. »New York.«

»Woher weißt du das?«

Er deutete auf meine abgetragenen Doc Martens. »Aber nicht aus Uptown. Und auch nicht von der West Side. Downtown?«

»Alle Achtung! Lower East Side.« Er fragte, womit mein Vater seinen Lebensunterhalt verdiente – auch etwas, das die Leute in Wilder machten –, und ich erzählte ihm, dass er einen Appetizing Store hatte.

"Einen Appetizing Store? Echt? Wow! Ich wusste nicht, dass es noch Juden wie euch gibt.«

»Juden wie was?«

»Juden, die geräucherten Fisch und gesäuertes Brot verkaufen. Ich dachte, solche Geschäfte gäbe es nicht mehr.«

»Na ja, viele sind verschwunden, aber ein paar gibt es noch.« Ich zählte einige auf, Guss's Pickles, Yonah Shimmel Knishes, Kossar's Bialys, Russ & Daughters.

»Schön«, sagte Zev. »Wie in einem Roman von Malamud.« Er nahm sich ein Stück Challah. »Und? Hat dein Vater seine Hoffnungen auf dich gesetzt? Hat er dich hierher geschickt, um sich seinen Traum vom sozialen Aufstieg zu erfüllen?«

Ich wusste nicht, was ich sagen sollte. Noch nie hatte jemand die Ambitionen meines Vaters so kurz und bündig zusammengefasst oder auch so krass. Zev sah mich an, als wäre ich ein Einhorn, aber ich wusste nicht, ob seine Augen echte Verwunderung spiegelten oder ob er mich bloß anlocken wollte, um mir das Horn abzusägen. Noch ehe ich antworten konnte, begann der Rabbi mit den Gebeten, um den Schabbat einzuläuten.

Das Abendessen war chaotisch und dauerte ewig. Es gab viele Gänge, die immer wieder von Gebeten und dem Anzünden von Kerzen unterbrochen wurden. Die Mädchen in den langen Röcken, darunter die Ehefrau des Rabbis, räumten die Teller ab und schenkten Wasser nach, während seine beiden Söhne so ausstaffiert herumliefen, als wären sie kleine Versicherungsexperten. Seit ich in Wilder angekommen war, hatte ich nicht so viele Juden um mich gehabt. Nicht, dass wir wirklich viele gewesen wären: Der Raum fühlte sich nur deshalb so voll an, weil er so klein war. Die Juden aus Scarsdale und Great Neck mussten in Wilder zusammenhalten. Während des Essens fand ich heraus, dass Zev wie ich Studienanfänger war, aber älter, weil er diese zwei Jahre in der Armee gedient hatte. Er war untersetzt und kräftig, hatte kurz geschnittenes schwarzes Haar und eine Nase, die aussah, als hätte sie einen Schlag abbekommen. Er sei in Iran geboren, erzählte er, aber nach der Revolution als Kind nach Israel gekommen. Er roch nach Zigaretten und Deodorant. Was uns verband, war vor allem unsere Geringschätzung gegenüber allen anderen Anwesenden, einschließlich Sally, die lauthals erklärte, sie sei nur deshalb zu dem Dinner gekommen, weil ihre Mutter gesagt hatte, es sei eine gute Gelegenheit, um sich nach einem Ehemann umzusehen. (Sie ging an diesem Abend mit Gabe Feldman nach Hause, dem Jungen, der links von ihr saß und den sie später tatsächlich heiratete.) Im Lauf der Jahre stellte ich fest, dass sich Zevs Geringschätzung auf fast jeden in Wilder bezog, möglicherweise sogar auf Menschen im Allgemeinen, aber an diesem Abend machte es mehr Spaß als alles andere seit meiner Ankunft in Wilder, mich mit ihm über die Leute im Hillel House lustig zu machen.

Gegen Ende des Abendessens ließ eins der Mädchen beim Abräumen einen Stapel schmutziger Teller fallen. »*Mazel tov!*«, rief Gabe. Sally lachte. Das Mädchen sah aus, als würde es jeden Moment in Tränen ausbrechen. Ich fühlte mich sofort mit ihr solidarisch und wollte ihr helfen, doch Zev hielt mich am Handgelenk fest.

»Nicht«, sagte er. »Lass sie das machen. Bleib hier und sprich mit mir.« Sein Griff war rau, aber das gefiel mir, der Druck, die Kraft, die darin steckte. Ich konnte mich nicht erinnern, wann mich das letzte Mal jemand so intensiv angesehen hatte, wenn überhaupt. Ich setzte mich wieder hin und unterhielt mich für den Rest des Abends mit ihm.

Zev und ich blieben Freunde, obwohl Freunde vielleicht nicht das richtige Wort ist. Wann immer wir uns über den Weg liefen, im Speisesaal oder in der Bibliothek, suchte er meine Nähe, und wir unterhielten uns, nicht über Belanglosigkeiten wie den Beruf seiner Eltern oder ob er ein Haustier hatte, sondern große Themen wie Politik, Wirtschaft, Gott und den Nahen Osten. Zev forderte mich auf, meine Überzeugungen zu begründen, zum Beispiel, warum ich Feministin oder Demokratin war. Ich war von Natur aus nicht besonders redegewandt und hatte irgendwann verstanden, dass das, was ich fühlte, nichts taugte, solange es nicht ausgesprochen oder begründet werden konnte. Vielleicht glaubte ich deshalb, Zev zuhören zu müssen, der klare Überzeugungen hatte und nie an sich zweifelte. Wenn wir uns unterhielten, spürte ich, wie sich mein Horizont erweiterte, um diese neue Weltanschauung – seine Weltanschauung – zu begreifen, aber hauptsächlich wollte ich rauskriegen, ob er mich mochte, ob er mich attraktiv fand, ob er jemals daran dachte, mich zu küssen. Erst später fiel mir auf, dass Zev außer mir überhaupt keine Freunde hatte und immer allein war, wenn ich ihm auf einer Party oder in einer Vorlesung begegnete. Er hatte mich ausgesucht, weil er sonst niemanden hatte, mit dem er sich unterhalten konnte, denn sonst konnte ihn niemand leiden.

Debra zum Beispiel hasste ihn. »Du musst nicht mit ihm befreundet sein, nur weil er Jude ist«, sagte sie, doch das war nicht der Grund. Zev strahlte etwas Gefährliches aus, das mich anzog; er hatte eine kalte, bittere Fassade, die ich unbedingt knacken wollte. Er war exakt die Sorte Mann, der ich aus dem Weg gehen würde, wenn ich älter und erfahrener war, doch das lernt man normalerweise auf die harte Tour.

»Er will dich nur rumkriegen«, sagte Debra, aber da war ich nicht so sicher. Abgesehen von dem Abend im Hillel House, als er mich am Handgelenk gepackt hatte, rührte Zev mich nicht an. Manchmal, nachdem wir eine unserer Diskussionen gehabt hatten, ertappte ich mich dabei, dass ich darauf wartete, seine Hand zu spüren, unaufgefordert, unerwartet.

Die Heizung in der Ecke klopfte, als wäre etwas oder jemand darin gefangen. Zevs spröde, raue Hände waren überall – unter meiner Bluse, zwischen meinen Beinen. Eine Gedichtzeile schoss mir durch den Kopf: *Dann wühltest du die ganze Nacht in meinem Fleisch nach jemand anderm.* Ich hatte das Gefühl, mitten in einem Geschlechtsakt gelandet zu sein, der schon eine Weile lief. Ich stützte mich mit einer Hand an der Wand hinter mir ab und versuchte, Luft zu holen. Gerade als ich ihn bitten wollte, langsamer zu machen, zog er mich zum Bett.

Zev war kräftig, sein Körper straff wie eine Trommel. Er legte sich auf mich und schob meine Bluse hoch. Ich hörte, wie ein paar Knöpfe absprangen, und musste aus irgendeinem Grund lachen. Doch Zev lachte nicht, und zum ersten Mal an diesem Abend, vielleicht sogar im Leben, bekam ich Angst.

»Hey, nicht so schnell, Soldat«, sagte ich, als er anfing, den Reißverschluss seiner Hose zu öffnen. Aus der Nähe wirkte seine Haut fettig, und seine Augen standen zu dicht beieinander. »Könntest du vielleicht ein bisschen langsamer ...?« Trotz all der Küsse und Berührungen war ich kaum erregt.

Zev japste, als wäre er eine Treppe hochgerannt. »Ich glaub nicht«, sagte er und steckte meine Hand in den Schlitz seiner Boxershorts. Darin war es feucht und warm. »Komm schon«, keuchte er an meinem Hals. »Warum bist du denn sonst mitgekommen?«

Warum war ich mitgekommen, fragte ich mich, als Zevs Hand sich unter die Bluse schlängelte und den BH aufhakte. Er presste mich gegen die extragroße Matratze, und ich überlegte, ob ich ihm sagen sollte, dass ich meine Tage hatte. Vom Flur kamen Stimmen, Leute gingen vorbei und genossen den Abend. Ich fragte mich, ob ich rufen sollte, aber es passierte ja nichts Außergewöhnliches. Ich kannte das hier – nicht Zevs Zimmer, aber Jungs, die nach Schweiß und ungewaschenen Haaren stanken. Zev griff nach einem Kondom, und ich musste an meinen ersten Schultag vor langer Zeit und an meine Mutter denken und wie sich ihre Dr.-Scholl-Sandalen auf dem Bürgersteig angehört hatten. »Sei ein braves Mädchen, Isabel«, hatte sie gesagt und sich zu mir heruntergebeugt, um mich auf die Nase zu küssen. »Eh du dich versiehst, ist alles vorbei.«

Ich war noch immer trocken, daher leckte Zev seinen Finger ab und steckte ihn in mich hinein, bevor er selbst eindrang. Dann bewegte er seinen Schwanz langsam hin und her und versuchte, einen angenehmen Rhythmus zu finden. Ich wollte meine Bluse zuhalten, weil ich nicht oben ohne vor einem Mann liegen wollte, doch er packte meine Handgelenke und bog sie mir über den Kopf.

Meine Augen waren offen, Zev hatte seine geschlossen, und die Lider flatterten, als beobachtete er etwas, das sich dahinter abspielte. Vielleicht eine Szene aus einem Western, und ich war der Hengst, den er über die staubigen Ebenen ritt. Oder wir galoppierten zusammen durch die wilden Wüsten Israels. Gab es in Israel überhaupt Wüsten? Alles, was ich mir aus diesem Teil der Welt vorstellen konnte, waren Szenen aus Operation Desert Storm. Bei jedem Stoß schlug mein Kopf gegen das metallene Kopfende des Bettes. Ich versuchte, an etwas anderes zu denken, irgendwas, das Referat über das russische Judentum im neunzehnten Jahrhundert, das ich gerade abgegeben hatte, zum Beispiel. Ich sah, wie Schatten über die popcornfarbene Zimmerdecke huschten, lauschte dem Summen der Neonröhren im Flur, während sich Zev immer schneller auf das große Ziel zubewegte. Und dann, nach einigen heftigen Stößen, kam er endlich, lautlos, wie jeder Junge, mit dem ich geschlafen hatte und der nur an Orten Sex gehabt hatte, an denen er leise sein musste. Irgendwas in mir war enttäuscht, weil er nicht laut gestöhnt oder gar aufgeschrien hatte, um mich wissen zu lassen, dass es ihm gefallen hatte, es wenigstens irgendwem gefallen hatte.

»Was machst du in den Ferien?«, fragte Zev, nachdem er das Kondom abgezogen und in den Mülleimer geworfen hatte, wo es zwischen alten Exemplaren des *Wall Street Journal* und Resten von Zahnseide landete.

»Nichts Besonderes«, sagte ich und knöpfte meine Bluse zu, so gut es ging. »Hauptsächlich im Laden meines Vaters aushelfen. Und du?«

»Ich fahr mit ein paar internationalen Studenten nach Washington. Die Zeit reicht nicht aus, um nach Hause zu fliegen.«

Wir sprachen ein oder zwei Minuten über Washington und was er dort machen sollte. Er müsse auf jeden Fall das Vietnam Veterans Memorial besuchen, sagte ich, da ich sein Interesse an Denkmälern für Massentragödien kannte. Ich erzählte ihm, wie ich mit der Highschool mal nach D.C. gefahren war und ein paar Kids nach Hause geschickt worden waren, weil sie Lachgas geschnüffelt hatten.

»Schöne Ferien«, sagte ich. Dann schnappte ich meine Sachen und ging. Es war jetzt wirklich kalt draußen; der Wind peitschte so heftig, dass ich anfing, meine Meinung zum Thema Windchill-Effekt zu überdenken, falls ich überhaupt jemals eine gehabt hatte. *Ich muss Zev das nächste Mal sagen, dass er recht hat,* dachte ich, bevor mir bewusst wurde, dass es nie wieder ein nächstes Mal geben würde.

Oft frage ich mich, was geschehen wäre, wenn Debra nicht zu Hause gewesen wäre, als ich zurückkam, denn das kam nur ganz selten vor. Aber an diesem Abend war sie da und saß mit einer Schale Sugar Corn Pops im Papasan-Sessel. Kelsey war schon unterwegs nach Sun Valley, wo sie ein paar Tage mit Jason und seiner Familie Ski fahren wollte, bevor sie über Weihnachten nach New York fuhr. Debra und ich wollten am nächsten Tag aufbrechen. Sie würde mich bis nach Scarsdale mitnehmen, wo ihre Eltern mich in den Zug nach New York setzen sollten.

»Wo warst du?«, fragte Debra, als ich mich auf die Couch fallen ließ. Irgendwo tief in mir tat etwas weh, das ich weder sehen noch benennen konnte. Ich rutschte ein wenig hin und her, bis das Ziehen nachließ.

»Bei Zev Neman«, sagte ich und nahm mir eine Handvoll Cornflakes. Meine Stimme klang zittrig. Ich fand es schwierig, seinen Namen auszusprechen.

»Gelobt sei Jesus. Hast du ihn endlich gebumst?«

Ich dachte daran, die Geschichte so zu erzählen, wie Debra es getan hätte, als einen von vielen verrückten One-Night-Stands mit Jungs oder Mädchen, die sie kaum kannte, Leuten, die sie aufgabelte und mit Leichtigkeit wieder abservierte. Aber ich konnte das, was mit Zev passiert war, nicht auf diese Art erzählen. Es hatte etwas Dunkles, Schweres, ein bisschen so wie mein Körper kurz vor der Periode. Die Cornflakes waren zu einen ekligen süßen Brei in meinem Mund geworden, und ich fragte mich, ob ich mich übergeben müsste.

»Isabel.« Debra versuchte, sich in dem ungemütlich tiefen Sessel aufzusetzen. »Verdammt. Ist was passiert?« Sie stellte ihre Schale auf dem Überseekoffer ab, den wir als Couchtisch benutzten, und legte die Hände auf die Knie.

Ich weiß nicht mehr genau, was ich sagte. Nur dass Debra aufstand und anfing, hin und her zu gehen, während ich sprach, und dass jedes Mal ihre Oberschenkel bebten, sobald sie den Fuß auf den knarzenden Holzboden setzte. Ihre dunklen störrischen Locken, die sie vergeblich zu bändigen versuchte, standen nach allen Seiten vom Kopf ab, als stünde sie unter Strom. Vielleicht ist das der Grund für ihre unermüdliche Energie, dachte ich, und legte den Kopf auf die Armlehne der Couch. Am Hinterkopf spürte ich eine empfindliche Stelle. Ich betastete sie.

»Scheiße«, sagte sie. »Ich konnte den Kerl noch nie leiden.«

»Tja, du hattest recht. Er ist ein Arsch.«

»Er ist mehr als ein Arsch! Der Typ hat dich *vergewaltigt*.«

»Mein Gott, Debra, jetzt mach mal halblang.«

»Sorry!!« Sie hörte auf, durchs Zimmer zu tigern. »Wie würdest du es denn nennen?«

»Ich meine, es ging ein bisschen schneller, als mir lieb war, aber *gezwungen* hat er mich nicht.«

»Wolltest du es überhaupt?«

Wollte ich es? Ich konnte mich nicht erinnern. Vieles an diesem Abend war verschwommen, einiges hingegen sah ich klar und deutlich vor mir. Ich rieb mir die Stirn, um den Knoten zu lösen, der sich zwischen meinen Augenbrauen gebildet hatte. »Keine Ahnung. Ich glaub nicht, aber ... ich meine, bitte ... als wär dir so was noch nie passiert.«

»Nein, nie, verdammt noch mal.«

Ich hatte die falsche Person gefragt.

Debra tigerte wieder auf und ab. Ich spürte, wie die Dielen unter ihren Schritten vibrierten, während ich den Kopf auf der Armlehne hin und her rollte und jedes Mal den Bluterguss spürte. Debras Wut war greifbar, ein lebendiges, atmendes Ding. Einerseits wollte ich, dass sie sich beruhigte, andererseits war ich froh, dass sie sich so aufregte, auf diese Art blieb es mir erspart.

»Wir müssen ihm zeigen, dass er damit nicht durchkommt«, sagte sie. »Wir sollten die Polizei verständigen. Oder den Dekan – wie heißt er noch?«

»Hansen«, sagte ich. »Aber Debra ...«

»Du hast recht. Scheiß auf Hansen. Was soll er schon machen?« Sie kaute auf ihrem Finger herum. »Wir können aber auch nicht einfach hier sitzen und Däumchen drehen.«

»Ich will keine große Sache draus machen. Das ist es nicht wert.«

Sie sah mich an. Sie trug ein übergroßes Lilith-Fair-T-Shirt, unter dessen Saum männliche Boxershorts hervorlugten. »Wenn du so was sagst, Isabel, dann sagst du im Grunde genommen, dass du es nicht wert bist. Ist das dein Ernst?«

Ich seufzte und drehte mich auf die Seite. Es war fast zwei Uhr morgens. Ich fühlte mich weit weg von dem, was mir passiert war. Debras Wut erinnerte mich daran, wie ich mich hätte fühlen müssen, was ich aber nicht tat. Was stimmt nicht mit mir?, fragte ich mich. Warum reagiere ich auf Dinge nicht so wie andere Menschen, auf eine Art, die normal ist? Ich öffnete und schloss die Hand und beobachtete das Zusammenspiel von Sehnen und Knochen. War das wirklich meine Hand? Wenn ja, wie war sie mit dem Rest meines Körpers verbunden? Was war mein Körper überhaupt? Was machte ihn zu *meinem* Körper?

Debra redete weiter, ging im Zimmer auf und ab und schäumte vor Wut. Ich hätte gar nicht mit Zev schlafen wollen, sagte sie, und er hätte es gewusst, mich aber trotzdem gezwungen, oder? Ich hätte doch Nein gesagt, oder?, aber er hatte nicht zugehört, weil er nie zuhörte. Er hatte mich in sein Zimmer gelockt, um mich zu vergewaltigen, denn das war es doch, was er mit mir gemacht hatte, oder? Er hatte mich vergewaltigt, vergewaltigt, vergewaltigt. Ich schloss die Augen und fragte mich, wie es sich anfühlen würde, wenn ich Debras Worte übernahm, mich an ihnen festhielt und sie mir so zurechtbog, dass sie passten. Denn ich war wütend, auch wenn ich es nicht zeigte, auch wenn sie einen Abend beschrieb, den ich so nicht wiedererkannte. Und je länger ich ihr zuhörte, desto wütender wurde ich. Vor allem, wenn ich daran dachte, wie Zev mein Fleisch wie einen feuchten Klumpen Lehm geknetet, wie er mir die Zunge ins Ohr gesteckt und darin herumgewühlt hatte wie in einem alten Kleidersack.

Aber in Wirklichkeit lag es an Debra. Sie hatte diese Art, einem etwas einzureden, *mir* etwas einzureden.

Und so kam es, dass ich mich zum zweiten Mal an diesem Abend auf der Treppe zu Zev Nemans Zimmer wiederfand.

Mit einundzwanzig war Debra bereits eine erfahrene Vandalin. Als Redakteurin des Jahrbuchs ihrer Highschool hatte sie auf allen Seiten ihre Botschaften verbreitet – »Schweigen ist tödlich«, »Mein Körper gehört mir«, »Ich glaube Anita« –, ein Code des Widerstands, den man nur verstand, wenn man wusste, wo man suchen musste. Innerhalb weniger Wochen nach ihrer Ankunft auf dem Campus organisierte sie einen TAKE-BACK-THE-NIGHT-Marsch, doch als die Reaktion darauf eher verhalten ausfiel, beschloss sie, sich nicht mehr für etwas einzusetzen, das von der Schule sanktioniert war. Deswegen liefen wir eines Winterabends durch den Campus und schmückten alle männlichen Statuen oder vielmehr, wie Debra betonte, *alle* Statuen überhaupt mit geschmacklosen BHs von Victoria's Secret. Am nächsten Tag sahen wir zu, wie sie vom Sicherheitsdienst entfernt wurden, und krümmten uns vor Lachen, während die Sicherheitsleute unbeholfen an den Verschlüssen herumfummelten. Ein paar Monate später verteilte eine Gruppe von uns Aufkleber mit der Aufschrift »WOMYN ARE EVERYWHERE« auf dem Campus. Wir bepflasterten alles damit – Wände, Laternenmasten, Getränkeautomaten, Türen der studentischen Verbindungen. Die Aktion war umstritten – einige Aufkleber, auch der, den wir auf den Wagen des Dekans klebten, ließen sich nicht entfernen, zumindest nicht so einfach. In der College-Zeitung gab es eine Reihe zugespitzter Kommentare von Kolumnisten, es war die Rede davon, Anzeige wegen Vandalismus zu erstatten, aber niemand konnte beweisen, dass wir es gewesen waren. Letztendlich weiß ich nicht, was die Leute mehr aufbrachte, der Vandalismus oder der Begriff *Womyn*.

Im zweiten Studienjahr klaute Debra einem Kerl, der im Verdacht stand, Mädchen auf Partys zu begrapschen, seinen Ausweis, und wir klebten Kopien davon an die Spiegel aller Toiletten auf dem Campus. Seine Eltern drohten mit einer Anzeige, machten aber einen Rückzieher, als sich ein Dutzend Mädchen meldeten und ihn beschuldigten. (Er schaffte trotzdem seinen Abschluss bei uns, wurde Mitglied im Rat ehemaliger Studenten und unterzeichnet Jahr für Jahr die munteren Spendenaufrufe für die Collegekasse.) Zu dieser Zeit fingen wir an, uns *Crushgirls* zu nennen. Ein Name, der offizieller – und bedrohlicher – klang als das, was wir waren: ein loser Zusammenschluss von Debra und mir und allen anderen, die wir an jenem Abend hatten auftreiben können. Die *Crushgirl*-Aktivitäten flauten ab, nachdem Debra *bitch slap* gegründet hatte, Wilders erste und einzige feministische Zeitschrift, aber sie sprach gelegentlich immer noch davon, sie wiederzubeleben und irgendwas »Großes« auf die Beine zu stellen. Ich hatte Debras Kampagnen immer unterstützt, weil sie Spaß machten und weil sie bereit war, alle Konsequenzen in Kauf zu nehmen. Zu meiner Erleichterung – und Debras Leidwesen – hatte es bislang noch keine gegeben.

Daher war ich nicht überrascht, als wir vor Zevs Tür standen und sie eine Dose Farbspray aus ihrem Rucksack zog. Es war ein seltsames Gefühl, so schnell wieder hier zu sein. Ich lenkte mich ab, indem ich mich fragte, ob es ein Universum gab, in dem ich auf beiden Seiten von Zevs Tür stehen konnte, so wie Schrödingers Katze.

Debra schüttelte die Sprühdose, und das Geräusch in dem stillen Gang war ohrenbetäubend. Ich wusste nicht, wer noch alles da und wer schon in die Weihnachtsferien aufgebrochen war, deshalb sah ich mich nervös im Gang um und hoffte, dass die Türen geschlossen blieben.

»Kurz und schmerzlos, okay?« Debra nahm den Deckel ab, und ich sah zu, wie sie in großen roten Buchstaben VERGEWALTIGER auf Zevs Tür sprühte.

»Ach du Scheiße!«, sagte ich leise.

»Nicht schlecht, was?«

Nachdem sie die Buchstaben noch einmal nachgebessert hatte, wischte sie mit dem Hemdsärmel die Farbnasen ab, und wir standen da und schwelgten in der Herrlichkeit dessen, was wir getan hatten, was Debra getan hatte. Ich fühlte mich schwindlig und nervös, mein Magen spielte verrückt, was es mir unmöglich machte, meine Gefühle zu sortieren. Das Wort an Zevs Tür war schlimm und brutal, aber zumindest fühlte es sich für den Moment richtig an. Als ich daran dachte, was Debra für mich getan hatte, kamen mir die Tränen. Debra, mein Racheengel. Sie sah mich an und lächelte, und in diesem Augenblick war sie schöner als jemals zuvor.

Das Geräusch eines sich drehenden Türknaufs riss mich aus meiner Träumerei. Die Tür öffnete sich, Zev steckte den Kopf heraus und blinzelte ins Licht. Seine dicke Brille hing ein wenig schief auf der Nase, als hätte er sie gerade erst aufgesetzt.

»Ladies«, sagte er, und sein Blick huschte von Debra zu mir. Er sah rosa aus, als wäre er gerade erst geschlüpft. »Was geht hier ab? Isabel? Bist du das?«

»Gehen wir«, flüsterte ich. Aber Debra rührte sich nicht von der Stelle.

»Was ist denn?«, fragte Zev, immer noch lächelnd, nahm die Brille ab und trat in den Gang hinaus. Er rieb sich die Augen und zupfte am Saum seiner Boxershorts. Er hatte noch nicht gesehen, was wir geschrieben hatten, und ich wollte unbedingt weg, bevor er es entdeckte. Ich zerrte Debra am Ärmel, aber sie stand wie angewurzelt auf dem abgetretenen Teppichboden. Ich sah, wie Zevs Blick von uns zur Tür schweifte und ihm klar wurde, was wir getan hatten.

Eine gefühlte Ewigkeit lang war er still, und ich merkte, wie ich den Atem anhielt. Dann atmete ich langsam durch die Zähne ein und wünschte, ich könnte mich in Luft auflösen. Als würde das helfen, stellte ich mir vor, dass ich wie eine Seifenblase den Gang entlangschwebte und mich dann in Partikel von Dunst und Nebel auflöste.

Zevs Stimme holte mich zurück. »Was zum Teufel ...?«, fragte er, lauter jetzt. Ich zerrte an Debras Arm. Sie ignorierte mich.

»Kannst du nicht lesen?«

Zevs Blick wanderte in gerader Linie von Debra zu mir. Jetzt war er ganz wach. Seine Verwirrung war wie weggeblasen, ebenso die Gewissheit, die ich in Bezug auf die Rechtmäßigkeit unserer Tat empfunden hatte. Sie wich einem tiefen Schamgefühl, das sich so vertraut und gewohnt anfühlte wie eine alte Jeans.

»Hast du ihr das erzählt?«, fragte er ungläubig. »Dass ich dich *vergewaltigt* habe?«

»Sie hat mir nur die Wahrheit erzählt, du Arsch«, sagte Debra.

Zevs Augen blitzten wild auf. Er wirkte verletzt und verwirrt, aber auch erschrocken. »Du weißt, dass das nicht stimmt, Isabel. Sag ihr das. Sag es.«

»Du hast nicht zu entscheiden, was stimmt«, sagte Debra. »Es ist ihr Körper. Sie weiß genau, was du getan hast.«

»Was soll das? Ist das eins deiner dämlichen Späßchen?« Er fuhr sich über den Nasenrücken. »Ich kann's nicht glauben, dass du dich von ihr dermaßen benutzen lässt, Isabel. Ich hatte dich für klüger gehalten.« Und damit war jeglicher Anflug von Sympathie, den Zev je für mich empfunden haben mochte, Geschichte. Etwas geschah zwischen uns, wir tauschten einen Blick, der all die Jahre unserer Freundschaft zusammenfasste – denn genau das war es wohl gewesen –, und in einer Sekunde war alles wie weggeblasen. Irgendwie hatte ich das Gefühl, ihn verraten zu haben.

»Komm jetzt, Debra!« Ich zerrte so heftig an ihr, dass sie beinahe das Gleichgewicht verlor. Ich hörte noch, wie Zev etwas hinter uns her rief, aber da rannte ich schon so schnell die Treppe runter, dass ich auf den letzten Stufen stolperte und mir den Knöchel verstauchte. Hinter mir schlappten Debras Tennisschuhe über den Boden, und ihre Stimme hallte im Treppenhaus wider: »Du hörst noch von uns, du Wichser!«

Als wir wieder in unserem Zimmer waren, klappte ich auf der Couch zusammen. Mein Knöchel schmerzte. Das Blut pochte in meinen Ohren. Debra setzte sich neben mich und legte meinen Kopf auf ihren Schoß. Sie streichelte meine Stirn, massierte mir die Ohrläppchen, knetete die Muskeln rechts und links von meinem Hals. Es fühlte sich so gut an, dass ich am liebsten losgeheult hätte.

»Ach, Honey«, sagte sie mit einer so einschmeichelnden Stimme, dass ich sie kaum wiedererkannte. »Hat deine Mutter dich denn nie vor diesen israelischen Typen gewarnt?«

Jetzt flossen die Tränen, schnell und heiß, durchnässten den feinen Flaum am Haaransatz und sammelten sich in meiner Halsgrube. »Nein«, stieß ich hervor. Nichts davon hatte meine Mutter je erwähnt.

2

Am nächsten Tag fuhr ich für die Weihnachtsferien nach Hause.

Zurück zu Rosen's Appetizing und der Lower East Side. Zurück zu meinem Vater, Abraham Rosen, den alle Abe nannten, sogar ich. Zurück in die Orchard Street, Essex Street, Rivington, Delancey, alles Straßen, in denen sich um die Jahrhundertwende jüdische Einwanderer mit ihrer Geschichte und ihrer Traurigkeit im Schlepptau niedergelassen hatten. Zev hatte recht: Die meisten waren verschwunden. Wir waren geblieben.

Kelsey kam auch aus New York, und manchmal gingen die Leute davon aus, dass wir uns von da kannten. In den ersten Tagen unserer Freundschaft fragte sie mich oft, ob ich diesen oder jenen Ort, diese oder jene Person kannte. Ich konnte nur verneinen. Sie hatte offensichtlich Mühe zu begreifen, dass es ein New York gab, das sie nicht kannte, doch selbst von ihrem luftigen Hochsitz in der Park Avenue aus konnte sie nicht bis zu den düsteren und verwinkelten Straßen hinunterschauen, in denen ich aufgewachsen war. Wir waren uns nie begegnet, bevor wir nach Wilder kamen – kein Wunder. Wir hätten genauso gut aus verschiedenen Ländern kommen können.

Die meiste Ferienzeit verbrachte ich im Laden. In den Ferien war immer viel los. Es spielte keine Rolle, dass Juden kein Weihnachten feiern, sie kamen trotzdem, um sich mit Heringen und geräuchertem Fisch einzudecken. Abe meinte, sie würden Vorräte anlegen, als bekämen sie nie wieder was zu essen. Dieses Jahr schien mehr los zu sein als sonst; das war gut. Das Viertel veränderte sich, die Junkies wichen den Künstlern. An der Ecke wurde ein Hochhaus gebaut. Es verdrängte die Obdachlosen, die das leere Grundstück als ihr Zuhause betrachtet hatten, seit ich denken konnte. So kamen außer unseren üblichen Kunden nun auch Hipster von Downtown, um eine Kleinigkeit zu kaufen, oder Touristen, die ein Bagel nicht von einem Bialy unterscheiden konnten.

Wenn ich nicht gerade an der Kasse saß, den Boden wischte oder Regale auffüllte, zerbrach ich mir den Kopf, was mich erwartete, wenn ich zum Campus zurückkehrte. Ich hätte gern mit Debra gesprochen, aber sie war bei ihren Großeltern in Boca und zu beschäftigt, um ans Telefon zu gehen. Als ich sie ausnahmsweise einmal erreichte, versicherte sie, dass alles gut werden würde. »Ich bitte dich, Isabel, er glaubt, er käme ungeschoren davon, obwohl er dich vergewaltigt hat. Meinst du, er geht hin und macht Theater wegen dem bisschen Farbe?« Ich hörte, wie sie Eiswürfel zwischen den Zähnen zermahlte. »Glaub mir, der macht sich mehr Sorgen als du.« Ihre Worte trösteten mich, aber nur vorübergehend. Ich fing an zu stricken, so wie immer, wenn ich nervös war. In den zwei Wochen, die ich zu Hause verbrachte, strickte ich einen Schal für Kelsey und ein Paar Fäustlinge für Debra.

Die wenigen Freunde von der Highschool, die ich noch hatte, verbrachten die Feiertage mit ihren Familien, deshalb überredete ich Abe, den Laden an Heiligabend früher als sonst zu schließen, und schleppte ihn in *Titanic*. Ich fand den Film wunderbar, im Gegensatz zu ihm:

»Ich wusste, wie es ausgeht.« Den größten Teil des ersten Weihnachtstages verbrachte er am Küchentisch über einem Haufen Rechnungen, bis ich ihn überredete, mit mir chinesisch essen zu gehen. Am Silvesterabend marschierten wir Arm in Arm zum Briefkasten an der Ecke und schickten meine letzte Studiengebühr ab. In weniger als sechs Monaten würde ich das College abschließen. Abe hatte es irgendwie geschafft. Wilder hatte mir nicht so viel finanzielle Hilfe angeboten wie andere Colleges, aber Abe hatte mir versichert, dass er es hinkriegen würde. »So hatten wir es geplant, deine Mutter und ich, damit du später überallhin kannst«, sagte er bei der ersten Zahlung, und ich beschloss, ihm zu glauben. Später, als die Rechnungen eintrudelten, nicht nur für die Studiengebühren, sondern auch für Unterkunft und Verpflegung, Computer und Bücher, sagte er: »Das kriegen wir schon irgendwie hin.« Und schließlich, als alles noch unsicherer wurde und er mit der einen Hand nahm, was er mit der anderen gab: »Deine Ausbildung kann dir niemand mehr nehmen, nicht wahr?«

Auf dem Kalender ging 1997 in 1998 über, doch für mich fühlte sich alles gleich an. Prinzessin Diana war tot, Mutter Teresa auch. Bill Clinton war im Weißen Haus und tat, was immer Präsidenten an Silvester tun. Monica Lewinsky genoss die letzten Augenblicke ihrer Unbekanntheit: In weniger als drei Wochen würde der *Drudge Report* einen Artikel veröffentlichen, in dem der Präsident beschuldigt wurde, eine Affäre mit der zweiundzwanzigjährigen Praktikantin gehabt zu haben. An diesem Abend, nach Dick Clark, sah ich zu, wie Abe seinen Teebeutel um einen Löffel wickelte und ihn zur Seite legte, um ihn später erneut zu benutzen, und hörte mir an, wie er die vielen Möglichkeiten aufzählte, die mir nach dem Abschluss offenstünden. Arzt, Anwalt, Senatorin. Ich trank meinen Champagner und fragte mich, was er wohl sagen würde, wenn er wüsste, was ich in Wilder tatsächlich tat, mit Jungs rummachen, Schuleigentum zerstören und mir Sorgen machen, dass niemand mich jemals lieben würde.

Am ersten Sonntag im Januar nahm ich den Bus zurück nach New Hampshire. Als wir auf den Campus einbogen, dachte ich daran zurück, wie sehr ich mich auf mein letztes Semester gefreut hatte. Ich wollte meine Abschlussarbeit einreichen, einen Job finden und Joanna Maxwells Literaturseminar belegen. Alles hatte sich so gut gefügt, bis zu dem Abend mit Zev und Debras blöder Aktion. Ich klammerte mich an ihr Versprechen, dass alles gut würde, und vergaß dabei, dass sie diejenige war, die mir den ganzen Schlamassel eingebrockt hatte. Aber vielleicht war es ja doch wie immer ich selbst gewesen.

Als ich am Montag von einer Vorlesung zurückkehrte, wartete eine Nachricht auf mich; Kelsey hatte sie mit ihrer sauberen Handschrift aufs Whiteboard geschrieben.

»Ich hab dir gesagt, dass es so kommen würde«, erklärte ich Debra, als sie vom Fitnesscenter zurückkehrte.

Sie schob sich einen Müsliriegel in den Mund und sah sich die Nachricht an: *Du sollst Dean Hansen anrufen.*

»Ja, mich hat er auch bestellt.«

»Hat er? Wann denn? Warum hast du mir nichts gesagt?«

»Ich sag's dir doch gerade.« Mit vier hastigen Bissen hatte sie den Riegel verputzt. »Denk mal nach, Isabel. Was hat Zev gegen uns in der Hand?«

»Er hat uns mit der Sprühdose *gesehen*. Du hattest sie in der Hand.«

»Das hat nichts zu bedeuten.« Debra zog ihren Hoodie aus und warf ihn auf ihren Schreibtisch neben ein Exemplar von Katie Roiphes jüngstem Buch, das sie für *bitch slap* besprach. »Erinner dich mal, warum wir überhaupt da waren. Weil er was getan hat, stimmt's? Vermutlich will der Dekan darüber mit dir reden.«

»Davon geht's mir auch nicht besser.« Ich ließ mich auf die Couch fallen. »Debra, ich weiß nicht mal mehr, was passiert ist. Vielleicht habe ich einfach überreagiert.«

»Hör auf«, fuhr sie mich an. »Du weißt genau, was er getan hat. Wir erzählen dem Dekan nur, was passiert ist, was *wirklich* passiert ist. Mal ehrlich, was kann er uns jetzt noch antun? In weniger als sechs Monaten sind wir hier weg. Zev ist derjenige, der sich Sorgen machen muss. Wenn das hier vorbei ist, wird es ihm leidtun, uns jemals begegnet zu sein.«

Ich nahm Roiphes Buch und blätterte darin, während Debra unter die Dusche ging. Die Prellung an meinem Hinterkopf war fast verheilt, aber wenn ich drauf herumdrückte, konnte ich den Schmerz noch immer zurückholen. Das tat ich jetzt, um mich daran zu erinnern, dass ich Haut hatte, Knochen, eine Grenze, die definierte, wo ich aufhörte und jemand anderes begann. Dann warf ich das Buch zur Seite und griff nach meinem Mantel. Ich wollte verschwinden, ehe Debra aus dem Badezimmer kam.

Im holzgetäfelten Lesesaal der Bibliothek war es ruhig, nur eine Handvoll Studenten bereitete sich auf das Semester vor. Der Nachmittagstee, den es jeden Tag um 16 Uhr gab, war gerade zu Ende gegangen; ein Hauch von Earl-Grey hing noch in dem warmen, gemütlichen

Raum. Die Anwesenden blickten auf, als ich an ihnen vorbeiging, um herauszufinden, ob ich jemand war, mit dem sie ihre Zeit vergeuden konnten, als wäre das die eigentliche Aufgabe am College: Freunde, Liebhaber und Intrigen, alles andere störte nur. Die Telefonkabinen vor dem Lesesaal waren leer; im Laufe des Semesters würden sie fast immer von Kommilitonen besetzt sein, die zu Hause anriefen, um sich über eine Trennung oder eine schlechte Note auszuheulen. Ich kam an einer Mädchengruppe aus meinem Französischkurs vorbei. »*Salut*, Isabel«, rief eine von ihnen und sprach meinen Namen so aus wie unser Professor, mit einem scharfen zischenden S. In meinem langen grauen Mantel rauschte ich die Treppe hinauf wie eine russische Prinzessin. Die Heizkörper ächzten und blubberten gegen den Winter in New Hampshire an. Ich passierte die Schleuse und betrat das Magazin.

Hier liebte ich alles, den muffigen Geruch nach Leim und Papier ebenso wie die Tatsache, dass man nur nach Vorlage des Studentenausweises reindurfte, als wäre die Büchersammlung ein wichtiger Würdenträger, den es um jeden Preis zu schützen galt. Langsam schlängelte ich mich durch die Regalreihen und fuhr die Buchrücken mit den Fingern entlang, bis sie schwarz vom Staub waren. Hin und wieder blieb ich stehen, zog ein Buch heraus und las ein paar Seiten über den Zweiten Weltkrieg, Elektrotechnik oder Willa Cather. Bücher auf Chinesisch, Jiddisch, Russisch und Französisch. Bücher über klassische Musik und Film, über die Geschichte antiker und moderner Zivilisationen. Ich liebte das Nebeneinander großer und kleiner Themen, die Art und Weise, wie jeder Autor tief in sein oder ihr Thema eintauchte, wie obskur es auch sein mochte. Alles in allem fühlten sich die Bücher hier größer an als die Welt.

Ich schlenderte herum, bis mein Magen anfing zu knurren und mich daran erinnerte, dass ich noch nichts gegessen hatte. Ich könnte mich auf die Suche nach Kelsey und Jason machen, die mich gefragt hatten, ob ich mit ihnen essen wollte, aber ich blieb vor Andy Dubinskis Kabuff stehen. In der Bibliothek war kaum was los, aber ich wusste, dass ich ihn dort antreffen würde. Wie immer ließ er sich Zeit, um zur Tür zu kommen.

»Isabel?« Er sah aus, als hätte ich ihn aufgeweckt. Andys Hingabe an die Arbeit war Teil seines geheimnisvollen Nimbus, das und sein langes honigblondes Haar. Heute hatte er es hinten zu einem Zopf zusammengebunden, mit einem Gummiband aus den Bürobeständen, eins von denen, mit denen man sich die Haare ausriss. Andy war ein Artefakt, er gehörte einer Gattung an, der ich in der literarischen Welt, die letztendlich auch mein Zuhause wurde, immer wieder begegnen würde. Typen, die einem vorgaukeln, dass das, was sie machen, so schwierig ist, dass man lieber die Finger davon lässt.

»*C'est moi*«, sagte ich. »Darf ich reinkommen?«

"*Oui, oui. Entrez, s'il vous plaît.*"

Andys Kabuff war klein, nicht viel größer als eine Duschkabine. Schreibtisch an der Wand, ein winziges Fenster und ein langes Heizungsrohr, das vom Boden bis zur Decke verlief. Andys Computer war ausgeschaltet; er benutzte ihn selten und schrieb seine Gedichte lieber auf Karteikarten, mit Bleistiften, die nicht länger waren als sein Daumen. An der Pinnwand über seinem Schreibtisch hingen Zettel, einige mit nur einem Wort: *Granatapfel, Abgrund, Mahnung*. Ich fragte mich, ob Andy enttäuscht war, mich zu sehen. Ich war nicht das einzige Mädchen, das ihn in seinem Arbeitszimmer aufsuchte, aber vielleicht das einzige, mit dem er gerade nicht schlief.

Ich setzte mich neben das Heizungsrohr auf den Boden und zog die Knie unters Kinn. »Hast du Maxwells Seminar vorbereitet?«

»Bin dabei«, sagte Andy und setzte sich wieder auf seinen Stuhl.

»Weißt du, wer sonst noch teilnimmt?«

»Die üblichen Verdächtigen. Holly und Alec, Kara Jiang, Linus Harrison. Ginny.«

»Ginny McDougall? Im Ernst?«

»Anscheinend hat sie eine echt gute Story über ein Mädchen geschrieben, das ihre Jungfräulichkeit an dem Tag verliert, an dem ihr King Charles Spaniel stirbt. Sehr treffende Beschreibung eines Cunnilingus.«

Das Abschlussseminar von Joanna Maxwell war das Seminar, auf das alle in der anglistischen Fakultät hinarbeiteten. Es war intensiv und exklusiv, die Zulassung basierte auf einer Reihe von Kriterien, die niemand rational nachvollziehen konnte, und das nicht etwa, weil man es nicht versucht hätte. Ich war euphorisch gewesen, als ich erfuhr, dass ich angenommen worden war. Doch dieses Gefühl war inzwischen in Angst umgeschlagen, denn trotz ihrer sanften Stimme und eines entrückten Lächelns jagte mir Joanna Maxwell, die preisgekrönte Romanautorin, Fachbereichsleiterin und Campus-Legende, eine Riesenangst ein.

»Hast du das mit Jason gehört?«, fragte er.

»Yeah.« Dass Kelseys Freund Jason abgewiesen worden war, hatte mich schockiert. Er war das, was ich für eine »echte Koryphäe« in englischer Literatur hielt: Er kannte

Gedichte auswendig, kommentierte Kurzgeschichten im *New Yorker* und schrieb an einer unverständlichen Diplomarbeit über James Joyce. Ich dagegen schrieb bloß Geschichten über »Mädchen mit Gefühlen«, wie es Andy einmal in einem Workshop ausgedrückt hatte. Laut Kelsey war Jason am Boden zerstört.

»Tja, *c'est la vie*.« Andy drehte sich wieder zu seinem Schreibtisch um. Seine Schulterblätter zeichneten sich unter dem T-Shirt ab wie Flügel. Debra hatte gewitzelt, man könne sich an ihnen festhalten, sollte man jemals von einem heftigen Windstoß erfasst werden. In einem anderen Leben wäre Andy vielleicht ein Athlet geworden, aber in diesem waren seine kaum vorhandenen Muskeln in die dünne Haut eines Dichters verpackt, blass und blau geädert wie die Käsesorten in Rosen's Glasvitrine.

Andy und ich hatten genau zwei Mal miteinander geschlafen, das letzte Mal nach einer St.-Patrick's-Day-Party im zweiten Semester. Er hatte sich Kleeblätter ins Gesicht gemalt. Beim Vögeln war die grüne Farbe über seine Wangen getropft und hatte sich in der Kinnspalte gesammelt. Viel mehr gab es darüber nicht zu sagen, außer, dass wir beschlossen hatten, es nicht wieder zu tun, und es irgendwie geschafft hatten, Freunde zu bleiben.

»Eigentlich«, sagte er und drehte sich auf seinem Stuhl zu mir um, »wollte ich dir etwas sagen, aber das darfst du nicht weitererzählen. Ich meine, am Mittwoch werden es wohl alle erfahren, aber ...«

»Was ist es?«

»Joanna wird in diesem Semester gar nicht unterrichten.«

»Wie bitte? Sie unterrichtet Englische Literatur 76 doch immer! Ist das dein Ernst?«

»Mein voller Ernst.«

»Und wieso nicht?«

»Nun, es ist noch nicht offiziell, deshalb darfst du nichts verraten.« Ich legte meine Hand aufs Herz. »Den Leuten hat sie erzählt, ihr Verleger hätte den Abgabetermin für ihr neuestes Buch vorverlegt, aber in Wahrheit«, jetzt senkte er die Stimme, »werden Tom Fisher und sie sich scheiden lassen.«

»Sie unterrichtet nicht, weil sie sich scheiden lässt? Als der Mann einer Highschool-Lehrerin von mir von einem Bus überfahren wurde, hat sie keinen einzigen Tag gefehlt.«

»Es ist eine ziemliche Katastrophe, ehrlich gesagt. Tom ist ... schwierig, und dann haben sie noch das Kind ...« Ich hatte das Gefühl, dass er noch mehr sagen wollte. Andy und Joanna standen in einem ziemlich engen Verhältnis, seit er der erste Studienanfänger gewesen war, der in ihr Poesie-Seminar für Fortgeschrittene aufgenommen worden war. Seitdem arbeitete er als wissenschaftlicher Mitarbeiter und Assistent für sie. Letzten Sommer hatte er bei ihr und ihrem Mann in der June Bridge Road gewohnt, im Garten gearbeitet und ihre Tochter Igraine betreut. Das ganze Jahr über hatte er mit Joanna an seiner Abschlussarbeit gearbeitet, einer Sammlung von Gedichten über Männlichkeit, Technologie und elterliche Kontrolle. Es hieß, dass er in der Danksagung ihres nächsten Romans erwähnt würde. Falls überhaupt jemand wusste, was zwischen Joanna und Tom los war, dann Andy, doch er schwieg sich aus.

»Hey«, sagte er, »betreut Professor Fisher nicht deine Abschlussarbeit?«

»Yeah.«

»Na dann viel Glück.«

Bevor ich fragen konnte, was er damit meinte, drehte sich Andy um und kritzelte etwas auf eine Karteikarte. Offensichtlich neigte sich das Zeitfenster, das er mir gewährt hatte, dem Ende zu.

»Ach, übrigens«, sagte ich und griff in meinen Rucksack. »Ich hab dir was mitgebracht.«

»*Pour moi?*«, sagte er und öffnete das Paket, das ich in die Feuilletonseite der *New York Times* gewickelt hatte. »*Mon Dieu, Isabel!* Die hast du *selbst gemacht?*« Er hielt die dunkelblaue Wollmütze in die Luft.

»Yeah. In den Ferien. Ich hatte sonst nicht viel zu tun.«

Andy setzte die Mütze auf und drehte seinen Kopf von einer Seite zur anderen. »Wie seh ich aus?«

»*Très joli*«, sagte ich. »Aber jetzt musst du sie auch tragen, sonst ...«

»Sonst was?«, fragte er. »Sonst sprühst du mir ARSCH-LOCH an die Tür?«

Ich brauchte eine Sekunde, um zu verstehen, worauf er anspielte. Natürlich wusste Andy, was mit Zev passiert war. Und wenn er es wusste, würden es bald auch alle anderen wissen, falls das nicht längst schon so war. Andy lächelte, als wartete er darauf, dass ich den Witz kapierte. Am liebsten hätte ich ihm die Mütze vom Kopf gerissen und sie angezündet oder vielleicht sogar angezündet, während er sie noch auf dem Kopf hatte.

»Leck mich, Andy.«

»Mensch, Isabel. War doch nur ein Witz«, sagte er, als ich aufstand und auf die Tür zuging. In der Eile stolperte ich über meinen Mantel, und meine Hand landete auf dem langen Heizungsrohr. Der Schaumstoff, mit dem es isoliert war, war längst zerbröselt, die Hitze verbrannte mir die Hand.

»Au, Mist, alles okay?«, fragte Andy, aber ich gab keine Antwort. Ich lief die Treppe hinunter nach draußen, wo ein eisiger Regen fiel. Unter einer Straßenlaterne blieb ich stehen und wartete eine Minute, bevor ich mir die Hand ansah. Die Haut war rosa und glänzte, hatte aber keine Blasen. Ich beobachtete, wie die Farbe langsam verblasste, dann hockte ich mich hin und legte sie auf den Schnee. Die Kälte fühlte sich gut an, die Hitze stieg zischend von meiner Hand auf. Ich hielt sie in den Schnee, bis es schmerzte, und dann noch ein bisschen länger.

3

Am Mittwochmorgen saß ich auf einer grün gepolsterten Sitzbank vor dem Büro von Dekan Hansen. Debra hatte am Tag zuvor mit ihm gesprochen.

»Ganz ehrlich, es war keine große Sache«, hatte sie mir abends gesagt, als sie zu mir in die obere Bettkoje kletterte. »Er hat nicht mal nach der Vergewaltigung gefragt, sondern sich hauptsächlich Sorgen wegen der Sprühfarbe gemacht. Als wäre *das* das eigentliche Problem. ›Ich werde einen Vermerk in Ihre Akte schreiben müssen.‹ Und ich dachte: Ich stehe kurz vor meinem Abschluss, du Arschloch. Was kümmert mich da ein Vermerk in meiner Akte?« Sie nahm meine Hand und legte sie auf ihre. Unsere Hände waren praktisch gleich groß, nur bestand ihre hauptsächlich aus Handfläche und meine aus Fingern. »Du schaffst das schon«, sagte sie leise. »Ganz bestimmt.«

Ich stand auf und betrachtete ein Bild an der Wand gegenüber der Bank, ein Schwarz-Weiß-Foto von der Grünfläche von Wilder aus dem Jahr 1897. Wenn man jetzt aus dem Fenster blickte, sah man fast genau dieselbe Szene. Wilder stand für Kontinuität und Tradition; jede noch so kleine Veränderung, etwa eine Aktualisierung des Zeichensatzes auf offiziellen Dokumenten des Colleges, wurde endlos diskutiert, um sicherzugehen, dass Wilders »Charakter« gewahrt blieb. Debra hasste das, sie bezeichnete es als Wilders inhärenten Konservatismus, ich hingegen fand es beruhigend zu wissen, dass die Dinge hier immer gleich bleiben würden.

»Honey? Sie können jetzt reingehen.« Hansens Sekretärin, eine kleine Frau in einem Fair-Isle-Pullover, deutete mit dem Kinn auf die schwere Holztür.

Hansens Büro sah aus wie ein Hotelzimmer, allerdings das schönste, das ich je betreten hatte. Bodenlange grüngoldene Vorhänge, ein Ledersofa, ein weicher orientalischer Teppich, auf dem ich mich am liebsten sofort zusammengerollt hätte, um ein Nickerchen zu halten. Hansen saß hinter einem breiten, mit eingelassenen Mustern verzierten Schreibtisch. Er war leer bis auf eine Mappe, einen Satz passender Lederaccessoires, ein Rolodex und ein Foto seiner blonden Familie, alle mit fliehendem Kinn, auf dem Gipfel eines schneebedeckten Bergs.

»Ist es immer noch so windig draußen?«, sagte Dekan Hansen und streckte mir die Hand entgegen. Sie war trocken und fühlte sich an wie Pergament. »Bitte«, sagte er. »Nehmen Sie Platz.«

Bill Hansen, Wilders Dekan, war ein kleiner Mann mit lichtem blondem Haar und wässrigen blauen Augen. Er tauchte bei diversen feierlichen Veranstaltungen auf dem Campus auf, und unter dem Schreiben, mit dem die Studenten über ihre Aufnahme am Wilder College informiert wurden, prangte seine Unterschrift. Ansonsten war er eine unscheinbare Gestalt, die sich nur selten blicken ließ, es sei denn, es ging um Disziplinarverfahren. Bekannt war er vor allem für die Fliegen, die er trug. Heute war sie gelb, mit Walen gemustert.

»Waren Sie schon auf der Skipiste?«, fragte er.

»Ich? Äh, nein.«

»Als ich Student war, haben wir unsere Seminare im Winter immer auf dienstags und donnerstags gelegt, damit wir lange Wochenenden zum Skifahren hatten.« Ich lächelte. Ich hatte keine Lust, ihm zu erzählen, dass ich nicht Ski fuhr und dass ich nach Wilder gekommen war, ohne auch nur zu wissen, dass es eine eigene Skipiste hatte.

»Dann wollen wir mal schauen, was Sie sonst so gemacht haben.« Er öffnete mit einem Finger die Mappe, die vor ihm lag. Die rosigen Nägel glänzten, auf den Manschetten seiner Ärmel prangte ein Monogramm, so ähnlich wie die Etiketten, die meine Mutter in meine Handschuhe genäht hatte.

»So, so.« Er pfiff durch die Zähne. »Sie haben sich hier ja sehr gut geschlagen. Kein Wunder, dass wir uns noch nicht begegnet sind. Hauptfach Englische Literatur, Nebenfach Französisch. Mitglied der Young Democrats, Beiträge für *The Lamplighter* und *bitch slap*. Sie waren sogar Schlagzeugerin in der Marschkapelle.«

»Nur ein Semester«, sagte ich. »Sie haben jemanden an der Triangel gebraucht.«

Er schlug die Mappe zu. »Dann erzählen Sie mir ein wenig über sich, Isabel. Wo kommen Sie her? Was machen Ihre Eltern?«

»Ich bin aus New York. Mein Vater hat einen Appetizing Store. Meine Mutter war Malerin.«

»Einen Appetizing Store? Was ist das?«

»So etwas wie ein Feinkostgeschäft, nur dass es in Feinkostläden Fleisch gibt und im Rosen's nur Fisch und Milchprodukte – Frischkäse, Räucherfisch, Hering. Alles, womit man ein Bagel belegt. Praktizierende Juden mischen Fleisch- und Milchprodukte nicht zusammen, deshalb sind die Läden sozusagen, na ja, Sie wissen schon, getrennt.«

Dekan Hansen nickte. Ich wusste selbst nicht, warum ich so ins Detail gegangen war. Meistens sagte ich, dass mein Vater einen Feinkostladen hatte, und ließ es dabei bewenden. Kaum jemand hier wusste, was ein Appetizing Store war, und Dekan Hansen sah nicht aus wie jemand, der sich für geräucherten Fisch interessierte.

»Irgendwelche Pläne nach dem Abschluss?«

»Weiß ich noch nicht genau. Ich möchte Schriftstellerin werden.«

»Ein hartes Geschäft.« Er lehnte sich in seinem Stuhl zurück. »Ich habe auch geschrieben, als ich jung war. Hatte meine eigene Kolumne in der *Wilder Voice*.« Er sprach eine Weile darüber, wie es in Wilder gewesen war, als er Anfang der Sechzigerjahre hier studiert hatte. Es war die Art von Gespräch, in das ich oft verwickelt wurde, später, als ich Schriftstellerin war, und irgendwer, meist ein älterer Mann, mich auf einer Cocktailparty oder einer Hochzeit belagerte und mir seine Lebensgeschichte erzählte, für den Fall, dass ich darüber schreiben wollte. Als wären Ideen der schwierige Teil am Schreiben. Und jedes Mal, wenn ich mich in dieser Situation befand, dachte ich an Dekan Hansen, der zu diesem Zeitpunkt längst an einem sehr seltenen Hypophysentumor gestorben war, und jenen Vormittag in seinem Büro.

»Also, Isabel«, sagte er und machte ein angemessen ernstes Gesicht. Ich versuchte mitzuhalten. »Am besten, du lächelst und nickst einfach und verschwindest, so schnell du kannst«, hatte Debra gesagt. »Gib nichts zu.« Sie hatte mir versprochen, mich zu Käsefritten einzuladen, wenn es vorbei war.

»Ich muss Ihnen leider mitteilen, dass Ihr Name letzten Monat im Zusammenhang mit einem Vorfall im Studentenwohnheim gefallen ist. Sie und eine andere Studentin sollen ein Zimmer im Wohnheim mutwillig beschädigt haben?« Seine Stimme erhob sich zu einer Frage, als wäre die ganze Idee so abwegig, dass sie unmöglich wahr sein konnte.

»Gestern habe ich mit Ihrer Freundin gesprochen«, fuhr er fort und warf einen Blick auf seine Notizen, »Debra Moscowitz.« Es sah so aus, als wollte er noch etwas über Debra sagen, besann sich dann aber eines Besseren.

»Sie erklärte, es handle sich um ein Missverständnis, sie drei seien befreundet, und es sei nur ein Scherz gewesen? Trifft das zu?«

Ein Scherz? So hatte Debra es genannt? »Ein Scherz war es eigentlich nicht«, sagte ich. »Ich meine, nicht so ganz.« Ich starrte auf meinen Schoß. Durch ein Loch in meiner Jeans lugte ein Stück weiße Haut hervor. Ich legte den Daumen darüber.

»Als ich mit Mr Neman gesprochen habe, hat er mir erklärt, Ihre Freundin habe ein Faible für derartige Aktionen, Sie dagegen seien kein Mensch, der so etwas tut.« Beim Sprechen sammelte sich der Speichel in seinen Mundwinkeln. »Mr Neman schien der Ansicht zu sein, Sie hätten sich von ihr einspannen lassen. Oder etwas in dieser Richtung.«

Ich hielt den Atem an und dachte an Zev – Mr Neman –, wie er auf diesem Stuhl saß und mich in Schutz nahm.

»Darf ich fragen, wie lange Mr Neman und Sie sich kennen?«

»Seit dem ersten Semester.«

»Waren Sie befreundet?«

»Nicht wirklich. Ich dachte immer, er würde mich hassen.«

»Warum sollte er Sie hassen?«

»Nein, nicht mich, eher das, was ich verkörpere.« Ich schüttelte den Kopf. Wieso erzählte ich ihm das? In welchem Universum würde Dekan Hansen die Art von Juden verstehen, zu denen Zev mich zählte – schwach, voller Selbsthass und froh darüber, dass andere Leute Maschinengewehre trugen, um den jüdischen Staat zu schützen, der seine Familie und ihn aufgenommen hatte, nachdem Khomeini den Schah gestürzt und die Macht an sich gerissen hatte? »Wo wären wir ohne den Staat Israel?«, hatte er immer gesagt. »Sieh dir doch an, was unserem Volk in jedem anderen Land der Welt passiert ist, Isabel. Glaubst du, deine Familie hätte Russland verlassen, weil sie in der Lower East Side geräucherten Fisch verkaufen wollte? Nein. Deine Leute sind gegangen, weil sie abgeschlachtet wurden.«

Dekan Hansen wartete darauf, dass ich etwas sagte, aber ich wusste nicht, was. Ich starrte das Mädchen auf dem Foto an, das auf seinem Schreibtisch stand – seine Tochter, vermutete ich. Sie trug eine Skibrille und einen blassrosa Anorak und sah aus wie die Art Mädchen, von der meine Mutter gesagt hätte: »Wieso kannst du nicht mit so einem netten Mädchen befreundet sein?«

»Na ja, letzten Endes waren wir wohl Freunde«, sagte ich schließlich. »So wie man mit Leuten hier befreundet ist.«

»Wie auch immer«, sagte Dekan Hansen. »Mr Neman sagte, er wolle Sie nicht in Schwierigkeiten bringen. Und in Anbetracht Ihrer akademischen Leistungen werde ich

den Vorwurf des Vandalismus auf sich beruhen lassen.«
Damit schob er die Mappe zur Seite.

»Oh, fein. Vielen Dank.«

»Aber es gibt da noch etwas, worüber ich mit Ihnen reden möchte, wenn es Ihnen nichts ausmacht. Mr Neman sagte, Sie beide hätten in derselben Nacht einvernehmlichen Verkehr gehabt.« Hier räusperte er sich. »Wenn das zutrifft, dann beunruhigt mich der Grund für den Vandalismus mehr als der Vandalismus selbst.« Er hob eine Augenbraue, als wollte er sagen, verstehen Sie, worauf ich hinaus will?

Der Dekan war verlegen, ich merkte, dass es nicht die Art Unterhaltung war, die er gern führte. »Isabel, verzeihen Sie, wenn es taktlos klingt, aber ist er irgendwie übergriffig geworden? Denn das Wort, das Sie auf seine Tür geschrieben haben, auch wenn es nur ein Scherz war ... sollte also etwas in der Art passiert sein, müssten wir es über die einfache Frage des Vandalismus hinaus untersuchen. Solche Dinge nehmen wir sehr ernst, wissen Sie.«

»Es ist nichts passiert«, sagte ich lauter als beabsichtigt.

»Sind Sie sicher?«

Gib nichts zu.

»Ja. Ganz sicher.«

»Ich verstehe, dass es für Sie schwer sein könnte, darüber zu sprechen.«

»Überhaupt nicht.«

Er lehnte sich zurück und atmete erleichtert aus. »Vielleicht wäre es für Sie angenehmer, mit jemand anderem zu sprechen. Dr. Cushman, zum Beispiel, hat mehr Erfahrung mit solchen Dingen.« Er blätterte in seinem Rolodex, löste eine Karte aus der Halterung und reichte sie mir. Ich kannte Dr. Cushman, zumindest hatte ich von ihr gehört. In ihr Büro im Keller von Potter Hall schickte man Mädchen, damit sie über ihre verkorksten sexuellen Erfahrungen oder Essstörungen sprachen – die ganze Palette weiblicher psychologischer Probleme. Ich fragte mich, ob Dekan Hansen sich an den Brief erinnerte, den Debra ihm letztes Jahr geschrieben hatte. Dr. Cushmans Büro stünde »symbolisch dafür, wie Wilder mit Frauen umgeht: Man steckt uns in den Keller, wo unsere lästigen Frauenallüren aus den Augen sind.«

»Natürlich sehe ich keinen Grund, Ihre Interpretation der Ereignisse infrage zu stellen«, fuhr Dekan Hansen fort, »aber irgendetwas muss Sie veranlasst haben, Mr Nemans Zimmer aufzusuchen und dieses Wort an seine Tür zu sprühen. Und sollte es anders gewesen sein ... Sicherlich verstehen Sie, dass wir diese Dinge ernst nehmen müssen. Sie sind ja auch ernst.« Er faltete die Hände und lächelte, irgendwie großväterlich, streng und herablassend zugleich.

»Dekan Hansen«, sagte ich und sah auf die Visitenkarte in meiner Hand. Ich spürte Tränen unter meinen Lidern und zwang mich, sie zu unterdrücken.

»Ja, Isabel?«

»Müssen Sie meinen Vater davon in Kenntnis setzen?«

»Ihren Vater?«

»Ich möchte wirklich nicht, dass er davon erfährt ...« Meine Stimme brach, und ich versuchte mir vorzustellen, welchen Eindruck ich auf Hansen machte, wie verzweifelt und traurig ich aussah. Ich fragte mich, ob er jemals in seinem Leben so verzweifelt gewesen war. Schwierige Vorstellung.

Er kräuselte die Lippen. »Ich wüsste nicht, warum er das erfahren sollte. Aber passen Sie auf sich auf. Gehen Sie zu Dr. Cushman. Oder fahren Sie Ski! Nichts geht über einen Tag auf der Piste, um abzuschütteln, was einen bedrückt.«

»Mach ich. Versprochen.« In diesem Augenblick hätte ich ihm alles versprochen.

»Ziehen Sie sich warm an da draußen«, sagte er, als ich nach meiner Jacke griff. »In diesen Zeiten hat man das Gefühl, als ließe der Frühling ewig auf sich warten, nicht?«

Ich stolperte aus seinem Büro in den hellen Wintermorgen. Über Nacht hatte es geschneit, eine dicke Schneeschicht lag über allem und verdeckte jeden Makel. Ich wünschte, der Schnee würde dasselbe mit mir machen. Ich stellte mir vor, wie Debra aus dieser Unterredung herausgegangen war, die angeblich keine große Sache gewesen war. Für *sie* natürlich nicht. Für Debra war nichts eine große Sache, sie stürmte durchs Leben, ohne darüber nachzudenken, welche Wirkung ihre Handlungen auf andere Menschen hatten. Ich nahm alles viel schwerer.

Es war fast zehn. Ich musste mich beeilen, um nicht zu spät zu Maxwells Seminar zu kommen, besser gesagt dem, was ihr Seminar gewesen war, aber mein Herz klopfte so stark, dass ich mich auf die nächstbeste Bank setzen musste. Es war eine von denen, die man überall auf dem Campus vorfand, die dem Andenken an einen Verstorbenen gewidmet waren. In diesem Fall, so stand es auf der Gedenktafel, Walter »Binky« Ballard, Abschlussjahrgang 1979. Abe und ich hatten nichts getan, um meiner Mutter ein Denkmal zu setzen, die nun vor fast vier Jahren gestorben war. Wir hatten sie eingeäschert, obwohl Juden nicht an Einäscherungen glauben, und als ich das letzte Mal nachgesehen hatte, lag ihre Asche nach wie vor in Abes Schrank, in derselben Urne, in der sie gekommen war. »Wir schauen nach vorne, nicht zurück«, sagte Abe immer, und das taten wir. Aber manchmal überkam mich dieses Gefühl, so wie jetzt. Würde es mir besser gehen, wenn meine Mutter so eine Bank wie Binky Ballard hätte?

Nach wenigen Minuten stand ich wieder auf und ging weiter. Auf dem Weg zum Seminarraum hörte ich, wie jemand »Vorsicht!« rief, und blieb stehen.

Joanna Maxwell hockte ein paar Meter vor mir im Schnee. Sie hatte den Arm um ein kleines Mädchen gelegt. »Entschuldigen Sie, wenn ich Sie erschreckt habe, ich wollte nur nicht, dass Sie da reintreten.« Sie zeigte auf eine Lache Erbrochenes zu meinen Füßen.

»Oh, kein Problem«, sagte ich. »Wie geht's dir?«

Das kleine Mädchen sah zu mir auf, dann wieder auf ihre Stiefel. Es war Igraine, Joanna Maxwells und Tom Fishers Tochter. Sie hatte denselben Namen wie König Artus' Mutter, und das schien eine schwere Last für eine so kleine Person zu sein. Igraine war etwa vier – ich hatte keine Ahnung von Kindern, erinnerte mich aber, dass sie noch ein Baby war, als ich nach Wilder kam. Sie war genauso klein und zart wie ihre Mutter, kam aber ansonsten ganz nach ihrem Vater Tom: helle Haut, grüne Augen, rotblondes Haar. Sie war ruhig und ernst, kein Kind, das um Aufmerksamkeit oder Anerkennung bettelte. Das bewunderte ich an ihr.

»Es geht dir gut, stimmt's, Honey?«, sagte Joanna und wischte ihrer Tochter mit einem Taschentuch das Gesicht ab. »Du hast nur deine heiße Schokolade zu schnell getrunken.«

Joanna trug einen langen Daunenmantel, der wie ein Schlafsack aussah, und einen dicken karierten Schal. Ihre abgetragenen Tennisschuhe waren nass vom Schnee, ihre grauen Augen von so blassen Wimpern umrahmt, dass sie fast unsichtbar waren. Meine Tante Fanny hatte auch solche Wimpern. Sie schminkte sie mit mehreren Schichten Mascara, die unweigerlich verschmierten. »Was für ein Kreuz, so blass zu sein wie Fanny«, hatte meine Mutter immer gesagt, als wäre sie unheilbar krank.

»Ich wollte Ihnen erzählen, dass ich mich in den Ferien nochmal mit *Birdbrain* beschäftigt habe, Professor Maxwell«, sagte ich, während sie in ihrer Tasche kramte. »Ich glaube, ich habe es jetzt schon ein halbes Dutzend Mal durchgearbeitet.«

»Danke, meine Liebe«, sagte sie. »Das ist sehr nett von Ihnen.«

»Irgendwo habe ich gelesen, Sie hätten daran gedacht, die Geschichte noch einmal zu erzählen, aus der Perspektive der Großmutter? Stimmt das?«

Igraine zog am Ärmel ihrer Mutter. »Ich bin dabei, ihn zu suchen, Honey. Ach ja, die Leute haben mich gelegentlich gefragt, und ich glaube, ich habe es mal gesagt, um nett zu sein. Ich hatte daran gedacht, aber jetzt nicht mehr. Andere Geschichten sind mir dazwischengekommen. Ah, hier ist er!« Sie hielt triumphierend einen Schnuller in die Höhe, lutschte ihn ab und gab ihn dann Igraine. Das Kind war sofort ruhig und schmiegte sich mit schläfrigen Augen an seine Mutter.

»Nun ja«, sagte ich. »Dann ist sie wohl perfekt, so wie sie ist.« Johanna kniete sich auf den Boden und lockerte ihren Schal. Dabei fiel mir auf, dass sie eine dunkle Prellung auf dem Hals hatte.

Die Uhr auf dem Glockenturm schlug zehn.

»Ich muss los«, sagte ich. »Sonst komme ich zu spät zum Seminar. Wirklich schade, dass Sie dieses Semester nicht unterrichten.«

»Ja«, sagte sie, und ich glaubte zu hören, wie ihre Stimme stockte. »Einen schönen Tag noch«, rief sie mir hinterher, und ich bedankte mich.

4

Ich hatte etwas früher im Seminar sein wollen, aber mein Termin bei Dekan Hansen und die Begegnung mit Joanna Maxwell hatten mich aufgehalten, daher kam ich erst an, als der Professor die Anwesenheitsliste durchging. Ich setzte mich auf einen leeren Platz am Ende des Seminartischs, nahm einen Spiralblock aus meiner Tasche und notierte als Erstes meinen Namen und das Datum: Isabel Rosen. 7. Januar 1998. So hatte ich es seit meinem ersten Schuljahr gehalten. Kurz kam mir in den Sinn, dass dies vielleicht der letzte erste Schultag war, den ich je haben würde.

»Isabel, wie läuft's?« Whitney Shaw, eine Feldhockeyspielerin aus Südkalifornien, klopfte mir auf die Schulter. Sie hatte eine lange gerade Nase und eine gesunde Farbe. Sie sah aus, als hätte sie viel Zeit am Meer verbracht.

»Könnte nicht besser sein«, sagte ich und hob die Hand, als der Professor meinen Namen aufrief.

»Hattest du ein schönes Weihnachtsfest? Halt – feiert ihr überhaupt Weihnachten?«

»Äh, nein ...«

»O Gott! Entschuldige. Mein Fehler.« Whitneys Stimme war rau, als hätte sie als Kind zu viel frische Luft abgekriegt. Papierstapel wanderten um den Tisch, während Whitney mir von ihren Weihnachtsferien erzählte. Zwei Wochen auf Jupiter Island, Golfen mit ihrem Vater, Mittagessen im Club mit ihrer Großmutter. »Sie ist ein echtes

Miststück, aber sie finanziert das alles hier. Der einzige Preis ist Loyalität.« Sie presste die Handflächen aneinander und senkte den Kopf. »Aber hey, ich wollte dich noch was anderes fragen: Ist alles in Ordnung mit dir?«

»Yeah. Wieso?«

»Ich habe gehört, dass irgendwas war zwischen Zev Neman und dir.«

Ich hatte vergessen, dass Whitney in Zevs Wohnheim wohnte.

»Da war nichts weiter«, sagte ich, nahm mir ein Exemplar des Studienplans und reichte den Stapel an Whitney weiter. »Alles okay zwischen uns.«

Englische Literatur 76: Die Kunst des Prosaschreibens. Professor R. H. Connelly. Ich sah mir den Mann am Kopfende des Tischs an. Joannas Vertretung, nahm ich an. Andy hatte nicht gewusst, wer sie ersetzen würde, und es war niemand, den ich kannte. Er schien um die vierzig zu sein, aber sicher war ich nicht. Jeder, der älter war als ich, aber jünger als mein Vater, gehörte einer Kaste an, die ich nicht einordnen konnte. In seinem dichten dunklen Haar zeigte sich das erste Grau und in seinem Gesicht der Schatten eines Bartes. Er war groß und breitschultrig, kräftig, aber nicht dick. Sein Körper hatte eine Festigkeit, die, obwohl ich noch nie darüber nachgedacht hatte, nur mit dem Alter kam.

Whitney wollte noch etwas sagen, doch da erhob der Professor seine Stimme.

»Sie fragen sich wahrscheinlich, ob Sie sich im richtigen Raum befinden«, sagte er. »Das ist Englische Literatur 76, aber wie Sie sehen, bin ich nicht Professor Maxwell, sondern Professor Connelly und werde Joanna in diesem Semester vertreten.«

Ein kurzer Blick durchs Zimmer verriet, wer die Neuigkeiten über Professor Maxwell gehört hatte und wer nicht.

Connelly lehnte sich zurück und faltete die Hände vor der Brust. Seine Hände waren so groß, dass sie mit Leichtigkeit einen Basketball oder einen Schädel hätten umfassen können. Über den Rücken der rechten Hand schlängelte sich vom Zeigefinger bis zum Handgelenk eine dicke, sehnenartige Narbe. An der linken Hand trug er einen schlichten goldenen Ehering.

»Joanna und ich kennen uns seit Jahren«, sagte er. »Sie ist eine sehr gute Schriftstellerin und eine verdammt gute Lehrerin. Es tut mir wirklich leid, dass Sie nicht die Gelegenheit haben werden, bei ihr zu studieren.« Während er sprach, rieb er mit dem Daumen über das Lederarmband seiner Uhr. Es sah abgenutzt aus, als trüge er es ständig, sogar unter der Dusche. »Wer bin ich also, abgesehen von einem kaum vergleichbaren Ersatz? Nun, die meisten Leute kennen mich als Dichter, aber ich habe auch alles mögliche andere geschrieben, Kurzgeschichten, Essays, einige Romane, die noch in der sprichwörtlichen Schublade liegen. Aktuell arbeite ich als Reporter beim *Daily Citizen*. Der beste Job, den ich je hatte, doch das nur nebenbei. Man schreibt jeden Tag, hat ständig Abgabetermine. Man sitzt nicht herum und wartet auf die Muse. Journalismus ist zweckmäßig und zielgerichtet. Nichts Preziöses. Wer von Ihnen liest Zeitung?« Einige von uns hoben die Hand. »Schön«, sagte er, und für einen Moment blieb sein Blick an mir hängen. »Die Leute schätzen Kunst um der Kunst willen, aber so wie ich es sehe, sind wir überall von Literatur umgeben. Sie ist das wahre Leben. Schulausschusssitzungen und Dürreperioden. Verschwundene Kinder und korrupte Politiker. Konflikte.

Resolutionen. Der Mensch gegen die Natur. Wenn man die Menschen nicht dazu bringen kann, sich für die Gemeinschaft, in der sie leben, zu interessieren, wie kann man sie dann überhaupt für irgendetwas begeistern?« Er griff nach seiner Wasserflasche und nahm einen lauten Schluck. Ich hatte das Gefühl, dass er es nicht gewohnt war, so viel zu reden. »Ich bin heute sehr viel glücklicher als früher, glauben Sie mir. Außerdem hilft es, meinen Lebensunterhalt zu bestreiten. Mir ist bewusst, dass sich im Moment noch keiner von Ihnen darüber den Kopf zerbricht, aber das kommt noch.«

Er hielt einen Augenblick inne. Seine dunklen Augen leuchteten wie eine Flasche Goldschläger, die ins Licht gehalten wird. Außerdem hatte er Wimpern, die meine Mutter bei einem Mann als Verschwendung bezeichnet hätte. Er hatte etwas Vertrautes an sich: wie er sich beim Sprechen berührte, sich mit der Hand durchs Haar fuhr, das Kinn rieb oder mit einem Finger die Narbe auf seinem Handrücken nachzeichnete – als testete er seine Grenzen aus, um sich zu vergewissern, dass er noch existierte.

Er sah aus dem Fenster. »Aber deshalb sind Sie nicht hier. Sie sind Schriftsteller. Sie wollen schreiben. Also los.« Er schlug die Hände auf den Tisch. »Kann ich Ihnen beibringen, wie man schreibt? Joanna würde sagen, ja. Sie glaubt, dass jeder, der schreiben will, es auch kann, Hauptsache, er hat die richtigen Werkzeuge.« Er griff nach seinem Studienplan. »Würde sie unterrichten, hätten wir jetzt eine Menge Workshops eingerichtet. Wir würden Ihre Geschichten auseinandernehmen und wieder zusammenflicken. Werkzeug, Handwerk, Feedback, Kritik. Folgen Sie X, um zu Y zu gelangen, dann wird Z folgen. Was mich betrifft«, und damit legte er das Papier zur Seite, »ich bin mir da nicht so sicher. Alles, was ich über das Schreiben weiß, ist, dass man sich hinsetzt und schreibt, und manchmal, wenn man Glück hat, kommen die Wörter. Ich weiß nur, dass manche Leute Talent haben und andere nicht, und dass manche dabei bleiben, egal, was passiert. Andere geben auf. Tatsache ist, dass die meisten von Ihnen keine Schriftsteller werden. Sie sind hier an diesem schicken College und, seien wir ehrlich, ich glaube nicht, dass Ihre Eltern Sie in der Hoffnung hergeschickt haben, dass Sie eines Tages Schriftsteller werden. Sie haben Sie hergeschickt, damit Sie lernen, Geld zu verdienen, Ärzte und Anwälte zu werden, Investmentbanker und Berater, was zum Teufel das auch sein soll.« Ich kicherte hinter vorgehaltener Hand. Noch nie hatte ich einen Professor so reden hören. Es war nicht nur die klare Sprache, sondern auch das Eingeständnis, dass er keineswegs auf alles eine Antwort hatte. Dass er genauso verloren war wie wir.

Connelly sah sich im Raum um. Wir alle warteten mit erhobenem Stift vor dem Notizblock, unsicher, was wir mitschreiben sollten. »Was *kann* ich Ihnen also beibringen? Ich kann Sie lehren, ehrlich zu sein, die Wahrheit zu sagen, den Dingen, vor denen Sie Angst haben, ins Auge zu sehen. Sich nicht davor zu fürchten, was Freunde oder Eltern denken. Die Dinge so zu sehen, wie sie sind. Moralische Klarheit in Arbeit und im Leben zu suchen.«

Whitney stupste mich mit ihrem Stift an. An den Rand ihres Notizbuchs hatte sie »Scharfer Prof., was???« geschrieben, in großen Buchstaben. Ich kritzelte etwas darüber und spürte, wie sich mein Gesicht erhitzte. Während Connelly sprach, war mir nicht entgangen, wie gut er aussah, sehr gut sogar. Möglicherweise war er der attraktivste

Mann, den ich in Wilder je gesehen hatte, wenn nicht überhaupt. Ein Hauch von Skandal umwehte ihn, aber vielleicht habe ich ihm das auch später angedichtet. Als ich älter wurde, fand ich, dass Männern wie ihm, die Bars und Konferenzräume wie sterbliche Götter betreten, ihr gutes Aussehen im Weg steht. Aber damals glaubte ich noch, dass Schönheit einem so etwas wie moralische Überlegenheit verlieh, und als ich jetzt sah, wie er ans Fenster trat und mein Blick dem Schnitt seines Hemdes bis zu der Stelle folgte, wo es in der Hose verschwand, wäre ich ihm überallhin gefolgt.

»Fangen wir also an«, sagte er. »Ich möchte, dass Sie über etwas schreiben, das Sie verloren haben. Das kann alles mögliche sein – ein Gegenstand, ein Mensch, eine Illusion. Ihre Jungfräulichkeit.« Ramona Diaz, das einzige Erstsemester im Seminar, lachte kurz und nervös auf. Whitney hob die Hand, doch Connelly ignorierte sie. »Schließen Sie die Augen und stellen Sie es sich vor.« Ich blickte mich um. Nur Ginny McDougall hatte die Augen geschlossen, vielleicht schlief sie.

»Na los, schließen Sie die Augen.« Ich wartete, bis alle seiner Aufforderung gefolgt waren, dann kniff ich meine auch zu. »Schreiben Sie über das, was Ihnen als Erstes einfällt, über das, was Ihnen Angst macht, über das, worüber Sie nicht schreiben wollen. Etwas, das Ihre Mutter nicht wissen soll, oder auch Ihr bester Freund. Oder Ihr Liebhaber.« Ich hörte, wie er um unseren Tisch herumging, das leise Knarzen seiner Stiefel, oder wie etwas in seiner Tasche klimperte. »Wie ist es, etwas zu verlieren, das man nie wieder zurückbekommt? Wie sieht Ihr Leben aus, wie fühlt es sich an, wenn Sie es nicht mehr haben? Vielleicht haben Sie sich an seine Abwesenheit gewöhnt.

Vielleicht aber auch nicht.« Er blieb hinter mir stehen und legte die Hände auf die Lehne meines Stuhls. Hätte ich mich zurückgelehnt, hätten meine Schulterblätter seine Finger berührt. »Was immer es ist, fangen Sie an zu schreiben. Halten Sie Ihren Stift in Bewegung, egal, was passiert. Sie werden denken, es ist Mist, und für vieles davon wird es tatsächlich zutreffen. Aber ich bin hier, um Ihnen zu sagen, dass nicht alles Mist ist.« Ich hörte, wie er atmete, ich konnte ihn riechen. Holzrauch und Pfefferminz. Ich hielt den Atem an, spürte, wie er in meiner Brust anschwoll, bis ich es nicht mehr aushielt. Connelly flüsterte: »Also los.«

Das Erste, was mir einfiel, war Binky Ballard – verloren für seine Familie und Freunde, verloren für die Zeit, für die Welt, und so schrieb ich über Binky und stellte mir das Leben vor, das er in Wilder und darüber hinaus geführt hätte. Ich hielt meinen Stift in Bewegung, wie Connelly gesagt hatte, und ehe ich mich versah, hatten sich Binky und die Familie, die er zurückgelassen hatte, in eine Geschichte über meine Mutter verwandelt, wie sie in ihrem kornblumenblauen Bademantel durch die Küche schlurfte und Kaffee auf dem Herd kochte, in der silbernen Espressokanne, die ihr jemand aus Italien mitgebracht hatte, einem der vielen Orte, an denen sie nie gewesen war und auch nie sein würde. Ich schrieb über meine Mutter Vivian, sie saß am Küchentisch, blätterte in der *New York Times* und hörte halbherzig zu, wie ich ihr von meinem Tag erzählte, während sie an das Bild dachte, an dem sie gerade arbeitete und dem sie sich zuwandte, sobald ich weg war, dem Gemälde, zu dem ich am Ende des Tages nach Hause rannte, um es mir anzusehen. Alles verflog, und ich war wieder in dieser Küche mit dem Blick auf die Gasse, allein mit meiner Mutter, eine Korkenzieherlocke streifte ihre Wange, und sie hielt ihre Kaffeetasse mit beiden Händen umfasst. Ich konnte ihren Atem hören, rasch und rau beim Einatmen, nach Kaffee duftend beim Ausatmen, und die Mischung von Terpentin und Parfüm war so stark, dass ich sicher war, auch Whitney könne sie riechen. »Meine Mutter wird nie eine alte Frau sein«, schrieb ich einmal, zweimal, dreimal hintereinander. Ich murmelte die Worte leise vor mich hin und fühlte mich schwach.

Schwindlig von der Erinnerung schloss ich die Augen, aber mein Stift bewegte sich weiter, als wäre er nicht mehr mit meiner Hand verbunden. Erneut verschob sich die Erinnerung, und ich war wieder in unserer Küche, in der Nacht ihres Todes, die Kaffeekanne stand noch auf dem Herd, der Bademantel hing hinter der Badezimmertür. Alles war da, nur sie nicht. Dann klopfte es an der Tür. Es war der Mann aus dem Krematorium, er hielt ihre Ohrringe in der Hand. Das Krankenhaus habe vergessen, sie ihr abzunehmen, sagte er, und er sei aus Brooklyn gekommen, um sie uns zu bringen. »Ich dachte, das Mädchen möchte sie vielleicht haben«, sagte er zu Abe und warf mir einen mitleidigen Blick zu. Abe bedankte sich bei ihm, allzu überschwänglich, wie ich fand. Als er weg war, ließ Abe die Ohrringe auf den Tisch fallen und schenkte sich einen Drink ein, dann auch mir. Am Morgen lagen die Ohrringe immer noch da, beschissene, schäbige Ohrringe, wie alle beschissenen schäbigen Dinge in unserer Wohnung. Wie ihr beschissenes schäbiges Leben. Ich nahm die Ohrringe und warf sie aus dem Fenster. Sie landeten in der Gasse hinter unserem Haus, wo sie, soweit ich wusste, noch immer lagen.

»Jetzt hören Sie auf zu schreiben.« Connelly saß wieder auf seinem Platz. Ich hatte keine Ahnung, wie viel Zeit vergangen war. Meine Handflächen waren feucht, mein BH war durchgeschwitzt. Ich hatte fast acht Seiten in meinem Notizblock gefüllt. Mir gegenüber saßen Holly Crane und Alec Collier, die wie Bruder und Schwester aussahen und überall nur händchenhaltend hingingen. Sie kicherten über das, was der jeweils andere geschrieben hatte. Linus Harrison, der jedem, der es hören wollte, erzählte, sein Großvater hätte den Papiershredder erfunden, kopierte die Details des Lehrplans in seinen PalmPilot. Nur Andy war noch nicht fertig; von meinem Platz aus konnte ich sehen, dass er nicht mal eine ganze Seite geschafft hatte.

Connelly sah mich direkt an. »Wie war das?«, fragte er. Noch ehe ich antworten konnte, leckte er an seinem Daumen und blätterte ein Blatt um, das vor ihm lag. »Nun, laut Studienplan fangen wir mit Matthiessen an ...«

Als die Stunde vorbei war, nahm ich meine Sachen und ging zur Tür. »Glaubst du, Joanna Maxwell ist wieder schwanger?«, hörte ich Ramona Kara Jiang fragen. Unter dem dichten Pony konnte ich Karas Augen nicht gut genug erkennen, um ihre Antwort zu erraten. Connelly verstaute seine Unterlagen in einer Aktentasche. Er hatte die langen Beine unter dem Tisch ausgestreckt und an den Knöcheln übereinander geschlagen. Als ich vorbeiging, sah er auf. Sein Blick glitt langsam von meinen Augen zum Kinn, an meinem Körper hinab und blieb schließlich an den Stiefelspitzen hängen. Ich spürte, wie mein Blut an Stellen floss, die ich vergessen hatte: in meinen kleinen Zeh, meine Ohrläppchen, meine Kniekehlen. Dann sah er mir erneut kurz in die Augen. Andy blieb stehen, um mit ihm zu reden, und reichte ihm die Hand. »Freut mich, Sie kennenzulernen«, hörte ich ihn sagen, als ich mich in den Flur stahl und mir die Hand auf die Wange legte. Meine Haut fühlte sich heiß und lebendig an, als wäre die Membran, die mich vor der Welt schützte, ein wenig dünner geworden.

Andy holte mich draußen ein.

»Isabel! Warte!« Seine armeegrüne Jacke hing offen über seinem T-Shirt, und er trug die Mütze, die ich ihm gestrickt hatte. »Tut mir leid«, sagte er und schlurfte an meine Seite. »Ehrlich. Guck mal. Ich hab deine Mütze an.«

Er fasste sich an den Kopf und machte das Friedenszeichen.

»Prima.«

Er klopfte seine Zigarettenschachtel auf die Hand und bot mir eine an.

»Also, wer ist der Typ?«, fragte ich.

Andy gab mir mit seinem abgenutzten silbernen Zippo Feuer. »Der Prof? R.H. Connelly.«

»Yeah, weiß ich. Aber wer ist das?«

»Mein Gott, okay! Werd' nicht gleich sauer! Er ist ein Dichter. Hat in den Achtzigern ein paar Bücher geschrieben. Unterschiedliches Zeug. Hat sich auch verkauft. Vielleicht war sogar ein Roman darunter, nicht besonders gut.« Er kratzte sich unter der Mütze am Kopf. »Ich glaube, er war auf dem Cover vom *Time Magazine* oder so. Dann ist er plötzlich spurlos verschwunden. Ich habe mich immer gefragt, was mit ihm passiert ist.«

»Jetzt berichtet er über die Sitzungen der Schulbehörde von *White River Junction* .«

»Weiß ich! Und wenn schon! Im Ernst, seine Sachen waren nicht schlecht.« Er nahm einen langen Zug. »Aber wie kommt so jemand dazu, für eine Kleinstadtzeitung zu schreiben?«

»Auch Schriftsteller müssen sich ihren Lebensunterhalt verdienen. Hat er doch selbst gesagt.«

Andy zuckte die Achseln. »Jedenfalls hat sich rausgestellt, dass er gut mit Joanna und Tom befreundet ist. Dass ich das nicht mitgekriegt habe, ist mir ein Rätsel. Ach ja, und er ist mit Roxanne Stevenson verheiratet.«

»Uiii!« Roxanne Stevenson war Professorin am Historischen Seminar. Britin. Ich hatte noch nie ein Seminar bei ihr belegt, aber meine Mutter und ich hatten sie oft im Fernsehen gesehen, in Dokumentationen über die Royals. Ich hatte gerade erst wieder eine geschaut, in den Weihnachtsferien, in einer der unzähligen Retrospektiven über das Leben von Prinzessin Di.

»Gestern Abend bin ich im Agora Zev Neman begegnet«, sagte Andy, und bei dem plötzlichen Themenwechsel wurde mir ganz schwindlig. »Ich schwöre, ich habe nichts gesagt, aber er ist auf dich zu sprechen gekommen.«

»Andy, ich will darüber nicht reden.«

»Keiner in seinem Wohnheim redet mehr mit ihm. Jeder weiß, was Debra und du getan habt, und jetzt ist er so was wie ein Paria. Er hat mir tatsächlich ein bisschen leidgetan.«

»Andy...«

»Er hat gesagt, er wäre echt verwirrt von dem, was passiert ist, und will einfach reden. Ehrlich gesagt, Isabel, ich glaube, er könnte irgendwie von dir besessen sein.«

»Wiedersehen, Andy«, sagte ich, schnippte meine Kippe in den Schnee und machte auf dem Absatz kehrt. Der Wind frischte auf, und ich zog mir den Mantel enger um die Taille. Ich hörte, wie Andy mir etwas hinterherrief, drehte mich aber nicht um.

5

Als ich noch klein und meine Mutter gesund war, gab sie oft Dinnerpartys in unserer Wohnung. Dann stellte sie einen langen Tisch diagonal im Wohnzimmer auf, breitete eine dicke elfenbeinfarbene Tischdecke darüber, drapierte Tücher über die Möbel und dimmte das Licht, damit der schäbige Anstrich der Wände nicht weiter auffiel. Den Tisch deckte sie mit unserem »guten« Porzellan – ich weiß nicht, wie gut es wirklich war, aber es waren andere Teller als die, die wir sonst benutzten –, klobigen Kristallgläsern und Stoffservietten, alles ein bisschen durcheinander, weil im Laufe der Jahre viele Teile kaputtgegangen waren; vielleicht aber hatten wir auch nie ein vollständiges Set gehabt. Ich weiß nicht mehr, was sie kochte, wer kam oder worüber man sich unterhielt. Ich erinnere mich nur, dass meine Mutter unsere Wohnung in etwas Schönes verwandeln konnte, zumindest für einen Abend. Am Morgen danach war der Zauber verflogen.

Die meisten Appetizing Stores wie das Rosen's waren Familienbetriebe, aber meine Mutter ließ keinen Zweifel daran aufkommen, dass es Abes Laden war und sie nichts damit zu tun hatte. Die Ehe meiner Eltern war mir immer ein Rätsel gewesen, nicht aber dieser Teil. Später wurde mir bewusst, wie schwer das für Abe gewesen war und auch für mich, wenn ich einspringen musste, um ihm zu helfen, so wie es eine Ehefrau getan hätte, aber damals leuchtete es mir ein. Meine Mutter war eine Künstlerin, und ihre Kunst hatte immer Vorrang.

Wenn ich von der Schule nach Hause kam, stand sie oft an der Staffelei, noch im Bademantel, mit ungewaschenem Haar, das Frühstücksgeschirr auf dem Tisch, und hatte sich den ganzen Tag den Kopf über dieselbe Stelle auf der Leinwand zerbrochen. Als ich klein war, hatte sie neben ihrer eigenen Staffelei eine kleine für mich aufgestellt, und ich versuchte, die Welt so zu sehen, wie sie sie sah, durch Farben, Formen und Spitzlichter. Doch egal, wie viel Mühe ich mir gab, es gelang mir nie. Später, als ich anfing zu schreiben, versteckte ich meine Arbeit vor ihr, weil ich sicher war, dass das, was ich schuf, keine Kunst war, zumindest nicht in ihrem Sinn. Es war weder eine Qual, noch war es schwierig. Es bedeutete nicht Schmerz.

Am Schwarzen Brett meines Wohnheims hing ein Poster, an dem ich jeden Tag vorbeikam. Es war eine Botschaft der Hoffnung für diejenigen, die sich das Leben nehmen wollten: »Fasst keine endgültigen Entscheidungen, um mit vorübergehenden Gefühlen fertig zu werden.« Die Worte schwebten über dem Bild eines Baums. Er erinnerte mich an eine Serie, die meine Mutter gemalt und dann an meinen Zahnarzt verkauft hatte, um irgendwelche Rechnungen zu begleichen. Sie hatte diesen Baum oft gemalt; es war der einzige, den wir von unserem Wohnzimmerfenster aus sehen konnten. Ein jämmerliches, kleines Ding, dürr und blass, von leeren Bierdosen und Hundehaufen umgeben. Aber auf den Bildern meiner Mutter stand er immer woanders, auf einer Wiese voller Wildblumen oder neben einem Bergbach. Ihre Arbeit erschien wie die Suche nach etwas, nach einem Leben jenseits des Rosen's und der Lower East Side. Wie eine Flucht. Sie wäre nicht die erste Künstlerin gewesen, die danach suchte.

Als ich am Freitagnachmittag zurückkam, waren Kelsey und Jason da. Kelsey saß an ihrem Schreibtisch; ihre Finger flogen über die Tastatur eines türkisfarbenen iMacs. Jason lag ausgestreckt auf der Couch und las *Hasenherz*. Aus dem Ghettoblaster drang die leise Stimme von Sarah McLachlan.

Jason setzte sich auf, um Platz für mich zu machen. »Wo hast du gesteckt?«, fragte Kelsey, ohne von ihrem Computer aufzublicken. Sie hatte einen Fuß unter sich gezogen, und von dort, wo ich saß, sah es so aus, als würde er aus ihrem Hintern wachsen.

»Am Info-Schalter.«

»Echt?«, sagte sie und drehte sich um. »Ich wusste nicht, dass du heute arbeitest.«

»Ich musste eine Extraschicht schieben. Ramona hat ihre Tage.« Kelsey wandte sich wieder ihrem Computer zu, und ich nahm meine Zigaretten heraus. Jason reichte mir den Deckel der Erdnussbutter, den ich als Aschenbecher benutzte. Er hasste es, wenn ich rauchte, wegen seiner Großmutter, die Lungenkrebs hatte, aber er sagte nichts, typisch Jason, freundlich und nett. Immer gut drauf. Meine Mutter hätte ihn als Marzipanmännchen bezeichnet.

»Ich hab dich gar nicht gefragt, wie Maxwells Seminar war«, sagte er. Kelsey hörte auf zu tippen.

»Ganz okay«, sagte ich. »Weißt du, dass sie dieses Semester nicht unterrichtet?«

»Ich glaube, das weiß jeder.«

»Was weiß jeder?«, fragte Kelsey und drehte sich wieder um.

»Dass Maxwell dieses Semester nicht unterrichtet«, sagte Jason. »Weil sie sich von Tom Fisher scheiden lässt.«

»Ist das nicht das Paar mit dem süßen kleinen Mädchen und dem Haus in der June Bridge Road?«, fragte Kelsey. Jason nickte. »Wie schade!« Sie tippte weiter.

»Kennst du den Typ, der für sie einspringt?«, fragte ich Jason.

»R.H. Connelly? Yeah. Ich habe ein paar von seinen Sachen gelesen. Die Gedichte sind erstaunlich, und er hat diesen einen verrückten Roman geschrieben, den alle unmöglich fanden, der mir aber irgendwie gefiel. Ich habe mich immer gefragt, was aus ihm geworden ist. Ich dachte, er hätte sich umgebracht.« Mir fiel die Narbe auf Connellys Hand ein. »Wie geht's Andy?«

Kelsey stöhnte.

»Was ist?«, fragte Jason.

»Sie hasst Andy«, sagte ich.

»Du hasst doch niemanden, Babe.«

Kelsey drehte sich wieder um. »Na ja, Andy mag ich nicht. Er ist ein Angeber und behandelt andere Leute wie den letzten Dreck.«

»Tut er nicht«, sagte Jason. »Jedenfalls nicht immer.« Jason und Andy waren Herausgeber von *The Lamplighter*, Wilders Literaturzeitschrift. Zwischen ihnen herrschte eine freundschaftliche Rivalität, aber Andy hatte Jason in letzter Zeit auch das Leben schwer gemacht, weil der sich an der juristischen Fakultät beworben hatte. Tatsache war, dass Jasons Eltern sein Studium der Englischen Literatur zwar tolerierten – ein Gentleman sollte belesen sein –, aber trotzdem erwarteten, dass er wie sein Vater Anwalt wurde, und Jason war viel zu nett, um sich dagegen zu wehren.

»Aber er hat schönes Haar«, sagte ich. »Das muss man ihm lassen.«

»Yeah«, sagte Kelsey traurig und spielte mit einer ihrer dünnen blonden Strähnen. »Das stimmt. Hey, kommst du heute Abend mit zu Gamma Nu?«

Ich sah sie ausdruckslos an.

»Ihre Winter-Strandparty. Schon vergessen? Gibt es jedes Jahr.«

»Stimmt«, sagte ich. Jedes Jahr im Januar schüttete Jasons Studentenverbindung Gamma Nu Alpha im Erdgeschoss ihres Hauses Sand auf und schaltete die Heizstrahler an, bis alle schwitzten und die Mädchen sich bis auf ihre BHs ausziehen mussten. Jede Menge Strohhüte und Jimmy Buffett. Letztes Jahr wäre unter der Last des Sandes fast der Fußboden eingebrochen, aber ich hatte gehört, dass er seitdem verstärkt worden war. Ich war kein Fan von Verbindungen und fand Jasons Engagement für Gamma Nu abstoßend und unpassend, aber ihre Partys waren gut, und im winzigen Wilder, New Hampshire, einer Stadt mit nur einer einzigen Bar, war das keine Kleinigkeit.

»Bo Benson kommt auch«, sagte Kelsey.

»Kelsey!«

»Was denn?«

»Lass Bo Benson aus dem Spiel.«

»Wieso denn? Er steht auf dich, stimmt's, J? Außerdem ist er süß und echt nett.«

»Kann alles sein«, sagte ich. »Aber ich frage dich: Klingt das nach jemandem, mit dem ich ausgehen würde?«

Jason schaute auf seine Uhr. »Ich muss los, Babe.« Er stand auf und legte die Hände auf Kelseys Schultern. Sie drehte sich um und gab ihm einen raschen Kuss. Ich sah weg, damit sie nicht mitkriegten, wie sehr ich ihre ungezwungene, ungekünstelte Vertrautheit bewunderte. Kelsey und Jason waren schon ewig zusammen – zumindest fühlte es sich wie eine Ewigkeit an, seit der ersten Woche des ersten Studienjahres, daher war ich es gewohnt, Kelsey mit ihm zu teilen. Ich hatte immer gewusst, dass sie mich nicht so sehr brauchte wie ich sie.

Gerade als Jason gehen wollte, kam Debra rein. »Brecht jetzt nicht alle meinetwegen auf. Uff, müssen wir denn echt die ganze Zeit diese traurige Mädchenmusik hören?«

Ich zog sie ins Schlafzimmer, während Kelsey Jason die Treppe hinunterbegleitete.

»Ich hatte dieses Gespräch mit Hansen«, sagte ich. »Wo warst du?«

»Ach ja«, sagte sie und ließ sich aufs Bett fallen. »Hatte ich ganz vergessen. Und, wie war es?«

»Ätzend. Aber er meint, er würde die Sache auf sich beruhen lassen.«

»Siehst du? Hab ich dir doch gesagt.«

»Er hat mir Dr. Cushmans Visitenkarte gegeben, falls ich ›jemanden zum Reden brauche‹.« Ich nahm die Karte aus der Tasche und gab sie Debra.

»Scheiß auf Dr. Cushman.« Sie warf einen flüchtigen Blick auf die Karte und gab sie mir zurück. »Ich frage mich, wie viele Mädchen er da schon runtergeschickt hat. Als würde das was bringen. Erinnerst du dich an Elizabeth McIntosh?«

Ich nickte. Als wir im zweiten Studienjahr waren, stand Elizabeth McIntosh vor ihrem Abschlussexamen. Sie war eine dieser großen, schlanken Privatschul-Typen; Kelsey kannte sie aus den Sommerferien in Quogue. Mehr als ein Jahr lang hatten wir Elizabeth zwei- oder dreimal pro Woche die Treppe von Dr. Cushmans Büro raufkommen sehen. Offensichtlich hatte sie eine ziemlich ernste Essstörung, aber damals fand ich so etwas glamourös. Eines Tages, etwa eine Woche vor ihrem Abschlussexamen, war sie von einem Krankenhauswagen abgeholt worden – ein unerhört dramatisches Ereignis auf unserem winzigen Campus, über das man sich noch fast zwei Jahre später das Maul zerriss. Kelsey zufolge ging es Elizabeth inzwischen besser, aber ein glänzender Beweis für die klinischen Fähigkeiten von Dr. Cushman war sie bestimmt nicht.

Ich legte mich neben Debra. »Wie läuft's mit Reinhard?«, fragte ich. Debra hatte die letzten Nächte mit Reinhard verbracht, einem deutschen Studenten, der uns vor den Ferien Pizza aufs Zimmer geliefert hatte.

»Er geht mir auf den Wecker. Jetzt weiß ich, warum meine Mutter mich immer vor deutschen Jungs gewarnt hat.«

Kelsey steckte den Kopf durch die Tür und fragte Debra, ob sie zu Gamma Nus Strandparty gehen würde.

»Nein«, antwortete Debra verächtlich, und mir war klar, wie das weitere Gespräch verlaufen würde. Ich faltete Dr. Cushmans Visitenkarte zu einem winzigen Rechteck zusammen und hörte zu, wie sie sich stritten, zuerst über das Verbindungswesen und seinen, wie Debra es nannte, zersetzenden Einfluss auf das Campusleben, und dann darüber, wer dran war, das Bad zu putzen. Irgendwann später mischte ich mich ein, erinnerte Debra daran, dass sie beim letzten Mal im Gamma Nu einen

Heidenspaß gehabt hatte – wir hatten den DJ überredet, die ganze Nacht Björk zu spielen –, und erklärte Kelsey, dass zwar letztes Mal Debra das Bad geputzt hatte, sie aber auch diejenige war, die es immer am schlimmsten zurichtete. Doch vorläufig saß ich nur da und hörte zu. Ihre streitenden Stimmen wirkten beruhigend.

Ich betrachtete ein Foto von uns dreien auf der Kommode. Es stammte aus dem Herbst des ersten Jahres, kurz nachdem wir uns kennengelernt hatten. Wir waren ein merkwürdiges Trio: Kelsey, groß und blond in einer Fleecejacke von Patagonia mit runder Tortoise-Brille; Debra, breitschultrig und vollbusig, das dichte dunkle Haar kinnlang geschnitten, sodass ihr Kopf wie ein Dreieck auf ihrem Hals schwebte; und ich, die Kleinste, zwischen ihnen, halb verschwunden in meinem langen Rock und dem schlabbrigen Pullover. In diesem Jahr hatte ich ständig gefroren, mein Körper musste sich noch an das Wetter im Norden gewöhnen, bei dem einem die Kälte unter die Haut kroch wie eine Krankheit. Debra sagte, sie hätte mich für eine orthodoxe Jüdin gehalten, als wir uns zum ersten Mal begegneten.

Meine Mutter hatte mich immer vor Dreiergruppen gewarnt, aber ich hatte noch nie Freundinnen wie Debra und Kelsey gehabt. Meine Schulkameradinnen auf der Highschool waren brutaler und gemeiner gewesen; ihre Verzweiflung war in einem extrem harten Leben begründet. Debra und Kelsey hatten Liebe und Geborgenheit im Überfluss erfahren und teilten sie großzügig mit mir. Sie brachten mir Suppe, wenn ich krank war, oder strichen mir das Haar aus dem Gesicht, wenn ich mich übergeben musste. Letztes Jahr waren wir in den Osterferien zusammen nach Jamaika geflogen, und sie hatten mir geholfen, die Reise zu finanzieren – für sie sei das ein Klacks, sagten sie. Sie hätten nicht im Traum daran gedacht, ohne mich zu fliegen.

»Leute«, sagte ich, als der Streit einen Höhepunkt erreichte. »Ist heute nicht Chili-Abend?«

»Ist heute Freitag?«, fragte Kelsey. Debra nickte. »Dann ist es tatsächlich Chili-Abend.«

Ich stand auf und warf Dr. Cushmans Visitenkarte in den Papierkorb. »Nichts wie los.« Und so brachen wir auf.

6

Die Tür zu Professor Fishers Büro stand offen, aber ich klopfte trotzdem an.

Er winkte mich herein. »Isabel. Setzen Sie sich, setzen Sie sich. Ich bin fast fertig mit Ihren Seiten. Möchten Sie?« Er hielt mir eine Tüte Starbursts entgegen.

Ich nahm eine Handvoll und setzte mich auf das verblichene karierte Sofa neben einen Stapel Dokumentenmappen. Überall in Tom Fishers Büro gab es ähnliche Stapel – auf dem Boden, auf einem kaputten Stuhl in der Ecke, auf den beiden überfüllten Bücherregalen neben der Tür. Ich war gerannt, weil ich Angst hatte, zu spät zu kommen, aber jetzt war klar, dass das nicht nötig gewesen war. Professor Fisher – oder Tom, er bestand darauf, dass ich ihn beim Vornamen nannte – schien gar nicht mitzukriegen, wie spät es war. Ich wickelte ein Bonbon aus und wartete, dass er die Seiten, die ich ihm letzte Woche ins Fach gelegt hatte, zu Ende las.

Toms Büro im ersten Stock von Stringer Hall war nur ein paar Türen von Joanna Maxwells Büro entfernt. Igraine saß normalerweise irgendwo im Flur zwischen den beiden und malte oder kritzelte in ein schwarzes Notizbuch, doch heute war sie nicht da. Das große Fenster hinter Toms Schreibtisch ging auf die Grünanlage des Campus hinaus; das halbe Dutzend Pflanzen auf der Fensterbank wucherte grün und üppig vor sich hin, sodass es aussah, als arbeitete er in einem kleinen Dschungel. An der Wand hing ein Poster von César Chávez neben einem Schild, das für das inzwischen aufgelöste Wilder Grape Policy Action Committee warb. Der ganze Raum stank nach Zigarettenrauch. Tom drehte selbst, ein Ritual, das sich während unserer wöchentlichen Treffen, wenn wir meine Abschlussarbeit besprachen – eine literarische Untersuchung häuslicher Bereiche in Edith Whartons *Zeit der Unschuld* –, mehrmals wiederholte.

»Junge, Junge!« sagte Tom, nachdem er zu Ende gelesen hatte. Seine Stimme war so laut wie ein Nebelhorn. Das war eins der vielen Dinge, die ich an ihm mochte, abgesehen von seinen zerfledderten Pullovern, der kleinen Wampe und dem schielenden linken Auge. »Sie machen Fortschritte! Finden Sie nicht?«

»Ach, ich weiß nicht.«

»Ehrlich gesagt habe ich mir anfangs Sorgen gemacht, aber hier zum Beispiel, wie Sie den Darwinismus einbringen: ›Whartons Gesellschaft ist ein engmaschiges Ökosystem und Gräfin Olenska der schädliche Einfluss, der ausgetrieben werden muss.‹« Er verzog das Gesicht zu einem schiefen Lächeln, und ich musste ebenfalls grinsen. Ich hatte keine Ahnung, ob aus meiner Abschlussarbeit etwas werden würde oder nicht. Ich hinterlegte jede Woche fünf Seiten in Toms Postfach und wartete auf sein Urteil. »Und wie soll es weitergehen?«

Ich erzählte ihm von dem Abschnitt, an dem ich über die ikonoklastische Mrs Mingott arbeitete, Ellen Olenskas Großmutter und vehemente Verteidigerin, die die New Yorker Gesellschaft schockiert, weil sie trotz ihrer vornehmen Nachbarschaft ihr Schlafzimmer ins Erdgeschoss verlegt hat. Eine Anordnung, die im alten New York

Anstoß erregte, denn von ihrem Wohnzimmer aus konnte man nun »einen unvermuteten Blick in ein Schlafzimmer« erhaschen. Eine solche Einrichtung, schrieb Wharton, »erinnerte an französische Romane«, weil sie »eine innenarchitektonische Einladung zur Sittenlosigkeit« lieferte.

»Okay«, sagte Tom und griff nach seinen Blättchen. »Aber wann schreiben Sie über das Geld? Geld ist der Antrieb für alles auf dieser Welt, auch wenn niemand darüber reden will. Es ist eins dieser ›unappetitlichen‹ Themen, denen man tunlichst aus dem Weg geht. Man hasst die Neureichen, aber man braucht sie zum Überleben. Der Witz dabei ist, dass New York schon immer eine kapitalistische Gesellschaft war. Seine Aristokratie basierte nie auf Herkunft – sondern auf *Geld*. Man tat nur gern so, als wäre es anders.« Er streute etwas Tabak in die Mulde, die er geformt hatte, und leckte über die Klebefläche des Papierchens.

Als wir unsere Zusammenarbeit begonnen hatten, war Tom kein Fan von Wharton gewesen. Er hatte ihr Werk wegen ihres Sozialkonservatismus und ihres Reichtums weitgehend abgelehnt und nur widerwillig zugestimmt, meine Arbeit zu betreuen. Aber seitdem hatte er sich für sie erwärmt, was ich als großes Kompliment auffasste. Und umgekehrt hatte auch ich viel von ihm gelernt. Ich hatte Whartons Roman über eine verhängnisvolle Liebe im alten New York immer geliebt, aber Tom hatte mich gedrängt, die sozialen Kräfte zu untersuchen, die unter der Oberfläche lauerten. »Wir meinen, unsere Geschichten seien persönlich«, sagte er mir, »dabei sind wir nur Produkte unserer Zeit.«

Er gab mir die Seiten zurück. »Machen Sie weiter so, Isabel. Sie kriegen das hin. Ich weiß, dass Sie es schaffen.«

Er zündete die Zigarette an und nahm einen Zug. »Wie läuft es im Literatur-Seminar?«

»Ganz gut so weit.«

»Connelly ist ein alter Freund von mir. Ich werde ein gutes Wort für Sie einlegen.« Er lächelte wieder, und ich erinnerte mich daran, was Andy über die Scheidung gesagt hatte, die Art, wie er etwas Ominöses angedeutet hatte. Aber Tom schien sein normales, geselliges Wesen behalten zu haben, und ich war froh, vielleicht lag Andy falsch.

»Vielen Dank«, sagte ich. »Dann sehen wir uns nächste Woche wieder?«

»Haben Sie einen Augenblick Zeit, Isabel? Ich wollte mit Ihnen noch über – über etwas anderes sprechen als Wharton.« Tom legte seine Zigarette auf dem Aschenbecher ab; ein Windstoß rüttelte am Fenster. »Ich glaube, wir müssen uns nicht mehr jede Woche treffen. Sie kommen gut voran und, na ja, ich mache zu Hause gerade eine schwierige Phase durch. Ich weiß nicht, ob Sie es gehört haben, aber Joanna und ich werden uns scheiden lassen.«

Ich hatte keine Ahnung, wie ich darauf reagieren sollte. Wahrscheinlich wussten unsere Dozenten, dass wir über sie tratschten, aber mir war nicht klar, ob ich das zugeben konnte.

»Ich könnte die Fakultät bitten, Ihnen einen anderen Betreuer zuzuweisen«, fuhr er fort, »aber ich halte das nicht für nötig. Ich werde Ihre Seiten weiter abzeichnen, es dürfte also keinen Einfluss auf Ihre Fortschritte haben. Und so angenehm diese Treffen auch sind, eigentlich glaube ich nicht, dass sie wirklich notwendig sind.«

Ich nickte, obwohl ich sie für unerlässlich hielt. Aber ich verstand, warum Tom die Fakultät nicht bitten wollte, einen anderen Betreuer für mich zu finden, denn die Fakultät zu bitten, bedeutete, Joanna zu bitten.

»Das alles tut mir sehr leid«, fuhr er fort. »Sie können schließlich nichts dafür. Wie nennt man so was noch? Kollateralschaden?« Er lachte. »Joanna und ich sind seit mehr als zwanzig Jahren zusammen, man könnte also behaupten, wir hatten Glück. Zwanzig Jahre. Gott, komme ich mir alt vor, wenn ich das sage. Und die ganze Zeit über konnten wir immer miteinander reden, wissen Sie? Ich meine, richtig reden. Manche Paare verlieren das. Wir nicht, trotz *allem*.« Er betonte das Wort so sehr, dass es mir vorkam, als durchdränge seine Bedeutungsschwere den ganzen Raum.

Tom sah aus dem Fenster. Ich wickelte ein weiteres Bonbon aus. Draußen gingen ein paar Studenten über den Rasen, mit hochgezogenen Schultern, um sich vor dem Wind zu schützen.

»Es wurde schwierig, als Joannas Karriere Fahrt aufnahm. Sie war ständig unterwegs. Aber ich war so stolz auf sie! Und als sie nach New Hampshire wollte, habe ich zugestimmt, auch wenn es für meine Karriere eher hinderlich war. Meine Karriere«, spöttelte er. »Was für ein Witz.« Er sah auf seine Hände hinab. Ich registrierte, dass er noch immer seinen Ehering trug. »Sind Ihre Eltern geschieden, Isabel?«

»Meine Eltern? Nein.«

»Das ist gut. Denn ich glaube, für Igraine ist das alles am schlimmsten. Das arme Ding. Joanna war diejenige, die ein Kind wollte«, sagte er, als hätte ich etwas anderes behauptet. »Die Leute sagten, alles würde sich ändern, wenn man ein Kind hat. Ich dachte, na ja, sie kennen Joanna nicht. Sie kennen uns nicht.« Seine Zigarette lag immer noch auf dem Aschenbecher und wurde langsam zu Asche. Er hob sie auf und nahm einen zittrigen Zug. »Wir haben viel durchgemacht, um sie zu bekommen, aber ich bereue nichts. Igraine ist das Licht in meinem Leben! Mehr als das – sie bedeutet mir *alles*.« Wieder dieses Wort. »Arbeitet Ihre Mutter?«

»Meine Mutter? Nicht wirklich, würde ich sagen. Sie war Künstlerin.«

»Oh! Dann wissen Sie ja, wie das ist! Mit einer Künstlerin verheiratet zu sein, so viel Zeit und Konzentration, die man für das Schaffen braucht.« Seine ohnehin laute Stimme wurde noch lauter. »Anfangs habe ich das verstanden, aber dann bekommt man ein Kind, und alles ändert sich. Die Zeit, die man früher füreinander hatte, schwindet. Die Arbeit steht immer an erster Stelle. Und das weiß man natürlich, aber nun ist diese kleine Person da. Jemand muss sie wecken, zum Kinderarzt bringen und dafür sorgen, dass sie Stiefel bekommt. Jemand muss nachts für sie aufstehen, wenn sie einen Albtraum hat, und Törtchen für ihren Geburtstag backen. Die Leute sagen: ›Oh, das ist Sache der Mütter. *Väter* haben *damit* nichts zu tun.‹« Seine Stimme war laut, spöttisch, eine Art Singsang. »Sie wissen doch, was ich meine, oder?«

Ich nickte, aber was wusste ich schon? Ich hatte mich nie als Last für meine Eltern empfunden, keine größere als eine Zimmerpflanze oder ein Goldfisch. Andererseits hätte sich Abe nie eine Bürde vorstellen können, die letzten Endes nicht auf ihm lasten würde. Vielleicht war ich nur ein Teil dessen, was er zu ertragen bereit gewesen war.

Tom redete noch immer. »›Tom, kannst du sie übers Wochenende zu deiner Schwester bringen? Ich muss dieses Kapitel zu Ende schreiben. Tom, kannst du bitte mit ihr zum Spielplatz gehen? Ich brauche Zeit, um meine Vorlesung vorzubereiten.‹« Inzwischen brüllte er geradezu. Ich fragte mich, ob man ihn im Flur hören konnte. »Ich bin es, dem sie alles verdankt, die Preise, die Romane – meine Karriere spielte keine Rolle. Und jetzt will *sie* mir das wegnehmen?« Er schlug mit der Faust so heftig auf den Schreibtisch, dass ein Haufen Bonbonpapierchen zu Boden flog. Die Wucht seines Zorns brachte die Pflanzen hinter ihm ins Wanken. Und dann war es so schnell, wie es begonnen hatte, wieder vorbei.

Die Glocken der Turmuhr läuteten. Es war Mittag. Wenn ich nicht bald ging, würde ich zu spät zu meiner nächsten Vorlesung kommen. Tom griff nach seiner Zigarette, inzwischen nur noch eine Aschesäule, nahm einen letzten Zug und drückte sie aus. »Treffen wir uns in, sagen wir, einem Monat. Bis dahin können Sie mir Ihre Seiten weiterhin in mein Postfach legen. Ach, noch was, Isabel. Würden Sie Amos Jackson über meine Situation informieren? Ich glaube, er ist immer noch im Norden.« Amos war der andere Student, den Tom betreute, aber ich kannte ihn nicht besonders gut und hatte keine Ahnung, wie ich ihm das alles vermitteln sollte.

Als ich in den Flur trat, war ich nervös und zittrig. Es war nicht das erste Mal, dass ich einen Mann dermaßen um sich hatte schlagen sehen, und es würde auch nicht das letzte Mal sein. Aber es war das erste Mal, dass ich mich auf der Empfängerseite fühlte, was natürlich Unsinn war. Tom hätte seinen Wutanfall auch dann gehabt – denn nichts anderes war das gewesen –, wenn ich nicht zufällig da gewesen wäre. Ein paar Studenten liefen durch den Flur. Holly und Alec saßen zusammen auf dem Boden, die Köpfe über eine Ausgabe von *Vanity Fair* gebeugt. Als ich vorbeiging, riefen sie meinen Namen. Sollten sie etwas von Toms Ausbruch mitbekommen haben, schien es ihnen nichts auszumachen. Vor Joanna Maxwells Büro verlangsamte ich meine Schritte; ihr Name prangte in goldenen Lettern auf der milchigen Glastür. Darunter klebten ein Stundenplan vom letzten Semester, eine Postkarte von Virginia Woolf in Schwarz-Weiß und ein paar Karikaturen aus dem *New Yorker*. In der Ecke unter ihrem Namen stand auf einer kleinen Karteikarte »Beurlaubt im Wintersemester 1998. Alle Anfragen bitte an Mary Pat Grimaldi.«

In der zweiten Woche des Semesters war in der Bibliothek schon mehr los. Der Lesesaal füllte sich allmählich, war aber immer noch nicht ganz voll. Ich entdeckte Whitney, sie hatte sich hinter einem Bücherstapel verbarrikadiert und arbeitete sich mit einem gelben Textmarker durch die Seiten eines Artikels. Sie winkte mich zu sich, aber ich zeigte auf meine Uhr und ging weiter.

Vor dem Zettelkatalog blieb ich stehen, zog eine der langen, schmalen Schubladen auf und blätterte die Karteikarten durch, bis ich die fand, nach der ich suchte: CONNELLY, R. H. 1958 – . Am Wochenende hatte ich den Artikel im *Time Magazine* gelesen, von dem Andy mir erzählt hatte. Connelly war zwar nicht auf der Titelseite, spielte aber eine bedeutende Rolle in einer Reportage über zeitgenössische Schriftsteller, die dabei waren, »die Landschaft der amerikanischen Poesie neu zu gestalten«. Er war einer von mehreren Dichtern, die darin vorgestellt wurden, fast alles weiße, gut aussehende Männer zwischen zwanzig und dreißig, die dem Ethos der Achtzigerjahre, um jeden Preis reich zu werden, den Rücken gekehrt und sich stattdessen für das Schreiben von Gedichten entschieden hatten. »Und die Leser«, so der Artikel weiter, »meist junge Frauen, reagieren darauf.« Einer der Dichter war ein Princeton-Absolvent, ein ehemaliger Reserveoffizier, der beim Traktorfahren auf seiner Ranch in Montana abgelichtet worden war. Ein anderer hatte schulterlanges schwarzes Haar und saß am Steuer eines 67er Mustang, der in einer mit Graffiti beschmierten Gasse parkte. Connelly war barfuß vor einer Hütte im Wald fotografiert worden. Er trug ein Flanellhemd und Jeans; hinter ihm sah man einen Stapel Feuerholz und eine Axt, die an einem Baumstumpf lehnte.

Laut Artikel stammte R. H. Connelly aus einer irisch-katholischen Familie in New Jersey. Seine Eltern gehörten der Arbeiterklasse an – sein Vater war Flugzeugmechaniker, die Mutter arbeitete in einer Kantine (eines seiner Gedichte, »Lunch Lady«, handelte von ihr). Die Liebe zur Literatur entfremdete ihn von seinem Elternhaus, das er früh verließ, um sich als Bauarbeiter, Zugbegleiter und Kellner durchzuschlagen und nebenbei Gedichte zu schreiben. Schließlich veröffentlichte er zwei Bücher; das zweite, *Tut mir leid, ich kann nicht lange bleiben*, über den Tod seines Vaters, bekam begeisterte Kritiken und einen renommierten Preis. Dem Artikel zufolge hatte er unzählige Liebesbriefe und Heiratsanträge von faszinierten Leserinnen erhalten. Eine junge Frau war sogar zu der Hütte gefahren, in die er sich zurückzog, wenn er Ruhe und Inspiration brauchte, und hatte ihm ihre Liebe gestanden. »Sie war wirklich nett«, erklärte er, »verstand was von Poesie und war sehr autonom.« Aber als echter Gentleman äußerte er sich nicht weiter dazu.

Mit der Karteikarte in der Hand machte ich mich auf den Weg zum Magazin und den Regalen im dritten Stock, wo die Poesie untergebracht war. Am Ende unserer letzten Seminarstunde hatte Connelly gesagt: »Als Schriftsteller offenbart man dem Leser seinen Abstellraum. Nicht das Wohnzimmer oder die Küche, nicht mal das Schlafzimmer. Nein, man führt sie direkt in sein verdammtes Allerheiligstes, dahin, wo man seine intimsten und unaussprechlichsten Geheimnisse aufbewahrt.« Das hatte ich im Kopf, als ich mich auf den Boden setzte und sein erstes Buch aufschlug, *Eine Welt in Grün*. Langsam und vorsichtig, als streifte meine Hand durch die Schublade mit seiner Unterwäsche.

Diese erste Sammlung war eher still, hauptsächlich Gedichte über die Natur, Sonnenuntergänge, Muscheln, das Spiel des Lichts auf einem Grashalm. Einmal hatte ich zu Jason gesagt, dass ich Poesie nicht verstehe, und er hatte geantwortet: »Das liegt daran, dass du einen Sinn suchst. Du musst sie einfach auf dich wirken lassen. Frag dich nicht, ob du etwas verstehst oder nicht, sondern was du dabei *fühlst*.« Bei der Lektüre von Connellys Werk spürte ich, wie ich nach einem Sinn suchte, nach einem roten Faden, der mir half, das Werk und damit auch den Autor zu verstehen. Ich las alle Gedichte hintereinander, holte dann tief Luft und las sie noch einmal – und noch einmal –, bis ich das Gefühl hatte, loslassen zu können. Ich spürte, wie mich seine Sprache überflutete und sich nach und nach in mir regte, sich wie ein Regenwurm in mich hineinschlängelte.

Connellys zweites Buch, *Tut mir leid, ich kann nicht lange bleiben*, war kürzer als das erste, kaum dicker als ein Schreibheft. Ich fand es seltsam, dass ein so großer Mann so schmale Bändchen veröffentlichte. Connellys Beziehung zu seinem Vater war angespannt gewesen. Er war ein zorniger Mann, Alkoholiker, der mit seinem einzigen Sohn auf schlimmste Art und Weise konkurrierte, trotzdem schrieb Connelly sehr liebevoll über ihn. In einem Gedicht beschrieb er, wie sein Vater mit einem Bier in der Hand auf einer Wiese vor seinem Haus steht und Flugzeugen beim Starten zusieht. Das erinnerte mich an ein Gedicht aus seinem ersten Buch über einen Mann, der einen Schwarm Gänse am Himmel über sich beobachtet. Beide Bilder hatten etwas Trauriges, zwei Männer, die sich nach einer Freiheit sehnen, die sie nicht erlangen können, und ich fragte mich, ob Connelly es bewusst darauf angelegt hatte, dass die Gedichte sich gegenseitig reflektierten. Ich nahm mir vor, ihn eines Tages danach zu fragen. Das Buch enthielt noch mehr Gedichte über seinen Vater, nur das eine besagte über seine Mutter, ein paar, die auf seine eigene schwierige Beziehung zum Alkohol anspielten und wie er die Wut auf seinen Vater auf vielfältige Weise gegen sich selbst gerichtet hatte, verdichtet in der Formulierung »Blut, Schnaps und Frauen«.

Die Gedichte in dieser zweiten Sammlung waren kurz und auf den Punkt, mit Ausnahme des letzten über den Tod seines Vaters. Dieses umfasste fast sieben Seiten. Ich las es hastig, meine Augen stolperten über die Seiten, und ich verschlang es so schnell, dass es mir im Hals stecken blieb. Als ich fertig war, las ich es noch einmal, langsamer, und versuchte herauszufinden, wie es ihm gelungen war, etwas so Unbeschreibliches einzufangen, diesen Augenblick, in dem man von einem Zustand in einen anderen übergeht. Aber auch, wie er es geschafft hatte, den Schrecken und die Hässlichkeit des Todes so wunderbar in Worte zu fassen. Es schien unmöglich, und doch war es ihm gelungen. Seine Worte holten mich zurück zu den letzten Sekunden meiner Mutter, dem Krankenhauszimmer, dem unaufhörlichen Piepen der Maschinen, den widerlichen, ekelhaften Gerüchen. Meine Mutter panisch, verzweifelt, außer sich vor Schmerzen. »So was darf nicht passieren«, hatte Abe immer wieder gesagt, als hätte er ein Mitspracherecht, als hätte die Welt tatsächlich einen Sinn.

Gegen Ende des Gedichts fragte sich Connelly, ob sein Vater gewollt hätte, dass sein Sohn mit ansah, wie sein Körper diese letzte, entsetzliche Wendung gegen sich selbst vollzog, und ob es falsch gewesen wäre, einfach zu gehen. Er beschrieb, wie sehr er sich gewünscht hatte, dass es endlich vorbei war, und als es dann so weit war, wie sehr er sich geschämt hatte, dass er es sich so gewünscht hatte. Genau so hatte ich mich auch gefühlt, als meine Mutter starb, aber ich hatte es niemandem erzählt, weil es sich falsch anfühlte. Wie hätte man nicht jede letzte Sekunde mit jemandem verbringen wollen, den man liebt? Aber Connelly hatte nicht nur darüber gesprochen, er hatte es schwarz auf weiß niedergeschrieben. Es stimmte, was er uns im Unterricht gesagt hatte, man kann alles schreiben, alles sagen. Es gibt keine Regeln. Dieses Gedicht war der Beweis. Ich hatte irgendwo gelesen, dass Schreiben so etwas wie ein Gespräch sei, das man mit einem unsichtbaren Leser führt, und genauso fühlte es sich an, als ich sein Gedicht las. Es war, als hätte er es geschrieben, damit ich es eines Tages auf dem Boden einer Bibliothek in New Hampshire las, über Raum und Zeit hinweg.

Ich schlug das Buch zu und sah mir das Autorenfoto an, auf dem Connelly direkt in die Kamera blickte, als forderte er sie heraus, ihn zu fotografieren. Sein Haar war dunkler, sein Gesicht voller, aber ansonsten sah er genauso aus wie jetzt. Vielleicht jetzt sogar noch besser. Unter dem Foto stand in winzigen Buchstaben der Name der Fotografin: Roxanne Stevenson. Ich sah mich um, bevor ich die Plastikhülle abzog und das Foto aus dem Schutzumschlag herausriss. Ich steckte es tief in die Tasche meines Mantels und ging die Treppe hinunter.

Roxanne Stevenson war Wilder-Absolventin, sie gehörte zu den ersten Frauen, die hier ihren Abschluss gemacht hatten. Sie hatte sieben Bücher geschrieben und sie ausnahmslos bei akademischen Verlagen veröffentlicht, alle zwei Jahre eins. Ihr Spezialgebiet war der Tudor-Hof; am bekanntesten wurde sie durch eine feministischen Neuinterpretation von Anne Boleyn, die sie nicht als raffinierte Verführerin, sondern als Opfer King Henrys und seines Hofstaats darstellte, die sie systematisch diskreditiert hatten. In ihrem letzten Buch dankte sie R.H. Connelly für »seine großzügige und unerlässliche Unterstützung«.

Ich suchte alle Bücher von Roxanne zusammen und sah mir in jedem Buch das Autorenfoto an, um ihre Entwicklung von der jungen Akademikerin mit unverbrauchtem Gesicht zur Frau mittleren Alters nachzuverfolgen. Auf den frühen Fotos hatte sie einen kinnlangen Bob; auf dem letzten Foto trug sie das Haar kurz. Ihre Augen aber waren gleich geblieben, ruhig und konzentriert, ein wenig zu klein für ihr Gesicht. Die dunklen Brauen zogen sich wie der Strich eines wasserfesten Markers über ihre Stirn. Sie trug praktische, einfarbige Kleidung, Blazer, Rollkragenpullover, ein weißes Button-Down-Hemd mit hochgestelltem Kragen.

»Sieh sie dir an«, hatte meine Mutter eines Abends gesagt, als wir vor dem winzigen Fernseher am Fußende ihres Betts saßen. Ich war elf, vielleicht zwölf Jahre alt. »Sie tritt im Fernsehen auf, verdammt noch mal! Man sollte meinen, jemand würde ihr sagen, dass sie ein bisschen Lippenstift auftragen sollte. Und dieser Blazer«, sagte sie und deutete mit ihrer Zigarette auf den Fernseher. »Irgendein billiges Polyestergemisch. Das siehst du doch, oder?« Ich nickte, während meine Mutter die Zigarette an die Lippen führte und einen langen, trägen Zug machte.

Ich war näher an den Fernseher herangerutscht und hatte mir angesehen, wie Roxanne über den Bildschirm flimmerte. Ich hörte nicht mehr auf das, was sie sagte, sondern studierte die Krümmung ihrer Nase, die dunklen Ringe unter den Augen, die offenen Poren auf den Wangen. Ich spürte, wie meine Mutter mich beobachtete. Sie hatte mir beigebracht, nach Schönheit zu suchen, und obwohl ich nie eine Expertin wie sie sein würde, konnte ich schon damals sehen, dass Roxanne keine schöne Frau war. Ich kuschelte mich neben meine Mutter und studierte ihren langen Hals, ihre tief liegenden Augen und ihre zarte Knochenstruktur, während sie meine Wange streichelte. Sie war immer auf der Suche nach Schönheit, als wäre sie etwas Unterirdisches, das wie eine Winterzwiebel unter der Oberfläche vergraben war.

Ich nahm Connellys Foto aus meiner Tasche und hielt es neben das von Roxanne. Kelsey behauptete immer, Paare seien »auf die gleiche Art attraktiv«, doch Connelly und Roxanne waren es ganz sicher nicht. Damals verstand ich noch nicht, was Männer an Frauen anzog, abgesehen von Schönheit, aber ich sah, dass Roxanne nicht schön war und Connelly, ja – schön war, etwas, das mir bei einem Mann noch nie aufgefallen war. Ich versuchte, mir die beiden zusammen vorzustellen, Roxannes dunkles Haar an seinem Gesicht, während seine Hände ihre Beine auseinanderbogen, als schlüge er ein Buch auf. Dann ging das Licht über mir aus, ich stand auf und ließ den Stapel Bücher auf dem Boden liegen.

7

Ich trat über die Mäntel und Rucksäcke, die im Seminarraum 203 auf dem Boden verstreut lagen, und ging zu meinen Platz gegenüber den Fenstern. Connelly saß bereits am Tisch und notierte sich etwas auf seinem gelben Notizblock. Er trug eine schwarze Fleece-Weste über dem Hemd, und es sah aus, als hätte er einen neuen Haarschnitt. Ich mochte diese Pausen, in denen ich mich zurücklehnen und ihn studieren, jedes Detail in mich aufsaugen konnte, als würde ich später danach befragt werden. Ich beobachtete, wie er sich über die Einbuchtung zwischen Nase und Oberlippe strich, und fragte mich, ob sie größer oder kleiner war als die Spitze meines Zeigefingers.

»Okay, Leute«, sagte er, gerade als Ginny hereinstürzte. »Willkommen, Ginny. Als Erstes nehmen wir uns Isabels Geschichte vor. Denken Sie dran, wir fangen damit an, was uns gefällt, bevor wir der Autorin sagen, was man besser machen könnte. Und vergessen Sie nicht, auch wenn Ihre Kommentare mit ›Nimm's mir bitte nicht übel, aber ...‹ beginnen, haben Sie nicht das Recht, alles zu sagen, was Sie wollen.« Damit sah er direkt zu Alec hinüber, der nur die Achseln zuckte, als wollte er sagen: »Wer – ich?«

Wir alle lachten, auch Connelly selbst. Wir hatten jetzt, drei Wochen nach Beginn des Semesters, ein gutes Verhältnis zueinander. Mir gefiel es, wie er mit uns sprach:

als wären wir gleichrangig. Wenn er über etwas lachte, das einer von uns gesagt hatte – einmal sogar über etwas, das ich gesagt hatte –, fühlte es sich authentisch an.

Man hörte das Rascheln von Unterlagen, als die Leute ihre Kopien meiner Geschichte heraussuchten. Einige waren zerknittert und vollgekritzelt, andere völlig unkommentiert. Ginnys Exemplar war so glatt und sauber, dass sie sie vermutlich nicht mal angeguckt hatte. Ich wischte mir die Hände am Rock ab und versuchte ruhig zu atmen. Ich war gespannt, was die anderen dachten. Ich hatte versucht, so zu schreiben, wie Connelly es uns aufgetragen hatte, ungehemmt, ohne Bearbeitung oder Filter. So zu schreiben, als würde mir niemand über die Schulter schauen. Die einzige Person, die ich mir dabei vorgestellt hatte, war er – wie er über etwas lächelte, das ich geschrieben hatte, vielleicht sogar berührt war. Ich stellte mir sein Gesicht vor, ernst und nachdenklich, oder wie seine Hände über die Seiten strichen und er vor dem Umblättern seinen Finger ableckte.

Meine Geschichte spielte während der Fünfzigerjahre in einer Bungalow-Siedlung in den Catskill Mountains. Die Hauptfigur war Miriam, ein zwölfjähriges Mädchen aus Brooklyn. Ihre Eltern waren Juden, die während des Krieges aus Polen geflohen waren. Trotz dieser historischen Details handelte die Geschichte in Wirklichkeit von mir und einer Reise, die ich mit meinen Eltern unternommen hatte, als ich zwölf war, um Abes Bruder Leon und seine Familie in ihrem Haus am See zu besuchen. Wir waren sonst nie als Familie verreist – Abes Job ließ es nicht zu. Ich wusste nicht mehr, wie er es geschafft hatte, in dieser Woche wegzukommen, und auch nicht, warum meine Mutter zugestimmt hatte. Sie konnte Leons Frau, meine Tante Fanny, nicht ausstehen, und Fanny mochte meine Mutter auch nicht. Außerdem hassten meine Eltern die Catskills. Meine Mutter fand sie schäbig und deprimierend. Abe sagte: »Zu viele Juden.« Was ich von der Reise am meisten in Erinnerung behalten hatte, war die Tatsache, dass wir uns sieben Tage lang wie eine normale Familie verhielten und Dinge taten, die meiner Vorstellung nach in normalen Familien üblich waren.

In dieser Woche lernte ich schwimmen, in einem See, der an ihr Grundstück grenzte. Den ganzen Tag über jagte ich meine Cousine Celia und meinen Cousin Benji zu einem Steg, der das Ende des Badebereichs markierte. Wir kletterten hinauf und winkten unseren Müttern am Ufer zu. Meine Mutter sah fast so aus wie die anderen Mütter, die Nasen putzten oder Sandwiches und Limonade in Pappbechern verteilten. Wie der polnische Flüchtling, zu dem ich sie in der Geschichte gemacht hatte, war meine Mutter immer so etwas wie eine Außenseiterin, aber in dieser Woche machte sie einen glücklichen Eindruck, und ich sah, was aus ihr hätte werden können, wenn ihr Leben eine andere Richtung genommen hätte.

Der Grund dafür, dass meine Mutter in dieser Woche so glücklich war, dass sie überhaupt eingewilligt hatte, Leon und Fanny zu besuchen, war, wie ich später erfahren sollte, ihr Entschluss, meinen Vater zu verlassen, sobald wir nach Hause zurückkehrten. Doch dann hatte sie gleich nach unserer Rückkehr erfahren, dass sie Krebs hatte. »Welchen Sinn hatte es da noch?« Das erzählte sie mir später, viel später, in ihrem Krankenhauszimmer. Abe war nach unten gegangen, um die Parkuhr zu füttern, während sie im Sterben lag und mir alle möglichen Dinge erzählte, Dinge, die ich gar nicht wissen wollte. Ich glaube, deshalb hatte ich der Geschichte einen historischen Hintergrund verpasst, nicht nur, weil ich befürchtete, dass sie für sich allein nicht bestehen würde, sondern weil ich wollte, dass meine Figuren von irgendetwas heimgesucht wurden. Miriam und ihre Eltern wurden vom Krieg verfolgt, meine Familie vom Krebs. Auch wenn wir es damals noch nicht wussten, dachte ich jedes Mal, wenn ich auf diese Woche zurückblickte, an die Krankheit meiner Mutter. So viele meiner glücklichen Erinnerungen waren wie diese, so schien es, vom Schatten der Krankheit und des Verfalls überlagert.

In der Schlussszene verbringt Miriam die letzte Nacht am See und schläft mit ihren Cousins auf der überdachten Veranda. Ihre Tante deckt sie zu und bringt ihnen noch einen Teller mit Keksen, dann streichelt sie Miriams Haar, während sie allen Kindern eine Geschichte vorliest. Als Miriam aufblickt und ihre Mutter in der Tür stehen sieht, bekommt sie ein schlechtes Gewissen, weil ihr hier alles so gut gefällt – die Cousins, die Kekse, der See und die Hand ihrer Tante. Weil sie sich dem hingeben, einen Ort lieben will, der ganz anders ist als ihr Zuhause. Das zumindest wollte ich vermitteln; ob es mir gelungen war, würde ich gleich erfahren.

»Mir gefällt die Beschreibung der Mutter am Strand«, sagte Kara unter ihrem Pony hindurch. »Mit ihrem Hut und dem Kaftan erinnert sie mich an eine Blume.«

»Und es ist, als hätte man sie umgetopft«, bot Linus an, aber auf Linus hörte sowieso nie jemand.

»Das Band zwischen Mutter und Tochter ist echt stark«, sagte Ginny, einer von mehreren vagen Bemerkungen, die bestätigten, dass sie meine Geschichte nicht gelesen hatte.

»Sie hat mich sehr an meine eigene Mutter erinnert«, sagte Holly, und dann erzählte sie von einer Reise, die sie mit ihrer Mutter nach Johannesburg unternommen hatte. Normalerweise ging Connelly dazwischen, wenn wir Kommentare machten, die mit uns selbst zu tun hatten, aber Holly unterbrach er nicht. Er hatte den ganzen Morgen nicht viel gesagt, nur lässig auf seinem Stuhl gesessen und an einem Stift gesaugt wie an einer Zigarette. Er ließ uns gern erst mal selbst die Dinge klären, bevor er etwas sagte. Dabei wollte ich so gern wissen, was er von meiner Geschichte hielt, ob sie ihm gefiel oder ob er sie schrecklich fand. Das Schlimmste von allem wäre Gleichgültigkeit.

Alec hob die Hand, obwohl Connelly uns immer sagte, dass wir das nicht tun müssten. »Wie alt ist Miriam in der Geschichte?«

»Zwölf«, antwortete Holly.

Alec verzog das Gesicht. »Sie kommt einem viel älter vor.« Er sah aus, als wollte er noch etwas hinzufügen, als Connelly ihn unterbrach.

»Zugegeben, es ist eine reife Stimme.« Er nahm den Stift aus dem Mund. »Schwer zu glauben, dass hier eine Zwölfjährige spricht.« Ich wollte etwas zu meiner Verteidigung vorbringen, aber als Autorin durfte ich nichts sagen, solange meine Geschichte besprochen wurde.

»Aber«, fuhr Connelly fort und setzte sich jetzt gemächlich auf, wie eine Katze, die aus einem Nickerchen erwacht, »ich glaube, dass das Absicht ist. Es ist die Stimme von jemandem, der auf eine Erfahrung zurückblickt, statt direkt aus der Erfahrung heraus. Das ist eine Entscheidung, die die Autorin getroffen hat, und ich glaube, sie war gut. Schauen wir uns einmal an, wie sie das macht, zum Beispiel auf Seite fünf.« Als die Klasse zur Seite fünf blätterte, sah Connelly mich an und zwinkerte mir zu. Es ging so schnell, dass ich es fast nicht mitgekriegt hätte. Ich senkte den Blick auf meinen Schoß, auf die weißen Knie, die durch meine Strumpfhose schimmerten.

Ich saß da, hörte mir an, wie Connelly über Stimme und erzählerische Distanz sprach, und war schockiert, was er alles in meiner Geschichte hatte entdecken können – Themen, Bilder, Anspielungen und Dinge, die ich gar nicht beabsichtigt und von deren Existenz ich keine Ahnung hatte. Die Geschichte war alles andere als überragend. Miriams Beweggründe blieben im Dunkeln. Der historische Kontext war dünn. Doch Connelly ignorierte die Schwächen und wies stattdessen auf die Stellen hin, an denen mein Text strahlte. Es sei mir gelungen, »die emotionale Landschaft der Geschichte« abzubilden, sagte er, und so, wie er es beschrieb, war das ohnehin alles, was mich als Autorin oder Leserin interessierte: was die Leute sagten und taten oder worüber sie nachdachten, wenn sie gerade nichts sagten oder taten. Mädchen mit Gefühlen. Was zuvor wie ein Manko erschienen war, fühlte sich jetzt an wie ein Geschenk.

»Sie waren sehr schweigsam, Andy«, sagte Connelly, als er fertig war. »Möchten Sie irgendwas dazu sagen?«

Andy saß mir gegenüber und kritzelte in sein Notizbuch. Bevor Connelly ihn aufrief, hatte er sich zu Kara hinübergebeugt und ihr etwas ins Ohr geflüstert, und sie hatte gelächelt wie über einen Insider-Witz. Ich hatte sie ein paarmal außerhalb des Unterrichts zusammen gesehen, wie sie in der Schlange vor der Mensa standen, und einmal, wie sie unter einem Regenschirm gemeinsam die Main Street entlanggingen. Andy hatte den ganzen Morgen geschwiegen, obwohl ich sehen konnte, dass er meine Geschichte gelesen hatte; sein Exemplar wimmelte nur so von Kommentaren.

»Die Geschichte hat etwas Unfertiges«, sagte Andy und blätterte durch die Seiten. »Einiges ist nett geschrieben, ein bisschen sentimental vielleicht, aber ich glaube, das eigentliche Problem ist das Gefühl, dass sie zu sehr an der Wahrheit klebt.«

»Was meinen Sie damit?«, fragte Connelly.

Ich blickte auf meine Hände. Andy kannte mein Leben in groben Zügen; mit ihm hatte ich – abgesehen von Kelsey – vielleicht mehr als mit jedem anderen über meine Mutter gesprochen. »Ich weiß nicht«, sagte er. »Mir kommt das alles autobiografisch vor. Hätte die Autorin mehr der Fantasie überlassen, wäre es vielleicht eine gute Geschichte geworden.«

»Sie finden also, dass sie nicht weit genug gegangen ist?«, fragte Connelly.

»Genau. Es fühlt sich eher an wie ein Fragment als eine vollständige Geschichte. Eine Erinnerung.« Andy schob die Blätter zur Seite. »Ach ja, und man sollte eine Geschichte auch nie mit der Beschreibung des Wetters beginnen. Tut mir leid, aber das ist etwas, über das ich mich jedesmal ärgere.«

Der Raum kicherte. Ich spürte, wie sich mir der Magen umdrehte. Kara sah mit einem matten Lächeln zu mir hinüber.

»Na gut«, sagte Connelly. »Schon möglich, dass die Autorin nicht so weit gegangen ist, wie sie es hätte tun können. Es gibt Dinge, die auch ich gern gewusst hätte. Zum Beispiel, was ist das für ein Leben, das Miriam zurückgelassen hat, und wie unterscheidet es sich von dem, das sie am See vorfindet? Da ist auch die merkwürdige Abwesenheit des Vaters, obwohl er mir vorkommt wie eine positive Figur. Und sicherlich könnte man die historischen Details noch besser herausarbeiten.« Er sprach langsam und bedächtig, als setzte er auf einer belebten Straße einen Lastwagen zurück. »Was das Wetter angeht, weiß ich nicht, ob man wirklich niemals mit dem Wetter anfangen sollte, aber vielleicht gäbe es ja tatsächlich einen besseren Anfang. Hätten Sie einen Vorschlag, Andy?«

»Ich?«, fragte er. »Oh, da müsste ich erst mal drüber nachdenken.«

»Na gut.« Connelly faltete die Hände. »Ich glaube, dass die Figur sehr gut gezeichnet ist, vielleicht gerade deswegen, was Sie daran autobiographisch genannt haben. Und was das Fragmentarische angeht – nun, da würde ich sagen, dass dies gerade ein Teil ihrer Stärke ist. Vielleicht wissen wir nicht alles über die Erzählerin, aber wir wissen genug. Sie hat es nicht nötig, dem Leser alles zu erzählen. Sie respektiert uns insofern, als sie darauf vertraut, dass wir es selbst herausfinden. Hören wir uns zum Beispiel an, was sie am Ende macht.«

Er las es uns vor. »Eines Nachmittags schwamm ich zu weit hinaus, an den Bojen vorbei. Als ich mich umdrehte, waren die Menschen am Strand unglaublich klein. Meine Mutter saß leicht von mir abgewandt da, das Gesicht wurde von der Krempe ihres Hutes verdeckt. Das Wasser unter mir war dunkel und kalt, und ich fragte mich, ob ich es zurück ans Ufer schaffen würde. Einen kurzen Moment lang hatte ich Angst. Doch dann konzentrierte ich mich auf das Echo meines Atems und den Hut meiner Mutter und schwamm zu ihr zurück, Zug um Zug, Stoß um Stoß. Als ich ankam, legte ich meinen Kopf in ihren

Schoß. Überrascht vom Gefühl meiner nassen Haare an ihrem Oberschenkel sprang sie auf. Sie hatte gar nicht bemerkt, dass ich weg gewesen war.‹«

Connelly legte die Blätter weg. »Haben Sie gesehen, wie sie das macht? Dieser kurze Absatz, ein Fragment«, und damit sah er Andy an, »sagt uns alles, was wir über diese Kleine wissen müssen. Sie ist stark. Sie liebt ihre Mutter, die sie für irgendwie unerreichbar hält. Sie kann sich selbst aus einer schwierigen Situation befreien.« Er kniff mit den Fingern seine Unterlippe zusammen. »Sie weiß, wie sie sich retten kann«, sagte er und studierte meine Seiten, als wäre irgendwas darin verborgen. »Ich glaube, was für mich darin mitschwingt, ist die Frage, was wir unseren Eltern schulden und was es bedeutet, unser Leben selbst in die Hand zu nehmen, zu entscheiden, was wir über das hinaus wollen, was sie uns angeboten haben. Trotz der Schwächen der Geschichte geht es im Kern um eine Frage, die bedeutsam und aufrichtig ist, und was erwarten wir denn sonst von der Literatur?«

Im Seminarraum war es still. Ich war fassungslos. Der Klang meiner Worte aus seinem Mund hatte mich tief bewegt. Connelly blickte aus dem Fenster, und es sah so aus, als wollte er noch etwas sagen, doch dann holte er tief Luft. »Na schön. Machen wir weiter.«

Am Ende des Seminars packte ich meine Sachen zusammen. Als ich meinen Mantel von der Lehne meines Stuhls zog, hörte ich etwas reißen.

»Isabel, warten Sie noch einen Augenblick«, sagte Connelly.

Während ich darauf wartete, dass er das Gespräch mit Ramona beendete, untersuchte ich meinen Mantel und entdeckte einen Riss im Futter – nichts, was sich nicht reparieren ließe, aber irgendwie machte es mich unverhältnismäßig traurig. Jemand hatte einen Vierfarbstift vergessen. Ich war gerade dabei, ihn einzustecken, als Andy und Kara an mir vorbeigingen. Ich wich seinem Blick aus.

»Setzen Sie sich doch«, sagte Connelly, als der Raum leer war. »Ich beiße nicht.« Ich drückte mir den Mantel an die Brust und setzte mich auf den Stuhl, der der Tür am nächsten war. Aus der Nähe war die Narbe auf seiner Hand gezackt und lang und deutete auf größere Gewalt hin. Ich dachte daran, was Jason gesagt hatte, dass Connelly versucht habe, sich umzubringen, und fragte mich, ob da was dran war.

»Ich wollte mich nur vergewissern, dass alles okay ist«, sagte er. »Es ist nicht leicht, für etwas kritisiert zu werden, woran man hart gearbeitet hat, und ich weiß, dass es harte Arbeit für Sie war.«

Als ich nickte, füllten sich meine Augen mit Tränen. Das überraschte mich. Ich versuchte, sie wegzublinzeln, aber dadurch kamen sie nur noch stärker.

»Mist«, sagte ich. »Keine Ahnung, warum ich heule. So aufgelöst bin ich gar nicht.«

Connelly zog ein Taschentuch aus der Tasche und reichte es mir. »Meine Frau sagt immer, Frauen weinen, wenn sie wütend sind.«

»Ich bin nicht wütend.« Ich hielt das Taschentuch an die Nase. Es roch nach ihm, nach Pfefferminz und Holzrauch, vermischt mit Waschmittel.

»Ich würde Sie gern etwas fragen«, sagte er. »Fühlen Sie sich durch Andys Kommentare genötigt, Ihre Geschichte zu überarbeiten, sie besser zu machen?«

Ich überlegte kurz und schüttelte den Kopf.

»Nein, natürlich nicht. Aber es hat Sie veranlasst, an sich und an allem zu zweifeln, was Sie instinktiv über das Erzählen von Geschichten wissen – und Sie wissen eine Menge. Die Leute wollen Ihre Arbeit zerreißen, weil man ihnen beigebracht hat, dass man durch Kritik lernt und wächst. Aber wenn es nach Andy ginge, würden Sie nie wieder an dieser Geschichte arbeiten. Sie würden an überhaupt keiner Geschichte mehr arbeiten. Das ist es, was Kritik bewirken kann, sie selektiert, sodass nur die Starken überleben. Sie dünnt die Konkurrenz aus.« Er lächelte, und die Wut, die ich empfunden hatte – denn es war tatsächlich Wut –, löste sich auf wie Eis in Wasser.

»Erzählen Sie«, sagte er und stützte sein Kinn auf das L seiner Hand. »Wo kommen Sie her, Isabel?«

"New York? Lower East Side?" Immer hob sich meine Stimme am Ende eines Satzes, laut Debra ein Zeichen von Unsicherheit. Ich hasste es, wenn sie mich darauf hinwies, wahrscheinlich weil sie Recht hatte.

»Ah, deshalb haben Sie sich so in die Catskills verliebt. Ich meine, Miriam«, fügte er mit einem Lächeln hinzu. »Ich habe auch eine Zeit lang in der Stadt gelebt – na ja, in Brooklyn. Ich weiß gar nicht, ob echte New Yorker es zur Stadt zählen.«

»Stimmt, wahrscheinlich nicht«, sagte ich und lachte. »Ich habe Familie in Brooklyn. Borough Park? Der orthodoxe Teil der Familie meines Vaters. Wir sehen sie nicht oft. Wir sind nicht gläubig. Ich meine, mein Dad ist es nicht. Er sagt, er habe keine Zeit für Religion. Weil er immerzu arbeitet? Sie finden, wir interessieren uns nur für Geld, aber das ist merkwürdig, weil wir gar nicht so viel davon haben.« Die Worte sprudelten nur so aus mir heraus. Ich hielt mir die Hand vor den Mund, um sie zu stoppen.

»Dann sind wir wohl beide sehr weit weg von zu Hause.« Connelly gab mir meine Geschichte zurück, und ich hielt ihm sein Taschentuch hin. »Behalten Sie es«, sagte er. Ich steckte es ein und stand auf. An der Tür hob ich die Hand zu einem unbeholfenen Gruß. Dann lief ich hinaus und stieß dabei fast gegen den Türrahmen.

Als ich zurückkehrte, war es dunkel in unserem Schlafzimmer. Ich machte Licht und hörte ein Stöhnen im unteren Bett. »Debra?« Ich schaute auf die Uhr, es war kurz nach zwei.

Debra drehte sich auf die Seite und zog die Decke über den Kopf. Das Zimmer roch nach Nelken und Schweiß. »Mach das Licht aus, verdammt.«

Ich tat, was sie verlangte. »Wieso liegst du im Bett?«

»Weil ich müde bin.«

»Ist das alles?«

»Ja«, schnauzte sie. »Das ist alles. Ich musste ein Referat schreiben und war die ganze Nacht auf. Würdest du mich jetzt verdammt noch mal schlafen lassen?«

Ich schloss leise die Tür zum Schlafzimmer und setzte mich an meinen Schreibtisch. Dann nahm ich meine Geschichte aus der Tasche und blätterte zur letzten Seite, auf der Connelly eine Notiz hinterlassen hatte.

Eine sehr schöne Geschichte über Kindheitserlebnisse und die Art und Weise, wie sie uns prägen, über die Entdeckung, dass es viele Arten zu leben gibt. Sie fangen wortgewandt und mühelos die Stimme einer Außenseiterin ein, die dazugehören will. Aber irgendetwas hält sie zurück. Ich würde gern wissen, was.

Auf die vorletzte Seite hatte Connelly noch etwas geschrieben, und zwar an der Stelle der Geschichte, wo Miriam ihre Mutter in der Tür stehen sieht. Ich musste das Blatt quer halten, um es lesen zu können: *Ich habe das Gefühl, dass diese Frau von etwas heimgesucht wird. Etwas in mir fragt sich, ob sie sterben wird.*

Ich drückte die Seiten an meine Brust und vergaß Debra und dass sie mitten am Tag schlief. Im Zimmer war es warm, trotzdem zitterte ich. Die Erschütterung kam von irgendwo tief in meinem Inneren. Ich dachte daran, wie Connelly mich angeschaut hatte, als könnte er etwas sehen, von dessen Existenz ich gar nichts wusste, wie er meinen Namen gesagt und sich ihn auf der Zunge hatte zergehen lassen. Ich nahm das Taschentuch aus der Tasche, presste es ans Gesicht und erinnerte mich daran, wie seine Hand ausgesehen hatte, als er es mir gegeben hatte: rau und rissig vom Wind, der Ehering wie ein Schraubstock, der sich in sein Fleisch bohrte.

8

Meine Eltern hatten sich im Rosen's kennengelernt. »Wo sonst hätte ich ihm begegnen sollen?«, sagte meine Mutter immer, wenn ich sie bat, mir die Geschichte zu erzählen. Sie war eines Tages im Winter mit einer Freundin auf der Suche nach einem Ort, wo sie eine Tasse Kaffee trinken konnten, in den Laden gekommen, und Abe hatte sich in sie verguckt. Groß, schlank, mit glattem langem Haar wie das von Ali McGraw in *Love Story*, sah meine Mutter nicht so wie die meisten anderen Frauen aus, die dort einkauften. »Schön wie ein Filmstar«, sagte meine Großmutter Yetta, Abes Mutter, aber es war nicht klar, ob sie es als Kompliment meinte.

Abe war schon vierzig, noch Junggeselle, und aß fast jeden Abend mit seiner Mutter zu Abend. An dem Tag, als Vivian Rosen's Appetizing betrat, war sie fünfundzwanzig und noch ganz neu in der Stadt. Sie hatte ihre Kindheit in und um Rockland County verbracht und war von einem Haus ins nächste und von einer Stadt in die andere gezogen, alle kleiner und heruntergekommener als die davor. Das Eleganteste an ihr, so behauptete sie gern, war ihr Name. Nach der Highschool hatte sie sofort angefangen zu arbeiten und am Ende genügend Geld gespart, um nach New York zu ziehen, in der Hoffnung, dort Kunst studieren zu können. Die Einzelheiten der Verlobungszeit meiner Eltern sind verschwommen, aber ein Jahr, nachdem sie sich kennengelernt hatten, heirateten sie. Kurz darauf kam ich zur Welt.

Es war nicht vorgesehen, dass Abe Vivian heiratete. Eigentlich war er mit Barbara Horowitz verbandelt, deren Familie die Polsterei am Ende der Straße gehörte. Es war keine arrangierte Ehe; die beiden hatten aus eigenem Antrieb beschlossen zu heiraten, sobald die Zeit reif war, aber als es soweit war, taten sie es nicht. Stattdessen heiratete Barbara Stanley Fishman und zog nach Great Neck. Am Ende verkauften ihre Eltern die Polsterei. Das fand Abe bedauerlich. »Kissen sind immer ein gutes Geschäft«, sagte er.

Eines Tages, als ich acht war, kam Barbara Fishman, geborene Horowitz, mit ihrer Familie in unseren Laden. Keine Ahnung, ob Abe klar war, dass sie vorbeischauen würde. Ich weiß nur, dass ich mit ihm hinter dem Tresen stand, als die Tür aufging und eine Frau hereinkam. Barbara war nicht so schön wie meine Mutter, aber durchaus hübsch. Sie hatte eine Stupsnase, manikürte Nägel und trug einen langen Pelzmantel. Als sie sich zu mir herunterbeugte und meine Hand umschloss, roch sie nach Teerose.

Barbara hatte eine Tochter in meinem Alter, Lauren. Mein Vater sagte, ich solle ihr helfen, sich etwas aus der Süßigkeitentheke auszusuchen. Während Barbara und Abe sich unterhielten, zeigte ich Lauren, wie ich Schokoringe von meinen Fingern aß.

»Hast du auch noch Geschwister?«, fragte Lauren. Sie hatte zwei Brüder, Zwillinge. Sie saßen in einem großen Kinderwagen, den Barbaras Mann Stanley mit einer Hand vor und zurück schob.

»Nein.«

»Du Glückspilz«, sagte Lauren, aber ich fühlte mich nicht glücklich. Ich hatte gerade angefangen, meine Mutter zu fragen, warum ich weder einen Bruder noch eine Schwester hatte. »Isabel, bitte«, sagte sie. »Ein Kind reicht.«

»Wo spielst du denn?«, fragte Lauren und sah sich in unserem überfüllten, verstaubten Laden um. Von draußen hörte man hupende Autos, und aus einem Wagen, der an der Ecke parkte, kam dröhnende Musik.

»In der Schule gibt es einen Spielplatz«, sagte ich, aber eigentlich war es kein richtiger Spielplatz, sondern nur ein Hof, wo wir Gummitwist übten und Bälle gegen eine mit Graffiti verschmierte Mauer warfen. Ich hoffte, wir würden das Thema wechseln, bevor Lauren mich fragte, ob ich Fahrrad fahren könnte. Konnte ich nicht.

Abe ging mit Stanley nach draußen, um seinen Mercedes zu bewundern. Barbara kniete sich hin, um einem der Zwillinge das Gesicht abzuwischen. Lauren fragte mich immer weiter über mein Zuhause und meine Schule aus, was ich am liebsten machte, wo ich spielte. Mir war das unangenehm, als versuchte sie, Löcher in die Fassade der Normalität zu bohren, die ich mir geschaffen hatte. Schon damals hatte ich das Gefühl, dass unser Leben nicht normal war. Meine Freundinnen fuhren ins Ferienlager und gingen in die Kirche, sie hatten Brüder, Schwestern und Großeltern, die ihnen Fünf-Dollar-Scheine zusteckten und sie auf die Wangen küssten. Meine eigene Familie war im Vergleich dazu klein und seltsam – Abe mit seiner Schürze, meine Mutter mit ihren Farben, Yetta mit ihrem finsteren Blick. Selbst wie wir aßen: an einem kleinen Tisch an der Wand unserer Küche, umgeben von Aschenbechern, Farbtuben und fettigen Dosen mit geräuchertem Fisch.

»Wir haben eine Schaukel im Garten«, sagte Lauren und knabberte an dem Schokoring, den sie sich über den Zeigefinger geschoben hatte. Ihre Zähne waren so klein wie die eines Eichhörnchens. »Wir haben ein Klettergerüst und eine Reifenschaukel.«

»Eine Reifenschaukel?« Ich liebte die Reifenschaukel auf dem Spielplatz, zu dem mich meine Mutter manchmal mitnahm, aber ich musste immer warten, bis ich dran war, und wenn die Teenager sie besetzt hatten, hatte ich keine Chance.

»Frag doch deinen Dad, ob ihr uns mal besuchen kommt«, sagte Lauren.

»Wirklich?«

»Ja. Aber er darf bei uns im Haus nicht rauchen. Meine Mutter kann das nicht ausstehen.« Ich warf einen Blick nach draußen, wo Abe mit einer Zigarette in der Hand an Stanleys Auto lehnte. »Wo ist deine Mutter?«, fragte Lauren, doch noch ehe ich antworten konnte, rief Barbara sie, und schon waren sie wieder weg.

Später fragte ich Abe, ob wir sie besuchen könnten. »Mal sehen«, sagte er. In den nächsten Wochen fand ich unsere Wohnung immer unerträglicher, vor allem, wenn ich sie mit Laurens Zuhause verglich, das ich mir wie das Haus aus einer Sitcom vorstellte, mit einem grünen Rasen, einer oberen und einer unteren Etage und natürlich dieser Reifenschaukel. Ich beobachtete meine Eltern. Sie saßen schweigend am Esstisch und rauchten. Meine Mutter blätterte mit ihren farbverschmierten Fingern in einer Zeitschrift. Später wusch Abe das Geschirr ab und nahm ein Fußbad in einer Schüssel, während er sich das Spiel der Yankees ansah, und meine Mutter döste im Bademantel auf der Couch ein. Wie wäre mein Leben wohl verlaufen, fragte ich mich, wenn Abe Barbara geheiratet hätte? Würde ich in Great Neck in einem Haus mit Teppichboden leben? Hätte ich kleine Brüder, eine Reifenschaukel und eine lange gelbe Wasserrutschbahn im Garten?

»Daddy?« Es war ein paar Wochen nach Barbaras Besuch. Meine Mutter schlief schon, aber Abe war wach, sein Gesicht vom Spiel der Yankees im Fernsehen erleuchtet. »Wo würden wir leben, wenn du Barbara geheiratet hättest? Hier oder in Great Neck?«

»*Bubeleh*«, sagte Abe, während sich der Rauch seiner Zigarette unter der Leselampe nach oben kräuselte. »Wenn ich Barbara geheiratet hätte, gäbe es dich gar nicht!« Er lachte und brachte mich zurück ins Bett. Ich aber fand es gar nicht lustig, wie schnell ich ausradiert worden war. Danach fragte ich nie wieder nach Barbara oder Lauren.

Ich flickte gerade den Riss im Futter meines Mantels, als das Telefon klingelte.

»Isabel?« Am Telefon klang mein Vater immer ein wenig verwirrt, als käme er mit dieser neuen Technologie nicht zurecht.

»Hi, Dad. Wie geht's dir? Was macht der Zeh?«

»Nichts, was sich nicht mit ein bisschen Aspirin aus der Welt schaffen ließe. Wie läuft's bei dir?«

»Wie immer. Und bei dir?«

»Wie immer.« Anders als Kelsey, die ihrer Mutter alles erzählte, sprach ich mit Abe selten darüber, wie ich meine Zeit verbrachte. »Wie immer« war die Kurzform dafür, dass alles in Ordnung war, dass ich zurechtkam. Er sagte dasselbe, wenn Leute ihn fragten, wie der Laden lief. Wie immer war das höchste der Gefühle.

Ich nahm das Telefon mit zur Couch und blätterte in einer Zeitschrift – »Alles, was Sie schon immer über Ally McBeal wissen wollten« –, und Abe redete über das Wetter, wo er sein Auto geparkt hatte und über die neuesten Nachrichten zu Präsident Clinton und seine vermeintliche Affäre. »Seit Jahren sind die Republikaner hinter dem Kerl her«, sagte er. »Sieht ganz danach aus, als wären sie endlich am Ziel.«

»Ja, scheint so.«

»Manche Leute behaupten, er würde bis Ende der Woche zurücktreten. Der Kerl ist sich selbst sein ärgster Feind. So viel dazu.«

Draußen hielt ein Wagen mit quietschenden Reifen. Ich sah aus dem Fenster; ein Mann und eine junge Frau liefen hastig über den Gehweg vor unserem Wohnheim. Auf den ersten Blick sah es so aus, als rannte sie vor ihm weg.

»Hab ich dir eigentlich von Lenny Hurwitz' Tochter erzählt?«, fragte Abe. »Wie heißt sie noch?«

»Casey?«

»Casey, richtig. Lenny hat mir erzählt, dass sie an der Johns Hopkins in ein Graduiertenprogramm aufgenommen worden ist, in dem man für die CIA ausgebildet wird.«

»Wow.« Ich versuchte, mir Casey Hurwitz bei der CIA vorzustellen. Als ich sie das letzte Mal gesehen hatte, stand sie mit einem bauchfreien Top und einer lebenden Schlange um den Hals vor dem Mercury.

»Du hast immer gesagt, sie wäre nicht besonders klug«, sagte Abe.

»Vielleicht kommt es da nicht auf Klugheit an.«

»O doch, Isabel, doch.«

Draußen sagte der Typ etwas zu der Frau, woraufhin diese auf dem Absatz kehrtmachte. Es war offensichtlich, dass sie sich stritten. Die Hände der Frau flatterten um ihr Gesicht, und selbst bei geschlossenem Fenster hörte ich das Auf und Ab ihrer Stimmen. Ich kniff die Augen zusammen, konnte aber nicht erkennen, wer sie waren. Er hatte die Kapuze seines schweren grünen Parkas vors Gesicht gezogen. Sie trug eine Mütze über dem langen Haar.

»Hast du ihn gemacht, Isabel?«, fragte Abe.

»Tschuldigung. Hab ich was gemacht?«

»Den Termin bei der Berufsberatung.«

»Nein, noch nicht.«

»Du hast gesagt, du würdest es tun, sobald du zurück bist. Es ist sehr wichtig. Deshalb bist du ja in Wilder, damit du nach deinem Abschluss einen guten Job bekommst.«

»Ach echt, deshalb bin ich hier?«, murmelte ich.

Abe seufzte, und ich fühlte mich schlecht, weil ich so bissig war. Ich hörte, wie er einen Schluck von irgendetwas nahm. Dr. Brown's Cel-Ray Tonic. Er rief immer um diese Zeit an, am späten Nachmittag, kurz vor Ladenschluss. Ich fragte mich, ob viel los gewesen war oder es wieder ein ruhiger Sonntag war. Was er zu Abend essen würde, ob er allein am Tisch oder vor dem Fernseher sitzen würde. Ob er jemanden hatte, mit dem er sich unterhalten konnte.

»Ich ruf da morgen an. Versprochen.«

Nachdem wir aufgelegt hatten, wandte ich meine Aufmerksamkeit wieder dem Paar draußen zu. Ich machte das Fenster einen Spaltbreit auf, um zu hören, was sie sagten, und kniete mich auf die Couch, um besser sehen zu können. Der Wagen stand auf der Straße, hinter dem Paar. Der Motor lief noch, die Beifahrertür stand offen, als wäre jemand nur schnell hinausgelaufen, um etwas zu holen. Im Wagen saß noch jemand. Ich konnte sehen, wie jemand von hinten auf den Vordersitz krabbelte.

Die Sonne war fast verschwunden. Bei offenem Fenster wurde es schnell eiskalt im Zimmer. Ich wollte es gerade schließen, als ich hörte, wie der Kerl »Verdammt noch mal, Joanna!« brüllte. So laut, dass ich es hier oben im vierten Stock hören konnte, so laut, dass die Worte an den Gebäuden widerhallten und in den Abendhimmel hinaufflogen. Als ich sah, wie Tom Fisher Joanna Maxwell am Arm packte und zurück zum Wagen zerrte, sodass ihre Absätze durch den Schnee schleiften, stockte mir der Atem. Dann stieß er sie in den Wagen und schlug die Tür zu. Bevor er Gas gab, sah ich Igraines kleines, vom Weinen verzerrtes Gesicht am Fenster.

Ich drehte mich auf den Knien um und duckte mich unter die Fensterbank. Ich spürte, wie das Blut in meinen Schläfen und Achselhöhlen pulsierte. Später würde ich mir einreden, dass das, was ich gesehen hatte, nicht so schlimm gewesen war, doch in diesem Augenblick, direkt danach, ging mir die gewalttätige Szene, deren Zeugin ich geworden war, nicht aus dem Kopf. Wie Tom seine Frau gepackt und sie verzweifelt versucht hatte, sich loszureißen. Ich erschauerte, als ich mich an den blauen Fleck an Joannas Hals erinnerte, den ich neulich vor Dean Hansens Büro gesehen hatte, an Toms Wutausbruch während unseres Termins, wie er mit der Faust auf den Schreibtisch geschlagen hatte. Ich überlegte, Abe zurückzurufen, aber wahrscheinlich hatte er den Laden schon verlassen, um oben ein Fußbad zu nehmen. Ich wollte ihn nicht stören und außerdem, was sollte ich ihm sagen, und was sollte er antworten? Und was hatte das Ganze mit mir zu tun?

Ich schloss das Fenster und hörte mir Joan Armatradings Song über das Mischen von Wein mit Wasser an, während ich das Futter meines Mantels zu Ende flickte.

Die Sonne war jetzt untergegangen, das Zimmer fast dunkel. Ich riss den Faden mit den Zähnen ab, so wie meine Mutter es immer getan hatte, und machte mich auf den Weg in die Stadt, um Kelsey und Jason im Kino zu treffen. Ich überlegte noch, ob ich ihnen erzählen sollte, was ich gesehen hatte, aber dann gingen die Lichter aus, und ich ließ mich von den Bildern auf der Leinwand einlullen. Während wir uns einen Becher mit fettigem Popcorn hin und her reichten, fragte ich mich, warum ich so schockiert gewesen war. Dass Ehepaare sich streiten, war doch normal, oder? Manchmal in der Öffentlichkeit, und manchmal sogar vor den Augen ihrer Kinder. Es war bedauerlich, aber nicht ungewöhnlich, und vor allem war es nicht mein Problem. Daher schob ich es beiseite, lehnte mich zurück und genoss den Film, so wie die Werbung es empfahl.

Tom hatte mir vorgeschlagen, noch einmal *Die kühle Woge des Glücks* zu lesen, Whartons Roman aus dem Jahr 1913 über den sozialen Aufstieg von Undine Spragg. Anders als Ellen Olenska, deren Entscheidung, sich scheiden zu lassen, sie beinahe ruiniert, benutzt Undine mehrere Scheidungen als Mittel, um voranzukommen. Was bedeute es für eine Frau, ihr Schicksal selbst in die Hand zu nehmen?, hatte Tom gefragt. Und warum finden wir Undine so geschmacklos? Sind uns Heldinnen, die leiden, lieber?

Ich zog eine Tüte M&Ms aus dem Automaten und aß sie langsam, während ich durch das Magazin wanderte. Ich lutschte die süße Hülle ab und ließ mir die Schokolade auf der Zunge zergehen. In dem Bereich, in dem Wharton untergebracht war, brannte Licht. Da war ein Mann. Er hatte den Kopf zur Seite geneigt und die Arme vor der

Brust verschränkt. Ich brauchte eine Sekunde, um zu erkennen, dass es Connelly war.

»Isabel«, sagte er. »Mein Gott. Haben Sie mich erschreckt.«

»Tut mir leid.« Ich wich zurück.

»Schon okay. Ich war in Gedanken. Mir wird zwischen so vielen Bücherregalen immer ein bisschen schwindlig.« Er trug ein graues Sweatshirt mit der Aufschrift RUTGERS und eine schwarze Wollmütze. So, wie das Haar jetzt aus dem Gesicht gestrichen war, wirkte er jung, wie jemand, dem ich im Keller einer Studentenverbindung oder in der Waschküche eines Studentenwohnheims hätte begegnen können.

»Ich wollte mir nur eben ein Buch da rausnehmen.«

Er sah sich um. »Dachte ich mir.«

»Nein. Ich meine, von hier.« Ich zeigte auf das Regal direkt vor ihm.

»Oh.« Der Gang war schmal, aber breit genug, um das Buch herauszuziehen, ohne ihn zu berühren. »Wharton. Eine meiner Lieblingsautorinnen.«

»Meine auch.« Ich presste mir die Fingerknöchel gegen die Wangen, um mein Erröten zu verbergen. Er fragte mich, woran ich arbeitete, und ich erzählte ihm von meiner Abschlussarbeit.

»Klingt interessant«, sagte er, als meinte er das wirklich ernst. »Ach ja, das wollte ich Ihnen noch sagen. Ich habe eine Geschichte gelesen, die Sie in dieser feministischen Zeitschrift geschrieben haben.« Er tippte sich an die Stirn. »Irgendwas mit Bitch?«

»*Bitch slap.* Wie kam denn das?«

»Roxanne, meine Frau, wurde für eine der Ausgaben interviewt. Sie lag bei uns herum.«

»Ach ja, richtig.« Debra hatte Roxanne letztes Jahr zu ihren Erfahrungen in Wilder interviewt. Der Artikel trug den Titel »Better Dead Than Co-Ed«, ein bekannter Slogan gegen die Koedukation. Ich hatte vergessen, dass ich in dieser Ausgabe eine Geschichte über eine Party in einer Verbindung geschrieben hatte, die aus dem Ruder lief. Ich hatte die Handlung mit Passagen aus dem Wilder-Glossar gespickt, einer Broschüre, die an Erstsemester verteilt wurde, um sie mit dem Wilder-Jargon vertraut zu machen.

»Gibt es wirklich so was wie Wilder-Slang?«, fragte Connelly.

»Sicher«, sagte ich. »*Boot, rager, mung.*«

»Gott, was ist das? Halt. Will ich das wirklich wissen?«

Ich tat so, als würde ich darüber nachdenken. »Ich glaube, Sie können es verkraften. *Boot* bedeutet kotzen, *rager* ist eine Party und – mein persönlicher Favorit – *mung*, die Schicht aus Spucke, Pisse, Bier und Kotze auf dem Kellerboden aller männlichen Studentenverbindungen.«

Er lachte. »Mein Gott. Was für ein Ort! Meine Frau hat auch ein paar solcher Geschichten auf Lager. Bevor das College sich für gemischten Unterricht entschied, hat man die Frauen für die Partys in einem Laster angekarrt. Wenn ich mich recht erinnere, nannte man ihn ›Fuck Truck‹.«

»O je«, sagte ich und lachte mit ihm. »Ich kann's kaum glauben, dass Sie meine Geschichte gelesen haben. Sie war irgendwie albern.«

»Nein«, sagte er und wurde plötzlich ernst. »Sie war ganz und gar nicht albern. Sie war erschreckend. Durch den Einsatz des Glossars haben Sie aufgezeigt, wie dieses Verhalten von der Gesellschaft geduldet wird und dass sie sogar so weit geht, es schwarz auf weiß festzuhalten.«

»Hab ich das? Wow! Sie sind gut.«

Er sah auf seine Tennisschuhe hinab. »Es ist das, was ich kann. So was wie meine Superpower. Die einzige, die ich besitze. Aber geht es hier tatsächlich so zu?«

Ich öffnete den Mund und schloss ihn dann wieder, ehe ich sagte: »Yeah.«

»Mist.«

Wieder lachte ich. Das Licht über uns brummte, wie eine Biene, die in einem Fensterrahmen gefangen war. Ich dachte an die Geschichte im *Time Magazine* und an das Mädchen, das zu seiner Hütte gefahren war. Ich wollte ihn schon ausfragen, über die Gedichte, die Hütte, das Mädchen, aber dann ging das Licht aus. In der plötzlichen Dunkelheit leuchteten Connellys Augen wie die eines Tiers, das von einem Scheinwerfer erfasst wird. Es hatte etwas unglaublich Intimes, das Lachen, die Dunkelheit. Ich wollte, dass es nie aufhörte, wusste aber, dass das unmöglich war. Schließlich sprach ich zuerst, weil ich nicht wollte, dass er den Zauber brach.

»Tja, ich glaube, ich muss jetzt gehen.«

»Bye, Isabel. War nett, mit Ihnen zu plaudern. Viel Spaß mit Wharton.« Er drehte an der Zeitschaltuhr, die das Licht regelte, und wandte sich wieder den Regalen zu. Beim Rausgehen fiel mir auf, dass ich nicht gefragt hatte, wonach er suchte. Ich hatte ohnehin nicht viel gefragt. Wann würde ich je wieder Gelegenheit dazu haben?

Das Buch an die Brust gedrückt, lief ich rasch durch die Gänge und an Andys Kabuff vorbei, ohne darauf zu achten, ob dort Licht brannte. Ich wusste nicht, wohin, nur dass ich allein sein musste. Ich schlich mich in die Toilette unter der Treppe und schloss die Tür. Ich bekam kaum Luft, meine Brust hob und senkte sich. Ich betrachtete mich im Spiegel über dem Waschbecken. Mein Gesicht war gerötet, ein Spinnennetz von Rot zog sich über den Hals. Ich legte eine Hand auf mein Brustbein, spürte ein Kribbeln in der Handfläche; ein Durcheinander von Energie strömte durch meinen Körper und sammelte sich im Ursprung meines Ichs.

Ich schloss die Augen und stellte mir vor, wie Connelly mich im Dunkeln beobachtete, sah einen Teil seines Wangenknochens, die fingerspitzenbreite Einbuchtung über der Oberlippe, erinnerte mich an die Wärme seines Körpers, als ich an ihm vorbei gegriffen hatte. Das Gefühl überkam mich so schnell, dass ich es zuerst gar nicht erkannte. Ich schob meine Hand unter den Pullover, während mir Bilder aus meiner Vergangenheit durch den Kopf schossen: verschwitzte Keller, aneinandergepresste Körper, Hände, die weiche, geheime Stellen erforschten. Der Geruch nach Schweiß, Bier, Erbrochenem, Verlangen. Das Buch fiel zu Boden, als ich mir die Hand in die Hose schob und mir vorstellte, wie der Fuck-Truck draußen vorfuhr, mit Fenstern, die von Sex beschlagen waren, Connellys Stimme hörte, sanft und leise, die mich umspülte wie Wasser. Dann tauchte ich unter dieser Welle hindurch und schwamm auf das Licht zu.

9

Seit ich Debra mitten am Tag im Bett vorgefunden hatte, behielt ich sie im Auge. Manchmal suchte sie Zuflucht an solch dunklen Orten – heute würde ich es Depression nennen, damals aber gehörte es zu dem, was Debra zu Debra machte. Himmelhochjauchzend, dann wieder zu Tode betrübt. Zum ersten Mal aufgefallen war es mir im ersten Semester, ein paar Wochen nach einer unserer Crushgirls-Aktionen. Wir wohnten noch nicht zusammen, waren nicht befreundet, gingen aber in ein gemeinsames Seminar. Nachdem sie ein paar Tage lang nicht aufgetaucht war und nicht auf meine Anrufe reagiert hatte, machte ich mich auf die Suche nach ihr.

Damals wohnte sie mit Kelsey zusammen, in einem Doppelzimmer im ersten Stock von Sagebrook Hall. Sie lagen sich ständig in den Haaren, meistens ging es darum, wer mit Putzen dran war. Ich klopfte mehrmals, ehe ich eintrat. Nachdem sich meine Augen an die Dunkelheit gewöhnt hatten, begriff ich, warum Kelsey sich ständig beschwerte. Das Zimmer war ein einziges Chaos. Überall flogen Klamotten und Papiere herum, eine leere Doritos-Tüte, eine halb volle Flasche Sprite. Der Mülleimer in der Ecke war voll; ich erkannte offene, mit Blut verschmierte Maxi-Pads. Im Zimmer stank es, nach Körpergeruch und etwas, das ich nur als Fäulnis bezeichnen kann.

Ich ging ans Fenster und zog die Jalousien hoch. Debra steckte den Kopf aus einem Haufen schmutziger Bettwäsche. Sie sah genauso schlimm aus wie das Zimmer. Sie war dünn, was ihr wahrscheinlich gefiel, und das Haar war zerzaust, die Haut unrein und fleckig. Am erschreckendsten waren ihre Augen, sonst so glitzernd und flink, wirkten sie jetzt leer und milchig. Tot.

Ehe ich fragen konnte, was los war, läutete das Telefon. Keine von uns machte Anstalten, dranzugehen. Nach dem vierten Klingeln sprang der Anrufbeantworter an.

»Debra?« Es war ihre Mutter, Marilyn Moscowitz. »Honey, geh dran, wenn du da bist.« Sie wartete und räusperte sich. »Na gut, ich hoffe, du nimmst nicht ab, weil du aufgestanden und rausgegangen bist. Das ist ein gutes Zeichen. Hör zu, Patel hat ein Rezept für dich ausgestellt. Du kannst es morgen im Gesundheitszentrum abholen. Außerdem habe ich mit Dekan Hansen gesprochen. Er sagte, da es nur noch ein paar Wochen bis zum Ende des Semesters sind ...«

Debra kroch unter der Bettdecke hervor und drückte auf die Stopptaste des Anrufbeantworters. Ihre Bewegungen waren so langsam, als hätte sie sich den Fuß gebrochen.

»Was ist los mit dir?«, fragte ich. »Bist du krank?«

»Nicht wirklich«, sagte sie und kehrte ins Bett zurück. »Ich habe diese Zustände. Irgendwas stimmt nicht mit meiner Verkabelung.« Der Anrufbeantworter piepste und surrte. »Sie macht sich nur Sorgen, dass ich das Semester nicht beende. Ich habe diesen Sommer ein Praktikum in New York. Das sollte ich nicht verpassen.« Sie rieb sich die Augen und sah mich an. »Was machst du hier eigentlich?«

»Ich wusste nicht, wo du bist. Ich hab dich vermisst.«
Bevor ich das aussprach, war mir nicht bewusst gewesen, dass es stimmte.

Den Rest des Tages saß ich an ihrem Bett. Während sie schlief, brachte ich den Müll runter, wusch eine Ladung Wäsche, räumte ihre Kleider weg. Die Sonne ging unter. Debra wachte auf, und ich half ihr aus dem Bett. Während sie duschte, wechselte ich das Bettzeug. Wir gingen in die Kantine, und über einer Schale frozen jogurt erzählte sie mir alles, was im Lauf der Jahre passiert war – Stimmungsschwankungen, Ärzte, Medikamente. Ich wiederum beschrieb ihr, wie meine Mom manchmal tagelang nicht das Bett verlassen, sich weder die Haare gewaschen noch angezogen hatte. Ich hatte immer gesagt und sogar mir selbst eingeredet, dass sie erschöpft von ihrer Arbeit war, doch das war nur die halbe Wahrheit. Debra nickte. »Ich glaube, ich hole mir noch einen«, sagte sie und griff nach ihrer Schale. An diesem Tag verputzte sie vier Portionen Joghurt.

Danach kam sie langsam wieder zu sich. Sie holte Versäumtes nach, beendete das Semester und absolvierte das Praktikum in einer New Yorker Anwaltskanzlei. An diesem Tag hatte sich etwas zwischen uns verändert. Ich hatte sie während einer ihrer schlimmsten Phasen erlebt und stellte fest, dass das oft etwas ist, das Frauen verbindet. Männer bewundern einander, wenn sie in Hochform sind, Frauen dagegen tauschen sich aus, wenn sie abgrundtief verzweifelt sind. Soweit ich weiß, hatte Debra danach nie wieder eine Krise, doch jedes Mal, wenn ich den Verdacht hegte, dass sie wieder abzurutschen drohte, wurde ich wachsam, als könnte ich sie mit bloßer Willenskraft über Wasser halten.

Jetzt machte ich mir erneut Sorgen. Debra war launischer als sonst, ihr Verhalten unberechenbar. Auf ihrem Bett stapelten sich Klamotten, und ihre Laken hatte sie seit Wochen nicht mehr gewechselt. Es gab unbeantwortete Nachrichten von Marilyn auf unserem Anrufbeantworter. Nach dem ersten Semester hatte Kelsey gezögert, wieder mit Debra zusammenzuziehen, dann aber meinetwegen und weil Debra ihr versprochen hatte, dass es ihr besser ginge, ihre Meinung geändert. Ich war mir nie ganz sicher, wie viel Kelsey tatsächlich wusste, ob Debra sich ihr jemals so anvertraut hatte wie mir. Doch selbst wenn sie es getan hatte, wusste ich nicht, ob Kelsey es verstanden hätte. Sie hielt Debras Schlamperei für einen Charakterfehler, ein Zeichen ihres allgemeinen Mangels an Disziplin, etwas, das sie kontrollieren könnte, wenn sie sich nur genug anstrengte. »Du musst sie nicht beschützen«, sagte Kelsey, wenn ich mir Sorgen um Debra machte. »Du bist nicht für sie verantwortlich.« Aber wer dann, fragte ich mich. Wer fing uns auf, wenn nicht unsere Freunde?

Jedes Jahr im Februar veranstaltete die Anglistische Fakultät eine Party für die Abschlussjahrgänge, die sogenannte Senior Mingle. Sie lieferte regelmäßig den besten Stoff für die Gerüchteküche unseres Fachbereichs und war, soweit wir wussten, immer von Joanna und Tom organisiert worden. Dieses Jahr aber war angesichts der Umstände nicht klar, ob die Party wie üblich stattfinden würde.

Als wir am Mittwoch zu Professor Connellys Seminar kamen, waren die Einladungen noch nicht verschickt worden. Es herrschte ein kollektives Gefühl der Enttäuschung, weil uns die Möglichkeit verwehrt werden könnte, uns in Schale zu werfen und mit unseren Dozenten zu trinken, so wie Generationen von English Majors in Wilder vor uns. Dieses Gefühl der Ungerechtigkeit überwog die Sorgen, die wir uns um Tom hätten machen können, der sich angeblich letzte Woche krank gemeldet hatte, oder Joanna, die Ramona am späten Samstagabend in Jogginghose und mit einer dunklen Brille im Grand Union gesehen hatte, wo sie einen Einkaufswagen voller Toaster Waffles, Maxi-Pads und Motrin vor sich her schob. Oder waren es Pop Tarts, Windeln und Excedrin? Wir kicherten wie blöd über die Absurdität dieser Details. Ich hatte niemandem von dem Streit erzählt, dessen Zeugin ich gewesen war, und je mehr Zeit verging, desto schwächer wurde die Erinnerung daran. Seitdem hatte ich Tom nur ein einziges Mal gesehen. Er stand vor dem Studentencenter und starrte ins Leere. Ich wusste nicht, was ich ihm hätte sagen können, deshalb hatte ich einen Umweg gemacht, um ihm nicht zu begegnen.

Es war ein mieser Tag, regnerisch und grau; die feuchte Kälte kroch einem in die Knochen. Normalerweise war es im Seminarraum 203 so hell, dass wir das Licht nicht einschalten mussten, aber heute schon. Auf der anderen Seite des Tischs las Linus die Zeitung. »Protokolle im Weißen Haus zeigen drei Dutzend Besuche von Lewinsky«, lautete eine Schlagzeile.

Whitney setzte sich und fuhr sich mit den Fingern durchs nasse Haar.

»Wenn ich gewusst hätte, dass es hier so kalt wird, dass einem die Haare einfrieren, hätte ich auf meine Mutter gehört und wäre an die USC gegangen.«

Connelly kam ein paar Minuten zu spät. Sein Hemd war falsch geknöpft, und unter dem Kinn klebte noch ein Rest Rasierschaum. Ich wurde rot, als ich mich an unser Gespräch in der Bibliothek erinnerte. Ich war schon früher verknallt gewesen und würde es wieder sein, aber diesmal war es anders. Wenn es um Jungs ging, sagte Debra immer: »Wenn du es fühlst, ist es da. So was bildet man sich nicht ein.« Ich fand das auch. Irgendwas passierte zwischen zwei Menschen, wenn es um gegenseitige Anziehung, Aufregung ging. Doch Connelly war älter, verheiratet, mein Professor – für so was gab es Regeln. Später wurde mir bewusst, dass es für so was eben keine Regeln gab, und deshalb lief ich vor heiklen Situationen mit Kollegen oder Freunden von Freundinnen so schnell wie möglich weg. Aber damals wusste ich es nicht besser. Oder vielleicht doch: Als ich an jenem Abend von der Bibliothek nach Hause kam, hatte ich Connellys Taschentuch und sein Autorenfoto aus der Schublade mit meiner Unterwäsche genommen und beides in die Mülltonne am Ende des Flurs geworfen.

»Legen wir los.« Connelly knöpfte die Manschetten seiner Ärmel auf und krempelte sie hoch.

»Andy, sind Sie so weit?«

»Jep.« Andy schniefte laut. Er hatte eine Schachtel mit Taschentüchern neben sich und einen Thermobecher, aus dem er langsam und vorsichtig einen Schluck nahm. Nase und Wangen waren gerötet, als hätte ihn jemand geohrfeigt. Mit seinem Mantel und dem weinroten Schal, den er sich um den Hals gewickelt hatte, sah er aus wie ein schwindsüchtiger Dichter aus dem neunzehnten Jahrhundert. Es fehlte nur noch die Mansarde.

»Hat sie gerade eine Halsschmerztablette für ihn ausgepackt?«, flüsterte Whitney. Ich sah, wie Kara Andy etwas zuschob und ihr glatter, unbehaarter Unterarm den seinen kurz berührte.

Andys Geschichte war kurz, nur drei Seiten lang. Ich schätzte diese Kürze. Letzte Woche hatte uns Linus einen dreißigseitigen Auszug aus seinem laufenden Projekt geliefert, in dem es um einen Serienmörder ging, der Prostituierte stalkte. Ich hatte ihn nur überflogen. Andys Geschichte handelte von einer Frau, die an Demenz litt. Sie hieß Agnes und befand sich offenbar in einem Krankenhaus oder Altenheim. Ein paar Figuren tauchten auf und verschwanden wieder, vielleicht eine Krankenschwester und eine Enkelin, oder es war ihr Sohn? Die Gesamtwirkung des Textes blieb vage, was möglicherweise Agnes' schwachen Halt im Leben unterstreichen sollte. Die Geschichte war wunderschön geschrieben – darin war Andy ein Meister –, aber irgendwas daran wirkte gekünstelt. Kalt. Ich hatte immer Mühe gehabt, seine Texte zu verstehen, und erklärte es mir damit, dass ich einfach keine gute Leserin war. Connelly hatte uns gesagt: »Man schreibt *für* den Leser. Es ist unsere Aufgabe, dafür zu sorgen, dass er es versteht.« Außerdem wies außer ihrem Namen nichts darauf hin, dass Agnes eine Frau war. Es ging um jemanden, der dem Tod sehr nahe war, aber erstaunlicherweise ließ mich das kalt. Das hätte ich zu der Geschichte gesagt, wenn man mich gefragt hätte, aber ich hatte bereits beschlossen, den Mund zu halten.

Connelly eröffnete die Diskussion, wie er es immer tat, und fragte nach unseren »Gedanken, Eindrücken, Vorurteilen und Offenbarungen«. Holly hob als Erste die Hand.

»Man merkt total, dass die Geschichte von einem Dichter stammt.« Holly richtete sich auf und straffte die Schultern. Ich wusste nie, ob sie tatsächlich so eine große Oberweite hatte oder es nur so aussah. Meiner Mutter hätte Holly gefallen, sie hätte gesagt, dass sie das Beste aus dem machte, was sie hatte.

Connelly hatte ein Bein über das andere geschlagen, in Form einer 4, und sein Fuß vibrierte wie die Flügel eines Kolibris. »Erklären Sie mir, warum Sie das denken, Holly.«

Holly wies auf Sätze hin, die Andys Handschrift trugen, bei denen man sah, wie viel Arbeit darin steckte, wie viel Mühe er sich gegeben hatte. Das erinnerte mich an meine Mutter und die Art, wie schwierig und schmerzhaft sie ihr Künstlerdasein immer hatte erscheinen lassen. Bei mir war das nicht so. Die Geschichten und Wörter strömten einfach aus mir heraus. Allmählich hatte ich den Eindruck, dass das vielleicht gar nicht schlecht war.

»Die Sprache, die Sie beschreiben, ist poetisch.« Connelly brach das Wort auf einzelne Silben herunter, als wollte er hineinbeißen. »Allerdings würde ich behaupten, dass die Sprache in diesem Fall als Maske dient. Als eine Möglichkeit, sich vor der Wahrheit zu verstecken. Es geht um eine Frau am Ende ihres Lebens. Vielleicht ist eine schöne Sprache hier gar nicht so angebracht.«

Die Studenten im Raum rutschten nervös hin und her. Holly saß mit offenem Mund da, als wartete sie darauf, dass ihr jemand etwas hineinsteckte. Kara wickelte ein weiteres Hustenbonbon aus und schob es Andy zu. Es blieb unangetastet auf dem Tisch zwischen ihnen liegen.

»Worum geht es in dieser Geschichte?«, fragte Connelly und wedelte mit Andys Papieren. »Ich meine, wovon handelt sie wirklich? Geht es um eine Frau am Ende ihres Lebens, oder ist Agnes ein Signifikant für etwas anderes? Wie auch immer, bevor sie ein Signifikant sein kann, muss sie eine echte Frau sein.« Er warf die Blätter auf den Tisch. Der Raum war so still, dass man hörte, wie sie dort landeten. »Fühlt sie sich für Sie wie eine echte Frau an?« Sein Blick blieb kurz an mir hängen, und mein Herz krampfte sich zusammen, dann schweifte er weiter, und es wurde klar, dass seine Frage sich an niemand Bestimmten richtete. »Die Stimme einer Frau ist nicht leicht einzufangen, und ich weiß nicht, ob es diesem Autor gelungen ist.«

Whitney pfiff leise durch die Zähne. Linus machte große Augen. Nur Ginny reagierte nicht, sie schien schon wieder zu schlafen. Wir hatten noch nie erlebt, dass Andys Arbeit dermaßen kritisiert wurde oder überhaupt kritisiert wurde. Von allen Literaturstudenten, die ihre Arbeitsblätter erwartungsvoll unter Joanna Maxwells Tür hindurchschoben, war Andy immer derjenige gewesen, der besonders ausgezeichnet wurde. Aber Connelly war auf etwas gestoßen, das sich für mich richtig anfühlte. Ich fragte mich, ob es dem Rest der Klasse ähnlich ging.

Andy tupfte sich mit einem Taschentuch die Nase ab. Er sah so unglücklich und fiebrig aus, dass er mir unwillkürlich leidtat. Es war ein hartes Urteil, und Connelly war normalerweise nicht hart. Aber heute wirkte er zerstreut. Immer wieder schaute er auf seine Uhr und zur Tür, als müsste er eigentlich woanders sein.

Andy hob zögernd den Finger, und Connelly nickte, um ihn entgegen seiner üblichen Regel sprechen zu lassen.

»Ich glaube nicht, dass ich mich vor der Wahrheit drücke«, sagte Andy. »Ich glaube, es ist nur – also, ich schreibe keine Prosa. Ich bin es gewohnt, in einer eher minimalistischen Form zu arbeiten.«

»Ich bin selber Dichter, erinnern Sie sich?«, entgegnete Connelly. »Aber auch Dichter müssen Geschichten erzählen. Selbst das kürzeste Gedicht enthält eine Vielzahl an Geschichten.« Er faltete die Hände. »Darf ich Sie etwas fragen? Haben Sie schon einmal einen Menschen sterben sehen?«

»Nein.«

»Das spürt man. Hören Sie zu, Andy, hier gibt es eine Menge, das stark ist. Ich will es Ihnen zeigen.« Jetzt veränderte sich etwas. Connelly wurde sanfter, als könnte er sich entspannen, jetzt, nachdem er gesagt hatte, was er hatte sagen müssen. Für den Rest der Stunde führte er uns durch Andys Geschichte und zeigte ihm, wo er sie ausbauen könnte, indem er die Gefühle hinter den Beschreibungen erforschte. Ich versuchte, alles aufzuschreiben, was er sagte, als wäre es eine Anleitung für etwas, das ich mir für später merken musste. Ich schrieb so schnell, dass ich fast nicht mitbekam, wie mein Name fiel.

»Erinnern Sie sich, was Sie über Isabels Geschichte sagten? Sie sagten, sie sei ein Fragment, unvollendet. Aber ihre Geschichte hatte einen *Inhalt*. Sie war getragen von einer Aufrichtigkeit, die es dem Leser erlaubte, sich auf sie einzulassen. Die Sprache war nicht exaltiert, sondern authentisch. Sie war echt. Das ist die Art von Geschichte, die ich lesen möchte, eine, über die ich nicht aufhören kann nachzudenken, eine, die in mich hineinkriecht, sich in mir festsetzt.«

Es fiel mir schwer, tief Luft zu holen, als wären meine Lungen plötzlich zu klein für meinen Körper geworden. Ich spürte Whitneys Blick auf mir, aber ich wollte diesen Moment noch ein bisschen länger auskosten. Denn sobald er vorbei war, würde ich an Connellys Worten zweifeln, das wusste ich. Andy war der bessere Autor, das war allen klar, und wenn Connelly etwas anderes behauptete, musste man sich fragen, ob man ihm trauen konnte. Aber für den Moment zumindest fühlte es sich gut an.

»Sieht ganz so aus, als hätte er einen Narren an dir gefressen«, sagte Whitney, als ich am Ende der Stunde meine Sachen zusammensuchte. Ich schüttelte nur den Kopf und lief rasch hinaus.

Im Flur stieß ich mit Tom Fisher zusammen.

»Professor Fisher! Hallo, ich wollte Sie schon die ganze Zeit anrufen. Haben Sie die Seiten erhalten, die ich Ihnen ins Fach gelegt habe?«

Tom erschrak und wich einen Schritt zurück. »Isabel. Ja. Ihre Seiten.« Mit einem Auge hatte er die Tür von Seminarraum 203 im Blick, das andere schielte an mir vorbei. Trotz der Jahreszeit trug er Cargoshorts und Badelatschen; von der Hand baumelte eine Zigarette. »Ich – ich-ich hab sie gerade abgeholt.«

»Oh, gut. Haben Sie diese Woche Zeit zum Reden? Ich lese gerade nochmal *Die kühle Woge des Glücks*, wie Sie vorgeschlagen hatten ...«

In diesem Augenblick kam Professor Connelly aus dem Seminarraum.

»Randy!«, rief Tom.

»Tom.« Connelly nickte erst Tom, dann mir zu. »Du kennst Isabel?«

»Isabel? Ja, natürlich.« Tom sah mich an, er hatte Mühe, sich zu konzentrieren. »Isabel, am besten bitten Sie Mary Pat, einen Termin zu vereinbaren. Ich hab meinen Terminkalender nicht im Kopf.«

Connelly legte Tom die Hand auf die Schulter. »Komm. Lass uns oben weiterreden. Isabel, wir sehen uns nächste Woche?«

Als ich das Gebäude verließ, kam ich am Sekretariat vorbei, wo ich meine Seiten in Toms Postfach liegen sah. Genau da, wo ich sie drei Tage zuvor hingelegt hatte.

Als wir später im Studentencenter unsere Fächer inspizierten, fanden wir alle eine kleine sepiafarbene Karte in einem passenden Umschlag. Mit einer Entschuldigung für die Verspätung gab die Fakultät bekannt, dass die Senior Mingle Party am nächsten Samstagabend im Haus von Joanna Maxwell und Tom Fisher stattfinden würde. Trotz der kurzfristigen Ankündigung schafften wir es alle, hinzugehen.

10

Das Studentencenter, wo ich zehn Stunden pro Woche jobbte, war Dreh- und Angelpunkt des gesellschaftlichen Lebens auf dem Campus. Jeder Student betrat mindestens einmal am Tag das große moderne Gebäude, um Freunde zu treffen, sein Postfach zu kontrollieren oder auf dem Weg zum Unterricht etwas zu essen. Normalerweise gingen meine Kommilitonen zu schnell am Informationsschalter vorbei, als dass sie mich dahinter bemerkt hätten. Hier war ich unsichtbar, eines der vielen Rädchen in der versteckten Maschinerie, die das College am Laufen hielt.

Als ich am Donnerstagmorgen zu meiner Schicht kam, schneite es, und der Linoleumboden war bereits mit Salz und Schneematsch beschmiert. Irgendwer musste hier für die Reinigung der Böden zuständig sein – sie glänzten immer, wenn ich kam –, aber ich hatte noch nie jemanden tatsächlich dabei beobachtet. Meine Aufgaben am Informationsschalter hielten sich in Grenzen: Ich musste ans Telefon gehen, Besuchern den Weg zeigen, Wertmarken für die Videospiele im Erdgeschoss verkaufen. Am Schalter war nie viel los, bis auf ein einziges Mal im ersten Semester, als jemand vergessen hatte, sich vom öffentlichen Computer abzumelden, und ein anderer seinen Account benutzte, um eine E-Mail zu verschicken: »Nach den Winterferien werde ich dich vergewaltigen.«

Das Mädchen, das die E-Mail erhalten hatte, informierte den Sicherheitsdienst, und da ich an jenem Tag gearbeitet hatte, wollte man wissen, ob mir jemand aufgefallen war, der die E-Mail verschickt haben könnte. Ich konnte mich nicht daran erinnern, so jemanden gesehen zu haben, und gleichzeitig hatte ich eine ganze Menge Leute gesehen, die infrage gekommen wären. Letztendlich war ich keine Hilfe, und das war, soweit ich wusste, das Ende der Geschichte.

Nach dem Ansturm zum Frühstück wurde es ruhiger. Ich knabberte an einem Maismuffin und holte mein Strickzeug heraus. Ich hatte begonnen, aus Wollresten einen Schal zu stricken, so wie meine Mutter es immer getan hatte. Es war ein merkwürdiges, zusammengeflicktes Ding, aber es hatte einen seltsamen Charme. Debra hatte sich bereits für ihn angemeldet, aber ich dachte, ich könnte ihn vielleicht auch selbst behalten. Draußen auf dem Rasen hatte sich eine kleine Gruppe Studenten versammelt, um an dem Schneemann für den Winterkarneval zu arbeiten. Ein paar Leute standen auf dem Gerüst, das um die drei Meter hohe Skulptur von Väterchen Frost herum errichtet worden war; der Rest stand unten am Boden und besprühte ihn mit kaltem Wasser aus einem Schlauch. Der ganze Prozess zog sich über Wochen hin, und es bestand immer die Gefahr, dass es regnen oder warm werden könnte und man noch einmal von vorn anfangen musste. Zum Glück war es ein kalter Winter.

Der riesige Laserdrucker hinter mir summte. Ich sprang auf. Das war meine Lieblingsbeschäftigung bei diesem Job: Dokumente, die aus dem öffentlichen Drucker kamen, zu ordnen. Vertraulichkeit wurde vorausgesetzt, aber ich las alles – Aufsätze, Geschichten, Krankenakten, wütende

Briefe an Mom und Dad. Seit Kurzem druckten die Leute auch ihre Lebensläufe aus, die Aufschluss über Notendurchschnitt, Praktika, Auszeichnungen, Leistungen und Ambitionen gaben. Der, den ich jetzt in der Hand hielt, war beeindruckend: ausgezeichneter Notendurchschnitt (3.89), Hauptfach Frauenstudien, Nebenfach Soziologie. Praktikum bei NARAL, Gründerin und Chefredakteurin von *bitch slap*. Es war der von Debra Sadie Moscowitz aus Scarsdale, New York, und noch ehe ich ihn in die alphabetische Hängeregistratur auf dem Schreibtisch einsortieren konnte, ging die Tür auf und Debra kam herein.

»Irgendwas Interessantes?« Debra deutete auf den Drucker. Sie trug einen langen Rock mit Paisleymuster und eine hellviolette Skijacke. Ihr dunkles Haar war mit Schneeflocken bestäubt, sodass sie aussah, als spielte sie die Golde in einer Highschool-Produktion von *Anatevka*.

Ich blätterte durch die Papiere. »Schauen wir mal. Tja, Hannah Lamb hat einen Notendurchschnitt von 4,0.«

Debra gähnte, unbeeindruckt von Hannah Lamb. »Was noch?«

»Marcus Wainwright sucht einen Job im Marketingbereich.«

»Zeig mal.« Sie nahm mir das Schreiben aus der Hand. »›Ich glaube, meine hervorragenden Leistungen und meine starken zwischenmenschlichen Fähigkeiten machen mich zu einem erstklassigen Kandidaten für diese Stelle.‹ Ich bitte dich ... Marcus Wainwright würde starke zwischenmenschliche Fähigkeiten nicht mal dann erkennen, wenn sie ihm in den Arsch geschoben würden. Nicht zu fassen, dass diese Verbindungsfritzen eines Tages die Welt regieren werden.« Sie reichte mir das Schreiben zurück und legte den Kopf auf den Schreibtisch.

»Was ist?«, fragte ich und spielte mit einer Strähne ihres Haars.

»Nichts.« Sie seufzte. »Nur, dass alle *stinksauer* auf mich sind.«

»Wer ist sauer auf dich, *Bubeleh*?«

»Wo soll ich anfangen?«, sagte sie dramatisch. »Gamma Nu ist sauer, weil ich Crashy und Maureen undercover hingeschickt habe, um einen Bericht über ihre Rush Party zu schreiben. Und jetzt versuchen diese konservativen Idioten der *Wilder Review*, unsere Werbekunden zu überreden, ihre Aufträge zurückzuziehen, weil ich in *bitch slap* Vagina-Bilder veröffentlicht habe. Mein Gott, als hätten sie noch nie eine Klitoris gesehen. Ach, richtig! Haben sie ja auch gar nicht.« Sie riss eine Tüte Sonnenblumenkerne auf. »Von Kelsey will ich gar nicht anfangen, unserer Miss Junior League. Ich schwöre – wenn sie noch ein einziges Mal meine Wäsche wäscht...« Sie hob die Faust. »Du weißt ja, ich habe mich nur dazu breitschlagen lassen, mit ihr zusammenzuwohnen, damit ich mit dir zusammenwohnen kann.«

»Weiß ich. Wer ist sonst noch sauer auf dich?«

Sie knackte einen Kern mit den Zähnen. »Na ja, du.«

»Ich? Ich bin nicht sauer auf dich.«

»Fühlt sich aber so an. Du weißt schon, nach der Sache mit Zev.«

»O Honey, nein, bestimmt nicht. Ehrenwort.« Ich griff nach ihrer Hand. »Höchstens ein bisschen besorgt.«

»Besorgt? Um mich? Glaubst du, ich mach einen auf Elizabeth McIntosh und lass mich kurz vor dem Abschlussexamen im Krankenwagen wegschaffen? Ich bitte dich, hast du mitgekriegt, wie viel ich esse? Hey, hast du das hier gesehen?« Sie zog eine Ausgabe des *New York Observer* aus der Tasche. »Ich will versuchen, den gleichen runden Tisch für *bitch slap* zu organisieren und Frauen zu fragen: ›Würden Sie Bill Clinton bumsen?‹«

»Ich glaube nicht, dass sie überhaupt gebumst haben.«

»Wie auch immer. Scheißpuritaner. Der Kerl sollte *nicht* zurücktreten. Sie sagt, dass alles einvernehmlich war.« Sie warf eine Handvoll Schalen in den Papierkorb, dann zeigte sie auf meinen Schal. »Übrigens, den will ich haben.«

»Weiß ich«, sagte ich, während sie um den Schreibtisch herumkam, um mich zu umarmen. Debra umarmte einen immer mit ihrem ganzen Körper und drückte mich so fest an sich, dass kein Blatt mehr zwischen uns gepasst hätte.

Ich sah ihr nach, als sie das Gebäude verließ, und fragte mich erneut, ob es ihr wirklich gut ging. Kelsey hatte mir erzählt, was ihre »Reporter« im Gamma Nu angestellt hatten. Sie hatten sich auf der Rush-Party als Hostessen ausgegeben und dann einen vernichtenden Diffamierungsartikel über das gesamte Haus verfasst. Kelsey zufolge waren bei Gamma Nu alle stinkwütend – sogar Jason, der sonst nie wütend wurde. Und auch ich fand, dass ihre Entscheidung, detaillierte anatomische Skizzen von Vaginas abzudrucken, geschmacklos war. Außerdem hatte ich gehört, dass jede Verbindung auf dem Campus sich ein Exemplar davon an die Wand geklebt hatte. Ich fragte mich, warum Debra es nicht einfach gut sein lassen konnte. Uns blieb nur noch ganz wenig Zeit hier, warum genossen wir sie nicht einfach?

Ich wandte mich wieder meinem Strickzeug zu und erinnerte mich an den Abend, an dem Debra und ich uns im ersten Semester bei einem Treffen von *The Lamplighter* kennengelernt hatten. Ich saß neben Jason, als Debra mit Kampfstiefeln und einer Anstecknadel mit der Aufschrift »Keep Abortion Legal« hereinkam. Mittendrin drehte sie sich zu mir um und sagte: »Machen wir, dass wir hier wegkommen«, und ich folgte ihr nach draußen, obwohl ich sie nicht kannte und noch nie mit ihr gesprochen hatte. Schließlich überzeugte sie mich, nicht mehr für *The Lamplighter*, sondern stattdessen für *bitch slap* zu schreiben, was ich nicht bereute, aber trotzdem. Wie oft hatte ich etwas getan, weil Debra es mir gesagt hatte, oder etwas geglaubt, weil sie gesagt hatte, es sei wahr? Und wo hatte mich das hingebracht? Vielleicht hatte sie recht, dachte ich, und fing mit einem neuen Wollknäuel an. Vielleicht war ich doch sauer auf sie.

Der Rest meiner Schicht zog sich in die Länge. Debra hatte ihre Zeitung dagelassen, und ich las den Artikel, von dem sie gesprochen hatte: »New Yorker Supergals lieben den frechen Präsidenten«, lautete die Schlagzeile. »Was wollen Frauen wirklich? Einen knackigen Chef, der sie scharf macht.« Holly kam rein, um zu fragen, ob jemand einen Kaschmirpullover gefunden hätte. Gegen 11 Uhr lief Sally Steinberg mit einem Blaubeereis vorbei, das so groß war wie ihre Faust. Zwanzig Minuten später kaufte eine Gruppe Zeta-Psi-Brüder, alle in identischen Khakihosen und Daunenjacken, Spielmünzen für Videospiele im Wert von fünfzig Dollar. Sie waren gerade die Treppe hinunter verschwunden, als die Tür erneut aufging und Zev reinkam.

Ich hatte ihn während des ganzen Semesters kaum gesehen. Es war schwer, Leuten auf einem so kleinen Campus wie dem von Wilder aus dem Weg zu gehen, aber da wir keine gemeinsamen Seminare hatten und er meistens auf seinem Zimmer lernte, konnten Tage vergehen, ohne dass ich ihn sah. Jetzt war er da und kam auf mich zu. Ich schaute mich um, doch das Studentencenter war plötzlich völlig unüblich menschenleer. Ich griff wieder nach der Zeitung, fummelte an meinem Strickzeug herum und tat so, als suchte ich etwas in meinem Rucksack, in der Hoffnung, dass er verschwunden wäre, wenn ich wieder aufblickte. War er nicht.

»Mein Dokument ist nicht da«, sagte er und zeigte auf die Hängemappe. Sein dunkles Haar war feucht vom Schnee, und er hatte sich einen schwarzen Schal um den Hals geknotet.

Ich warf einen Blick auf den Drucker, obwohl ich wusste, dass da nichts war. Bestimmt hätte ich mich daran erinnert, wenn von Zev etwas gekommen wäre. »Ich habe alles einsortiert, was angekommen ist. Bist du sicher, dass du es an diesen Drucker geschickt hast? Manchmal sind die Leute ...«

»Dir ist ja wohl klar, dass du mir eine Menge Ärger eingebrockt hast.«

Es dauerte eine Sekunde, bis ich merkte, dass er nicht auf den Drucker anspielte.

»Alle reden darüber, was du getan hast. Ich musste zu Dekan Hansen. Meine Eltern finden, ich sollte nach Hause kommen, aber ich lass mich doch nicht von dir und deiner Freundin von meinem eigenen Campus vertreiben.«

Was redete er da, *er* war zu Dekan Hansen bestellt worden? Ich hatte gedacht, dass er sich selbst an ihn gewendet hatte. Ich wollte ihn fragen, was er meinte, traute mich jedoch nicht, den Mund aufzumachen, aus lauter Angst, dass mir eine Entschuldigung rausrutschen könnte. *Tut mir leid, dass wir »Vergewaltiger« an deine Tür geschrieben haben. Tut mir leid, dass du keine Freunde hast. Tut mir leid, dass du so mies im Bett warst und es so weit kommen musste.*

Zev starrte mich an, als wäre ich etwas, das er von seiner Schuhsohle gekratzt hatte. Ich sah mich um und hoffte, dass jemand vorbeikäme, egal wer. Brauchten die Zeta-Psi-Jungs keine neuen Marken mehr? Draußen beim Schneemann ärgerte ein Typ ein Mädchen mit dem Wasserschlauch und drohte, sie damit zu bespritzen. Sie hielt sich schützend die Hände vors Gesicht, mit einer Mischung aus Freude und Schrecken in den Augen.

»Deine Freundin ist ein richtiges Miststück, verstehst du, sie mischt sich immer in Dinge ein, die sie nichts angehen.« Zev legte seine Faust auf den Schreibtisch. »Wahrscheinlich war das zwischen uns ein kulturelles Missverständnis.« Er sprach langsam, als hätte er schon länger über seine Theorie nachgedacht. »Ich glaube nicht, dass amerikanische Frauen die sexuelle Aggressivität israelischer Männer verstehen. Andererseits gefällt sie dir ja irgendwie auch, also.« Er lächelte, und mir kam die Galle hoch. Ich wollte etwas sagen, aber die Worte steckten in meinem Kopf fest, die Verbindung zu ihnen war gestört, als wäre ein Kabel durchtrennt worden. Mein Ich war nicht zu erreichen, gab nur ein ständiges Besetztzeichen von sich.

In diesem Augenblick riss jemand die Tür auf und brachte einen kalten Luftzug mit sich.

»Mein Gott, Isabel! Ein Glück, dass du hier bist. Hast du vielleicht mein Portemonnaie gefunden?« Sally Steinberg stürzte sich auf mich und fing eine lange Geschichte darüber an, wie sie vorhin vorbeigekommen war, um nach ihrem Postfach zu sehen – ihre Großmutter hatte ihr ein Geburtstagsgeschenk geschickt, und sie hatte es abholen wollen, bevor die Poststelle schloss. Sie hätte das Päckchen bekommen, aber noch nicht geöffnet – weiß der Teufel, *was* sie geschickt hat –, aber jetzt konnte sie *nirgendwo* ihr Portemonnaie finden; am Schalter der Poststelle war es auch nicht. Hatte es jemand abgegeben?

Während Sally sprach, stahl sich Zev davon, nicht ohne vorher den Hängeordner zu Boden zu fegen, sodass die Papiere durch die Gegend flogen. »Was ist denn mit dem los?«, fragte Sally und sah ihm hinterher. Als wir uns bückten, um die Papiere vom schmutzigen Linoleumboden aufzusammeln, dachte ich an etwas, das er bei dem lange zurückliegenden Abendessen im Hillel House gesagt hatte, als wir uns kennengelernt hatten. »Bist du echt?«, hatte er gefragt, kurz bevor das Mädchen die Teller fallen ließ und er mich am Arm packte. Bist du echt? Die Worte hallten in mir nach – *bist du echt, bist du echt, bist du echt* –, und ich presse meine Knie fest auf die kalten Kacheln, um mich daran zu erinnern, dass ich es war.

11

Am Abend der Senior-Mingle-Party war es mild. Ein Hauch von Frühling lag in der Luft, sanft und duftend wie eine Verheißung. Die Leute vom Winterkarneval hofften, dass der Schneemann das Wochenende überstehen würde. Kelsey und ich kamen auf dem Weg zum Abendessen an ihm vorbei. Er sah matschig aus, sein Gesicht tropfte, als wäre er joggen gewesen. Kelsey glaubte, dass er weinte. »Wer hat dir wehgetan, Väterchen Frost?«, rief sie, als wir weitergingen.

Jason und ich machten uns kurz nach acht auf den Weg zu Joanna und Tom, das war früh für einen Samstagabend. Kelsey kam nicht mit – die Mingle-Party hatte eine strenge Gästeliste: Begleitpersonen waren nicht gestattet. Die June Bridge Road war die schönste Straße der Stadt. Die Häuser dort gingen auf den Corness Pond hinaus. Als ich noch Campus-Führungen machte, hatte man uns geraten, sie immer am Teich enden zu lassen, weil er das ganze Jahr über schön war, sogar im Winter, wenn er zugefroren war und man Schlittschuh darauf laufen konnte. Am Morgen hatten die Leute vom Outing Club ein Loch ins Eis geschlagen und eine Plattform für den Eisbärensprung aufgestellt. Das gehörte zu den Feierlichkeiten des Winterkarnevals.

In der June Bridge Road gab es Häuser, die neuer und prächtiger waren als das von Joanna und Tom, trotzdem hätte ich ihr baufälliges viktorianisches Haus jedem anderen vorgezogen. Es lag am Ende eines gewundenen Steinpfads und hatte eine breite vordere Veranda, Blumenkästen und Dachgauben. Dass es einen neuen Anstrich brauchte, trug nur noch mehr zu seinem Charme bei. Jason und ich stiegen die Treppe hinauf und betraten das Wohnzimmer. Leise plätschernde Musik, wie bei einem Brunch im Restaurant. Das Mobiliar – geblümte Sofas, abgenutzte Ohrensessel, zerschlissene Perserteppiche – war schäbig und passte nicht zusammen, als wäre es an verschiedenen Orten und zu unterschiedlichen Zeiten gekauft worden. Ich stellte mir vor, dass man anhand der Stühle, Teppiche und Kunstwerke den gesamten Verlauf von Joannas und Toms gemeinsamem Leben zurückverfolgen konnte. Überall lagen Bücher herum, sie quollen aus den raumhohen Bücherregalen, stapelten sich auf Beistelltischen oder türmten sich auf dem Boden. Neben der Eingangstür hing ein kleiner Wintermantel an einem Haken neben einer Umhängetasche aus Leder und einem verstaubten Schirmständer in Form eines Labrador Retrievers. Ich sah mich in dem warmen, gemütlichen Raum um und fragte mich, wie Joanna und Tom die vielen Fäden, die sie verbanden, überhaupt entwirren könnten.

Jason und ich legten unsere Mäntel in einem Gästezimmer ab und gingen zu der improvisierten Bar. Ich schenkte mir ein Glas Wein ein, schnappte mir ein paar Cracker und bahnte mir einen Weg zu Whitney, die mir vom Sofa neben dem Kamin aus zugewinkt hatte.

»Mannomann!«, sagte sie, als ich mich neben sie setzte. »Was für ein Kleid! Im Ernst, du siehst toll aus.«

»Sei still«, sagte ich. Mir war das Kleid, das ich mir von Kelsey geliehen hatte, peinlich. Es war hübsch, marineblau mit einem U-Ausschnitt und Glockenärmeln, ausgefallener als alles, was ich besaß; es gab sogar einen Unterrock dazu. Aber es war mir an der Brust zu groß. Kelsey und ich hatten versucht, den Ausschnitt mit Sicherheitsnadeln zu fixieren, doch er klaffte immer noch zu weit auseinander. Außerdem hatte ich keine passenden Schuhe und musste meine Duck Boots dazu tragen.

»Nicht zu glauben, dass die Party tatsächlich stattfindet«, sagte Whitney. »Als sich meine Eltern scheiden ließen, ist meine Mutter gar nicht mehr aus dem Bett gekommen. Hast du Joanna gesehen? Sie sieht richtig müde aus. Armes Ding. Meine Mutter sagt, eine Scheidung trifft die Frau immer am härtesten.«

»Ich frage mich nur, wer das Haus behält«, sagte ich.

»Diese Bruchbude? Ich wäre froh, sie los zu sein.«

Joanna Maxwell ging an uns vorbei und hielt ihre lange silberne Strickjacke am Hals zusammen. Sie war winzig, kaum größer als eins zweiundsechzig, und der leicht gekrümmte Rücken machte sie noch kleiner. Unter dem langen lavendelfarbenen Kleid lugten weiche bestickte Slipper hervor. Ich warf einen Blick auf meine Stiefel und fühlte mich noch unbehaglicher. Wir sahen, wie sie stehen blieb, um mit Amos Jackson zu sprechen.

»Er ist irgendwie süß, meinst du nicht?«, sagte Whitney. Ich fand das nicht. Amos ließ sich nicht oft bei uns blicken. Er verbrachte die meiste Zeit im Norden von New Hampshire und arbeitete an seiner Abschlussarbeit, einer kommentierten Sammlung unveröffentlichter Geschichten seines Urgroßvaters, die er vor ein paar Jahren auf dem Dachboden entdeckt hatte. Genau die Art von Geschichten, die Tom liebte, wie ich wusste – volkstümlich, ländlich, ungeschminkt –, und ich hatte immer das Gefühl, dass Amos an der Schwelle zu etwas Großem stand. Joanna verabschiedete sich von ihm und kam quer durch den Raum auf uns zu. Igraine hing wie eine Klette an ihrem Rockzipfel.

»Hi, ihr zwei«, sagte Joanna und setzte sich auf den Couchtisch, Igraine schmiegte sich an sie. Whitney hatte recht. Sie sah wirklich erschöpft aus.

»Professor Maxwell«, sagte Whitney. »Vielen Dank für die Einladung.«

»Oh, es ist uns ein Vergnügen. Tom und ich lieben diese Party. Eine gute Möglichkeit, jugendliche Energie zu tanken.« Ihre Stimme war hoch und melodisch. »Ich weiß, dass wir uns kennen«, sagte sie zu mir, »aber es tut mir wirklich leid, ich kann mich nicht an Ihren Namen erinnern.«

Ich reichte ihr die Hand. »Isabel Rosen.«

»Isabel!«, rief sie und zog meine Hand an ihre Brust. »Randy hat mir von Ihnen erzählt!«

»Wer?«

»Randy Connelly, Honey! Er hat erzählt, dass Sie ein paar wunderbare Geschichten für ihn geschrieben haben.«

»Ach, ich weiß nicht.«

»Nein, nein«, sagte sie. »Fangen Sie bloß nicht so an. Ich kenne Randy schon eine ganze Weile, und er lobt einen nicht ohne Grund. Sie sollten ihm lieber glauben.« Sie drückte meine Hand. »Jedenfalls war ich sehr froh, das zu hören. Wir brauchen junge Frauen mit Stimmen, die wissen, was sie wollen.«

»*Randy!*«, gurrte Whitney, nachdem Joanna weitergegangen war. »Wenn man vom Teufel spricht ...«

In der Tür stand Connelly und unterhielt sich mit einem älteren Ehepaar. Von seinen Fingern baumelte locker eine Bierflasche, die er jetzt langsam an den Mund hob. Sein Adamsapfel hob und senkte sich beim Schlucken.

»Halt, warte, ist das etwa seine Frau?«, fragte Whitney.

Ich war Roxanne noch nie persönlich begegnet und überrascht, wie groß sie war, fast so groß wie ihr Mann. Sie hatte kurzes, fast vollständig graues Haar und war ungeschminkt, schlicht und ohne viel Aufhebens gekleidet, trug aber klobige silberne Ringe an jedem ihrer langen, knotigen Finger und diverse Ohrstecker. Sie hielt sich vollkommen gerade, wie eine Tänzerin mit einer Eisenstange in der Wirbelsäule. Etwas Elegantes, Anmutiges und Katzenhaftes ging von ihr aus, als drückte sich ihre Intelligenz körperlich aus.

»Weißt du, jemand, der es von jemand hatte, der letztes Jahr in ihrem Seminar war, hat mir erzählt, dass sie schwanger war«, sagte Whitney. »Und von einem Tag auf den anderen war sie für den Rest des Semesters verschwunden. Als wir sie dann im Sommer wiedersahen, war kein Baby da.« Sie rieb die Hände aneinander.

Plötzlich wandte Roxanne den Kopf zur Seite, und ich sah, dass sie in der Nähe der Kieferpartie ein Muttermal auf der Wange hatte. Es war rot, etwa so groß wie eine Vierteldollarmünze und hob sich von ihrer Haut ab wie ein Weinfleck auf einer Tischdecke. Mir fiel auf, dass sie keinerlei Anstalten machte, es zu verbergen, weder mit langem Haar noch mit Make-up, und ich fragte mich, was das für eine Frau war, die so unbeschwert mit ihrem Aussehen umging.

In diesem Augenblick drehte sich Connelly um und sah, dass wir ihn beobachteten. Er hob die Hand zum Gruß, und ich winkte zurück und wurde knallrot, sodass Whitney kicherte.

»Hör auf damit.« Ich stand auf und schwenkte mein leeres Weinglas. »Möchtest du noch etwas?«

Whitney schüttelte den Kopf. »Viel Spaß mit deinem Boyfriend!«

Ich ging zurück zur Bar, an Ginny und Linus vorbei, die zusammen auf der Fensterbank saßen. Ginny hatte eine Blume im Haar, Linus trug ein Bolo Tie. Alle hatten sich fein gemacht, die Mädchen in Kleidern und geschminkt, die Jungs meist in Button-Down-Hemden und Khakihosen. Ich sah mich um und konnte mir vorstellen, wie sie als Erwachsene aussehen würden – so wie ich, wenn ich älter war, in der Lage sein würde, die jungen Menschen in ihren älteren Avataren aufzuspüren. Tom hatte ich noch nicht entdeckt, aber es gab Anzeichen für seine Anwesenheit: die Ledertasche an der Eingangstür oder ein Paar Herrenpantoffeln in der Nähe der Küche. Joanna drehte noch immer ihre Runde, mit Igraine im Schlepptau. Die Kleine sah blass und kränklich aus; am liebsten hätte ich sie in die Arme genommen und ins Bett gebracht.

Ich schenkte mir noch ein Glas Wein ein und ging durch den schmalen Flur, der auf die Rückseite des Hauses führte. Die Wand war voller Familienfotos. In den Häusern meiner Freunde hatte ich ähnliches gesehen; Kelsey hatte so eine Sammlung im Treppenhaus ihrer Wohnung. Aber im Gegensatz zu ihrer, die mehrere Generationen zurückreichte und auch Fotos ihrer Großfamilie enthielt – Granny und Poppy an ihrem Hochzeitstag, ein Haufen Cousins und Cousinen, die sich auf einem weiten grünen Rasen versammelt hatten –, gab es hier nur Fotos von Joanna, Tom und Igraine. Auf einem war Tom allein am Strand zu sehen, sein langes Haar wehte im Wind.

Auf einem anderen umfasste Joanna mit beiden Armen ihren runden Bauch. Abgesehen davon gab es nur Fotos, auf denen die drei zusammen waren, als wären sie völlig allein auf der Welt.

Am Ende des Flurs hing ein Foto, auf dem Tom und Joanna und ein anderes Paar in Adirondack Chairs saßen. Ich beugte mich vor und sah, dass es Connelly und Roxanne waren. Im Hintergrund erkannte ich Connellys Hütte, die ich im *Time Magazine* gesehen hatte. Es war mir gar nicht in den Sinn gekommen, dass er andere Leute dort mit hinnahm. Ich hatte sie mir als strengen, heiligen Ort vorgestellt, etwas, das sich meine Mutter als Zuflucht gewünscht hätte, um Ruhe und Frieden finden und an sich selbst denken zu können. Schon damals hatte ich das Gefühl, dass diese Art Rückzug nur Männern vorbehalten war. Ich dachte wieder an die junge Frau, die ihn dort besucht hatte, um ihm ihre Liebe zu gestehen. Woher hatte sie gewusst, dass sie ihn dort allein antreffen würde?

Plötzlich gab es ein Gewusel am Eingang. Andy und Kara waren eingetroffen, bewusst spät. Andy hatte seine Hand auf Karas Rücken und lenkte sie wie einen Einkaufswagen durchs Wohnzimmer. Kara trug ein knielanges Kleid und Netzstrümpfe. Ihr dunkles Haar hing ihr wie ein Perlenvorhang über den Rücken. Als sie auf die Bar zusteuerten, sah ich, dass Andy meine Mütze anhatte.

Andy und ich hatten in letzter Zeit nicht viel miteinander geredet, nicht seit Connelly seine Geschichte auseinandergenommen und meine gelobt hatte. Letzte Woche hatte er am Informationsschalter ein paar Formulare für einen Finanzhilfeantrag ausdrucken lassen, aber ich hatte gerade jemanden am Telefon, als er sie abholte, und er hatte nicht gewartet, um Hallo zu sagen. Erst gestern Abend war ich an seinem Kabuff vorbeigegangen, weil ich dachte, ich könnte ihn mit einer Französischarbeit amüsieren, an der ich gerade arbeitete, aber er hatte mich gar nicht erst reingelassen. »Abgabetermin«, brummte er, bevor er mir die Tür vor der Nase zugeschlagen hatte. Vielleicht hatte es etwas mit Kara zu tun, mit der er jetzt definitiv zusammen war. Vielleicht hatte sie etwas gegen unsere Freundschaft, oder was auch immer es war, obwohl sie mir eigentlich nicht wie der eifersüchtige Typ vorkam. Aber ich wusste nicht, was es sonst hätte sein können; wegen seiner Geschichte konnte er doch nicht sauer sein.

Ich sah, wie Kara ihm einen Kuss auf die Wange gab, bevor sie im Badezimmer verschwand. Ich schlich mich an ihn heran und stieß ihn aus Spaß mit dem Ellbogen an. »Schicke Mütze.«

»Ist das die, die du mir gestrickt hast?« Er nahm sie ab. »Sie ist okay. Juckt ein bisschen, aber ist okay.«

Andy hatte sein Haar zu einem glatten Pferdeschwanz gebunden und trug ein kariertes Hemd mit steifen Falten, als hätte er es eben erst aus seiner Verpackung geholt.

»Hast du deine Bewerbungsunterlagen für die Uni fertig?«, fragte ich.

»Jep.«

»Haben deine Eltern endlich eingelenkt?«

»Na ja, sie kapieren noch immer nicht, warum ich kein Lehrer sein kann, der in den Sommerferien Erzählungen schreibt.« Andys Eltern waren Sportlehrer im Bundesstaat New York. Sie wussten nicht, was sie mit einem Sohn anfangen sollten, der Dichter werden wollte, und machten sich Sorgen, wie er sich seinen Lebensunterhalt während der Zeit an der Uni und danach verdienen sollte. Andy und ich hatten etwas gemeinsam, wir waren beide arm. Er vielleicht sogar noch ärmer als ich.

Andy drehte sich zur Badezimmertür um und wartete anscheinend darauf, dass Kara zurückkam. Was auch immer neuerdings nicht stimmte zwischen uns – es war definitiv noch da, und es ärgerte mich, dass er mir nicht sagen wollte, was es war. Er hielt immer noch die Mütze in den Händen, streichelte sie, und ich dachte an die vielen Stunden, die ich damit verbracht hatte, sie zu stricken. Vielleicht war es zu viel gewesen, dachte ich, und hatte einen falschen Eindruck erweckt. Meine Mutter sagte immer, ich solle nie etwas für einen Boyfriend stricken, weil die Affäre vorbei sein könnte, bevor ich fertig war, aber Andy war nicht mein Boyfriend, deshalb hatte ich gedacht, es wäre okay.

»Wie läuft's mit Agnes?«, fragte ich.

»Wem?«

»Der alten Dame aus deiner Geschichte. Ich wollte nur wissen, wie es damit weitergeht, ob du noch daran arbeitest.«

Andy kniff die Augen zusammen. »Ist das jetzt dein Ernst?«

»Wie meinst du das? Ich fand die Geschichte gut. Du solltest weiter daran arbeiten. Hast du sie schon Joanna gezeigt?« Sie hatte mir nicht gefallen. Keine Ahnung, warum ich jetzt log.

Kara kam aus dem Bad zurück und legte Andy die Hand auf den Arm. »Hi, Isabel. Schönes Kleid.«

»Danke.« Ich drehte mich zu Andy um. »Tut mir leid ... hab ich was Falsches gesagt?«

Er schüttelte den Kopf und wollte gehen.

»Warte«, sagte ich und hielt ihn am Ärmel fest. »Bist du sauer auf mich?«

Er drehte sich um und sah mich an. »Ich bitte dich. Hör auf, so zu tun, als würde dir das alles nicht riesigen Spaß machen.«

»Was denn?«

»Lieblingsschülerin zu sein.«

»Bist du wirklich deshalb sauer? Weil Connelly meine Geschichte gut fand?«

»Ach, hör doch auf«, sagte er. »Mir ist es scheißegal, was der Typ denkt, dieser abgewrackte Möchtegerndichter, der seit fünfzehn Jahren nichts Neues mehr veröffentlicht hat. Mich kotzt nur an, wie sehr du es genossen hast.«

»Ich? Ich habe es nicht ...«

»Doch«, sagte Andy. »Hast du.«

Später sollte ich verstehen, dass ich Andy weder eine Entschuldigung noch sonst etwas schuldete. Er hatte das Recht, sauer auf mich zu sein, und ich musste mich nicht darum scheren oder versuchen, es wieder in Ordnung zu bringen – in Ordnung bringen konnte ich es sowieso nicht. Er war aus Gründen sauer, die viel mehr mit ihm als mit mir zu tun hatten. Aber das wusste ich noch nicht, deshalb versuchte ich, mich zu erklären.

»Tut mir leid, Andy. Ich wollte dich nicht verletzen.«

Während der ganzen Zeit sagte Kara kein einziges Wort. Sie stand nur da, mit einem eisigen Lächeln in ihrem pockennarbigen Gesicht. Jahre später liefen wir uns zufällig in einer Bar in New York über den Weg, und sie umarmte mich herzlich, als wäre das alles nie passiert.

»Vergiss es.« Andy warf mir die Mütze vor die Füße und ging. Kara folgte ihm eilig.

Ein paar Minuten lang stand ich wie angewurzelt da und war den Tränen nah. Jemand hatte die Musik lauter gedreht, so dass jetzt alle über das blecherne Kreischen der E-Gitarren hinweg schreien mussten. Die Party kam schnell in Fahrt, wie jede Cocktailparty, auf die ich je gehen würde. Es war das Ergebnis von zu viel Alkohol und zu wenig Essen. *Schönes Kleid,* bedeutete Holly mir vom anderen Ende des Raums, und Alec zeigte verschmitzt mit dem Daumen nach oben. Amos hatte sich zu Whitney auf die Couch gesetzt – von meinem Platz aus konnte ich sehen, wie er ihr direkt in die Bluse schaute. Ginny tanzte an der Bar langsam vor sich hin, sie stieß die Arme in die Luft und bewegte sie auf und ab, als spielte sie ein Schlagzeugsolo. Nach ein paar Minuten sah ich, wie sie nach draußen rannte; später hörte ich, dass sie sich in den Ysander übergeben hatte. Wohin ich auch sah, überall redeten Leute, redeten und bewegten ihre Münder wie wiederkäuende Kühe, doch nicht ein Einziger hörte dem anderen zu.

Ich ging zurück zur Bar und griff nach einer Flasche Wein. Wäre Kelsey da gewesen, hätte sie mir gesagt, dass ich nicht weiter trinken oder noch besser nach Hause gehen sollte, aber sie war nicht da, also schenkte ich mir nach. Roxanne ging wie eine Frau auf einer Mission an mir vorbei, mit geradem Rücken und schnellen effizienten Schritten. Ich dachte an ihre Dokumentarfilme über Prinzessin Diana, die ich in den Weihnachtsferien gesehen hatte: Roxanna hatte sie in einen historischen Kontext eingeordnet. Meine Mutter hatte sich immer mit Diana verbunden gefühlt, einer jungen Frau, die zu früh mit einem Mann verheiratet worden war, der sie nicht verstand. Dianas Tod hätte sie zutiefst getroffen, und ich war froh, dass sie ihn nicht mehr erlebt hatte. Stellvertretend für meine Mutter hatte ich mir alles über ihren Tod angesehen. Ich hatte die Nachrichten in mich aufgesogen und so viel geweint, dass mir ein Blutgefäß im Auge geplatzt war. Zu den vielen Dingen, die ich meiner Mutter gern erzählt hätte, gehörte, dass sie sich geirrt hatte, dass Roxanne auf eine Art schön war, wie es etwa ein Berg sein kann: distanziert, schroff, abweisend.

Alles drehte sich in meinem Kopf, mein Mund fühlte sich wattig und sauer an. Ich umklammerte Andys Mütze, als ich sah, wie Kara und er am Kamin standen und sich mit Joanna unterhielten, die nickte, als sei das, was Andy sagte, wichtig und bedeutsam. Kara hatte ihre Finger mit den seinen verschränkt, ihr Kopf schmiegte sich sanft an seine Schulter. Nach einer Minute sah ich, wie Andy sich hinunterbeugte und Igraine etwas ins Ohr flüsterte. Die Kleine lachte.

Ich stellte mein Glas ab und lief ins Gästezimmer. Ich wollte nach Hause, das Kleid ausziehen, mich unter der Bettdecke verkriechen und den Abend vergessen. Vielleicht wären Kelsey und Debra da, und wir könnten uns Ramennudeln aufwärmen und im Gemeinschaftsraum eine blöde Fernsehsendung ansehen oder bis spät in die Nacht aufbleiben und reden, so wie früher. Der Abend hatte vielversprechend begonnen, doch jetzt konnte ich es kaum erwarten, dass er zu Ende ging.

Während ich mich noch durch den dunklen Berg von Mänteln wühlte, hörte ich, wie jemand meinen Namen sagte. Ich drehte mich um, und im Türrahmen stand Connelly, seine Silhouette zeichnete sich deutlich davor ab.

»Ach, herrje«, sagte ich und legte eine Hand auf meine Brust.

»Sieht aus, als wäre es diesmal umgekehrt: *Ich* habe *Sie* erschreckt.«

»Stimmt.« Unaufgefordert liefen mir die Tränen über die Wangen. Ich ließ mich auf den Haufen Mäntel fallen und verbarg mein Gesicht in den Händen.

»Hey, hey, was ist denn los?« Connelly ließ die Tür hinter sich zufallen und setzte sich neben mich.

»Gott«, sagte ich und wischte mir die Augen. »Ich habe das Gefühl, dass ich in Ihrer Gegenwart immerzu heulen muss. Was sagten Sie noch? Dass Frauen weinen, wenn sie wütend sind?«

»Das behauptet meine Frau.«

»Tja, vielleicht bin ich diesmal tatsächlich wütend.« Ich erzählte kurz, was mir gerade passiert war, mit Andy und seiner Geschichte. Ich erzählte ihm sogar von der Mütze und der Warnung meiner Mutter.

»Ich hatte ganz vergessen, wie kompliziert das Leben sein kann. Alles, was mir auffällt, wenn ich Sie ansehe, ist, wie jung Sie sind und wie talentiert. Was könnte ich Ihnen sagen, ohne dass es wie ein Klischee klingt – auch das, meine Liebe, wird vorbeigehen?« Ich lachte durch meine Tränen hindurch, und es hörte sich seltsam an, als versuchte ich, mit vollem Mund zu singen. »Hören Sie, ich bin in meinem Leben schon einer Million Andys begegnet. Verdammt, ich bin *selber* Andy gewesen. Soll er schmollen, so viel er will. Es wäre nicht das erste Mal, dass jemand neidisch darauf ist, wie gut Sie sind.«

Ich wollte gerade etwas Selbstironisches sagen, da fiel mir Joannas Ratschlag ein: dass ich ihm ruhig glauben sollte. Daher sagte ich nur: »Danke. Aber ich bin mir nicht sicher, dass es nur das ist.«

»Ach. Sind Andy und Sie ...«

»Nein. Ich meine, wir waren ... Aber das ist schon sehr lange her. Wir haben beschlossen, Freunde zu bleiben. Jedenfalls habe ich es beschlossen.«

»Das ist nicht so einfach.«

»Ich dachte, schon. Aber Männer ... selbst wenn sie sagen, dass sie einem verzeihen – vergessen tun sie nie.«

»Dasselbe könnte ich über Frauen sagen.«

»Touchée.« Ich fasste mich an die Stirn. »Ich kann nicht glauben, dass ich gerade ›Touchée‹ gesagt habe. Ich sollte wirklich nach Hause gehen.«

Erneut fing ich an, nach meinem Mantel zu suchen. »Der hier?«, fragte Connelly und zog ihn aus dem Haufen. »Jeden Tag kommen Sie in diesem Mantel an, und ... wie sollte man da nicht neugierig sein auf ein Mädchen in so einem Mantel?«

»Es ist der Mantel meiner Mutter. Nach ihrem Tod hat mein Vater alles weggeworfen, was ihr gehört hat. Er hielt es nicht aus, etwas davon in seiner Nähe zu haben. Ich habe ihn mir geschnappt, bevor er auch ihn wegwerfen konnte.« Ich hielt inne. »Das habe ich noch niemandem erzählt.«

»Warum nicht?«

»Ich fand, es klingt morbide, dass man den Mantel einer Toten trägt.«

Er blickte ehrfürchtig auf den Mantel. »Also, er macht was her.«

Er legte den Mantel auf seinen Schoß und strich über die schwere graue Wolle, die Kapuze, die Knebelknöpfe. Im schummrigen Licht des Zimmers leuchtete sein Gesicht über dem weißen Hemd. Gedämpfte Partygeräusche drangen durch die geschlossene Tür, Schritte, Stimmengewirr. Dass wir allein in einem dunklen Zimmer saßen, so nah beieinander, dass ich die Stelle an seinem Hals sehen konnte, wo er sich beim Rasieren geschnitten hatte, seine Frau irgendwo in der Nähe – all das hätte sich seltsam anfühlen müssen, aber so war es nicht. Seine Nähe fühlte sich so gut an, wie in heißem Badewasser zu versinken. Er rückte näher, und ich spürte, wie sich seine Schulter gegen meine presste. Ich senkte den Blick und entdeckte, dass der Rand meines BHs aus dem Kleid lugte. Connelly sah es auch. Und dann streckte er ohne ein Wort die Hand aus und fasste mich am Handgelenk, als wollte er mir Handschellen anlegen. Ich war überrascht, wie leicht die Barriere zwischen uns eingerissen war und die Grenzen, die ich mir vorgestellt hatte, in Wirklichkeit gar keine waren. Ich strich mit dem Finger über die Narbe auf seiner Hand. Die Haut dort war glatt und unbehaart, wie eine Laufmasche im Strumpf.

»Was ist passiert?«

»Ich habe ein Fenster zertrümmert«, sagte er. »Damals, als ich noch ein Dichter war.«

Ich wollte noch mehr fragen, bekam aber keinen Ton heraus. Connellys Hand drehte sich langsam um mein Handgelenk, bis seine Fingerspitzen auf meinem flatternden Puls lagen. Wärme durchflutete mich. Mein Atem wurde flach, hallte laut in meinen Ohren wider. Mit der anderen Hand berührte er meine Wange. »Du bist so schön, wenn du weinst«, sagte er. Und dann beugte er sich vor und küsste mich.

Zuerst ganz sanft, als könnte ich zerbrechen, und ich vergaß Andy und seine Mütze, sie fiel mir aus der Hand und verschwand auf Nimmerwiedersehen irgendwo in dem Berg von Mänteln. Es hätte jemand hereinkommen und uns sehen können, aber daran dachte ich nicht. Er küsste mich, und ich vergaß Roxanne und Joanna und Tom, Andy und Kara, Debra und Zev. Ich vergaß Abe und seine Erwartungen, meine Mutter, ihren Mantel und ihren kranken, geschundenen Körper, der jetzt tot war, zu Staub zerfallen. Später lernten wir, vorsichtig zu sein, Geheimhaltung war Teil der Geschichte, die wir über uns erzählten, aber an diesem Abend, an diesem ersten Abend waren wir kühn. Alles konzentrierte sich auf das Gefühl seiner Lippen auf meinen, seiner Hände auf meinem Gesicht, auf seinen Geruch – Holzrauch, Pfefferminz und ein Hauch von Alkohol. Er küsste mich, und ich zerfloss. Der Raum war kalt und dunkel, doch in mir war Feuer, Hitze, eine tiefblaue Flamme. Er küsste mich, und ich erwachte. Er küsste mich, und ich war lebendig.

Plötzlich hörte man etwas krachen, hörte Leute rennen, keuchen, laute Stimmen. Connelly stand auf und öffnete die Tür einen Spaltbreit. Ich sah, wie sich alle in die gleiche Richtung bewegten, als hätte man das Haus angehoben und auf die Seite gekippt.

»Mist«, sagte er. »Ich muss nachsehen, was da los ist. Warte noch eine Minute, bevor du rauskommst.« Ich nickte gehorsam. Er lächelte und stahl sich hinaus. Ich zählte bis hundert, bevor ich aufstand. Ich war noch nie richtig tief getaucht, aber ich stellte mir vor, dass es sich so anfühlen musste, wenn man wieder an die Oberfläche kam.

Auf dem Flur wäre ich fast mit Whitney zusammengestoßen. »Was ist passiert?«, fragte ich.

»Irgendwas mit Professor Fisher!«, sagte sie, ohne den geringsten Versuch, ihr Entzücken zu verbergen.

Ich bahnte mir einen Weg durch die Menge. Tom Fisher stand in der Mitte der Küche, Wasser tropfte von seinem Haar auf den Boden. Sein Wollpullover hing ihm weit über die Hüften, darunter lugte der Rand seiner Boxershorts hervor. Ich brauchte eine Sekunde, um zu begreifen, dass er keine Hose trug. Um die linke Hand hatte er ein Handtuch gewickelt, es war dunkel von etwas, das aussah wie Blut.

»Tom.« Joanna stand ein paar Meter von ihm entfernt. Roxanne hinter ihr, mit ausgestreckter Hand, bereit, ihn abzuwehren. Andy und Kara hockten auf dem Boden, sammelten Glasscherben auf und legten sie vorsichtig in ein Geschirrtuch. Der ganze Raum stank nach Alkohol.

»Tom. Darling«, sagte Joanna leise, als wollte sie einen Hund von der Straße locken.

»Lass mich in Ruhe!« Toms Stimme war rau. Er hatte geweint. Außerdem war er unübersehbar fürchterlich betrunken.

»Liebster. Bitte. Wir müssen das doch nicht hier austragen.«

»Warum nicht? Warum nicht hier?«, schrie Tom auf. Blut tropfte von dem Handtuch und bildete eine Pfütze zu seinen Füßen. »Sollen sie sehen, was wir wirklich sind. Sollen sie sehen, was aus Menschen wird.« Er schüttelte den Kopf, und Wasser spritzte durch den Raum. Roxanne machte einen Schritt auf ihn zu, doch Joanna hielt sie zurück.

Ich sah mich um und fragte mich, was wir jetzt tun sollten. Andy und Kara hatten alle Scherben aufgesammelt. Sie standen nebeneinander an der Arbeitsplatte, Andy mit dem Geschirrtuch in der Hand, Kara biss sich auf die Lippe. Igraine stand hinter ihrer Mutter, das Gesicht verschrumpelt wie ein alter Lappen.

»Hey, Kumpel.« Connelly trat mit der ruhigen Autorität eines Sanitäters vor. Er flüsterte Roxanne etwas zu, und sie nickte, eine fast unmerkliche Bewegung. Dann legte er Tom die Hand auf die Schulter.

Tom erschrak, blinzelte. »Randy«, sagte er, als wäre er aus einer Trance erwacht.

»Ich bin hier, Mann«, sagte Connelly. »Alles wird wieder gut.« Er deutete auf Toms Arm. »Lass uns das erst mal verarzten.«

»All das gehört mir nicht mehr«, sagte Tom mit tränenerstickter Stimme. »Es hat mir nie gehört, nichts davon. Warum tust du mir das an, Joanna? Warum?« Er stürzte sich auf sie, und der Raum stieß einen kollektiven Schrei aus, als er die blutige Hand nach ihr ausstreckte.

Connelly zog Tom zurück, und Roxanne trat entschlossen vor, legte einen Arm um Joanna und griff mit der anderen Hand nach Igraine. Joanna vergrub das Gesicht in den Händen, während Roxanne Igraines Finger vom Rock ihrer Mutter löste. Das leise Schluchzen des Mädchens verwandelte sich in lautes Geschrei, als Roxanne sie rasch aus der Küche brachte. Joanna sackte auf einem Stuhl zusammen, den Andy ihr hinhielt, und Tom fiel auf die Knie. Ein Bein seiner Boxershorts rutschte hoch, und ich sah die blasse Haut seines Oberschenkels. Zum ersten Mal, seit ich die Küche betreten hatte, musste ich meinen Blick abwenden.

»Okay, Leute«, sagte Connelly. »Die Show ist zu Ende.« Er sah mir einen Moment lang in die Augen, dann wandte er den Blick ab. Joanna schenkte uns allen ein schwaches Lächeln, als wir uns auf den Weg machten. Das Letzte, was ich sah, bevor ich ging, war Connelly, der seinen Arm um Toms Schultern gelegt hatte und ihm auf die Beine half.

Wir nahmen unsere Sachen und stolperten leise die June Bridge Road hinunter. Wir hatten zu viel gesehen, die Welt der Erwachsenen in all ihrer Pracht und Verzweiflung. Ich fühlte mich an die Stickereien meiner Mutter erinnert, die von vorn so perfekt aussahen, doch wenn man sie umdrehte, sah man jeden einzelnen Knoten und Faden.

An der Frat Row löste sich die Menge auf, die meisten suchten nach einer späten Party, um die Erinnerung mit kaltem Bier und lauter Musik auszulöschen. Jason und ich gingen langsam an Väterchen Frost vorbei. Er war ein trauriges, triefendes Etwas, das sich vor unseren Augen auflöste. Es würde die ganze Nacht regnen; am Montag wäre er nur noch eine Pfütze.

»Armes Väterchen«, sagte Jason, bevor er in die Straße abbog, die zu seinem Wohnheim führte.

Als ich nach Hause kam, war niemand da. Ich schälte mich aus meinem Kleid und kletterte ins Bett, ohne mir die Zähne zu putzen. Ich war erschöpft, wusste aber jetzt schon, dass ich kein Auge zutun würde. Ein ums andere Mal gingen mir die Bilder des Abends durch den Kopf, wie ein Film: Igraines winzige Finger, Toms nasser Pullover, das blutige Handtuch. Ich weiß nicht, warum ich so schockiert war, aber ich konnte es nicht fassen, wie schnell die Gewalt über uns hereingebrochen war.

Der Mond schien ins Zimmer, und bald verblasste die blutige Szene in der Küche und wich den Erinnerungen an das Zimmer mit den Mänteln und Connellys Kuss. Was kümmerten mich Joanna und Tom und ihr trauriger, erbärmlicher Niedergang? Nichts. So klein und unbedeutend ich mich auch meistens fühlte, der Egoismus der Jugend hatte mich noch nicht verlassen, und so stellte ich mich mit beiden Beinen wieder in den Mittelpunkt des Universums.

Ich hob einen Arm über das Gesicht, kalter Marmor im Mondlicht, und zeichnete die Adern nach, die durch die Haut sichtbar waren. Ich erinnerte mich an das Gefühl, das Connellys Lippen auf meinem Mund hinterlassen hatten, an seine kratzige Wange, spürte, wie alles in meinem Inneren an die Oberfläche drängte. Dann schloss ich die Augen und fiel in einen tiefen, traumlosen Schlaf.

12

Wie sich herausstellte, war Tom von einer der Plattformen, die man an diesem Tag für das Eisbärspringen aufgebaut hatte, in den Corness Pond gesprungen. Eine Nachbarin hatte von ihrem Küchenfenster aus beobachtet, wie er Mantel, Stiefel und Hose ausgezogen und ordentlich am Ufer abgelegt hatte, ehe er in das eisige Wasser sprang.

All das erfuhr ich am nächsten Tag von Whitney. Sie war noch geblieben und hatte Roxanne beim Aufräumen geholfen, nachdem Connelly Tom in die Notaufnahme gebracht und die Frauen Joanna endlich ins Bett verfrachtet hatten. Dann klopfte die Nachbarin, eine ältere Dame mit Lockenwicklern im Haar, an die Tür und fragte, ob alles in Ordnung sei. Roxanne schenkte ihnen einen Scotch ein, und so saßen sie am Küchentisch und hörten der Frau zu, die mehrere verzweifelte Minuten damit verbracht hatte, Tom aus dem Wasser wieder zurück auf die Plattform zu locken. Als Roxanne fragte, warum sie nicht die Polizei gerufen hätte, antwortete sie: »Ich dachte, dazu hätte ich keine Zeit mehr.«

Innerhalb von vierundzwanzig Stunden wusste jeder, was passiert war, selbst diejenigen, die nicht auf der Party gewesen waren. Am Sonntagabend saßen ein paar von uns in der Mensa und ließen den Abend noch einmal von allen Seiten Revue passieren. Wie bei einem Puzzle reihten wir unsere Geschichten aneinander und setzten die Teile immer wieder neu zusammen, um sicher zu sein, dass wir nichts übersehen hatten. Holly und Alec hatten draußen gestanden und eine Zigarette geraucht, als sie Tom die hintere Treppe hinaufstolpern sahen. Jason hatte sich im Wohnzimmer mit Amos unterhalten, als sie den Krach hörten: Tom hatte einen Stuhl umgeworfen und anschließend eine Flasche Gin auf der Arbeitsplatte zerschlagen. Dabei hatte er sich die Hand so schwer verletzt, dass sie laut Whitney mit vierunddreißig Stichen genäht werden musste, Holly zufolge waren es vierundvierzig gewesen.

Hatte er sich wirklich umbringen wollen, fragten wir uns, oder war es eher ein Hilfeschrei gewesen? Es gab sicherlich effizientere Wege, sich das Leben zu nehmen, da waren wir uns einig, weniger triefend, weniger öffentlich. »Er wollte Publikum«, sagte Holly und steckte sich eine Kirschtomate in den Mund. »Wie Jugendliche, die sich die Pulsadern aufschneiden, um auf sich aufmerksam zu machen. Horizontal ist immer verdächtig. Jeder weiß, dass nur vertikal ernst gemeint ist.« Sie fand, wenn Tom wirklich hätte sterben wollen, wäre er nicht während einer Party in den Teich gesprungen: Es waren so viele Menschen anwesend, die ihn daran hätten hindern können, und dass keiner von uns es getan hatte, brachte sie nicht von ihrer Meinung ab. Hollys Argumentation war nachvollziehbar, überzeugte mich aber trotzdem nicht. Ich hatte in dieser Nacht etwas in Toms Augen gesehen, etwas Verstörtes, als wäre etwas gerissen, das ihn an die Realität band, wie eine ausgehängte Fliegengittertür, die im Wind hin und her schwingt. Möglicherweise wusste Andy mehr über die Hintergründe, aber wir redeten nicht miteinander.

Während sich alle über Joanna und Tom ausließen, musste ich die ganze Zeit an Connelly denken. Ich erzählte nicht, wo ich gewesen war, als ich den Lärm hörte – ich hätte gerade etwas aus meinem Mantel holen wollen, sagte ich, wenn jemand fragte. Ich hatte keiner Seele von dem Kuss erzählt, nicht mal Debra. Da ich niemanden zum Reden hatte, musste ich mich immer wieder daran erinnern, dass es tatsächlich passiert war, und dann fragte ich mich, was es bedeutete.

Als ich am Mittwochmorgen in den Seminarraum 203 kam, hatte ich mir die Szene im Gästezimmer so oft ins Gedächtnis zurückgerufen, dass sie wie ein alter Liebesbrief in meinen Händen zu zerknittern drohte. Connelly war noch nicht da, und einen Moment lang stellte ich mir vor, dass alles nur ein Traum gewesen war, dass Joanna nicht aufgehört hatte zu unterrichten und ich Connelly nie begegnet war. Dann war er plötzlich da und öffnete den Reißverschluss seines Anoraks mit seinen großen Händen – denselben, die nach meinem Handgelenk gefasst und mein Haar berührt hatten.

An diesem Tag besprachen wir Ramonas Geschichte. Connelly wirkte lebhafter als sonst. Er lobte Ramona und auch Ginny, weil sie den Text so sorgfältig unter die Lupe genommen hatte. In meine Richtung blickte er kaum. Ich hatte mich gefragt, was er wohl sagen würde, wenn wir endlich allein wären: Ob er mich wieder küssen oder mir erklären würde, dass alles ein großer Fehler gewesen war. Jetzt hatte ich plötzlich Angst, dass er vielleicht gar nichts sagen würde. Der Gedanke stürzte mich in Verzweiflung, und ich zählte die Minuten, bis ich in mein Zimmer zurücklaufen konnte, um es nie wieder zu verlassen.

Als der Unterricht zu Ende war, lief ich hastig auf die Tür zu, doch Connelly stoppte mich, indem er zwei Finger in die Luft hielt, als winkte er einem Taxi. Ich wartete an der Tür, während er das Gespräch mit Ramona beendete. Als er über etwas lachte, was sie gesagt hatte, sah ich im Geiste vor mir, wie er sich zu ihr hinunterbeugte und sie ebenfalls küsste.

»Okay«, sagte er, als sie weg war. »Gehen wir in mein Büro.«

Ich schlurfte schweigend hinter ihm her und die Treppe hinauf. Das hatte meine Mutter immer gehasst: »Du siehst aus, als wärst du auf dem Weg zum Schafott.« Genauso fühlte es sich an, als Connelly mich im dritten Stock durch einen langen, dunklen Flur führte, der von meist leer stehenden Büros gesäumt war.

»Wieso ist dein Büro hier oben?«, fragte ich. Die meisten Anglistik-Dozenten hatten ihres im ersten Stock.

»Sie stecken mich immer hier oben hin. Wenn ich für jemanden einspringen muss, dann meistens in letzter Minute.« Er kramte nach seinen Schlüsseln. »Aber mir gefällt es hier. Es ist so schön ruhig.«

Connellys Büro war klein und hatte eine schräge Decke, was es noch kleiner wirken ließ. Anders als Toms Büro, das auf die Grünanlagen des Campus hinausging, befand sich das von Connelly im hinteren Teil des Gebäudes, mit Blick auf den Parkplatz. Es war recht spartanisch eingerichtet – Schreibtisch, Stuhl, ein paar nicht zusammenpassende Bücherregale. Nur das braune Ledersofa sah neu aus. Es gab weder Fotos noch gerahmte Diplome, keine Pflanzen oder kitschige Teebecher. Nichts, was darauf hindeutete, dass er auf Dauer hierbleiben würde.

»Hast du schon mal hier unterrichtet?«, fragte ich, als er mir zu verstehen gab, dass ich auf dem Sofa Platz nehmen sollte.

»Mehrmals. Nach Igraines Geburt und als Joanna auf Lesereise war, bin ich für sie eingesprungen. Und einmal auch für Tom, als er krank war.« Die Heizung in der Ecke klopfte laut. »Gott, dieses Ding geht nie aus. Ist dir nicht warm?« Er deutete auf meinen Mantel, den ich bis fast obenhin zugeknöpft hatte.

»Das geht schon.«

Connelly trat ans Fenster. »Schön, zur Abwechslung mal etwas Sonne zu haben. Allerdings soll es dieses Wochenende wieder schneien.«

»Es ist Februar, was erwartest du? Ich meine, jeder macht so ein Trara ums Wetter. Wenigstens gibt es im Februar keine Überraschungen. Es ist kalt, es schneit. Der März dagegen ... ich hasse den März.«

»Ach ja?«, sagte er mit dem Anflug eines Lächelns. »Warum hasst du den März?«

»Er ist unbeständig, an einem Tag sonnig, am nächsten eiskalt. Er verspricht den Frühling, hält sich aber nicht dran. Nein. Januar oder Juni sind mir lieber.«

»Verstehe.« Connelly zog mit den Fingern eine Büroklammer auseinander und drehte eine lange Spirale daraus. Ich hatte in einem Artikel gelesen, dass die Art, wie man eine Büroklammer verbiegt, etwas über die Persönlichkeit verrät, konnte mich aber nicht an Einzelheiten erinnern.

»Wolltest du mit mir über das Wetter reden?«, fragte ich.

»Nein. Eigentlich nicht.« Er legte die Büroklammer auf die Fensterbank und setzte sich an seinen Schreibtisch. »Ich wollte darüber reden, was neulich Abend passiert ist. Bei Joanna und Tom«, fügte er hinzu, als müsste er mir etwas erklären. »Normalerweise tue ich so etwas nicht: junge Frauen in der Garderobe küssen.«

»Bestimmt nicht.«

»Ich hatte einiges intus, und vielleicht hat das mein Urteilsvermögen getrübt. Ich hoffe, du hast es nicht falsch verstanden.«

»Hab ich nicht. Weder falsch ... noch sonstwie.« Mein Gesicht glühte. Diese Entschuldigung, oder was immer es gewesen sein sollte, war demütigend. Er war betrunken gewesen? Das klang nach dem, was ein Verbindungsstudent sagen würde. Ich hatte etwas mehr von ihm erwartet. Als ich aufstand, war ich froh, dass ich meinen Mantel anbehalten hatte, so konnte ich wenigstens schnell wieder verschwinden.

»Geh noch nicht, Isabel, bitte.« Er streckte die Hand aus. »Gott, es tut mir leid. Jetzt habe ich es wirklich vermasselt. Ich wollte nur ... ich weiß selbst nicht, was ich wollte.« Er holte tief Luft. »Bitte. Geh nicht.« Ich zögerte einen Moment, dann setzte ich mich wieder hin und knöpfte den Mantel auf.

»Danke«, sagte er. Er nahm noch eine Büroklammer, verbog sie zu einer Art Schürhaken und kratzte damit auf seinem Schreibtisch herum. »Fangen wir noch mal von vorn an. Tolle Party, nicht?«

»Yeah«, sagte ich. »Tolle Party.«

»Enden sie immer so?«

»Keine Ahnung. Ich war zum ersten Mal da.«

»Ach, richtig.«

Er warf die Büroklammer in den Papierkorb und griff nach einer neuen. Er wirkte nervös. Ich wusste immer noch nicht, warum er mich hierhergebracht beziehungsweise noch nicht hatte gehen lassen. Worauf wartete er?

»Kann ich dich was fragen?«, sagte ich.

»Schieß los.«

»Weißt du, warum Tom das gemacht hat? In den Teich gesprungen ist, meine ich?«

Wenn Connelly von meiner Frage überrascht war oder sie mir übelnahm, so ließ er sich das nicht anmerken. »Sehr bedauerlich, was da passiert ist. Ich nehme an, dass sich jetzt alle das Maul darüber zerreißen?« Ich nickte. »Kein Wunder. Es war ziemlich dramatisch. Ich weiß nicht genau, warum er das getan hat. Ich weiß nur, dass ihm die Scheidung sehr zusetzt. Und jetzt kämpft Joanna mit ihm um das Sorgerecht. In solchen Fällen haben meist die Männer das Nachsehen.« Er schwieg, vielleicht überlegte er, was er noch sagen sollte. »Er muss dabei zusehen, wie ihm alles genommen wird, wofür er je gearbeitet hat. Das ist hart. Glaub dem Getue von Männern nicht, Isabel. Wir brauchen die Frauen. Irgendwann verschiebt sich das Gleichgewicht, und all die Jungs, die ihr heute anhimmelt, werden zu Männern, die große Angst vor dem Alleinsein haben.«

Vom Glockenturm draußen klang jetzt die Alma Mater herüber, wie jeden Tag zur Mittagszeit, plump und misstönend. Connelly spielte noch immer mit der Büroklammer. Wenn ich jetzt ginge, würde das, was zwischen uns vorgefallen war, eine kleine Indiskretion bleiben, aus der nichts weiter geworden war. Oder aber ich konnte ihn dazu bringen zuzugeben, was er getan hatte, was er hatte tun wollen, und zwar nicht, weil er betrunken gewesen war. Ich spürte ein seltsames Machtgefühl durch meine Adern fließen, und da wurde mir bewusst, dass ich diejenige war, die darüber entscheiden würde, ob wir fertig miteinander waren oder nicht.

Ich betrachtete meine Stiefel. Die Spitzen waren so staubig wie eine Schultafel. »Ich glaube nicht, dass uns bei dem Durcheinander an diesem Abend jemand bemerkt hat.«

»Wirklich?«, sagte er. »Da bin ich aber erleichtert.«

»Und ich habe es auch niemandem erzählt. Du?«

»Nein. Natürlich nicht.«

»Na, dann ist ja alles gut.«

Ich stand auf und ging auf die Tür zu. Ich spürte, wie sein Blick mir folgte. Ich legte die Hand auf den Türknauf und drehte mich zu ihm um. »Kann ich noch was sagen?«

»Na klar.«

»So betrunken kamst du mir gar nicht vor.«

»Was?« Er lachte.

»Ich glaube nicht, dass du betrunken warst, als du mich geküsst hast. Ich meine, es ist in Ordnung, wenn du es vergessen willst, aber ich glaube nicht, dass du es getan hast, weil du betrunken warst.«

Die Heizung klopfte erneut. Der Glockenturm spielte noch immer Strophe für Strophe, laut und eindringlich. »Vielleicht hast du recht. Kann ich dich auch etwas fragen?«

»Bitte.«

»Warum hast du meinen Kuss erwidert?«

Ich nahm die Hand vom Türknauf und ließ sie an meiner Seite baumeln. Ich spürte, wie das Herz in meiner Brust pochte: wie ein Hund, der mit dem Schwanz auf den Boden schlägt. »Weil ich es so wollte.«

Ein rosiger Hauch breitete sich auf seinen Wangen aus. »Und, was sollen wir tun, was denkst du?«

»Ich denke, du solltest mich noch einmal küssen. Danach können wir entscheiden.«

»Schließ die Tür ab«, sagte er, und ich tat es.

Connelly ging rüber zum Sofa. Dort setzte ich mich zu ihm. Es war, als vollzögen wir ein sorgfältig choreographiertes Ritual, als spielte jeder von uns seine Rolle.

Wir saßen nebeneinander, Schulter an Schulter, so wie in Joannas und Toms Gästezimmer.

»Wir sollten vielleicht über Diskretion reden«, sagte er. »Das hier darf nicht Teil der ...« – er ließ den Zeigefinger in der Luft kreisen – »... der Gerüchteküche werden.«

»Was ist mit deiner Frau?«

»Darum geht es ja«, sagte er und nahm meine Hand. »Es könnte schwierig werden, wenn wir nicht aufpassen.«

Das war nicht wirklich eine Antwort, aber ich ließ sie gelten. Wir schienen uns auf eine Einigung zuzubewegen, doch es fiel mir schwer, mich zu konzentrieren. Ich wollte nur, dass er mich küsste. Ich legte meinen Zeigefinger auf die Einbuchtung über seiner Oberlippe. Die Haut dort war feucht und glatter, als ich vermutet hatte.

»Das hier wird alles verändern«, sagte er.

»Versprochen?« Und noch ehe er etwas sagen konnte, küsste ich ihn. Ich küsste seinen Mund, seine Wangen, seine Lider, die weiche Haut hinter seinen Ohren, die Spitze seines Kinns. Ich hörte, wie ihm der Atem stockte, als ich seinen Halsansatz küsste. Er schmeckte nach Menthol und etwas anderem, etwas Erdigem, Salzigem. Verlangen durchströmte mich und verdrängte alles andere. Wir küssten uns, bis der Glockenturm verstummte, dann legte er seine Hände auf meine Schultern und schob mich weg.

»Wir sollten damit aufhören«, sagte er. »Bevor es zu spät ist.«

Ich lehnte mich zurück. Alles sah anders aus, klarer, als hätte ich nie eine Brille getragen und jetzt plötzlich eine aufgesetzt bekommen. Auch Connelly sah anders aus. Mir wurde bewusst, dass ich nicht verstanden hatte, was er gemeint hatte – warum ich ihm begegnet war, warum er hier war –, doch jetzt fiel es mir wie Schuppen von den

Augen. Natürlich war ich ihm begegnet. Natürlich hatte er mich geküsst. Natürlich, natürlich, natürlich.

»Wenn jemand fragt«, sagte Connelly, als ich aufstand und mir übers Haar strich, »sagst du, du wärst gekommen, um mit mir über deine Jobsuche zu sprechen, ich hätte dich beraten.«

Ich nickte.

»Und dass du vielleicht wiederkommen musst, um mir Unterlagen zu zeigen, Lebensläufe, Bewerbungsschreiben und so weiter. Verstehst du?«

»Ja.«

»Und noch was, Isabel!« Er zog mich auf seinen Schoß. »Ich muss all diese Sachen ziemlich bald einsehen.« Er schlang die Arme um meine Taille und küsste mich wieder, fester, drängender, bis ich das Gefühl hatte, er wollte mich verschlingen. Bevor ich ging, legte er sich einen Finger an die Lippen: Ankündigung eines Geheimnisses.

Jeden Tag wartete ich auf ihn, unterm Arm eine Mappe mit Kopien meines Lebenslaufs und Anschreiben, die ich nie abschicken würde. Manchmal ging er an mir vorbei, ohne Blickkontakt aufzunehmen, oder warf mir nur ein knappes »Hallo, Isabel« zu, bevor er mit einem Kollegen oder einem anderen Studenten nach oben ging. An solchen Tagen lernte ich, mich distanziert und desinteressiert zu geben. An solchen Tagen wurde ich zu einer Meisterin des Wartens. Aber an Tagen, an denen er allein war und sein Blick den meinen kreuzte, wenn er an mir vorbeiging, wartete ich ab, bis er den zweiten Treppenabsatz erreicht hatte, und folgte ihm die Treppe hinauf. Ich ließ mir Zeit, wenn ich durch den Flur ging, spürte, wie meine Haare auf den Schultern zu kitzeln begannen, wie meine Jeans sich an den Schenkeln rieb, mir die Zungenspitze an die Zähne stieß. Ich klopfte dreimal an die Tür und wartete, dass er sie öffnete, mein Atem klang heiß und hohl in meinen Ohren wider, und die Vorfreude stieg in mir auf wie eine Kobra. Dann zog er mich an sich, legte mir die Hände um den Brustkorb, presste seine Lippen an mein Ohr und sagte mir, was er gern hatte. Als gute Schülerin lernte ich schnell.

Der Februar nahm seinen Lauf. Der Boden war unter einer schweren Schneedecke begraben. Monica Lewinsky forderte in Washington, D.C. Immunität für eine Aussage gegen ihren ehemaligen Liebhaber. Und ich verschwand in New Hampshire hinter der verschlossenen Tür von Connellys Büro.

Wir küssten uns auf seinem Ledersofa, bis ich feucht vor Verlangen war. Alles in mir begehrte ihn, doch er wollte keinen Sex, bevor er nicht sicher war, dass ich die Regeln verstanden hatte.

»Wir müssen vorsichtig sein«, sagte er. Ich hatte seine Finger im Mund und knabberte daran, sanft, als lutschte ich das Fleisch von einem Olivenkern. »Das meine ich ernst.« Er zog die Hand zurück. »Das ist kein Spaß. Verstehst du?«

»Ich verstehe.«

»Kein Gerede. Kein Wort zu deinen Freundinnen.«

»Ich verrate nichts. Großes Ehrenwort.« Ich griff nach ihm, aber er schob mich weg.

»Ich muss sicher sein, dass du es wirklich willst.«

»Ich will es.«

»Bald«, flüsterte er.

Technisch gesehen war Tom noch immer mein Betreuer, obwohl ich ihn seit Wochen nicht mehr gesehen hatte.

Die Seiten, die ich ihm ins Fach gelegt hatte, blieben unangetastet liegen. Jason meinte, ich sollte mit jemandem darüber reden, wie ich an einen anderen Betreuer kommen könnte, aber die einzige Person, die mir einfiel, war Joanna, die noch immer die Anglistische Fakultät leitete, obwohl sie beurlaubt war. Manchmal sah ich sie in Stringer Hall ein oder aus gehen, mit Igraine im Schlepptau. Sie wirkte schmal und zerstreut, ihre Haut war noch blasser als sonst, und die tiefen, blauen Ringe unter den Augen erinnerten an eine Prellung.

Außerdem hatte Connelly sich inzwischen mit meiner Arbeit beschäftigt. Er war kein Experte für Wharton, aber er las alles sorgfältig, piesackte mich mit bohrenden Fragen und stellte Zusammenhänge her, die mir gar nicht bewusst gewesen waren.

»Hier«, sagte er eines Nachmittags und tippte mit seinem Finger auf die Blätter, »hier zeigt sich die Schriftstellerin, die du sein könntest. Jemand, der schreibt, was alle denken, sich aber nicht zu sagen trauen.« Er griff nach meiner Zigarette und nahm einen Zug. »Die Leute hier sind so verdammt unsicher. Manchmal möchte ich sie packen und schreien: Die Welt geht nicht davon unter, dass man die Wahrheit sagt.«

Ich ließ mich wieder aufs Sofa zurücksinken und spürte, wie sein Lob in meinem Innern widerhallte. Mittlerweile hatte er noch ein paar Dinge in sein Büro gebracht – eine Messinglampe, eine halb verdorrte Pflanze, ein paar Zierkissen mit Paisleymuster. Es sah nicht unbedingt gemütlich aus, aber ein bisschen weniger provisorisch, was mich tröstete.

»Hat dir das denn nie jemand gesagt?«, fragte er und gab mir die Zigarette zurück. »Ich meine, wie gut du bist?«

Ich schüttelte den Kopf.

Er strich mir mit dem Fingerknöchel über die Wange. »Das ist verdammt schade.«

Wir sprachen nicht viel über ihn, über seine Arbeit oder die – kurze – Zeit in seinem Leben, als er berühmt gewesen war. Ich stellte mir vor, wie schmerzhaft es sein musste, daran erinnert zu werden, was er verloren hatte, aber vielleicht war das auch nur eine Projektion von mir, wie Debra gesagt hätte.

»Fährst du eigentlich noch in deine Hütte?«, fragte ich einmal zaghaft.

»Nein. Diese Art von Einsamkeit habe ich nur gebraucht, als ich noch Gedichte schrieb. Letztendlich war ich dort nicht besonders glücklich. Das hier ist auch da passiert.« Er zeigte auf die Narbe an seiner Hand. »Zu viel Alleinsein ist offenbar nicht gut für mich.«

Ich hob seine Hand an meinen Mund und zeichnete mit den Lippen den Rand der Narbe nach. »Vermisst du es?«

»Die Hütte?«

»Das Schreiben.«

»Ich schreibe immer noch, Isabel.«

»Ich weiß. Ich meine, das Gedichteschreiben.«

»Nein. Ich hatte Glück, so viel Erfolg damit zu haben. Den meisten Dichtern gelingt das nie. Und ich schlage keine Scheiben mehr ein, das ist gut so. Außerdem gefällt mir, was ich jetzt mache: für den *Citizen* schreiben und unterrichten. Die Fackel an würdigere Nachfolger weiterreichen.«

Den Roman, von dem Jason mir erzählt hatte, erwähnte er nie. Er war einige Jahre nach *Tut mir leid, ich kann nicht lange bleiben* erschienen, kurz nachdem er Roxanne geheiratet hatte. Den wenigen Rezensionen zufolge, die ich finden konnte, war er größtenteils verrissen worden. »Der haarsträubende Versuch eines unserer größten Dichter, Literatur für die Masse zu schreiben«, hieß es in einer Kritik. »Im allgemeinen Sprachgebrauch würde man so etwas als Geldschneiderei bezeichnen«, hieß es in einer anderen. Es war das Letzte, was er veröffentlicht hatte. Zwei Jahre später hatte er begonnen, für den *Citizen* zu arbeiten.

Manche Studenten mochten ihn nicht. Alec hielt ihn für launisch. Holly meinte, er bevorzuge einige Studenten. Linus fragte sich laut, wie der Unterricht wohl verlaufen wäre, wenn an seiner Stelle Joanna unterrichtet hätte. Ich schwieg, wenn sie ihn kritisierten. Vermutlich meinten sie mich, wenn sie von Bevorzugung sprachen, doch das war mir egal. Ich war noch nie im Leben bevorzugt worden.

Mir machte nur eine Frage zu schaffen.

»Hast du so etwas schon mal gemacht?« Ich hatte wieder einmal das Mathematikseminar geschwänzt und lag auf dem Sofa, die Füße gegen seinen weichen Bauch gepresst. Er hatte angedeutet, dass Studentinnen ihn in der Vergangenheit angemacht hatten. Es sei nichts passiert, aber er müsse auf der Hut sein, denn manchmal sei es schwieriger, ihre Avancen abzuwehren, als zu unterrichten.

Er strich mit einem Finger über die Wölbung meines Fußes. Wir hatten noch immer nicht miteinander geschlafen. »Hältst du mich für eine Jungfrau?«

Ich gab ihm einen kleinen Tritt. »Du weißt genau, was ich meine.«

»Ach so«, sagte er. »Das hier? Nein.«

»Wirklich nicht?«

»Wirklich nicht, Isabel. Du bist die Einzige.«

Der Nachhall des Wortes flackerte durch mich hindurch wie eine Leuchtreklame. Ich war etwas Besonderes. Ich setzte mich auf und vergrub das Gesicht an seiner Brust. Glaubte ich ihm? Wir hatten gerade erlebt, wie Bill Clinton schwor, keine Affäre mit Monica Lewinsky gehabt zu haben. Nahmen wir *ihm* das ab? Wir glaubten, was wir glauben wollten, wir glaubten das, was für uns am besten war. Lügen waren nicht so schlimm, wie man uns als Kindern weisgemacht hatte, und außerdem waren wir keine Kinder mehr.

»Da hast du deine Antwort«, flüsterte er und schob seine Hand unter mein Hemd. »Bist du jetzt glücklich?«

War ich glücklich? Jedenfalls ziemlich nah dran.

Als der März kam, wurde den meisten von uns bewusst, dass wir diesen Ort bald verlassen würden. Debra plante, nach San Francisco zu ziehen. Jason wartete auf die Zusage einer juristischen Fakultät. Kelsey hoffte auf einen Job in einer New Yorker Kunstgalerie. Ich interessierte mich weder für ihre Pläne noch machte ich selber welche. Ich hatte endlich gefunden, wonach ich suchte, meine Bestimmung hatte sich auf dem Ledersofa unter dem Dach offenbart. Deshalb war ich hierhergekommen, dachte ich, wenn Connelly seine großen Hände auf mich legte und ich eine Schicht nach der anderen von mir abstreifte – für ihn. Das war von Anfang an der Grund gewesen.

Ich erzählte ihm alles über Rosen's und das Aufwachsen in New York, wie ich es liebte, wie ich es fürchtete. Ich erzählte ihm von meinem ersten Besuch in Wilder, im letzten Schuljahr, zur obligatorischen College-Tour. Meine Mutter war zu krank gewesen, um mitzukommen, deshalb hatte ich alles fotografiert, was sie vielleicht hätte interessieren können, die holzgetäfelte Kantine, die Ölgemälde, die steinernen Kamine, den Skulpturengarten. Als ich nach Hause kam, ließ ich den Film in einem Express-Fotolabor entwickeln. Die Chemotherapie hatte im Mund meiner Mutter schreckliche Geschwüre verursacht, deshalb sagte sie nicht viel, sah sich aber alle Fotos langsam und sorgfältig an, als wollte sie sie sich ins Gedächtnis einprägen. Später sah ich, dass sie sie auf ihrem Nachttisch aufgestellt hatte, um sie vom Bett aus betrachten zu können. Wenn ich jetzt manchmal durch die Räume ging, die ich damals fotografiert hatte, stellte ich mir vor, sie könnte mich sehen, obwohl ich an solche Sachen nicht glaubte.

Ich erzählte ihm von meiner Mutter, die der Meinung gewesen war, ich läse zu viel, während Abe fand, ich läse die falschen Sachen. Ich erzählte, dass sie Schönheit über alles andere gestellt hatte und dass sie ihr Lieblingsbild von mir gemalt hatte, als ich krank war und auf dem meine Wangen fiebrig rosa sind. Ich erzählte ihm, wie wütend Abe auf sie gewesen war, weil sie mich gezwungen hatte, für sie Modell zu stehen, obwohl ich im Bett hätte liegen müssen, aber sie fand, es hätte sich gelohnt, und ich stimmte ihr zu. Ich erklärte ihm, dass ich niemals eine Künstlerin wie sie würde sein können, weil die Art und Weise, wie wir die Welt wahrnahmen, sich grundsätzlich voneinander unterschied: Sie hatte die Dinge mit ihren Augen wahrgenommen, während ich sie durch die dünne Haut meines Herzens erfühlte.

»Aber du bist eine Künstlerin«, antwortete er, und ich sonnte mich in seinen Worten.

Er dagegen erzählte nur wenig von sich. Abgesehen von dem, was ich seinen Gedichten und dem Artikel über ihn entnommen hatte, wusste ich so gut wie nichts über seine Kindheit oder seine Eltern, und wir sprachen auch nie über seine Ehe: wie sie zustande gekommen war und warum sie hielt. Ich grub das Interview aus, das Debra für *bitch slap* mit Roxanne geführt hatte. Es handelte hauptsächlich von ihrer Studienzeit. Geschichten über die frühen Jahre der Koedukation in Wilder, über Anfeindungen und Belästigungen waren legendär, ehemalige Absolventen hatten unverblümt gefragt, inwieweit die Anwesenheit von Studentinnen den »Charakter« von Wilder verändern würde. Die Frauen, die uns den Weg geebnet hatten, wurden weitgehend als Heldinnen betrachtet, Roxanne jedoch sah das anders.

»Ich behaupte nicht, dass wir es leicht hatten«, sagte sie, »aber ich würde sagen, dass unser Kampf in mancher Hinsicht leichter war als eurer. Wir haben euch die Tür geöffnet, aber ihr müsst jetzt darum kämpfen, dass ihr hierhergehört. Und glaubt mir, das ist ein viel härterer Kampf.«

Auf dem Foto, das dem Interview beigefügt war, saß Roxanne hinter ihrem Schreibtisch, die in einer Bewegung gespreizten Hände vor dem Gesicht. Ich sah mir das Bild genau an, betrachtete die Fältchen auf ihrer Haut, die dunklen Ringe unter den Augen. Meine eigene Schönheit war nie offensichtlich oder leicht zu verstehen gewesen, ein hoch aufgerichteter Körper, das Gesicht von einer Ernsthaftigkeit gezeichnet, die Männer meines Alters als schwierig, wenn nicht gar abstoßend empfanden. Aber wenn ich mich mit Roxanne verglich, erkannte ich, dass ich schön war, oder zumindest, dass die Jugend eine eigene Schönheit hatte. (Später wusste ich das instinktiv. Ich ging auf der Straße an jungen Frauen vorbei und sah, dass sie alle schön waren, selbst jene, die es eigentlich nicht waren.)

Ich legte das Interview zur Seite und betrachtete mein Gesicht im Spiegel: glatte Wangen, apfelfarbene Lippen, dunkles Haar, das mir lose über die Schultern fiel. Hübsch – *shayna Maidel* – sagten die Frauen zu mir, die ins Rosen's kamen. Ich dachte an die Geschichte, die Whitney mir über Roxannes mysteriöse – und abhandengekommene – Schwangerschaft erzählt hatte. Im Vergleich dazu fühlte sich mein eigener Körper voll und fruchtbar an. Das konnte ich ihm geben, wenn er es wollte, dachte ich. Ich konnte ihm alles geben.

Es war das erste Wochenende im März. Debra war auf der Bar Mitzwa ihrer Cousine, Kelsey und Jason auf dem Weg zu Bo Bensons Skihütte in Killington.

Kaum waren sie weg, machte ich mich fertig. Roxanne besuchte ihre Schwester, daher war es ein seltener Freitagabend, an dem Connelly frei war. Ich hoffte, dass heute die Nacht wäre, in der ich ihm beweisen konnte, dass ich meine Gefühle für ihn und unser Geheimnis ernst nahm. Ich duschte, rasierte mir die Achselhöhlen, zog meinen schönsten BH und eine schwarze Hose ohne Reißverschluss an und stellte mir vor, wie er sie mir mit einem Ruck vom Leib reißen würde.

Nachts war es dunkel in Stringer Hall. Ich schlich mich auf Zehenspitzen in den dritten Stock und kündigte mich mit meinem Geheimcode an, drei Mal kurz klopfen.

»Komm rein.«

Das Licht war aus. Connelly lag auf dem Sofa. Er hatte die Schuhe ausgezogen und den Arm übers Gesicht gelegt.

»Alles in Ordnung?«

»Nicht wirklich«, sagte er. »Ich hab einen Schwindelanfall. Wahrscheinlich ist er gleich wieder vorbei.«

»Soll ich wieder gehen?«, fragte ich, meine Stimme war schwer vor Enttäuschung.

»Nein.« Er klopfte auf das Sofa. »Setz dich hierher. Lass das Licht aus.«

Ich zwängte meine Hüften auf das bisschen Platz neben seinen Schultern. »Ich dachte, schwindlig wird einem, wenn man auf irgendwas Hohes klettert.«

»Dachte ich auch. Aber das stimmt wohl nicht. Das sind die Unannehmlichkeiten des Alters.« Er nahm meine Hand. »Sprich mit mir. Erzähl mir was.«

»Was denn?« Ich hatte keine Lust zu reden.

»Irgendwas.«

Ich holte tief Luft und erzählte ihm von der Wohnung, die ich mir mit Debra und Kelsey teilte, dass ich im oberen Bett schlief, weil Debra Höhenangst hatte, Folge eines Traumas aus dem Ferienlager. Ich erzählte ihm von der Couch, die wir von Freunden geerbt hatten, als sie ihren Abschluss machten, und wie wir sie die ganzen vier Stockwerke hochgetragen hatten. Kelsey hatte Jason und seine Kumpel aus der Verbindung um Hilfe bitten wollen, aber Debra bestand darauf, dass wir sie selbst trugen, ohne die Männer.

»Ah, diese Debra«, sagte Connelly.

Ich erzählte ihm, wie nahe wir drei uns früher gewesen waren, und jetzt nicht mehr so sehr, aber dieser Teil der Geschichte machte mich traurig, deshalb erzählte ich ihm stattdessen, wie Ginny im zweiten Studienjahr betrunken gewesen und bei Zeta Psi eine Treppe hinuntergefallen war. Sie hatte sich das Steißbein geprellt und den Rest der Mannschaftssaison verpasst. Ich erzählte ihm, wie meine Mitbewohnerin und ich im ersten Semester aufgewacht waren, weil ein Typ in unseren Abstellraum pinkelte, den er für das Badezimmer gehalten hatte. Ich erzählte ihm von meinem Job am Info-Schalter, den Crushgirls und sogar Bo Benson.

»Bo Benson«, sagte er. »Klingt nach einem Superhelden. Ist er nett?«

»Er ist okay.«

»Steht er auf dich?«

»Weiß ich nicht.«

»Jede Wette.« Seine Augen waren immer noch geschlossen, die Wimpern ruhten auf den Wangen. »Jede Wette, dass die Jungs hier alle in dich verknallt sind.«

»Bestimmt nicht.«

»Ihr Pech.« Er strich mir mit der Hand über den Oberschenkel. »Geh und schließ die Tür ab.«

»Ich dachte, du bist krank.«

»Jetzt geht es mir besser.«

Ich lief zur Tür und schloss sie ab. Als ich zurück zum Sofa kam, hob Connelly die Hand.

»Halt«, sagte er.

»Yes, Sir.« Ich salutierte, dann begann ich, meine Bluse aufzuknöpfen.

»Nein. Zuerst sollst du mir mit deinem frechen Mundwerk etwas erzählen.«

»Ich hab dir doch schon alles erzählt.«

»Nein.« Im Mondschein sah sein Gesicht ernst aus. »Du hast mir nicht gesagt, was du willst.«

»Keine Ahnung. Frieden für die Welt?« Ich hatte keine Lust mehr zu reden. Ich wollte, dass er mich küsste, mich in die Arme nahm und aufs Sofa presste, bis ich keine Luft mehr bekam.

»Nein«, sagte er. »Du wirst mir jetzt sagen, was du willst.«

»Ich weiß nicht, was ich will.«

»Dann sag mir, was ich mit dir machen soll.«

Da bekam ich weiche Knie und schnappte nach Luft. Hatte es das irgendwo auf der Welt schon mal gegeben – dass eine College-Studentin gefragt wurde, was sie sich wünschte? Ganz sicher war ich die erste.

»Ich will ...« Ich öffnete einen weiteren Knopf meiner Bluse.

»Halt«, sagte er, diesmal lauter. Jetzt setzte er sich auf und stützte die Hände auf die Knie.

»Hör auf damit. Ich komme mir echt bescheuert vor.«

»Es ist nichts Bescheuertes an dir, Isabel.« Sein Tonfall war jetzt ernst, weniger verspielt. »Wenn du mir nicht sagen kannst, was du willst, dann können wir nicht weitermachen. Verstehst du, was ich meine?«

Ich schüttelte den Kopf.

»Weißt du noch, wie du mir von dieser Nacht erzählt hast, mit diesem Jungen – wie hieß er noch? Zev?«

Ich hatte ganz vergessen, dass ich Connelly von Zev erzählt hatte, und ich konnte mich auch nicht mehr erinnern, warum ich es getan hatte, nur dass es mir in jenem Moment gutgetan hatte, dass er es wusste. Jetzt wünschte ich, dass ich es nicht getan hätte.

»Du hast erzählt, dass du dir in dieser Nacht nicht sicher warst, was du wolltest«, fuhr Connelly fort. »Oder vielleicht warst du es, aber du hast es nicht gesagt. Richtig?«

»Ich – ich weiß es nicht.«

»Du weißt es nicht.« Er schüttelte den Kopf. »Verstehst du, ich möchte nicht, dass du irgendwann so eine Geschichte über mich erzählst. Ich verstehe, jetzt glaubst du, dass du das nie tun würdest. Aber du weißt nicht, wie du später vielleicht darüber denken wirst, wenn es vorbei ist. Was ich mit dir hätte machen sollen, was du wolltest und was nicht. Wir müssen uns jetzt darüber im Klaren sein, damit es später keine Missverständnisse gibt. Dafür steht zu viel auf dem Spiel.«

Meine Handflächen waren feucht. Mir war schwindlig. Meine Bluse stand offen, und zum ersten Mal, seit wir zusammen waren, fühlte ich mich nackt, schutzlos. Hatte er sich die ganze Zeit meine Geschichten angehört, um sie später zu benutzen, als Test für meine Loyalität? Was als Spiel begonnen hatte, war zu einem Befehl geworden, denn in dem, was er sagte, verbarg sich eine Drohung: Tu das jetzt, versprich es mir, oder wir können nicht weitermachen. Wusste er nicht, dass ich alles tun, ihm alles versprechen würde? Ich wollte nur eins: dass er aufhörte zu reden und mich küsste.

»Sind wir uns einig, Isabel?«

»Ja«, sagte ich. »Sind wir.«

»Na gut. Dann bleib da stehen und sag mir, was du willst.«

»Ich will ...«

»Lauter.«

»Ich will, dass du mich küsst.«

»Wo?«

Ich zeigte auf eine Stelle seitlich an meinem Hals.

»Sag es.«

»Den Hals. Auf den Hals.«

»Was noch?«

»Deine Zunge. Ich will deine Zunge ...«

»Wo?«

»Hier.« Ich hob mein Haar an und zeigte auf die Stelle hinter meinem Ohr.

Er nickte. »Mach weiter.«

»Ich will deine Hände hier haben.« Ich streifte die Bluse ab und umfasste meine Brüste mit den Händen.

Er legte sich wieder hin und atmete aus. »So ist es gut. Was noch?«

Ich stand vor ihm und konzentrierte mich darauf, wie sich der Holzboden unter meinen Füßen anfühlte. Ich presste die Füße dagegen, um nicht einfach davonzuschweben. Worte strömten aus mir heraus, eine Reihe von Lauten, die zu Sätzen wurden, Sätze, die zu einer Geschichte wurden, eine, an der ich schon immer geschrieben hatte, von der ich aber nichts wusste, bis ich anfing, sie ihm zu erzählen. Als ich fertig war, lag ich auf den Knien und kroch über den Boden, mein Körper ein lebender Draht, eine elektrisch blaue Flamme. Connelly war ein sanfter Liebhaber. Er tat alles, was ich mir gewünscht hatte, und nicht mehr. Er sprach mit mir, vergewisserte sich, dass ich einverstanden war, dass mir gefiel, was er tat. Bevor er kam, fragte er, ob er das dürfe. Als es vorbei war, küsste er zärtlich meine feuchte Stirn, den Rand meines Schlüsselbeins, die Spitze jedes meiner Finger. Dann half er mir beim Anziehen und begleitete mich die Treppe hinunter. »Geh direkt nach Hause«, sagte er. »Geh nicht über Los.«

Das Zimmer war leer, als ich zurückkehrte. Ich verkroch mich ins Bett, konnte aber nicht einschlafen. Die ganze Zeit dachte ich über Verlangen, Beherrschung – und Einvernehmen nach.

Einvernehmlich. Das Wort ging mir nicht aus dem Kopf, seit Dekan Hansen es benutzt hatte, um zu beschreiben, was mit Zev passiert war. *Er sagte, Sie beide hätten einvernehmlichen Verkehr gehabt.* Ich widersprach nicht – was Zev und ich getan hatten, schien einvernehmlich gewesen zu sein, vielleicht nicht gewollt, aber auch nicht gegen meinen Willen. Wenn ich aber jene Nacht mit dem verglich, was ich gerade mit Connelly erlebt hatte, wurde mir klar, dass Welten zwischen diesen beiden Ereignissen lagen und sie nur durch ihre elementarsten biologischen Vorgänge miteinander vergleichbar waren. Damals hatte ich nicht gewusst, was ich wollte, weil ich nie etwas so sehr gewollt hatte wie Connelly.

Das ist die Zeit, an die ich zurückdenke, diese fünf oder sechs Wochen, in denen alles leicht zwischen uns war. An die trägen Nachmittage auf Connellys Sofa, seinen Geruch in meinem Haar und auf meiner Haut, unter meinen Fingernägeln. Ich denke zurück an den März, diese Zeit des Übergangs, wenn die Welt aufhört, das eine zu sein und zu etwas anderem wird. Draußen erwachte der Frühling, aber wir hielten die Jalousien geschlossen, um das Licht auszusperren.

An dem Tag, als ich in Joanna Maxwells Büro marschierte und fragte, ob Professor Connelly meine Diplomarbeit betreuen könne, jetzt, nachdem Professor Fisher offiziell beurlaubt worden sei, schneite es. Igraine schlief auf dem Sofa. Sie hielt eine zerschlissene Decke an die Wange gepresst und schnurrte leise im Schlaf.

»Professor Connelly?«, fragte sie. »Sind Sie sicher?«
»Ja«, sagte ich. Ich war mir sicher.

13

Meine Mutter erkrankte, als ich dreizehn war. Es war die übliche Geschichte: ein Knoten, der zu einer Reihe von Tests führte, Operation, Chemo, weitere Operationen, eine Zeit der Erholung und schließlich der langsame, qualvolle Marsch auf das Ende zu. Während meine Mutter mehr und mehr in der Krankheit versank, anfangs langsam, dann ganz plötzlich, begann ich zu wachsen. Während ihr Körper dahinsiechte, erblühte meiner auf widerwärtige Art.

Wahrscheinlich war meiner Mutter aufgefallen, dass ich immer dieselbe Jeans und denselben übergroßen Hoodie trug, deshalb schickte sie mich eines Tages mit meiner Großmutter zum Einkaufen. Es war das krasse Gegenteil einer Shopping-Tour. Yetta, mürrisch und schmallippig, führte mich in einer Wolke von Mentholzigarettenrauch durch die Gänge des Century 21. Ich schämte mich für alles: für meine Großmutter und meinen Körper, die Armut, die Krankheit und die allgemeine Armseligkeit. An diesem Tag verließen wir den Laden mit nur wenigen Dingen – einer Jeans, ein paar BHs, drei T-Shirts und einem Pullover –, obwohl ich viel, viel mehr gebraucht oder mir gewünscht hatte.

Meine Mutter lag schon im Krankenhaus, als ich einmal bei einer Freundin übernachtete. Irgendwann ging sie aus dem Zimmer, um etwas zu essen zu holen, und ich sah, dass ihre Schranktür offen stand. Sie hatte Unmengen von Klamotten – Blusen, Röcke, Kleider, Strickjacken. Ich strich mit der Hand über die weichen Stoffe, dann nahm ich, ohne groß nachzudenken, einen Pullover von einem Bügel und steckte ihn in meine Tasche. Als ich am nächsten Tag nach Hause kam, probierte ich ihn vor dem Spiegel an. Er war schöner als alles, was ich besaß, ein wunderbares mattrosa Wolle-Kaschmir-Gemisch, der Ausschnitt zart und schmeichelhaft. Mir war nicht bewusst, dass etwas zum Anziehen so schön sein konnte. Die Freundin hatte den fehlenden Pullover nicht bemerkt, deshalb nahm ich bei meinem nächsten Besuch bei ihr eine Jeans und einen Bauernrock mit.

Danach fing ich an, bei jeder sich bietenden Gelegenheit irgendetwas mitgehen zu lassen. Meistens Klamotten, aber auch Ohrringe, Handtaschen oder Make-up. Manchmal trug ich die gestohlenen Sachen in der Schule, vor den Augen derjenigen, denen ich sie entwendet hatte. Wenn sie es sahen, kniffen sie die Augen zusammen, aber nie stellte mich jemand zur Rede. Ich war eine gute, aber auch untypische Diebin.

Ich setzte mir ein paar strenge Regeln: Ich stahl von niemandem, dessen Familie ärmer war als meine, eine komplizierte Entscheidung, die ich davon abhängig machte, ob die Eltern geschieden waren und ob sie im selben Zimmer schliefen. Ich beklaute weder enge Freundinnen noch Bekannte meiner Eltern, aber auch keine Fremden. Ich nahm nichts mit, was nicht ersetzbar war, und immer wieder ermahnte ich mich, dass das, was ich tat, falsch war, und versprach mir, damit aufzuhören. Doch dann passierte irgendetwas – meine Mutter hatte eine schlechte Nacht gehabt, und ich fand Abe morgens weinend über seinem Toast –, und ich fing doch wieder damit an.

Mein Erfolg ließ mich mutiger werden. Im letzten Schuljahr, als meine Mutter mit einer Bauchspeicheldrüseninfektion im Krankenhaus lag, stahl ich Geld aus der Brieftasche des Vaters einer Freundin. Im Frühjahr, als die Behandlung, die sie den ganzen Winter über erhalten hatte, keine Wirkung mehr zeigte, stibitzte ich der älteren Schwester einer Freundin ein Paar Diamantohrringe. Als ich in Wilder ankam, hatte ich damit aufgehört, der Trieb war weitgehend erloschen, und das war auch gut so, denn hier hätte ich reichlich Gelegenheit gehabt. Die Mädchen waren reich und unbekümmert, und ihre Schränke quollen über vor Kaschmirpullovern und Cordhosen, Schuhen und Perlenketten. Alles flog auf dem Boden oder auf den Betten herum. Aus jahrelanger Erfahrung wusste ich, dass sie es nie vermissen würden. Doch die Zeit, in der ich die Dinge anderer Leute haben wollte, war vorbei.

Außerdem war meine Mutter tot, und es gab keine Entschuldigung mehr.

Es war der letzte Donnerstag im März; draußen fiel ein eisiger Regen. Auf dem Weg zu Stringer Hall lief Joanna Maxwell an mir vorbei, mit einem Kinderwagen, dem Igraine ganz offensichtlich bereits entwachsen war. Die Kleine schlief; mit einer Hand hielt Joanna unbeholfen einen Regenschirm über sie, und mit der anderen lenkte sie den Kinderwagen. Manchmal erinnerte sie mich an meine Mutter, obwohl sie kleiner war und auf kaum erklärbare Weise eindeutig nicht jüdisch. Ich hatte sie seit dem Tag, an dem ich sie gebeten hatte, meinen Betreuer zu wechseln, weder gesehen noch an sie gedacht, so sehr war ich mit meinem eigenen Drama beschäftigt.

Connelly saß an seinem Schreibtisch und arbeitete sich durch einen Stapel Referate. Neben ihm lag ein Schlüsselbund, das ich noch nie zuvor gesehen hatte: ein altmodischer Ring, wie er am Gürtel eines Kerkermeisters hätte hängen können. Connelly war unrasiert, sein Gesicht verlockend rau. Am liebsten hätte ich die Hand ausgestreckt und das Pieksen der Stoppeln gespürt, aber ich wusste, dass ich ihn bei der Arbeit nicht stören durfte. Außerdem war es immer besser, wenn er mich warten ließ. Ich zog die Stiefel aus, drapierte meine Socken über die Heizung und legte mich auf den Boden, um mir die Füße am Heizkörper zu wärmen. Ich hatte eine Blase an der Ferse und fummelte abwesend daran herum.

Nach ein paar Minuten sah er mich an. »Oh, hallo. Netter Anblick.«

»Danke.«

»Was hast du unter dem Pullover an?«

Ich zog am Ausschnitt und senkte den Blick. »Unterhemd. BH.«

»Zieh sie aus.«

Ich tat, was er verlangte, und wollte auf ihn zugehen, aber er hielt mich auf. »Nein. Bleib da. Es gefällt mir, wie du auf dem Boden liegst.«

Ich legte mich wieder hin. Connelly trat über mich hinweg und schloss die Tür ab. Ich fühlte seine Schritte auf dem Boden, bei jedem Schritt vibrierte mein Körper.

»Mach die Augen zu«, sagte er.

Er beugte sich zu mir herunter und öffnete meine Hand mit einem Gegenstand. Dann strich er mit dessen Spitze über meine Handfläche, an der Innenseite meines Handgelenks entlang bis zur Armbeuge. Ich zitterte, als er es weiter zur Schulter und dann über den Rand meines Schlüsselbeins zog. Es war ein Schlüssel. Ich hielt die Augen geschlossen, während er mir langsam über den anderen Arm fuhr, dann zwischen alle Finger und um die Daumenwurzeln herum.

Schließlich nahm er den Schlüssel weg und richtete sich auf. Ich hörte ihn atmen, während er seinen Pullover auszog. Er platzierte die Spitze des Schlüssels zwischen meine Brüste, das Metall auf der Haut fühlte sich kalt an. Er zeichnete eine vertikale Linie über meine Brust und Kreise um jede Brustwarze.

»Zieh sie aus«, sagte er und zog an meiner Jeans. Ich schlängelte mich heraus und trat sie ungeduldig über die Fersen weg, sodass die Blase aufplatzte. Draußen prasselte der Schneeregen aufs Dach, als streute jemand Kieselsteine darauf. Connelly setzte den Schlüssel unterhalb meiner Brust an, versenkte ihn kurz in meinem Nabel und führte ihn dann an der Innenseite meiner Beine vom Oberschenkel bis zum Knöchel und wieder zurück. Ich wusste nicht, wie viel Zeit vergangen war, zehn Minuten, zwanzig, ein halber Tag. Ich erinnerte mich vage, dass ich noch irgendwohin musste, wusste aber nicht mehr, wohin. Mein Kopf war voller Schlüssel. Connelly zupfte am Gummibund meiner Unterhose wie an einer Gitarrensaite, und ich dachte an die Schlüssel zu unserer Wohnung. Meine Mutter hatte mir beigebracht, sie wie eine Waffe in der Hand zu halten, wenn ich spät abends nach Hause kam. Er zog mir das Höschen herunter, und ich dachte an den Schlüssel für den Safe im hinteren Teil des Ladens, wo Abe das Geld aufbewahrte, das er jeden Freitag in die Bank brachte. Schabbes. Connelly spreizte meine Beine, und ich erinnerte mich an Yettas Schublade mit den Schlüsseln, die sie nie wegzuwerfen wagte, denn was, wenn sie sie eines

Tages brauchte? Der Regen wurde stärker. Ich stellte mir einen Gang vor, gesäumt von Türen, die ich nicht öffnen konnte, hinter denen Dinge eingeschlossen waren, die ich brauchte: Ausrüstung zum Retten, Überleben, Flüchten. Connelly drang in mich ein und legte alles offen, was ich dort aufbewahrte, Scham, Angst. Als ich nach Hause kam, hatte ich eine Reihe blauer Flecken auf dem Rücken und Kratzer an den Oberschenkeln. Er hielt mir den Mund zu, als ich aufschrie, und ich wusste nicht mehr, was da in mir war, nur dass ich nie wieder eine Tür fand, die ich nicht öffnen konnte. Er hielt den Schlüssel zu meiner Befreiung, und ich ließ zu, dass er ihn benutzte.

In diesem Frühling entstand mein Drang, Sex und Geheimhaltung miteinander zu verknüpfen. Seitdem gab es nichts Erotischeres als einen heimlichen Kuss hinter einer verschlossenen Tür, hastiges Fummeln in einer Garderobe, die Hand eines Mannes auf meinem Knie, während seine Freundin uns gegenübersaß. Einmal bat ich Bo, mich in einer Bar zu treffen und so zu tun, als hätte er mich noch nie vorher gesehen. Ich hatte mich für ein kurzes rückenfreies Kleid entschieden, unter dem man keinen BH tragen konnte. Schwarzer Eyeliner, roter Lippenstift – Make-up, wie ich es sonst nie trug. Ich sagte ihm, den Ehering würde ich zu Hause lassen, doch er könnte seinen anbehalten. Ich würde mich für ihn in eine Schlampe verwandeln, es ihm ausnahmsweise einfach machen. Wir würden in einer Toilettenkabine vögeln. Er sollte mir die Unterwäsche mit den Zähnen abstreifen.

»Warum sollte ich das tun?«, fragte Bo lachend. »Ich dachte immer, man heiratet, damit man keine Fremden in Bars mehr aufreißen muss.« Ich lachte auch, wusste aber, dass dies der Anfang von unserem Ende war. Ich brauchte etwas von ihm und wusste nicht, wie ich danach fragen oder es erklären konnte. Als wir uns in dieser Nacht liebten, zu Hause, im Bett, bei ausgeschaltetem Licht, dachte ich an Connelly. Ich stellte mir vor, wieder in seinem Büro am Ende des Flurs zu sein, fahles Winterlicht erfüllte den Raum, Leder klebte an meinen Oberschenkeln, das Gefühl von kaltem Metall auf meiner Haut. Manchmal, wenn Connelly kam, biss er mir so fest in die Lippen, dass sie bluteten. »Was ist passiert?«, fragte Bo, als wir fertig waren. Er zeigte auf mein Gesicht. Ich wischte mir mit der Hand über den Mund und schmeckte Blut, rostig wie ein Schlüssel.

14

Im April fuhr ich zum Pessachfest nach Hause. Zu meiner Überraschung hatte Abe mich darum gebeten. Wir legten eigentlich nicht viel Wert auf Feiertage, erst recht nicht auf jüdische, doch weil er normalerweise so wenig von mir erwartete, sagte ich zu.

»Erzähl mir noch mal vom Pessach«, sagte Connelly, als ich mich vor meiner Abreise von ihm verabschiedete. Er war katholisch erzogen worden und wusste nicht viel über das Judentum, doch ich ging wie selbstverständlich davon aus, dass er sich dafür interessierte oder interessieren müsste. Da er mich so gut kannte, würde er auch über diesen Teil meines Lebens Bescheid wissen. Das war natürlich Unsinn, trotzdem kam mir seine Wissenslücke in dieser Hinsicht seltsam vor.

Er saß auf dem Sofa, deshalb setzte ich mich an seinen Schreibtisch, legte die Beine hoch und erzählte ihm alles, was mir über das Pessachfest in Erinnerung geblieben war: die Juden in der Sklaverei, Moses' Rettung aus dem Schilf, die Teilung des Roten Meeres. Connelly verschränkte die Finger unterm Kinn und hörte aufmerksam zu.

»Und wir essen acht Tage lang nur Matze«, sagte ich. »Kein anderes Brot.«

»Klingt furchtbar.«

»Am Anfang ist es schwer, aber dann gefällt es mir irgendwie. Es hat etwas, sich durch den Mangel durchzukämpfen und auf der anderen Seite wieder herauszukommen.« Connelly sah mich mit einem komischen Ausdruck an.

»Was ist?«

»Nichts«, sagte er. »Ich hör nur gern zu, wenn du sprichst.«

Ich errötete. Ich fand, es war das Schönste, was mir jemals jemand gesagt hatte.

Normalerweise fuhr ich mit Debra nach Hause, doch dieses Jahr ließ sie die Feiertage ausfallen, deshalb nahm ich den Bus.

»Wow«, sagte der Typ neben mir, als ich mein Strickzeug auspackte. Fast einen Meter lang breitete sich der Schal auf meinem Schoß aus. »Ist der für deinen Freund?«

Ich schüttelte den Kopf, obwohl ich trotz der Warnung meiner Mutter vorhatte, ihn Connelly zu schenken.

»Was für ein Glückspilz«, sagte er und rückte ein bisschen näher. Er roch nach Knoblauch und Patchouli-Öl. Während der Bus über die Interstate rumpelte, redete er vor allem über Clinton und das politische Theater in Washington. Seiner Meinung nach ging das, was ein Mann hinter verschlossenen Türen machte, nur ihn selbst etwas an, und die einzigen Menschen, denen er Rechenschaft schuldete, waren seine Frau und Gott, in dieser Reihenfolge. »Okay, da hat ein Mann seine Frau betrogen«, sagte er. »Na und? So was passiert doch ständig, jeden gottverdammten Tag.«

Immer, wenn ich nach Hause kam, hatte sich das Viertel ein kleines bisschen mehr verändert. Auf dem Weg von der Subway-Station kam ich an einem chinesischen Feinkostladen und einem Boutique-Hotel vorbei, wo früher ein Konkurrent meines Vaters seinen Appetizing

Store gehabt hatte. An der Ecke, wo Litkowskis Bäckerei gestanden hatte, klaffte nun ein riesiges Loch im Boden. In meiner Kindheit waren meine Mutter und ich jedes Wochenende dort hingegangen, um Roggenvollkornbrot und Linzer Torte zu kaufen. Mr Litkowski war ein untersetzter Mann, der niemals lächelte. Als Kind nannte ich ihn den »weißen Mann«, weil er immer von Mehl bedeckt war. Abe behauptete gern, New York reagiere allergisch auf Nostalgie, weil es ständig alte Häuser abriss und neue baute. Die alten mussten verschwinden, um Platz für neue zu schaffen. Daher sei es eine perfekte Stadt für Juden, sagte er, weil wir als Volk daran gewöhnt seien, uns immer wieder neu zu erfinden. »Uns neu zu erfinden?«, fragte meine Mutter. »Wir fliehen, weil man uns umbringen will, Abe, nicht, weil wir einen Tapetenwechsel brauchen.«

Als die Geister der Vergangenheit an mir vorbeizogen, wurde mir klar, was für ein Wunder es war, dass Rosen's Appetizing überlebt hatte. Mein Vater hatte in vielerlei Hinsicht Pech gehabt, aber in einer Sache hatte er Glück: Er war der Neffe von Ruben »Ruby« Rosen, einem geschäftstüchtigen Schubkarrenverkäufer, der 1920 in einem Ladenlokal in der Orchard Street Rosen's Appetizing eröffnet hatte. Abe war vaterlos und arm, und so hatte Ruby, ein schwieriger, kinderloser Mann, ihn bei sich aufgenommen. Mein Vater sprach selten über diese frühen Jahre, als er hart schuften musste, um seine Mutter und seinen jüngeren Bruder Leon zu unterstützen. Wenn er sich überhaupt darüber äußerte, dann nur, um zu sagen, dass er froh war, kein Metzger zu sein.

»Fleisch ist ein hartes Geschäft«, hatte er mir einmal erklärt. Wir saßen am Küchentisch. Abe trank Tee aus einem Glas. »Den meisten Metzgern fehlt ein halber Finger oder sogar eine Hand. Einigen noch mehr als das. Mein Freund Stewy Horowitz kam aus einer Metzgerfamilie«, fuhr er fort, während der Dampf aus dem Teeglas seine Brille beschlug. »Ich war nur einmal im hinteren Teil des Ladens. Da stand ein Drahtkorb voller abgetrennter Tierfüße, sein Vater trug eine lange blutige Schürze, und überall flogen Federn durch die Gegend. Mitten auf dem Boden gab es einen riesigen Abfluss, in den das ganze Blut lief.« Abe erschauerte. Nein, sagte er, im Großen und Ganzen hätte er Glück gehabt, in der Appetizing-Branche gelandet zu sein.

Glück hin oder her, die Arbeit war hart. In fast allen Erinnerungen an meinen Vater steht er hinter dem Tresen, eine weiße Schürze um die Taille, einen Wachsmalstift hinter dem Ohr. Sein Leben war geprägt von drohendem finanziellem Ruin und langen Tagen, an denen er von früh bis spät auf den Beinen war. Und trotzdem war er immer noch im Geschäft. »Eines Tages werden wir alle verschwinden, aber einstweilen bin ich noch da.«

Ich stieß die Tür auf, und der Geruch nach geräuchertem Fisch und Essig stach mir in die Nase. Hier sah alles genauso aus wie immer. Ruby, der seit mehr als fünfzehn Jahren tot war, hätte die mit Sägemehl bedeckten Böden, die lange Glastheke mit der bühnenreifen Auslage von Lachs, Frischkäse, Oliven und schrumpligem goldenem Stör sofort wiedererkannt. Die einzige Verbesserung, die Abe vorgenommen hatte, war ein neues Schaufenster, nachdem jemand das alte mit einem Ziegelstein eingeworfen hatte. Meine Mutter hatte ihn überzeugt, mithilfe einer Schablone die Worte »Rosen's Appetizing, gegr. 1920« auf der Glasscheibe anbringen zu lassen. In Gold.

Hinter dem Tresen stand Manny und führte sein Messer vorsichtig über die Seite eines hellrosa Stücks Räucherlachs. Einige alte Kunden ließen sich ihren Lachs lieber von meinem Vater schneiden; Manny machte seine Sache gut, aber Abe schnitt Räucherlachs so dünn, dass man durch ihn hindurch die Zeitung hätte lesen können. (Und auch, obwohl sie es nie laut sagten, weil sie sich nie daran gewöhnt hatten, dass ein Migrant aus der Dominikanischen Republik ihren Räucherlachs schnitt.) Kunden, die es eilig hatten, bevorzugten die vorgeschnittenen Portionen im hinteren Teil des Ladens, aber diejenigen, die Zeit hatten – und es besser wussten –, warteten auf Abe.

»Hi, Izzy. Dein Dad ist hinten«, sagte Manny, ohne aufzublicken. Es war nicht unfreundlich gemeint. Manny war bei Rosen's, solange ich mich erinnern konnte, und hatte sich vom Regalbefüller zum Lachsschneider hochgearbeitet. Das hätte er nie geschafft, ohne die oberste Regel aller Lachsschneider zu beherzigen: Schau niemals dabei auf.

Ich fand Abe in seinem Büro, hinter dem Schreibtisch eingezwängt, der einst Ruby gehört hatte. »Hello, stranger«, sagte er und stand auf, um mich zu umarmen. Mein Vater war ein kleiner Mann, schmal wie ein Tänzer. Er hatte sein dichtes graues Haar ordentlich zur Seite gekämmt und verströmte den Geruch von Aftershave. Er war noch dünner geworden, seit ich ihn das letzte Mal gesehen hatte; ich machte mir Sorgen, dass er nicht genug auf sich achtete.

»Hi, Izzy.« Die Stimme meines Cousins ließ mich zusammenzucken. Benji, der Sohn von Leon und Fanny, saß auf einem Hocker in der Ecke, mit einem Stapel Bestellungen auf dem Schoß. Ich hatte ihn schon eine ganze Weile nicht mehr gesehen – seit er an der SUNY Binghamton einen Abschluss in Wirtschaft oder Marketing oder etwas ähnlich Langweiligem gemacht hatte.

»Möchtest du etwas essen, Isabel?«, fragte Abe.

»Klar.« Ich war nicht hungrig, aber es hatte keinen Zweck abzulehnen; ich wusste, dass er mir trotzdem etwas vorsetzen würde.

»Was machst du denn hier?«, fragte ich Benji.

»Aushelfen«, sagte er, und etwas an seinem Tonfall ärgerte mich, als wollte er andeuten, dass ich meinem Vater keine Hilfe war oder dass er überhaupt welche brauchte.

»Ach, ja? Wie denn?«

»Ach, verschieden. Hauptsächlich bei der Organisation, der Einführung von Systemen und so was.« Er redete eine Weile über Effizienzmaximierung, Rationalisierung, die Kommunikation der Systeme untereinander – Wirtschaftsschuljargon, den ich mir nur schwer in Verbindung mit Rosen's Appetizing vorstellen konnte.

»Willst du ihm beibringen, den zu benutzen?« Ich zeigte auf den Computer auf dem Schreibtisch. Irgendwer – vielleicht sogar Benji – hatte Abe vor ein oder zwei Jahren überredet, ihn zu kaufen, doch soweit ich wusste, hatte er ihn noch nie eingeschaltet.

»Eigentlich schon«, sagte Benji. »Ich möchte ihm zeigen, dass es sich anfangs zwar wie mehr Arbeit anfühlt, ihm aber auf lange Sicht welche abnimmt.«

»Na, dann viel Glück. Arbeitest du auch an der Theke? Abe behauptet immer, nur so könne man das Geschäft lernen.«

Benji verzog den Mund. »Ich will nicht das Geschäft lernen, Izzy. Ich helfe nur aus. Aber gelegentlich stehe ich auch hinter der Theke, ja. Wenn viel los ist.«

»War denn viel los?«, fragte ich.

Benji zögerte. »Hin und wieder.«

Abe kam wieder herein und überreichte mir einen Bagel mit Felchensalat, meine Lieblingssorte. Irgendwie durchfuhr mich ein Stich, als Benji und er sich über eine verspätete Lieferung unterhielten, nicht aus Eifersucht, eher aus Nostalgie nach etwas, das es nicht mehr gab, etwas, das vielleicht nie existiert hatte. Ich hatte nie wirklich darüber nachgedacht, was mit dem Laden passieren würde, wenn Abe in Rente ging oder starb. Vermutlich glaubte ich, er würde irgendwann das Gebäude verkaufen – das taten die meisten Leute wie mein Vater, da die Immobilie fast immer mehr wert war als das Geschäft selbst. Abe sagte, Rosen's hätte all die Jahre nur überlebt, weil Ruby so klug gewesen war, das Gebäude zu kaufen, als er die Gelegenheit dazu hatte. Doch jetzt fragte ich mich plötzlich, ob er andere Pläne hatte und ob sie mit Benji zu tun hatten.

Abe warf einen Blick in den vorderen Teil. »Benji, da ist eine Frau an der Süßigkeitentheke.«

»Okay, Uncle Abe.« Benji stand auf, und dann sah ich, dass er eine Schürze trug. »Meine Mutter sagt, du sollst zum Schabbes kommen, wenn du wieder nach New York zurückkommst, Izzy. Celia wird auch da sein, mit den Zwillingen.«

»Gern«, sagte ich mit vollem Mund. »Ich weiß nicht, wann ich zurückkomme, aber vielen Dank für die Einladung.«

»Was soll das heißen, du weißt nicht, wann du zurückkommst?«, fragte Abe, als Benji weg war.

»Ich denke darüber nach, den Sommer über in New Hampshire zu bleiben.« Connelly und ich hatten kurz vor meiner Abreise darüber gesprochen. Roxanne würde den Sommer in England verbringen, er wäre also größtenteils allein. Die Vorstellung war einerseits aufregend, andererseits aber auch beängstigend – faule Nachmittage in seinem Büro oder Haus, viel ungestörte Zeit zum Lesen und Schreiben. Wir würden Ausflüge machen können, essen oder spazieren gehen – lauter Sachen, die wir noch nie gemacht hatten. Aber bislang hatte ich weder einen Job noch eine Wohnung, und auch noch nicht mit Kelsey gesprochen, mit der ich mir eine Wohnung in New York teilen wollte. Sie würde wissen wollen, warum ich in Wilder bleiben wollte, und mich nicht mit vagen Ausreden davonkommen lassen. Ich wusste selbst nicht, warum ich es Abe gegenüber überhaupt erwähnt hatte, und als ich sah, wie sehr es ihn in Panik versetzte, bereute ich es augenblicklich.

»In New Hampshire? Was würdest du da machen? Wo würdest du wohnen? Auf dem Campus kannst du doch nicht bleiben.«

»Noch ist nichts entschieden. Vielleicht wird gar nichts draus. Sehr wahrscheinlich sogar.« Sein Gesicht entspannte sich. »Du hast mir gar nicht erzählt, dass Benji hier arbeitet.«

»Fanny hat mich darum gebeten. Ich schätze, er braucht einen Job, um ein nettes orthodoxes Mädchen zu finden. Ich weiß nicht, wozu er überhaupt studiert hat.« Er setzte seine Brille auf und schielte auf etwas, das auf seinem Schreibtisch lag. »Ehrlich gesagt habe ich ihn nie für besonders schlau gehalten, aber er hat ein paar gute Einfälle.«

»Ach, ja? Was denn zum Beispiel?«

»Nun, wir verkaufen jetzt Sandwiches to go, die die Leute unterwegs essen können. Und diese Computer-Geschichte. Er glaubt, dass wir damit unsere Reichweite vergrößern können. Das sind seine Worte: ›Unsere Reichweite vergrößern.‹ Er glaubt, dass die Leute eines

Tages Felchensalat im World Wide Web kaufen werden.« Er runzelte die Stirn. »Ein Glück, dass ich ihm nicht so viel zahle.« Er tippte auf die Seite des Computermonitors. »Okay, lass mich das noch zu Ende bringen, dann können wir los.«

Wir wollten den Feiertag in Rockland County bei der Cousine meiner Mutter, Elaine, und ihrem zweiten Mann, Sol, verbringen. Leon und Fanny hatten uns ebenfalls zu ihrem Sederabend eingeladen. Bevor er ging, hatte Benji die Einladung wiederholt, aber Abe hasste es, die Feiertage bei seinem Bruder zu verbringen: »Zu viel Beterei.« Der Seder bei Elaine und Sol war entspannter und fand in einer angenehmen, unkonventionellen Atmosphäre statt, mit viel Händchenhalten und misstönendem Gesang, bunten Gebetsschals und nicht allzu viel Hebräisch. Mir gefiel es bei Elaine und Sol. Abe auch, obwohl er sich unterwegs die ganze Zeit über den dichten Verkehr beschwerte.

»Du siehst umwerfend aus, Darling«, sagte Elaine und drückte mir einen feuchten Kuss auf die Wange. »Wie deine Mutter. Sieht sie nicht genauso aus wie Viv, Sol?« Sie wischte sich eine Träne aus dem Auge. »Ach Gott, was ist bloß los mit mir!« Sol legte ihr den Arm um die Schultern.

»Wie läuft's in New Hampshire?«, fragte er mich. Er hatte einen langen grauen Pferdeschwanz und einen Körper wie ein Kühlschrank. »Gibt es nette Jungs da oben?«

»Sie ist nicht da, um *Jungs* kennenzulernen, Sol«, sagte Elaine und gab ihm einen sanften Klaps auf den Unterarm. »Also wirklich!«

Der Esstisch der beiden war für zwanzig Personen gedeckt, die kaum Platz daran fanden. Elaine war nicht so eine geschickte Gastgeberin wie meine Mutter, aber der Raum hatte eine angenehm warme Ausstrahlung, die ein schläfriges und behütetes Gefühl in mir auslöste. Bei Fanny und Leon gab es zu viele Regeln, aber bei Elaine und Sol war nicht klar, ob es überhaupt welche gab. Während des ganzen Sederabends fielen sich die Leute gegenseitig ins Wort, unterhielten sich nebenbei, standen vom Tisch auf und liefen herum. Ich saß still da, blätterte in meiner Haggada und fragte mich, warum mein Vater so darauf bestanden hatte, dass ich dafür nach Hause kam. Das Gemälde an der Wand über der Anrichte lenkte mich ab, es war ein abstraktes Bild, das meine Mutter vor Jahren gemalt hatte. Sie hatte nie großen Erfolg mit abstrakten Bildern gehabt – Landschaften und Stillleben ließen sich leichter verkaufen –, aber Elaine hatte das Bild so gut gefallen, dass meine Mutter es ihr geschenkt hatte.

Ich konnte mich noch an den Tag erinnern, als sie es gemalt hatte. Es war ein paar Wochen nach ihrer Diagnose gewesen, lange bevor wir begriffen, was sie bedeutete und was uns bevorstand. Meine Mutter hatte die Nacht auf der Couch verbracht: Das war nicht ungewöhnlich, aber an diesem Morgen rührte sie sich nicht, während ich in der Küche herumpolterte und mich auf die Schule vorbereitete. Abe war schon weg. Bevor ich die Wohnung verließ, ging ich ins Wohnzimmer, um mich zu verabschieden.

»Mom«, sagte ich und legte ihr die Hand auf die Schulter. Sie antwortete nicht. Ihr Haar war zerzaust, und unter dem langen grauen T-Shirt fühlte sie sich schrecklich dünn an.

»Mom«, sagte ich erneut.

»Wie spät ist es?«, fragte sie. Ihre Stimme war heiser und brüchig, als hätte sie geschrien.

»Fast acht. Ist alles in Ordnung, Mom?« Ich fing allmählich an, mich zu fürchten. War das der Krebs? Lag sie bereits im Sterben?

Sie griff nach meiner Hand. Ihre Fingernägel waren schmutzig und abgebrochen.

»Finde einen Mann, der dich versteht, Baby. Versprich mir das, ja?« Sie hatte Tränen in den Augen. Sie sah mich so eindringlich an, dass ich den Blick abwenden musste. Da sah ich, dass sie alle ihre Bilder hervorgeholt und an die Wände gelehnt hatte. Schalen mit Obst und Teller mit Walnüssen, deren geriffelte, höckrige Schalen an Gehirne erinnerten. Die Szene vor unserem Fenster, der zerfurchte Bürgersteig, die ölige Pfütze am Bordstein. So viele Bilder, Visionen der Welt, so wie sie sie sah. Wie konnte es sein, dass ich sie mir noch nie richtig angesehen hatte?

Ich stand auf und trat an die Staffelei. Da war das Bild, an dem sie am Vorabend gearbeitet hatte und das jetzt im Esszimmer von Elaine und Sol hing. Die Farbe, ein helles, leuchtendes Türkis wie das Blau eines kalifornischen Swimmingpools, war noch feucht. Die gleiche Farbe fand sich im Haar meiner Mutter, auf ihrer Wange und auf der Vorderseite ihres T-Shirts.

»Was sagst du dazu??«, fragte sie.

Ich betrachtete das Bild erneut und suchte nach etwas, das ich sagen könnte. Meine Mutter hatte mich noch nie zu ihrer Arbeit befragt, aber vielleicht war ich jetzt alt genug, um eine Meinung zu haben. Dieses Bild war anders als ihre anderen Werke, abstrakter und eindringlicher, die Pinselstriche wild und sinnlich. Ich versuchte, Gesichter, Augen, erkennbare Teile menschlicher Formen darin auszumachen, aber alles war geplatzt, aufgebrochen, wie Obst oder Fäulnis.

»Es macht mir Angst«, sagte ich.

Meine Mutter setzte sich auf und griff nach ihren Zigaretten. Das Kratzen des Streichholzes war das lauteste Geräusch im Raum.

»Dasselbe hat dein Vater auch gesagt.« Und dann stand sie auf, ging in ihr Zimmer und schloss die Tür hinter sich.

Wir verabschiedeten uns früh von Elaine und Sol, um dem Verkehr zu entgehen. Als wir nach Hause kamen, ging Abe in die Küche.

»Ich habe Macarons da. Willst du welche?«

»Hör auf, Dad. Wir haben gerade so viel gegessen.«

Er setzte den Kessel auf und nahm am Küchentisch Platz. Ich bemerkte, dass immer noch drei Stühle um ihn herumstanden, obwohl er nur einen brauchte.

»Hast du gesehen, was bei Litkowski los ist?«, fragte er und stellte mir einen Teller mit dem Gebäck vor die Nase.

»Ja, hab ich. Hat er das Gebäude verkauft?«

»Sie haben ihm ein Vermögen geboten. Er konnte nicht ablehnen. Sein Sohn ist Zahnarzt in Manhasset. Er will seinen Lebensunterhalt nicht mit Brotbacken verdienen.«

»Und was kommt jetzt dahin?«, fragte ich. Gegen meinen Willen nahm ich ein Macaron und biss hinein.

»Irgendein Hochhaus, mit einer Duane-Reade-Filiale.«

»Nobel.«

»All die Yuppies müssen irgendwo Zahnpasta kaufen.«

»Ich glaube, heutzutage nennt man sie nicht mehr Yuppies.«

»Hast du dich eigentlich mit der Frau von der Berufsberatung getroffen?«

Er wechselte das Thema so schnell, dass ich eine Sekunde brauchte, um mitzukommen. »Oh. Ja.«

»Irgendwas Interessantes dabei?«

»Nein. Die einzigen Stellen, die sie im Angebot haben, sind Jobs in großen Unternehmen.«

»Und was ist so schlimm an solchen Jobs?«, fragte Abe, als der Kessel pfiff. »Isabel, du findest sie unter deiner Würde, aber es sind gute Jobs mit jeder Menge Sozialleistungen.« Ich sah zu, wie er die Teebeutel auspackte, sie in die Tassen legte und mit kochendem Wasser übergoss. Meine Mutter hatte sich immer beschwert, dass Abe nicht stillsitzen konnte, eine Kritik, die mir damals sehr hart erschien – wann hatte er denn jemals Gelegenheit gehabt, sich zu entspannen? Doch jetzt nervte mich sein Gewusel auch. »Du wolltest unbedingt Anglistik studieren, mit Hauptfach Literatur. Nun musst du sehen, wie du dir damit deinen Lebensunterhalt verdienst.« Er stellte den Becher vor mir ab und schob die Zuckerdose in meine Richtung.

»Weiß ich«, sagte ich. »Mein Betreuer meint sogar, ich hätte Talent.«

»Du bist ja auch ein talentiertes Mädchen.«

»Er meint, ich sollte das Schreiben weiterverfolgen. Als Beruf.«

»Was? Mit einem Doktortitel?«

»Nein. Er hält es für möglich, dass ich Schriftstellerin werde.«

»Du kannst alles werden, was du willst.«

»Dieser Lehrer ...« Ich stockte. Es fühlte sich seltsam an, hier in diesem Raum über Connelly zu sprechen. »Er meint, ich soll mir Zeit nehmen und einfach schreiben. Sehen, was mir so einfällt. Wenn ich ein paar Geschichten verkaufe, glaubt er, könnte ich vielleicht einen Agenten finden.«

»Kriegt man Geld dafür?«

»Nicht besonders viel. Und nicht sofort. Deshalb habe ich auch überlegt, in New Hampshire zu bleiben. Da ist es nicht so teuer.« Abe kaute auf seiner Unterlippe, schob sie vor und zurück. »Ich könnte aber auch nach Hause kommen und eine Weile hier leben.«

»Du weißt, du bist hier jederzeit willkommen, aber was würdest du tun? Ich kann dir kein Geld mehr geben.«

»Das weiß ich. Ich könnte Highschool-Absolventen Nachhilfe geben, wenn sie sich auf die Zulassung an einer Uni vorbereiten wollen. Oder im Laden arbeiten. Ich brauche nicht viel.«

Abe schüttelte den Kopf. »Ich will nicht, dass du im Laden arbeitest.«

»Warum nicht?«

»Ich habe dich nicht aufs College geschickt, damit du im Laden arbeitest.«

»Benji hat auch studiert.«

»Benji ist nicht mein Sohn.«

»Dann bleibe ich eben in New Hampshire.«

»Und tust was, Isabel?«

»Hab ich doch gesagt. Schreiben.«

»Schreiben ist keine Option.«

»Warum nicht?«

»Weil du einen Job brauchst.« Er griff nach einem Schwamm und wischte die Arbeitsplatte ab. »Du klingst wie deine Mutter, redest nur von deiner Kunst und glaubst, dass schon irgendwie alles gut gehen wird. Aber du kannst nicht damit rechnen, dass ich da unten arbeite, um das alles zu finanzieren. Das kann ich nicht mehr.« Er warf den Schwamm in die Spüle. »Ich hielt dich für vernünftiger. Du hast doch gesehen, wie es deiner Mutter dabei ergangen ist.«

»Was soll das heißen? Mom hat ihre Bilder doch auch verkauft.«

»Klar. Ab und zu hat sie ein paar hundert Dollar verdient, die sie dann für irgendwelchen Mist ausgegeben hat. Deine Mutter war keine praktische Frau, Isabel. Sie hätte mehr tun müssen, um uns zu helfen, um dir zu helfen.«

Ich betrachtete das Häufchen Krümel auf meinem Teller und erinnerte mich an die Worte meiner Mutter. *Such dir einen Mann, der dich versteht.* Ich hatte nie begriffen, was die Ehe meiner Eltern zusammenhielt. Wenn man ein Venn-Diagramm von ihnen hätte zeichnen wollen, hätte man in dem Teil, in dem sich die beiden Kreise überlappen, nur mich gefunden.

Abe stand mit dem Rücken zu mir an der Spüle. Ich konnte sehen, dass seine Schultern bebten.

»Dad, was ist los?«

»Nichts.« Er setzte sich wieder hin. Sein Kinn zitterte.

»Warum wolltest du, dass ich nach Hause komme?«, fragte ich. Meine Hände waren kalt. »Warum? Bist du krank?«

»Nein, *Bubeleh*, nein. Mir geht es gut. Aber das Geld, das deine Mutter hinterlassen hat, hat nicht so lange gereicht, wie wir gedacht haben.« *Das Geld, das deine Mutter hinterlassen hat* – es hörte sich an, als spräche er von einem Erbe, doch in Wirklichkeit meinte er ihre Lebensversicherung, die hauptsächlich für mein Studium verwendet worden war, zumindest glaubte ich das. »Wilder war teuer, und ich musste mir ein bisschen was leihen, um dich da durchzubringen. Das meiste ging auf meinen Namen, aber einiges auch auf deinen.«

Ich spürte, wie etwas den Raum betrat, etwas Glitschiges, Blasses. Ich spürte, wie es sich um meine Knöchel und Waden wickelte, mich an den Stuhl fesselte und mich zwang, aufzupassen. *Das*, flüsterte es. *Das passiert gerade.*

»Wie viel?«

»Auf deinen Namen? 25.000 Dollar vielleicht.«

»*Vielleicht?*«

»Exakt 25.000. Nicht mehr.«

»Wann wolltest du mir das sagen? Halt – seit wann weißt du es?«

Abe hielt inne. »Seit ein oder zwei Jahren.«

»Ein oder zwei Jahren?« Ich ging zum Kühlschrank und legte die Hand auf die Tür. Ich musste ihn nicht öffnen, um zu wissen, was sich darin befand: eine Packung fettarme Milch, ein Päckchen Butter, ein Karton Eier. Nichts Besonderes, nichts Dekadentes. »Du hast gesagt, es sei das Einzige, was du mir geben wolltest. All die Jahre, in denen wir uns ausgebeutet, auf Dinge verzichtet haben, alles nur, damit ich keine Schulden habe. Damit ich frei bin.«

Abe hatte die Hände um seine Tasse gelegt, als wollte er sich daran wärmen. Irgendetwas an dieser Pose erfüllte mich mit Zärtlichkeit, die aber schnell in Wut umschlug. Seit mehr als einem, vielleicht zwei Jahren hatte er davon gewusst und mir nichts gesagt. Ich stellte mir alles vor, was ich in dieser Zeit getan hatte, wie ich Extraschichten an der Information abgelehnt hatte, um mit Debra in eine Kmart-Filiale zu gehen oder für einen Teller mit Toast und Eiern in die Fernfahrerkneipe. Kino mit Kelsey und Jason, spätabendliche Pizzen oder Thai-Currys, stapelweise Hardcover aus der Campus-Buchhandlung – und das alles, während sich die Schulden anhäuften, Dollars und Cents, wie Schnee. Was hätte ich anders gemacht, wenn ich von den Geldsorgen gewusst hätte? Was hätte ich mir noch geleistet? Was nicht? Flüchtig kam mir der Gedanke, dass dies der Grund sein konnte, warum Abe mir nichts gesagt hatte, aber ich war mir nicht sicher, ob mir das lieber gewesen wäre, und war nicht in der Stimmung, großmütig zu sein.

»Ich hätte nicht unbedingt nach Wilder gehen müssen, erinnerst du dich? Du wolltest das. Andere Colleges hätten mich finanziell mehr unterstützt, aber du hast gesagt, nein, geh nach Wilder. Du hast gesagt, es sei euer beider Traum gewesen. Du hast mich *belogen*.«

»Ich weiß nicht, was ich dir noch sagen soll«, sagte Abe knapp. »Vielleicht hast du eines Tages selbst ein Kind, und dann wirst du es verstehen.« Er stand auf. »Jedenfalls musst du Finanzhilfe beantragen, wenn du zurückkommst.« Er erzählte mir noch etwas über Stundungsfristen und Kreditwürdigkeit, was es für den Fall bedeuten würde, dass ich eines Tages ein Haus kaufen wollte, und was passieren würde, wenn ich mit den Ratenzahlungen in Verzug geriet. Ich hörte hin, aber nicht zu. Oder vielleicht hörte ich zu, konnte ihm aber einfach nicht folgen.

Nach einer Weile ging Abe zu Bett, aber ich blieb noch lange in der Küche sitzen und starrte auf den Sekundenzeiger meiner Uhr. Sie hatte meiner Mutter gehört und war eins der Dinge, die sie sich mit dem Geld aus dem Verkauf ihrer Bilder geleistet hatte. Ihr Verdienst war für Schmuck draufgegangen, hübsche Teller, ausgefallene Seifen, kleine Dinge, an denen sie sich erfreute. Abe hatte getobt, als er erfuhr, wie viel sie für die Uhr aus Sterlingsilber mit dem Ziffernblatt aus Perlmutt ausgegeben hatte: fast 800 Dollar. Eine schreckliche Verschwendung, sagte er. War ihr denn nicht bewusst, dass sie eine Zahnspange und das College bezahlen mussten? Er verlangte von ihr, die Uhr zurückzugeben, aber sie weigerte sich. Eines Abends kurz vor ihrem Ende, als klar war, dass sie nicht überleben würde, hatte sie mich in ihr Zimmer gerufen und mir die Uhr in die Hand gedrückt. »Ich möchte, dass du sie bekommst, damit du dich daran erinnerst, dass es okay ist, Wünsche zu haben«, sagte sie. Ich musste ihr versprechen, sie niemals zu verkaufen.

Ich ging ins Wohnzimmer und erinnerte mich an den Sommer, in dem sie gestorben war, kurz bevor ich nach Wilder ging. Als alles vorbei war, verbarrikadierte sich Abe in seinem Zimmer und kam nur heraus, um Essen aus der Küche zu holen, wo ein Heer von Frauen für immer neuen Nachschub sorgte. Manny kümmerte sich um den Laden, und ich war allein und orientierungslos. Ein paar meiner alten Freunde von der Highschool waren noch da, aber sie wussten alle nicht, was sie mir sagen sollten, und ich wollte nicht mit ihnen reden. Der einzige Mensch, mit dem ich hätte reden wollen, war Abe. Immer wenn ich ihn aus seinem Zimmer kommen hörte, stellte ich mich ihm in den Weg. *Sprich mit mir*, wollte ich sagen, tat es aber nicht. Als er acht Tage später endlich wieder auftauchte, packte er die Sachen meiner Mutter zusammen, band sich die Schürze um und kehrte zu seiner Arbeit zurück.

Ein paar Tage vor meiner Abreise fand ich ihn im Wohnzimmer, wo er Zeitung las. Meine Mutter war seit drei Wochen tot, und wir waren noch wacklig – wie ein Tisch, dem ein Bein fehlt. Ich stürzte praktisch ins Zimmer und setzte mich auf den Couchtisch; unsere Knie waren nur Zentimeter voneinander entfernt. Ich war ihm so nah, dass ich ihn hätte berühren können.

»Vielleicht sollte ich nicht fahren«, sagte ich.
»Wie meinst du das?«, fragte er.
»Wilder. Vielleicht sollte ich da nicht hin.«
»Natürlich sollst du da hin. Sei nicht albern.«

»Ich könnte ein Jahr aussetzen und erst nächstes Jahr anfangen.«

»Nein«, sagte er. »Du wirst doch nicht dein Leben auf Eis legen.«

»Es gibt andere Colleges, die nicht so teuer sind. Vielleicht sollte ich nicht so weit weg gehen.«

Er ließ die Zeitung sinken. »Du hast einen schrecklichen Verlust erlitten, Isabel. Ich wünschte, ich könnte es ändern; leider geht das nicht. Aber eins kann ich dir sagen: Fahr hin. Lebe dein Leben. Lass alles hinter dir. Glaub mir, du wirst es nicht bereuen.«

»Was, wenn ich die Menschen dort nicht mag?«

»Menschen sind Menschen, Isabel. Und was ist so schlimm daran, verschiedene Arten kennenzulernen?«

Am Ende des Monats fuhren wir nach Wilder. Das Auto war dermaßen vollgestopft, dass wir nicht mehr in den Rückspiegel schauen konnten. Während der ganzen Fahrt vergoss ich Tränen, denn über allem, was ich an New York gehasst hatte, lag plötzlich eine Patina von Schönheit: die Subway-Tunnel, in denen es nach Pisse roch, die Kakerlaken, die im Dunkeln über den Bürgersteig huschten, sogar das Rosen's. Ich schnupperte an meinen Nägeln, Haaren und an meiner Haut, auf der Suche nach dem Geruch von Räucherlachs und Salzlake, den ich immer versucht hatte, abzuwaschen. Irgendwann bogen wir von der Interstate ab, und vor uns tauchte Wilder auf, aus dem Nichts, wie ein Märchendorf oder eine Fata Morgana. Wir parkten vor meinem Wohnheim, trugen die Kartons hinein, hängten Poster auf, machten das Bett. Dann winkte ich meinem Vater zum Abschied und fing noch einmal von vorne an, so, wie er es mir geraten hatte. Ich vergaß, was ich zurückgelassen hatte; es war alles, und es war nichts.

15

Nach meiner Rückkehr begann ich mit der Arbeitssuche und tat, was von mir erwartet wurde: Ich studierte die Stellenanzeigen im Büro des Career Service und schickte meinen Lebenslauf an alle Jobs, die etwas mit Schreiben zu tun hatten. Accessoires-Assistentin bei einer Modezeitschrift. Assistentin des Marketing-Managers in einem akademischen Verlag. Fundraiserin in einer gemeinnützigen Umweltorganisation. In New York war ich zufällig einer ehemaligen Schulkameradin aus der Highschool über den Weg gelaufen. Sie arbeitete bei einer Zeitschrift namens *Get Out!* und war gerade befördert worden. Jetzt suche man jemanden für ihre bisherige Stelle, erzählte sie, deshalb gab ich ihr eine Kopie meines Lebenslaufs. Keiner der Jobs klang besonders interessant, und keiner wurde so gut bezahlt, dass ich davon meinen Anteil an der Miete für die Apartments, die Kelsey sich ansah, hätte bezahlen können, doch darüber wollte ich mir vorerst keine Gedanken machen. Vor meiner Abreise hatten Abe und ich unseren Streit beigelegt, und ich hatte ihm versprochen, dass ich bestimmt etwas finden würde, aber im Grunde meines Herzens wollte ich lieber in Wilder bleiben, bei Connelly. So vollzog ich zwar alle nötigen Schritte, blieb aber nicht wirklich auf Spur.

Die Stellensuche auf dem Campus lief auf vollen Touren. Vom Informationsschalter aus beobachtete ich, wie meine

Kommilitonen von Vorstellungsgespräch zu Vorstellungsgespräch eilten, mit Mappen, Anzügen und Lederschuhen, die aussahen, als stammten sie aus dem Kleiderschrank ihrer Eltern. Während ich mich im Niedriglohnsektor herumschlug, bewarben sie sich um Jobs in der Werbe-Branche, der Unternehmensberatung oder im Investmentbanking; Jobs mit Sozialleistungen, Jobs, die gut bezahlt waren. An einem sonnigen Donnerstag saß ich unter meinem Strickzeug begraben am Info-Schalter, hörte, wie der Drucker Anschreiben und Lebensläufe ausspuckte – *Sehr geehrte Damen und Herren ... Bescheinigung ... anbei finden Sie* – und dachte über Geld nach. Es war natürlich immer da gewesen, wie ein leiser Trommelschlag im Hintergrund, doch solange wir hier waren, hausten wir alle in denselben schäbigen Wohnungen, aßen in denselben Restaurants und hatten alle dasselbe Ziel – zumindest hatte ich das geglaubt. Jetzt aber sah ich, dass es immer nur um Geld gegangen war, und diejenigen, die ein Bewusstsein dafür hatten, waren jetzt auch im Besitz aller Antworten, während wir anderen sehen mussten, wo wir blieben.

Ich war gerade dabei, die Seiten aus dem Drucker in den Hängeordner zu sortieren, als Bo Benson hereinkam. Ich hatte ihn schon erwartet; sein Lebenslauf war gerade eingetroffen (Hauptfach Staatskunde, Nebenfach Politologie, Mitglied bei den Tunemen, Wilders männlicher A-cappella-Gesangsgruppe). Wir hatten übers Wochenende im Gamma Nu rumgehangen. Ich hatte auf einer schmuddligen Couch im Keller gesessen und zugesehen, wie er um den Tischtennistisch wirbelte. Er war so groß, dass sein Kopf praktisch die Decke berührte. Später setzte er sich erschöpft und betrunken neben mich und erzählte mir von seiner Mutter, die Jesus und Kreuzstiche liebte, von seinem Vater, der gerne Bowling spielte, und von ihrem alten arthritischen Kater, den sie nach ihrem Buchhalter Morris Grossman benannt hatten. (Ob das der einzige Jude war, den sie kannten? Ich fragte nicht.) Bo war lustig, und man konnte sich gut mit ihm unterhalten. Er hatte die entspannte Art eines kalifornischen Surfers, kam aber aus Ohio. Er hatte keine Ecken und Kanten; er gab einem das Gefühl, dass potenzielle Vorwürfe an ihm herabrieseln würden wie Haferflocken an einer Wand.

»Du warst beim Friseur«, sagte ich und überreichte ihm seinen Lebenslauf.

»Yeah.« Er fuhr sich mit der Hand über den kahlen Schädel. »Ich bewerbe mich bei all diesen Unternehmen, da dachte ich, ein gepflegtes Äußeres kann nicht schaden. Ist es sehr schlimm?«

Ich tat so, als musterte ihn. »Nein, es ist gut. So kann man dein Gesicht besser sehen.« Ich hielt inne und ließ das Kompliment wirken. »Bei wem hast du dein Vorstellungsgespräch?«

»Goldman«, sagte er. »Yeah, ich weiß schon, was du denkst.«

»Was denn?«

»Dass ich ein Verräter bin.«

»O Gott, im Gegenteil! Ich würde liebend gern auch so eine Stelle haben. Die Jobs, die ich mir ansehe, werden schlecht oder auch gar nicht bezahlt.« Hinter mir summte der Drucker. »Ich dachte, Jobs würden immer bezahlt werden, dass das der ganze Sinn an der Sache sei. Arbeit gegen Bezahlung.«

Bo lächelte und offenbarte sein charmantestes Merkmal: einen schiefen Vorderzahn, der sich ein Stück über den Nachbarzahn geschoben hatte. »Mach dir keine Sorgen. Du findest bestimmt was Cooles.«

Ich zog die warmen Seiten aus dem Drucker. »Langsam glaube ich, dass coole Jobs nur was für reiche Mädchen sind.«

»Hey, kommst du am Samstag ins Pine?«, fragte Bo und steckte den Lebenslauf in seinen Rucksack. »Ein paar von uns werden da sein. Rice Krispy Treat spielt.«

»Vielleicht«, sagte ich, obwohl ich Kelsey bereits gesagt hatte, dass ich hingehen würde.

»Na gut. Bis dann, du cooles Ding.«

»Vielleicht sollte ich für Goldman Sachs arbeiten«, sagte ich an dem Nachmittag zu Connelly. Ich lag auf dem Sofa, mit dem Kopf auf seinem Schoß. Ich trug mein Lieblingskleid, marineblau mit ein paar versprengten Blumen, keine Strumpfhose. »So schwer kann das doch nicht sein.«

»So einen Job willst du bestimmt nicht. Da schiebt man nur Geld hin und her.«

»Geld hin und her zu schieben hört sich nicht schlecht an«, sagte ich. »Aber woher weiß Bo, dass er das will? Ich weiß nicht mal, was für Jobs das sind.«

»Weil es das ist, was sein Daddy auch macht. So wird Reichtum vererbt, Isabel, so hält man Dynastien am Leben. Ein ganzes System von Besitzansprüchen, von der Privatschule über die Ivy League bis hin zu führenden Anwaltskanzleien und Investmentbanken. Aber das weißt du doch alles, du bist ja nicht blöd. Du schreibst über Wharton.«

»Ich weiß nicht. Manchmal habe ich das Gefühl, dass ich ziemlich blöd bin.« Ich kratzte an einem Mückenstich auf meinem Knie. »Ach ja, eine gute Nachricht habe ich: Jemand von *Get Out!* hat angerufen. Sie wollen ein Vorstellungsgespräch mit mir führen. Am Telefon.«

»Was ist das für ein Job?«

»Wöchentliche Ankündigungen für Konzerte und Filme schreiben, oder was sonst so los ist in der Stadt.«

»Ich dachte, du würdest den Sommer über hierbleiben und schreiben.«

»Ich weiß, aber ich bin nicht sicher, ob ich das im Moment so hinkriege.« Ich beobachtete ihn genau, um zu sehen, wie er reagierte.

Er hob meinen Kopf von seinem Schoß und ging zu seinem Schreibtisch. »Mach, was du willst, aber so einen Job kannst du nicht annehmen.«

»Warum nicht? Immerhin würde ich schreiben.«

»Wohl kaum. Das ist nichts weiter als ein besserer PR-Job.«

»Ja, aber es ist ein Job, und ich brauche einen.« Ich schmollte, aber innerlich war ich euphorisch.

Das Telefon klingelte. Ich lag da, die Beine an der Wand, und hörte, wie Connelly jemanden für einen Artikel interviewte, den er über einen Lagerhausbrand in Vermont schrieb. Ich hatte ihm nichts von dem Geld erzählt, das Abe sich geliehen hatte. Er sagte immer, ich solle mir keine Sorgen um Geld machen und mich stattdessen auf die Arbeit konzentrieren. Er selbst hatte nach dem College gekellnert, Häuser gestrichen und gelegentlich mit Gras gedealt. »Man tut, was man tun muss.« Ich fühlte mich unbehaglich, als wäre ich nicht bereit, für meine Kunst alles aufzugeben, und das fühlte sich an wie etwas, das für einen Mann leichter war als für eine Frau. Oder zumindest nicht wie etwas, zu dem ich in der Lage wäre. Ich wollte – nein, ich brauchte – die Gewissheit, dass ich die Miete für den nächsten Monat aufbringen konnte. Ich war die Tochter meiner Mutter, ja, aber Abe Rosen war mein Dad.

Connelly telefonierte immer noch. Ich schob meine Beine weiter an der Wand hoch und ließ das Kleid in Richtung Taille rutschen, sodass der Rand meiner Unterwäsche zum Vorschein kam. Ich spürte, wie er mich beobachtete, hörte, wie er versuchte, das Gespräch zu beenden. So aufregend die Vorstellung sein mochte, den ganzen Sommer in seiner Nähe zu verbringen, so beängstigend war der Gedanke, hier allein zu sein, ohne meine Freunde, die Struktur des Colleges oder jemanden, auf den ich mich verlassen konnte – abgesehen von ihm. Ich machte mir Sorgen, dass das, was wir hier in seinem Büro hatten, nicht echt war, dass es ganz leicht in die Brüche gehen könnte, wenn wir zu weit gingen. Trotzdem wünschte ich, er würde sagen, dass ich bleiben sollte, dass er mich brauchte. Unterdessen würde ich das Vorstellungsgespräch führen, mit Kelsey über eine Wohnung reden, Abe besänftigen.

Als Connelly den Hörer auflegte, huschte etwas über den Boden.

»Was war das?«, sagte ich und zog das Kleid wieder über die Knie.

»Eine gottverdammte Maus.« Connelly bückte sich und spähte unters Sofa. »Siehst du, da ist das Loch. Den ganzen Winter habe ich versucht, das Miststück zu fangen.« Er schlang seine Arme um meine Taille. »Ich muss dich aus diesem beschissenen Büro rausholen.«

»Wohin denn?«, fragte ich und dachte an seine Hütte.

»Keine Ahnung. Irgendwohin.« Er küsste meine Knie, eins und dann das andere. »Nimm diesen blöden Job nicht an. Bleib hier bei mir. Wir werden eine Menge Spaß haben.«

Mein Herz machte einen Satz: Er wollte, dass ich blieb. Trotzdem bohrte ich weiter. »Was ist mit dem, was du am ersten Tag des Seminars gesagt hast? Dass die Arbeit beim *Citizen* der beste Job war, den du je hattest?«

»Hab ich das gesagt?«

»Ja. Du hast gesagt, dass die Leute die Kunst um der Kunst willen schätzen, das wirkliche Leben aber überall um uns herum stattfindet. Schulausschusssitzungen, Dürreperioden und all das. Weißt du das nicht mehr?«

»Da muss ich einen guten Tag gehabt haben. Ich finde nur, wenn man einmal diesen Weg einschlägt, dann ... Selbst die kleinste Entscheidung hat Folgen, Isabel. Sieh dir deine Mutter an. Sie ist eines Tages in einen Feinkostladen gegangen und hat ihn nie wieder verlassen.«

Wahrscheinlich sah ich genauso verletzt aus, wie ich war. »Tut mir leid«, sagte er. »Das hätte ich nicht sagen sollen.«

»Stimmt. Hättest du nicht.«

Er nahm meine Hand und küsste sie. »Ich meine bloß, dass es schwer ist, dann wieder auf den richtigen Weg zurückzufinden. Jeder Schritt, den du in diese Richtung machst, in die *Get Out!*-Richtung, ist ein Schritt weg von dem, was du eigentlich tun solltest.« Er griff nach der neuen Geschichte, an der ich gerade arbeitete. »Und das wäre das hier.«

»Gefällt es dir?«

»Ich liebe es«, sagte er, und schon verzieh ich ihm alles. In den letzten Wochen hatte ich an einer Geschichte über einen Laden gearbeitet, der ein bisschen Ähnlichkeit mit Rosen's hatte, und eine Familie, die sehr viel mit meiner eigenen zu tun hatte. Connelly hatte etwa fünfzehn Seiten gelesen, aber ich hatte schon fast fünfzig zusammen. Ich hielt sie für gut, hoffte es zumindest, war mir aber bisher nicht sicher gewesen.

»Ich weiß einfach nicht, wie man von hier nach da kommt«, sagte ich, während er durch die Seiten blätterte. »Klar, bei dir hat alles geklappt. Du bist Schriftsteller geworden. Du brauchtest keinen Plan B.«

»Du auch nicht.«

»Woher willst du das *wissen*? Wie kannst du so sicher sein?«

»Ich bin es einfach.« Er legte die Geschichte zur Seite und schob seine Hände unter mein Kleid. Ich fuhr mit den Fingern durch sein Haar und zog ihn zu mir heran.

Da klopfte es an der Tür. »Randy? Bist du da?« Ohne auf Antwort zu warten, platzte Tom Fisher herein. Ich sprang vom Sofa auf, aber Connelly gab mir ein Zeichen, mich zu entspannen.

»Tom«, sagte Connelly und knöpfte eine Manschette seines Hemdes zu. »Alles okay?«

Tom erfasste die Szene sofort: Connelly, das Sofa, meine nackten Beine, das zerzauste Haar. Er sah schlecht aus. Seine Kleidung war verknittert, das Haar fettig, auf seinen Wagen waren geplatzte Äderchen zu sehen. Die Schnittwunde an der Hand war fast verheilt, aber über das Handgelenk zog sich eine wütende rote Linie. Er zupfte nervös daran, während ich in meine Turnschuhe stieg und nach meiner Tasche griff.

»Mann, Randy«, sagte Tom. »Ich muss dringend mit dir reden.«

Connelly nickte mir zu. »Klar, Kumpel. Isabel wollte sowieso gerade gehen.«

The Knotty Pine war die einzige richtige Bar auf der Main Street in Wilder. Es gab noch andere Orte in der Stadt, wo man sich einen Drink genehmigen konnte – ein Glas

Wein in der Pizzeria oder einen Gin Tonic im Wilder Inn, wenn irgendjemandes Eltern zu Besuch kamen, aber das Knotty Pine war der Ort, wo man hinging, wenn man sich betrinken wollte. Es war Tradition, dass man an seinem 21. Geburtstag ins Pine ging und sich an der Bar so lange Jägermeister spendieren ließ, bis man am Kondomautomaten und dem Kölnischwasser-Spender vorbeistolperte und sich in der Toilette übergab. Zumindest war es mir so ergangen. Debra hasste das Pine, sie ging da nie hin. Es erinnerte sie an die Bar in *Angeklagt*.

Ich spürte, wie die Ortsbewohner uns anstarrten, als Kelsey und ich uns einen Weg in den hinteren Teil der Bar bahnten. Dass Wilder-Studenten das Pine auf ihre amüsiert spöttische Art mochten, war zweifellos irritierend. Jason war schon da und saß an einem langen Tisch mit einigen seiner Gamma-Nu-Kumpeln, darunter auch Bo. Das Pine war samstagabends immer gut besucht, aber heute platzte es aus allen Nähten, weil Rice Krispy Treat auftrat, eine beliebte Studentenband. Die Leadsängerin, Tabitha So-und-so, hatte sich einen Schal mit Paisleymuster um den Kopf gebunden und trug hohe Lederstiefel; sie sah aus wie Stevie Nicks, wenn Stevie Nicks aus New Canaan gekommen wäre. Tabitha war mit Doug Biaggio zusammen, einem Gamma-Nu-Mitglied, der wie Bo bei den Tunemen sang und auf dem Campus für seine bestechende Interpretation von »Jessie's Girl« bekannt war. Noch im gleichen Sommer stürzte er auf einer Party in den Hamptons von einem Balkon und war der erste unserer Kommilitonen, der sterben würde.

Bo rutschte ein Stück, um auf der Bank Platz für mich zu machen.

»Es ist diese Nummer hier, siehst du«, sagte Doug gerade. »1-800-I-AM-LOST. Da kann man dann anrufen, wenn man sich verirrt hat.«

»Wie soll denn das funktionieren?«, fragte Jason.

»GPS«, sagte Doug mit einem verächtlichen Unterton. »Global Positioning System. Satelliten orten, wo man sich gerade befindet. Meine Idee wäre also, mit dieser Telefonnummer ...«

»1-800-I-AM-LOST«, offerierte Bo.

»Richtig«, sagte Doug. »Und dann gibt es Leute, die 24 Stunden am Tag am Telefon sitzen und einem sagen können, wo man hin muss.«

»Und was ist, wenn man sich nur spirituell verirrt hat?«, fragte ich. Doug wirkte verwirrt. Bo drehte sich zu mir um und lächelte mit seinem schiefen Zahn. Plötzlich rutschte es mir heraus. »Hast du eigentlich nie eine Zahnspange getragen?«

»Du meinst, deswegen?« Er zeigte auf seinen Zahn, und mit einem Mal kam ich mir schäbig vor, weil ich das gefragt hatte.

»Nein, meine Eltern sind relativ knausrig. Sie mähen ihren Rasen selbst, verstehst du, und fahren ein altes Auto. Vermutlich hielten sie Kieferorthopädie für eine überflüssige Geldausgabe.«

»Oh, mein Dad ist genauso«, sagte ich, obwohl das gar nicht stimmte, jedenfalls nicht wirklich. »Er wirft nie etwas weg und wäscht sogar Plastiktüten, damit er sie noch mal benutzen kann.« Ich sagte nicht, dass Abe sparsam war, weil er arm war, aber trotzdem nie an mir gespart hatte. Allem Anschein nach hatte Bos Familie Geld. Bis ich nach Wilder kam, hatte ich allerdings noch nie von einer Familie mit Geld gehört, die es nicht auch ausgab.

Die Kellnerin stellte uns einen Krug Bier und einen Stapel Plastikbecher auf den Tisch. Doug streckte die Hand aus, doch Bo schob sie weg und schenkte zuerst mir ein. Möglicherweise war es die galanteste Sache, die im Knotty Pine je passiert war.

Wir stießen mit unseren Bechern an. »Wer Bier verschenkt, wird aufgehängt«, sagte Bo.

Am Ende des Tischs unterhielt sich Kelsey mit Allison Etter, meiner Zimmergenossin aus dem ersten Studienjahr. Aus irgendeinem Grund taten wir immer so, als wären wir uns noch nie begegnet.

»Was ich nicht verstehe, ist, dass sie eigentlich nicht einmal gut aussieht«, sagte Kelsey.

»Oder schlank ist«, sagte Allison, ohne mich anzusehen, vielleicht weil ich die Einzige am Tisch war, die wusste, dass sie den Sommer vor dem ersten Semester in einem Fat Camp verbracht hatte.

»Über wen redet ihr?«, fragte Jason.

»Monica Lewinsky«, flüsterte Kelsey, als würde diese irgendwo in der Nähe sitzen.

»Könnt ihr euch vorstellen, mit ihr zu gehen?«, sagte Doug und lachte. »Oder sie eurer Mutter vorzustellen? Mom, darf ich dir meine Freundin Monica Lewinsky vorstellen?«

Der ganze Tisch kicherte, ich eingeschlossen. In der kurzen Zeit, die wir sie kannten, war Monica der schlimmste Albtraum jedes Mädchens geworden. Es war ungefähr so, als würde man sein Tagebuch aus der siebten Klasse über den Schullautsprecher vorgelesen bekommen oder mit einem Blutfleck von der Periode auf der Hose zum Unterricht erscheinen. Wir identifizierten uns mit ihr, was uns eigentlich nachsichtiger hätte machen müssen, stattdessen machte es uns nur gemein. Wir fühlten uns wohler auf der Seite von Typen wie Doug, weil es sicherer war. Sie würden nie zugeben, mit Monica vögeln zu wollen, obwohl sie das wollten, natürlich wollten sie das, aber wenn sie es zugäben, wäre Monica schuld daran, nicht sie. Monicas sexueller Appetit machte sie als Frau vulgär.

»Sie tut mir leid«, sagte Bo, und wir alle wandten uns ihm zu und sahen ihn an. »Alle lügen, nur sie nicht. Aber sie ist diejenige, deren Leben ruiniert wird.«

»Tja«, sagte Doug, »eins steht fest: Sie macht es auf jeden Fall interessanter, C-SPAN zu sehen.« Er hob seinen Becher und trank aus, während die Band ihren Soundcheck beendete und zu spielen begann.

Ich steckte mir eine Zigarette an. Bo beugte sich vor, um sich eine Handvoll Nachos zu nehmen, und als sein Schenkel den meinen streifte, fühlte sich das gut an. Ich fragte mich, ob er von Zev und mir gehört hatte – und dann, seltsamerweise, ob er über Connelly Bescheid wusste. Plötzlich hatte ich das Bedürfnis, ihm alles zu erzählen, meine Sünden zu beichten, so wie er früher in der Kirche, das hatte er mir selbst erzählt. Ich stellte mir vor, wie er als kleiner Junge neben seiner Großmutter in einer Kirchenbank saß, und fragte mich, ob ich ein Mädchen war, das er seinen Eltern hätte vorstellen können.

Inzwischen hatte Tabitha auf der Bühne zu singen begonnen. Ich hatte sie immer für eine dumme Gans gehalten, aber auf der Bühne war sie sexy, und ihre Hände schlossen sich um das Mikrofon wie um einen Schwanz. Ich beobachtete, wie die Jungs am Tisch ihr zusahen – Doug, Bo, sogar Jason. Es war leicht, sich in ein Mädchen hinter einem Mikrofon zu verlieben. Ich wollte Bo gerade etwas über Tabitha zuflüstern, als ich aufblickte und sah, wie Connelly sich einen Weg durch die überfüllte Bar bahnte: wie Moses, der das verfluchte Rote Meer teilt.

Ich hatte ihn nie außerhalb von Stringer Hall gesehen und, so seltsam es klingt, mir auch nie vorgestellt, wie er draußen in der Welt alltägliche Dinge tat wie tanken oder einkaufen. Für mich existierte er nur in diesem Büro im dritten Stock, wo Staubkörnchen im weichen, fahlen Licht tanzten. Und jetzt stand er mit einer dicken schwarzen Jacke und einer Wollmütze auf dem Kopf im gottverdammten Knotty Pine. Ich sah, wie die Leute ihn anstarrten – wie auch nicht? Der Mann sieht einfach zu gut aus, dachte ich, als er seine Mütze abnahm und sich mit der Hand durchs Haar fuhr, wohl wissend, welchen Eindruck er machte. Vielleicht war das sein größter Makel, und trotzdem konnte auch ich nicht anders, als ihn anzustarren und darüber zu staunen, dass er von allen Menschen in der überfüllten Bar ausgerechnet mich auserwählt hatte. Ich dachte an eine Zeile in *Zeit der Unschuld*, etwas, das Newland Archer sagt, als er seine Geliebte zum ersten Mal seit langer Zeit wiedersieht: »Jedesmal überwältigst du mich von Neuem.« Ich spürte, wie ich vom Ansatz der Wirbelsäule bis unter die Kopfhaut errötete. Langsam hob ich die Zigarette zum Mund, dann glitt mein Blick weiter zu der Frau, mit der er gekommen war.

Sie war älter als ich, eine Doktorandin vielleicht, zierlich und muskulös, das Haar so kurz, als hätte man es ihr auf die Kopfhaut gemalt. Die beiden quetschten sich an einen kleinen Tisch an der Wand, und ich sah, wie er sie etwas fragte, bevor er zur Bar ging. Die Frau lehnte sich zurück und knöpfte ihren violetten Mantel mit einer Leichtigkeit auf, die mich verstörte; anders, als mir an ihrer Stelle schien es ihr nichts auszumachen, allein dazusitzen. Ich schenkte mir Bier nach und lachte über etwas, das Jason sagte, ein lautes, lächerliches Bellen, das Kelseys Aufmerksamkeit auf sich zog wie ein Pfeil. *Alles okay?*, fragte ihr Blick. Ich ignorierte sie.

Gott, war ich blöd, dachte ich, als Connelly zurückkam und ein kleines Glas für die Frau auf den Tisch stellte. Ich hatte ihm geglaubt, als er mir sagte, ich sei die Einzige – natürlich war ich das nicht, und er versuchte nicht einmal, es zu verbergen. Er beugte sich vor und flüsterte ihr etwas ins Ohr. Sein Kopf kam dem ihren so nah, dass ich förmlich spüren konnte, wie seine Locken ihren fast kahlen Kopf kitzelten. Auf der Bühne sang Tabitha. *One is the loneliest number that you'll ever do. Two can be as bad as one, it's the loneliest number since the number one.* Bo sagte etwas zu mir, doch ich hörte nicht zu. Ich war zu sehr damit beschäftigt, mir vorzustellen, wie Connelly die kräftigen Schultern dieser Frau küsste, wie ihre kleinen Hände über seinen Rücken strichen, wie seine Finger in sie eindrangen und er sie ihr anschließend in den Mund steckte. Seine Stimme an ihrer Ohrmuschel: *Damit du weißt, wie du schmeckst.*

Die Szene setzte sich fort, mein Becher füllte und leerte sich, dann füllte er sich wieder, bis mir der Kopf vom billigen Bier und den Zigaretten dröhnte. Bo saß noch immer dicht neben mir, doch jetzt war es beklemmend. Sein Gesicht glänzte, und an seinem Kinn prangte ein roter Fleck, wo er sich über einen Pickel rasiert hatte. Egal, welche Befriedigung es mir verschafft haben mochte, mit ihm zu flirten, jetzt war sie verschwunden. Ich sah mein ganzes Leben vor mir ablaufen, voller alberner Flirts und hastiger Fummeleien mit Jungs wie Bo. Wie hatte ich Connelly glauben können, als er mir sagte, ich sei etwas Besonderes? Es gab nichts Besonderes an mir. Ich war nie etwas Besonderes gewesen.

»Isabel.« Bos Gesicht war dicht neben mir. Auch er war betrunken. »Wir gehen jetzt rüber zum Gamma Nu. Kommst du mit?« Ich blickte auf und sah, dass das Konzert von Rice Krispy Treat zu Ende war. Doug johlte und stieß die Faust in die Luft, während Tabitha und der Bassist, der unübersehbar in sie verknallt war, sich an den Händen hielten und sich triumphierend verbeugten.

Ich nickte, dann stand ich auf und versuchte, nicht zu taumeln. Die Bar war voll, die Luft so verqualmt, dass ich gähnte, um mehr Sauerstoff zu bekommen. Ich folgte Bo durch die Bar und hielt den Blick auf seinen Hinterkopf gerichtet. Als wir fast an der Tür waren, hörte ich, wie jemand meinen Namen rief – einmal, zweimal, dreimal. Ich drehte mich um und sah Connelly, der mich seltsamerweise zu sich winkte.

»Wer ist das?«, fragte Bo und blinzelte durch den Rauch. Ich tat so, als hätte ich ihn nicht gehört.

»Dachte ich mir doch, dass du das bist«, sagte Connelly, als ich vor ihm stand. Seine großen Hände breiteten sich auf dem Tisch aus wie Seesterne. »Isabel, darf ich dir Daria Azar-Khan vorstellen? Sie ist eine von Roxannes Doktorandinnen. Wir haben uns während Roxannes Auslandsstudiums kennengelernt – wann war das, letztes Frühjahr?« Daria nickte.

»Gott, ich kann nicht glauben, dass es schon ein Jahr her ist.«

Daria streckte mir die Hand entgegen. »Schön, dich kennenzulernen.« Sie trug einen winzigen Nasenstecker und hatte einen Akzent, den ich nicht einordnen konnte.

»Isabel ist in meinem Literaturseminar«, sagte Connelly. »Sie ist eine vielversprechende Autorin. Ich versuche, sie davon zu überzeugen, dass sie sich ernst nehmen sollte.«

»Was schreibst du denn?«, fragte Daria.

»Ich weiß nicht. Geschichten?« Ich sah zurück zur Tür. Kelsey spähte durchs Fenster, die Hände fragend erhoben.

»Wunderbare Geschichten«, sagte Connelly. Er musterte mich mit einem seltsam Besitzanspruch, als wäre ich die Tochter eines Familienfreundes, die er lange nicht gesehen hatte, und wollte überprüfen, wie ich mich entwickelt hatte. Plötzlich juckte es mich in den Fingern, und zum ersten Mal seit langer Zeit verspürte ich den Drang, etwas zu stehlen.

Daria lächelte, wobei sie unverhältnismäßig viel Zahnfleisch entblößte. Meine Mutter hätte gesagt, sie solle lieber lernen, mit geschlossenem Mund zu lächeln.

»Isabel kommt aus New York«, sagte Connelly. »Ihre Familie hat einen berühmten Appetizing Store.«

»Ach ja?«, sagte Daria. »Was ist das?«

Ich wollte schon antworten, doch Connelly fiel mir ins Wort. »Lass es mich versuchen. Ein Appetizing Store verkauft Fisch und Milchprodukte, im Gegensatz zu einem Feinkostladen, der auch Fleisch anbietet. Stimmt das?«

»Bingo«, sagte ich. Dann murmelte ich etwas von Freunden, die auf mich warteten, und bahnte mir einen Weg durch die Bar auf die Straße, wo ich ein paar Sekunden mit den Händen auf den Knien stehen blieb und die kalte Luft einatmete, bis meine Lunge schmerzte.

Bo wartete mit den anderen an der Ecke.

»Alles okay?«, fragte er.

»Wer war das?«, wollte Kelsey wissen.

»Alles gut«, beantwortete ich Bos Frage, nicht aber Kelseys.

»Also, Izzy«, sagte Kelsey und ließ den Blick zwischen Bo und mir hin und her wandern. »Kommst du nun mit zum Gamma Nu oder nicht?«

Ich hatte keinen Grund, nicht mitzukommen, fand aber Kelsey unmöglich. Sie machte ein Gesicht, als wollte sie bereits auf unsere Hochzeit anstoßen.

»Ich glaube, ich passe.«

Ich sah, wie dringend sie mich überreden wollte, aber dann legte Jason ihr die Hand auf den Arm und führte sie weg.

»Soll ich dich nach Hause bringen?«, fragte Bo. Er ließ den Kopf hängen und sah traurig aus. Mein altes Ich hätte Ja gesagt und zugelassen, dass er mich unter einer Straßenlaterne küsst und seine kalte Hand unter meinen Pullover schiebt, doch jetzt schüttelte ich den Kopf und sagte, ich käme schon zurecht.

Eine lange Zeit wartete ich vor dem Knotty Pine. Scharen von Studenten zogen an mir vorbei, einige gingen zum Campus, andere in die Stadt. Eine Gruppe weiblicher Erstsemester strömte heraus, alle trugen eine Version desselben Baby-Doll-Kleids, egal, ob es ihnen stand oder nicht, und ich überlegte, ob ich ihnen folgen sollte, um zu sehen, wohin die Nacht mich treiben würde. Stattdessen rührte ich mich nicht vom Fleck und sah zu, wie die Ampel auf der Main Street von Rot über Gelb zu Grün wechselte und schließlich zu einem stetig blinkenden Rot, welches signalisierte, dass es nach Mitternacht war. Ich wartete nicht wirklich auf Connelly, aber als er rauskam, sah ich, dass es genau diesen Anschein erwecken musste.

»Isabel. Alles in Ordnung? Bist du okay?«

»Mir geht's gut. Wo ist *Daria*?« Meine Stimme hörte sich hässlicher an als beabsichtigt. Connelly sagte nichts, und so machte ich weiter. »Was zum Teufel soll das? Du stellst mich ihr vor? Warum konntest du mich nicht einfach ignorieren wie ein normaler Mensch?«

»Warum hätte ich dich ignorieren sollen?« Er war ruhig, was mich noch wütender machte.

»Warum? Muss ich das wirklich erklären?«

»Daria ist eine von Roxannes Doktorandinnen ...«

»Yeah. Hast du schon gesagt. Was ich wissen will ...« Die Tür ging auf, und der Barkeeper kam mit einem Müllsack heraus. Er warf uns einen Blick zu, der besagte, dass wir nicht gerade das Interessanteste waren, was er an diesem Abend gesehen hatte, trotzdem wartete ich, bis er verschwunden war. »Was ich wissen will, ist, ob du auch mit ihr schläfst.«

Connelly nahm mich am Arm und zog mich in die Gasse, die von der Main Street abging. Es gefiel mir, wie sich das anfühlte, wenn er wütend war.

»Sprich ein bisschen leiser, bitte. Ich habe dir gesagt, wer Daria ist, und ich habe keinen Grund, dich zu belügen. Ich habe dich auch nicht gefragt, ob du mit dem Typen schläfst, mit dem du da warst.«

»Du hast mich gesehen?«

»Natürlich habe ich dich gesehen.« Er ließ meinen Arm los. »Ich hab dich die ganze Zeit gesehen.«

»Ich schlafe nicht mit ihm.«

»Und ich nicht mit Daria. Ich schlafe nur mit dir.«

Ich vergrub das Gesicht in den Händen und spürte, wie meine Wimpern gegen die Handflächen flatterten. »Tut mir leid«, sagte ich. »Ich weiß nicht, wie ich damit umgehen soll.«

»Isabel.« Er legte eine Hand auf meine Wange. »Wenn es dir zu viel wird, können wir Schluss machen. Ist es das, was du willst?«

»Nein.«

»Okay.« Seine Stimme wurde sanfter. »Dann werden wir einen Weg finden, es hinzukriegen, egal, was es bedeutet. Denn was wir haben, ist außergewöhnlich.«

Außergewöhnlich. Das Wort hallte in meinem Kopf nach, fand alle dunklen Stellen und füllte sie mit Licht.

Er fuhr mich zu meinem Wohnheim und parkte an der Stelle, an der Joanna und Tom sich gestritten hatten. Ich griff nach ihm, doch er küsste mich nur auf die Stirn und nahm mir das Versprechen ab, sofort ins Bett zu gehen. In dieser Nacht träumte ich, dass er in sein Büro ging, wo Daria auf ihn wartete, nackt, mit einem Metallschlüssel an einer Kette, die um ihren Hals hing, aber am Morgen hatte ich es schon wieder vergessen.

Als wir am Mittwoch in den Seminarraum 203 kamen, hing eine Nachricht von Connelly an der Tür: Er sei für ein paar Tage nicht da, und wir sollten mit der Lektüre weitermachen. Er hatte mir nichts von irgendwelchen Reiseplänen erzählt.

Ich stieg die Treppe zu seinem Büro hinauf und hielt Ausschau nach einem Zeichen, das mir verriet, wo er sein konnte. Nichts. Auf dem Weg nach unten begegnete ich Tom und Igraine auf der Treppe.

»Isabel«, sagte er, und ich errötete, als ich an unsere letzte Begegnung in Connellys Büro dachte. Er sah besser aus als an jenem Tag, seine Augen leuchteten, seine Haut war klarer. Igraine dagegen wirkte müde, sie hatte die ernsten Augen weit aufgerissen, als ginge seine Energie auf ihre Kosten.

»Könnten Sie mir einen Gefallen tun?«, fragte er. »Würden Sie ein paar Minuten auf Igraine aufpassen?«

Ohne eine Antwort abzuwarten, beugte er sich hinunter und küsste seine Tochter auf die Stirn. »Warte hier mit Isabel, mein Schatz. Daddy muss noch was erledigen.« Dann verschwand er über den Flur in seinem Büro.

Igraine trug ein langes Kleid und Gummistiefel, das Haar fiel ihr lose um die Schultern – eine Mini-Version von Joanna. Sie machte kaum ein Geräusch, als sie ihre Jacke auszog und auf dem Boden zwischen den Büros ihrer Eltern ausbreitete. Ich setzte mich neben sie und sah zu, wie sie ihre Reisetasche auspackte, als bereitete sie sich für ein Picknick vor. Ein Mäppchen mit Stiften, ein schwarzes Notizbuch, ein Plastikbeutel mit klein geschnittenen Apfelstückchen. Ich wusste nicht, ob ich mit ihr reden oder ihre Privatsphäre respektieren sollte. Ich wusste so wenig über Kinder, worüber sie nachdachten, was sie brauchten.

Während sie mit ihren Sachen beschäftigt war, nahm ich ein Buch aus meinem Rucksack und begann zu lesen. Nach einigen Minuten merkte ich, dass sie mir verstohlene Blicke zuwarf.

»Willst du mal gucken?« Sie nickte, und ich drehte ihr das Buch zu und beobachtete, wie ihre Augen die Seite überflogen. Ihre Wimpern waren lang und blass wie die von Joanna, fast durchsichtig. Das lange Haar war strähnig, die Haut an den Schläfen so dünn, dass man die Adern unter der Haut sehen konnte.

Als sie fertig war, wandte sie sich wieder ihrem Notizbuch zu. »Darf ich auch mal gucken?«, fragte ich.

»Klar.« Ihre leise Stimme war bezaubernd. Sie reichte mir das Notizbuch, und ich blätterte durch die Seiten. Ich konnte Buchstaben erkennen, viele Is – für Igraine, vermutete ich –, Zeichnungen von Menschen mit großen Köpfen und Händen, die wie Handschuhe aussahen, Einhörnern, Prinzessinnen mit langen Kleidern und hohen dreieckigen Hüten. Es gab mehrere Zeichnungen, die offenbar ihre Familie darstellten. Sie hatte sie gut eingefangen: Joanna mit ihren langen Haaren und Kleidern, Tom mit seinen knittrigen Klamotten und dem schielenden Auge. Auf einer der Zeichnungen schienen sie sich anzuschreien.

»Was hast du sonst noch?«, fragte Igraine und zeigte auf meinen Rucksack.

Ich nahm alles heraus, was drin war: eine Haarbürste, ein Sweatshirt, ein paar Spiralhefte. Igraine sah sich jeden Gegenstand genau an, legte ihn neben sich und streckte die kleine Hand nach dem aus, was ich ihr als Nächstes reichte. Ganz zuletzt gab ich ihr einen weichen Beutel mit Reißverschluss. Ich beobachtete, wie sie ihn öffnete und eine Tube Cherry Chapstick, Mascara und ein paar Tampons herauszog.

»Was ist das?«, fragte sie und hielt mir ein Stück Papier hin.

»Oh. Das hat mir meine Großmutter gegeben. Es ist sehr alt. Das sind hebräische Buchstaben.«

Sie hielt sich den Zettel vors Gesicht. »Was steht da?«

»Das weiß ich nicht genau. Ich glaube, es ist ein Schutzgebet.«

»Sie hat es dir gegeben, damit dir nichts passiert?«

»So in der Art.«

Erneut sah Igraine sich das Papier an. Es war so dünn und abgegriffen, dass es aussah wie ein Stück Musselin. Yetta hatte es mir gegeben, nachdem meine Mutter erkrankt war. Es war eine Abschrift von etwas, das ihre

Großmutter ihr einmal geschenkt hatte, so oft kopiert und umgeschrieben, dass es beinahe unleserlich war. Einmal hatte sie einen Rabbiner gebeten, es zu übersetzen, aber selbst der konnte den Inhalt nicht entziffern. Möglich, dass es jemand geschrieben hatte, der Analphabet war, erklärte er ihr, und es wiederum von jemand anderem kopiert hatte. Irgendwo auf dem Weg könnte die Bedeutung verloren gegangen sein, wie bei einer generationenübergreifenden Stillen Post. Obwohl ich mich weder für religiös noch für abergläubisch hielt, trug ich es immer bei mir.

»Ich glaube, es ist eine Geheimbotschaft«, sagte Igraine. Ein Auge schien leicht zur Seite gekippt, sodass ich dachte, eines Tages könnte sie ebenfalls anfangen zu schielen. Jahre später bekam meine Tochter Alice den gleichen Blick immer dann, wenn sie kurz davor war, etwas zu verstehen, und jedesmal, wenn sie das tat, musste ich an Igraine denken.

In diesem Augenblick tauchte Tom mit einem Stapel Dokumentenmappen unter dem Arm wieder auf. »Okay, wir können jetzt los.«

Ich half Igraine, ihre Tasche zu packen, und wandte mich dann an Tom.

»Ich wollte Ihnen etwas sagen, Professor Fisher. Als ich Sie das letzte Mal gesehen habe, in Professor Connellys Büro ...«

»Isabel, bitte«, sagte er lächelnd. »Bestimmt hatten Sie einen guten Grund, dort zu sein.«

»Ich weiß, es sah komisch aus. Die Sache ist, ich hatte Kaffee auf meinem Kleid verschüttet und wollte ...«

Er hob die Hand. »Wirklich. Machen Sie sich keine Sorgen. Randy ist mein Freund, und ich würde nie sein Vertrauen missbrauchen.«

Als ich mich hinabbeugte, um Igraine zu helfen, ihre Jacke anzuziehen, zog sie mich zu sich heran und presste ihren Mund an mein Ohr.

»Ich glaube, ich weiß, was da steht«, flüsterte sie. »In der Geheimbotschaft: Ich weiß, was es ist.«

Ihr Atem auf meiner Wange war heiß. Sie roch nach Äpfeln und Babyshampoo.

»Wirklich? Was denn?«

»Da steht.« Sie sah mit ihren grauen Augen zum Himmel auf und nickte, als wollte sie sagen: *O ja, jetzt höre ich dich.* »Da steht: ›Sei vorsichtig, mein Schatz. Ich hab dich lieb.‹«

Ich nickte langsam. »Ja. Ich glaube, du hast recht. Genau das steht da. Danke, Igraine. Du hast mir sehr geholfen.«

Tom ging zu ihr hinüber und legte ihr liebevoll die Hand in den Nacken. Igraine winkte mir schüchtern zu, dann folgte sie ihrem Vater die Treppe hinunter.

16

Hätte mich jemand gefragt, wo ich im Mai 1998 wohnte, hätte ich New Hampshire gesagt, was absurd war, denn weniger als drei Wochen später würde ich es verlassen und nie wieder dorthin zurückkehren. Als ich älter war, vergingen vier Jahre wie im Flug – ich lebte sechs Jahre an einem Ort und hatte das Gefühl, gerade erst angekommen zu sein –, aber damals in Wilder fühlte es sich an, als wäre ich schon immer da gewesen.

Ich wurde zweiundzwanzig. An meinem Geburtstag führten Kelsey und Jason mich zum Essen aus. Debra schenkte mir *Die Geisha*. Die Zeit schritt voran, das warme Wetter machte alles schöner – Studenten lagen auf dem Rasen, Jungs spielten Frisbee, Mädchen mit winterlich weißen, aschfarbenen Knien und Ellbogen trugen Shorts und Tanktops. Eines Tages kam Linus barfuß in den Französischkurs. Als die Professorin ihn nach dem Grund fragte, zuckte er mit den Schultern und sagte: *»C'est le printemps«*.

Am Montag ging ich in Stringer Hall vorbei, um das letzte Kapitel meiner Abschlussarbeit und die jüngste Version meiner Geschichte über Rosen's abzugeben. Sie hatte jetzt auch einen Titel: »Dies jugendliche Herz«. Im Gang lief ich Daria über den Weg. Zuerst erkannte ich sie nicht, doch dann schenkte sie mir ein Lächeln, und beim Anblick des Zahnfleischs erinnerte ich mich. Connelly hatte mir nie gesagt, wo er die ganze Woche gewesen war, und ich hatte nicht gefragt. Manchmal, kurz vor dem Einschlafen, stellte ich mir vor, er sei mit ihr irgendwo hingefahren, aber am nächsten Morgen kam mir der Verdacht absurd vor. Ich wusste, dass er Geheimnisse hatte, ein Leben, das nichts mit mir zu tun hatte. Eines Abends, während er weg war, knutschte ich im Keller von Gamma Nu mit Bo Benson. Vielleicht wollte ich mir beweisen, dass auch ich Geheimnisse hatte.

»Hab ich dir schon erzählt, dass Jeffrey Greenbaum zum Medizinstudium zugelassen wurde?«, fragte Abe während unseres wöchentlichen Telefonats. Ich hörte nur halb hin. Debra färbte sich mit Crashy Bellwether im Badezimmer die Haare, und ich hatte die Aufgabe, auf die Uhr zu achten. Crashy war Debras neuester Schützling. Eine klassische Blondine mit großem Busen und abwesendem Blick, die genauso aussah wie die Studentin aus der Sorority, die sie gewesen war, ehe Debra sie überredete, ihre Mitgliedschaft zu beenden und Enthüllungsartikel über das Verbindungswesen für *bitch slap* zu schreiben, darunter auch den, der ihr so viel Ärger mit Gamma Nu eingebracht hatte. Crashy redete nicht viel, was sie zur perfekten Partnerin für Debra machte. Crashy war ihr bedauernswerter Spitzname, wenngleich ihr richtiger Vorname – Prudence – meiner Ansicht nach noch schlimmer war.

»Ja, hast du mir erzählt«, sagte ich, als die Zeituhr schrillte. »Zeit zum Ausspülen.«

»Was?«, fragte Abe.

»Nichts, Dad. Das mit Jeffrey ist toll. Mrs Greenbaum ist bestimmt heilfroh.« Die Greenbaums wohnten bei uns um die Ecke und waren im Judaika-Geschäft tätig. Jeffrey und ich hatten uns einmal auf dem Rücksitz eines Taxis geküsst. Er war der erste Junge, dem ich das Herz gebrochen hatte.

»Ich habe schon immer gesagt, dass jede jüdische Familie ihren eigenen Arzt haben sollte«, sagte Abe.

»Vielleicht leiht uns Mrs Greenbaum ihren Jeffrey mal aus.«

»Hast du dich bezüglich der Zeitschrift schon entschieden?«

»Morgen sage ich ihnen Bescheid.«

»Hast du sie auf mehr Geld angesprochen?«

Debra nahm das Handtuch ab und enthüllte ihr knallrotes Haar. »Nein, Dad, aber das mach ich noch.« Kelsey kam herein und warf einen Blick auf das Durcheinander. Ich beendete das Gespräch.

»Debra hat sich die Haare gefärbt«, sagte ich.

Debra baute sich triumphierend vor uns auf. »Wie findet ihr es?«

»Sagen wir es so«, erklärte Kelsey, »man wird dich in der Menge nicht übersehen können.«

»Was ist denn mit dir los?«, fragte Debra.

»Nichts«, sagte Kelsey, während Crashy ihre roten Hände an einem von Kelseys Handtüchern abwischte. »Ich kann es bloß nicht leiden, ein Chaos vorzufinden, wenn ich nach Hause komme.« Sie ging ins Schlafzimmer und schloss die Tür. Ich folgte ihr und ließ Debra und Crashy kichernd im Badezimmer zurück.

Kelsey betrachtete Debras Bett, es war zerwühlt und mit Klamotten bedeckt. Und war das etwa ein Stück Sandwich unter ihrem Kopfkissen?

»Mir gefällt es nicht, wie sie sich in letzter Zeit aufführt. Was meinst du?«

»Sie ist okay.«

»Jetzt findest du sie okay? Sonst bist du immer diejenige, die sich Sorgen um sie macht. Ich glaube, sie führt etwas im Schilde. Und Crashy steckt auch mit drin.«

Ich faltete ein paar von Debras T-Shirts zusammen und legte sie in eine Schublade. Ich hatte mir Sorgen um sie gemacht, aber es schien ihr besser zu gehen. Oder ich hatte nicht mehr so genau hingesehen.

»Ich weiß, sie fährt auf diese Crushgirls-Nummer ab«, sagte Kelsey, »aber ich nicht. Und wenn sie während der Abschlussfeier etwas vorhat, wird sie richtig Ärger bekommen.« Sie stemmte die Hand in die Hüfte. »Hast du dir schon mal die Grundrisse angesehen, die ich dir auf den Schreibtisch gelegt habe?« Ich sah sie ausdruckslos an. »Von den Wohnungen, die meine Mom gefunden hat. Wenn wir im Juli einziehen wollen, müssen wir uns bald entscheiden.«

»Ich weiß«, sagte ich. »Ich seh sie mir an.« Connelly hatte mir von einem Freund erzählt, der ein Zimmer über seiner Garage vermietete. Ich hatte vor, es mir am nächsten Tag anzusehen. Wir hatten über unsere Sommerpläne gesprochen, über Ideen für meine Geschichte, aus der seiner Meinung nach ein Buch werden konnte. Ich spürte, dass Kelsey mich beobachtete. Mir war klar, dass sie eine Antwort brauchte, aber ich hatte keine.

»Isabel?«, sagte sie. »Hörst du überhaupt zu? Was ist in letzter Zeit eigentlich mit dir los?«

In diesem Moment stieß Debra die Tür auf. »Worüber redet ihr?«

»Über nichts«, sagte ich. »Wo ist Crashy?«

»Schon wieder weg.« Sie ließ sich auf Kelseys Bett fallen und brachte die Bettdecke durcheinander.

Kelsey runzelte die Stirn. »Was heckt ihr beiden da eigentlich aus?«

Debra faltete die Hände vor der Brust und lächelte wie eine Grinsekatze.

»Komm schon, Debra«, sagte ich. »Erzähl.«

»Oh, mein Gott, wir haben eine tolle Idee. Es ist so eine super Idee! Und Kelsey, wir brauchen deine Hilfe, um das Ganze durchzuziehen. Du hast doch einen Schlüssel für das Kunstzentrum, oder?«

»Yeah. Wieso?«

»Weißt du, ob die Skulptur von Eleazar Wilder im Boden festgeschraubt ist?«

»Was hast du vor, Debra?«, fragte Kelsey.

»Okay, hör zu. In der Nacht vor der Abschlussfeier schleppen wir den alten Kauz auf die Grünfläche. Ein paar Jungs von Agora haben angeboten, uns zu helfen, und Crashy hat ihren Jeep. Normalerweise würde ich männliche Hilfe ablehnen, aber der Plan ist einfach zu gut.« Sie vibrierte förmlich, während sie ihn beschrieb. Er bestand darin, den Slogan »Womyn Are Everywhere« auf die Skulptur von Eleazar Wilder zu sprühen, den Gründervater des Wilder College, und sie mitten auf der Grünfläche aufzustellen, damit alle – Eltern, Lehrkörper, Ehemalige – sie auf dem Weg zur Abschlussfeier sähen. Das würde, so Debra, der größte Crushgirls-Gag aller Zeiten, die Gelegenheit, allen zu zeigen, dass das Patriarchat gestürzt worden war und die Herrschaft der Frauen – *womyn?* – begonnen hatte. Oder so ähnlich. Um der Wahrheit die Ehre zu geben, war der Plan schlecht durchdacht und kindisch, kaum mehr als ein Abklatsch früherer Crushgirls-Gags. Fast hätte ich das auch gesagt, aber dann schien es sich nicht zu lohnen. Kelsey wirkte entsetzt, aber ich war einfach nur traurig. Abgesehen davon, dass Debras Coup undurchführbar und höchstwahrscheinlich kriminell war, fand ich ihn weder lustig noch clever. Meiner Ansicht nach war er unter ihrer Würde.

»Was meint ihr?«, fragte Debra.

»Ich glaube, du hast sie nicht alle«, sagte Kelsey.

»Spaßverderberin.«

»Spaß?«, sagte Kelsey. »Macht dieser kriminelle Unfug etwa Spaß? Die Aussicht, verhaftet zu werden, oder noch schlimmer, deinen Abschluss aufs Spiel zu setzen?«

»Was ist mit dir, Izzy?«, sagte Debra. »Machst du mit?«

»Ich weiß nicht, Debra. Ich glaube, wir würden damit richtig Ärger kriegen. Wahrscheinlich ist die Skulptur wertvoll, außerdem gibt es Kameras und Alarmanlagen. Hast du dir das wirklich genau überlegt?« Ich war mir nicht sicher, warum ich so ins Detail ging, als wäre es das Einzige, was verhinderte, dass es sich um eine gelungene Aktion handelte. »Sollen wir uns nicht lieber etwas anderes überlegen? Spruchbänder, oder Slogans auf unseren Hüten? Eine Art Botschaft oder so was?«

»Stinklangweilig«, sagte Debra.

»Hör auf, sie auch noch zu unterstützen«, sagte Kelsey.

»Müssen wir denn überhaupt etwas tun?«, fragte ich. »Ich meine, es ist doch fast vorbei. Können wir die Zeit, die wir noch hier sind, nicht einfach genießen?«

»Seit wann bist du so ein Angsthase?«, schnauzte Debra mich an. »Ich verstehe ja, dass Kelsey das System stützen will, aber du? Was hat Wilder denn für dich getan? Zev studiert noch immer hier.«

In diesem Augenblick öffnete Jason die Tür, und mir blieb ein Kommentar erspart.

»Sorry«, sagte er. »Ich hatte geklopft. Ist alles in Ordnung hier?«

»Alles bestens«, sagte Kelsey und verließ das Zimmer.

»Sieh mal lieber nach der Missus«, sagte Debra.

»Hey«, sagte Jason an mich gewandt, »hast du das mit Professor Fisher gehört?«

»Nein. Was ist mit ihm?«

»Ich weiß nicht viel, aber anscheinend sind er und seine Tochter verschwunden.«

»Was soll das heißen – verschwunden?«

»Ich hab es von Andy. Er hat gesagt, Fisher hätte das Kind zu seiner Schwester bringen sollen, aber da sind sie nie aufgetaucht.« Er sah Debra an. »Was ist denn mit deinen Haaren los?«

Ich rannte in die Bibliothek, wo ich Andy in seinem Kabuff vorfand.

»Ich weiß nicht, wie viel ich dir erzählen darf«, sagte er, »aber vermutlich wird sowieso alles herauskommen, jetzt, wo sich das FBI eingeschaltet hat.«

»Das FBI? Andy, was zum Teufel ist passiert?«

Andy sah müde aus. Ich hatte ihn in letzter Zeit nicht oft gesehen, aber gehört, dass Kara und er nicht mehr zusammen waren. Außerdem hatte er für seine Top-Programme kein Stipendium bekommen und war bei einigen anderen nur auf der Warteliste gelandet.

»Tom sollte Igraine für ein paar Tage zu seiner Schwester nach Rhode Island bringen. Joanna war eigentlich dagegen, aber Tom hat sie überredet: Es sei gut, wenn Igraine ein bisschen Zeit mit ihren Cousinen verbringen könnte.« Er griff nach seinen Zigaretten und bot mir eine an. »Am Ende hat Joanna also zugestimmt. Am Samstag sollte er dort eintreffen, doch dazu ist es nicht gekommen.«

»Das war vor vier Tagen. Was sagt die Schwester?«

»Dass sie seit Monaten nicht mehr mit Tom gesprochen hat.«

»Meine Güte!« Andy steckte sich eine Zigarette an, dann beugte er sich vor und gab mir Feuer. Mir fiel auf, dass seine Hände zitterten. »Wo könnte er sein?«

»Keine Ahnung. Joanna ruft überall an. Keiner weiß, wo er steckt. Tom hat nicht viel Geld, und Igraine hat keinen Reisepass, soweit sie weiß. Es ist schlimm, Isabel. Als ich letzten Sommer bei ihnen wohnte, haben sie sich ständig gestritten. So richtig gestritten.«

»Yeah. Ich habe sie auch einmal gesehen«, sagte ich. »Diesen Winter. Vor meinem Wohnheim. Sie haben sich angeschrien, und dann hat er sie in den Wagen gezerrt.«

Andy zog kräftig an seiner Zigarette. »Tom ist kein guter Mensch. Er war schon immer eifersüchtig auf Joannas Erfolg. Man sieht es ihm nicht an, aber der Typ ist ein Arsch.«

»Du glaubst aber doch nicht, dass er Igraine etwas antun würde, oder?«

»Nein. Ich glaube, es geht ihm nur darum, Joanna eins auszuwischen.« Andy klopfte die Asche seiner Zigarette in einen Pappbecher. »Bitte sag niemand, dass du das von mir hast, okay? Die Leute tratschen zu viel.«

Ich versprach Andy, es niemandem weiterzuerzählen, verließ die Bibliothek und ging rüber zu Stringer Hall. Ich glaubte nicht, dass Connelly da wäre. Trotzdem ging ich zu seinem Büro und klopfte dreimal an die geschlossene Tür.

Toms Büro war dunkel, wie schon seit Wochen. Ein paar Papiere lugten unter der Tür hervor. Ich bückte mich und schob sie ganz durch. Dann rüttelte ich am Türknauf, in der Hoffnung, sie würde sich öffnen und Tom wäre drinnen und drehte sich eine Zigarette oder streckte mir eine Tüte Starbursts entgegen.

Ich erinnerte mich an das erste Mal, dass ich ihn hier aufgesucht und gebeten hatte, meine Abschlussarbeit zu betreuen. Er hatte gefragt, wo ich herkäme, und dabei stellte sich heraus, dass Joanna und er ein paar Jahre in der Lower East Side gewohnt hatten.

»Ihrer Familie gehört das Rosen's Appetizing? Joanna und ich waren früher ständig dort. Sie war geradezu süchtig nach dem Felchensalat. Und dem Räucherlachs.« Er küsste seine Fingerspitzen. »Was für ein Laden! Das sind die Orte, die New York so besonders machen.« Er hielt inne. »Also warum Wharton?«

»Wie meinen Sie das?«

»Ich meine, ist Whartons New York *Ihr* New York?« Er ging zu seinem Bücherregal. »Warum nicht Grace Paley oder Henry Roth? Oder Malamud?« Er nahm ein Buch aus dem Regal und reichte es mir. »Ich finde, es gibt Autoren, die besser zu Ihren Erfahrungen passen als Wharton.«

Ich sah mir das Buch an, das er mir gegeben hatte. Bernard Malamuds *Der Gehilfe*. Wann immer ich Abe nach seiner Kindheit fragte, sagte er: »Lies *Der Gehilfe*.«

»Ich will Ihnen nichts vorschreiben«, sagte Tom. »Denken Sie einfach mal darüber nach.«

Ich beschloss, bei Wharton zu bleiben, obwohl ich jedesmal daran dachte, was Tom gesagt hatte, wenn ich die Welt der Charaktere betrat, die meine Vorfahren keines Blickes gewürdigt hätten, wenn sie ihnen auf der Straße begegnet wären. *Der Gehilfe* blieb ungelesen.

Als ich an der Stelle vorbeikam, wo wir zusammengesessen hatten, tauchte Igraines Gesicht plötzlich wieder vor mir auf. *Sei vorsichtig, mein Schatz. Ich hab dich lieb.* Ich versuchte mir vorzustellen, wo sie in diesem Augenblick sein konnte, ob sie verstand, was vor sich ging, ob sie Angst hatte. Wenn ich etwas gesagt hätte, wäre das vielleicht nicht passiert. Aber was hätte ich sagen sollen, und zu wem? Ich stieg die Treppe hinunter. Ein Vogel war ins Gebäude geflattert. Ich versuchte, ihn dazu zu bewegen, mir nach draußen zu folgen, aber er hüpfte weiter den Flur entlang, als käme er zu spät zu einem Termin. Ich trat in die späte Nachmittagssonne hinaus und musste an Doug Biaggios Telefonnummer denken, von der er mir im Knotty Pine erzählt hatte. 1-800-I-AM-LOST.

»Ich habe keine Ahnung, wo Tom ist«, sagte Connelly. Wir saßen in seinem Wagen, der hinter dem Informatikgebäude geparkt war. Er hatte mich gebeten, ihn dort zu treffen statt in seinem Büro. Angesichts der Aufregung um Toms Verschwinden hielt er es für besser, vorsichtig zu sein. »Jeder fragt danach, aber mir hat er kein Wort gesagt, Ehrenwort.«

Es war früh am Morgen, kurz nach sieben. Der Himmel war pfirsichfarben. Ich trank langsam meinen Kaffee und beobachtete eine Gruppe Vögel. Sie stritten sich um das Futter in einem Vogelhäuschen, das jemand an einem Ast befestigt hatte. Tom und Igraine waren jetzt seit fast einer Woche verschwunden, aber anders als die Geschichte von seinem Sprung in den Teich am Abend der Senior-Mingle-Party verbreitete sich dieses Gerücht im Ökosystem des Campus nur langsam. Wenn wir darüber sprachen, dann mit ernster Miene und in gedämpftem Ton, weil uns, so wollte ich gern glauben, bewusst war, wie ernst es war. Vielleicht fühlten wir uns schuldig, weil wir die Gefahr nicht erkannt hatten; immerhin hatten wir an diesem Abend erlebt, wozu Tom fähig war. Vielleicht sprach ich aber auch nur für mich selbst.

Das Wenige, das ich wusste, stammte aus dem Gespräch mit Andy und einem Artikel im *Daily Citizen*, den ich während einer Schicht am Informationsschalter aus dem Papierkorb gefischt hatte. Ihm zufolge stimmte das meiste von dem, was Andy gesagt hatte: die Schwester, die Reise nach Rhode Island. Die Scheidung war dem Vernehmen nach eine schmerzliche Angelegenheit, die Ehe zerrüttet. Laut Protokoll war die Polizei mindestens zwei Mal in das Haus in der June Bridge Road gerufen worden, einmal sogar während Joannas Schwangerschaft. Man hatte die Vorfälle als »Ehestreit« bezeichnet und es dabei belassen. Laut einer nicht genannten Quelle hatte Tom ein unberechenbares Verhalten an den Tag gelegt, seit Joanna im Dezember die Scheidung eingereicht hatte, vor allem, nachdem sie das Sorgerecht beantragt hatte, aber es hatte keinerlei Hinweise darauf gegeben, dass er Igraine hatte entführen wollen, oder Schlimmeres. Wo auch immer sich Tom befinden mochte, die Behörden glaubten nicht, dass er weit gekommen war. Seine Kreditkarte war nicht mehr benutzt worden, nachdem er am Tag ihres Verschwindens an einer Tankstelle ein paar Meilen vom Campus entfernt zuletzt damit bezahlt hatte. Es gab ein paar pixelige Aufnahmen von einer Überwachungskamera, die ihn beim Tanken zeigte, und keine Spur von Igraine, andererseits aber auch keinen Grund zu der Annahme, dass sie nicht mehr zusammen waren. Seitdem waren sie wie vom Erdboden verschluckt. Ich hoffte, dass Connelly mehr Licht ins Dunkel um Toms Handeln würde bringen können. Mit zweiundzwanzig glaubte ich noch daran, dass Erwachsene Dinge taten, die vernünftig waren, und dass sie allein aufgrund ihres Erwachsenseins über Informationen verfügten, die ich nicht hatte. Nun dämmerte mir, dass dies nicht immer der Fall war. Bald würde ich begreifen, dass Erwachsensein genau das ist: ein ständiges Aufdenkopfstellen all dessen, woran man als Kind geglaubt hatte.

»Hättest du gedacht, dass er zu so etwas fähig ist?«, fragte ich Connelly.

»Nein, natürlich nicht. Tom ist ein friedlicher, sanfter Mensch. Aber wer weiß schon, was in einer Ehe vor sich geht? Viele Ehen zerbrechen, wenn Kinder ins Spiel kommen, wenn man sich über Geld streitet oder darum, wer sich um dieses oder jenes kümmern soll. Manche Männer werden eifersüchtig, weil ihre Frau sich zu sehr mit diesem anderen kleinen Menschen beschäftigt. Andererseits fehlt einer Ehe ohne Kinder auch etwas. Schwung oder Energie. Sauerstoff.« Er nickte, als wäre er froh, das richtige Wort gefunden zu haben.

Ich verschüttete ein wenig Kaffee auf mein T-Shirt und öffnete das Handschuhfach, um nach einer Serviette zu suchen, und da sah ich das Schlüsselbund. Ich wollte schon danach greifen, überlegte es mir dann aber anders.

»Wolltest du jemals Kinder haben?« Manchmal dachte ich darüber nach, was Whitney mir erzählt hatte – dass Roxanne schwanger gewesen war –, aber ich hatte Connelly nie danach gefragt.

Er schwieg eine Weile, und ich hatte schon Angst, dass ich vielleicht zu weit gegangen war, doch dann sagte er: »Ich wollte schon sagen, dass es eine lange Geschichte ist, aber letztendlich ist sie doch ziemlich kurz. Roxanne wollte zunächst keine Kinder, und als sie dann ihre Meinung änderte, war es zu spät. Frauen glauben gerne, dass sie ›alles haben‹ können, aber es gibt so etwas wie eine biologische Uhr, ob wir wollen oder nicht.« Er blickte geradeaus, und ein Sonnenstrahl schimmerte auf seiner Wange. »Einmal wurde Roxanne tatsächlich schwanger – mit Zwillingen. Sie fand es absurd, um jemanden zu trauern, den man nie kennengelernt hat, und wollte es noch einmal versuchen, aber ...« Er schüttelte den Kopf. »Vermutlich war es besser so.«

Der Himmel klarte auf. »Ganz egal, was Tom angestellt hat«, sagte er schließlich, »er liebt sein kleines Mädchen.«

17

Ich hatte Debra ein paar Tage nicht gesehen, als ich auf der Grünfläche des Campus Crashy und ihr über den Weg lief. Zuerst erkannte ich ihr Haar, es leuchtete wie ein kandierter Apfel im Mondschein.

»Izzy!« Sie kam auf mich zugerannt und packte mich an den Schultern. Es war Mittwochabend um zehn, und sie war bereits betrunken. »Agora schmeißt seine Leoparden-und-Spitzen-Party, du musst mitkommen!« Sie öffnete ihre Jacke und zeigte mir ihr kurzes schwarzes Kleid und ein Paar schwarze Spitzenstrümpfe. Crashy hatte im Leopardenlook beklebte Fingernägel, die aus fingerlosen Spitzenhandschuhen lugten.

»Ich hab nicht das richtige Outfit dafür«, sagte ich. »Außerdem bin ich ziemlich erledigt.«

»Ach, komm schon! Wie viele Nächte haben wir denn hier noch?« Debra legte einen schweren Arm um meine Schultern. Sie roch nach Dope und verwelkten Blumen.

»Na gut.« Debra quietschte vor Freude. Von irgendwoher tauchte eine Federboa auf. Crashy nahm das Leoparden-Gummiband aus ihrem Haar und gab es mir, dann führte sie mich unter eine Straßenlaterne und beschmierte meinen Mund mit Lippenstift.

»Perfekt!«, rief Debra. Sie hakte sich bei Crashy und mir ein, und so marschierten wir drei wie Dorothy auf der Straße nach Oz rüber zu Agora.

Die Party war offenbar schon eine ganze Weile im Gang, obwohl es noch früh war. Im verqualmten Saal von Agora hockten die Leute aufeinander, rauchten oder nahmen genüsslich tiefe Schlucke aus Plastikbechern. Auf der Tanzfläche hing ein Typ mit nacktem Oberkörper und Regenbogenperücke an einem Mädchen und hatte sein Gesicht im Dekolleté ihres tief ausgeschnittenen Tops vergraben. Die Musik pulsierte durch die knarrenden Dielen, und die dröhnenden Bässe vibrierten hinter meinem Brustbein. Mitten auf der Tanzfläche tanzten drei Mädchen zusammen, ein verführerisches Durcheinander aus Armen und Beinen. Eine trug nichts als einen BH und Bike-Shorts. Auf den Schulterblättern hatte sie einen Adler tätowiert; bei jeder Bewegung der Arme sah es aus, als schlüge er mit den Flügeln.

»Willkommen, Ladies«, sagte Amos Jackson, der am Bierfass stand. Er trug einen schmierigen schwarzen Filzhut und eine Ray-Ban-Sonnenbrille, und um ein Ohr hatte er ein Spitzentuch gebunden.

Jetzt erklang "Damn I Wish I Was Your Lover".

»Ich liebe diesen Song!«, rief Debra. Sie griff nach Crashys Hand und zog sie auf die Tanzfläche, während ich mit Amos allein blieb.

»Hey, ich hab deinen Boyfriend gesehen«, sagte er und reichte mir einen Becher mit Bier.

»Wen?«

»Diesen Prof, der Maxwell vertritt.« Er lachte. »Whitney bezeichnet ihn als deinen Boyfriend.«

Mein Gesicht glühte. »Wo denn?«

»Im Dorfladen nicht weit von der Farm meines Urgroßvaters.« Sein Blick wanderte zwischen meinem Gesicht und der Tanzfläche hin und her, wo Crashy und Debra langsame, weit ausholende Bewegungen mit ihren Körpern machten. »Er war nicht zu übersehen. Die einzigen anderen Leute, die da abhängen, tragen Latzhosen und sind um die hundert.«

»Hm«, sagte ich. Ich konnte mir nicht vorstellen, dass Connelly sich da oben herumtrieb, aber danach fragen konnte ich ihn auch nicht. Ich wollte ihn nicht auf die Idee bringen, dass die Leute über ihn tratschten, oder gar über uns. Außerdem hatte sich Amos wahrscheinlich geirrt.

Ich nippte an meinem Bier, es schmeckte vage nach alten Socken. Amos machte große Augen, als Debra und Crashy näher zusammenrückten und Debras Schenkel sich um Crashys langes Bein schlossen. Im Jahr 1998 war Agora vermutlich der subversivste Teil von ganz Wilder. Als es noch ein rein männliches College war, hatte es als einzige Verbindung Schwule akzeptiert. In den Achtzigern wurde es zu einem gemischtgeschlechtlichen Studentenverein. Ich hatte ganz vergessen, dass dies der Grund war, warum heterosexuelle Jungs zu Agora kamen – sie hielten die Mädchen, die hier feierten, für besonders sexy. Crashy schleuderte ihr Haar hin und her. Ich sah, wie einer ihrer künstlichen Fingernägel abfiel und unter einem Sofa verschwand. Wahrscheinlich würde ihn irgendwann jemand finden, viel später, wenn wir alle verschwunden und irgendwo anders auf der Welt unterwegs waren.

Ich merkte, dass mich jemand am anderen Ende des Raums beobachtete. Es war der Typ mit der Regenbogenperücke, der mir beim Reinkommen aufgefallen war. Er nahm einen Schluck aus einer kleinen Glasflasche und kam auf mich zu. Auf seiner Brust glänzte etwas, Schweiß vermischt mit Glitzer. Als er schon halbwegs bei mir war, sah ich, dass es Zev war. Ich drehte mich zu Amos um, doch der war verschwunden.

»Isabel Rosen.« Zevs Stimme klang schwer, als hätte er eine geschwollene Zunge.

»Hi, Zev.« Wir hatten seit dem Tag am Informationsschalter nicht mehr miteinander gesprochen, aber ich war diesmal trotzdem entspannter, entweder weil ich einen kleinen Schwips hatte oder weil er mit seiner Perücke so dämlich aussah.

»Wieso reden wir nicht mehr miteinander?« Er kam noch näher, ich roch seine Fahne.

»Du hast getrunken.«

»Yeah.« Er nahm einen großen Schluck aus der kleinen Flasche und wischte sich mit der Hand über die Brust. »Ja, hab ich. Aber im Ernst, ich dachte, wir wären Freunde. Doch weder kommst du vorbei noch schreibst du.«

Ich versuchte, Debras Blick zu erhaschen. Sie tanzte noch immer, inzwischen in einer kleinen Gruppe, darunter auch Amos. »Waren wir denn Freunde, Zev?«

»Das dachte ich.« Er kratzte sich am Kopf, sodass seine Perücke verrutschte. »Ich hab mich gern mit dir unterhalten. Du hast all diese Überzeugungen, Dinge, an die du glaubst, kannst aber keine einzige begründen. Deine ganze Weltanschauung basiert auf Gefühlen. Das finde ich lustig.«

Ich spürte, dass er mich provozieren wollte, und beschloss, es nicht zuzulassen.

»Wenn du mich mochtest, warum hast du es mir nicht gesagt?«

»Hätte es einen Unterschied gemacht?«

»Vielleicht. Vielleicht wäre dann jetzt nicht alles so verkorkst.«

»Hey, der einzige Grund für das, was du als verkorkst bezeichnest, ist deine Freundin.«

»Das sehe ich anders.«

»*Siehst du anders?*«

»Yeah. Ich glaube, dass es an dir liegt.«

Zev wollte noch etwas sagen, doch dann fiel mir ein, dass ich ja gar nicht mit ihm reden musste, weder jetzt noch überhaupt, deshalb drehte ich mich um und ging.

Zev folgte mir in einen großen Raum im hinteren Teil des Hauses. Anscheinend war es eine Küche. Es gab Schränke, eine schmutzige Herdplatte und etwas, das wie ein Kühlschrank aussah. In einer Ecke hatte sich ein Grüppchen um eine große Metallschüssel versammelt. Als wir hereinkamen, sah ein Mädchen mit strohblonden Dreadlocks auf.

»Lauf nicht vor mir weg«, sagte Zev.

Ich blieb vor dem Kühlschrank stehen. »Warum nicht? Ich bin dir nichts schuldig.«

»Du bist mir nichts *schuldig*? Keiner redet noch mit mir, nach dem, was du und deine Freundin getan habt.«

»Du glaubst, *das* ist der Grund, warum keiner mit dir redet? Keiner redet mit dir, weil keiner dich *mag*, Zev.«

An seinem Gesichtsausdruck konnte ich ablesen, dass ich einen verborgenen wunden Punkt getroffen hatte, so wie er bei mir auch. Aber es verschaffte mir keine Genugtuung. Ich war einfach nur traurig, als wäre das Leben eine endlose, ineinandergreifende Kette von Menschen, die andere verletzten und ihrerseits verletzt wurden.

»Du bist freiwillig in mein Zimmer gekommen«, sagte er. »Ich habe dich nicht gezwungen. Und als wir ... hast du nichts gesagt. Ich dachte, du wolltest es. Ich dachte ...«

»Ich weiß.« Ich wusste es, hatte es schon in der Nacht gewusst, als Debra und ich zu seinem Zimmer zurückgingen und ich sein Gesicht sah, als er die Tür öffnete. Er war froh, mich zu sehen, glücklich, dass ich zurückkam, als wäre ich gekommen, weil ich mehr wollte. Vielleicht war diese Nacht für ihn der Anfang von etwas gewesen. Für mich war sie das endgültige und unwiderrufliche Ende. Wenn es stimmte, was Roxanne sagte, dass Frauen weinen, wenn sie wütend sind, dann stimmte vielleicht auch, dass Männer um sich schlagen, wenn sie traurig sind.

»Glaubst du im Ernst, ich hätte dich *vergewaltigt?*«, fragte er.

Ich lehnte mich gegen die Tischplatte und spürte, wie sich dessen harte Kante in meinen Rücken bohrte. Glaubte ich das? Ich wusste es nicht mehr. Alles, was Zev bis jetzt gesagt hatte, war richtig. Ich war freiwillig mit in sein Zimmer gegangen. Ich hatte nichts gesagt. Er dachte, ich wollte es. Und ich dachte auch, dass ich es wollte. Das Verwirrende daran war, dass es nicht das war, was ich mir unter einer Vergewaltigung vorstellte, also das, wogegen ich mich seit meiner Jugend hatte wappnen sollen. Das hier war Sex in einem Studentenwohnheim in New Hampshire, in einem Zimmer mit Blick auf den Fluss. Und ich hatte nicht mal Nein gesagt.

»Glaubst du das, Isabel? Glaubst du das wirklich?« Zevs Gesicht war jetzt so dicht vor meinem, dass ich seine Wimpern zählen konnte. Es fühlte sich an wie früher, wenn er mich aufforderte, mich zu erklären, und eine Hypothese anbot, über die ich mir den Kopf zerbrechen sollte. Und genau wie damals konnte ich es auch jetzt nicht. Mein Glaubenssystem war wirr, selbst wenn es um meinen eigenen Körper ging. Ich dachte an die vielen Male, die Zev meine Nähe gesucht hatte, weil er sich mit mir unterhalten wollte, weil er mich interessant fand, anders als die Sally Steinbergs und Gabe Feldmans, anders als die Debras. Manchmal hatte ich mich gefragt, warum er mich tolerierte, wenn er doch alle anderen in Wilder unausstehlich fand. Vielleicht, weil ich arm war und mein Vater geräucherten Fisch verkaufte, um seine Familie zu ernähren. Einmal hatte er mir eine erfrischende »Stetl-Mentalität« bescheinigt. Manchmal schien es so, als wäre Zev der einzige Mensch hier, der mich sah, mich so sah, wie ich war, und vielleicht hatte ich mich von ihm vögeln lassen, um mich dafür zu bedanken.

Die Kühlschranktür stand offen, die schimmeligen Regale waren leer bis auf eine Flasche Wermut, eine Packung Milch und ein Glas Maraschino-Kirschen. Zevs Gesicht wirkte bläulich-blass in seinem Licht. Ich wusste, dass er auf eine Antwort wartete, aber ich hatte keine. Er hatte mir vorgeworfen, mich nur auf Gefühle zu verlassen, und in diesem Fall hatte er recht. Ich wusste nicht, wie ich das, was er mit mir gemacht hatte, nennen sollte, nur, wie ich mich dabei gefühlt hatte.

»Ich weiß es nicht«, sagte ich schließlich.

»Du weißt es nicht«, wiederholte er. »Warum bist du dann zum Dekan gegangen?«

»Ich – zum Dekan? Ich bin nicht zum Dekan gegangen. Ich dachte, du warst das.«

»Wieso hätte ich zum Dekan gehen sollen?« Er trat einen Schritt zurück, als hätte er etwas Schlechtes gerochen. Vielleicht war es das, was sie in der großen Schüssel gemischt hatten. Vielleicht war ich es. »Weißt du, was, leb einfach dein beschissenes Leben, Isabel Rosen. Ach übrigens, die Leute zerreißen sich den Mund darüber, dass du mit einem Prof ins Bett gehst. Ich dachte, das könnte dich interessieren.«

Die Worte kamen genauso an, wie er es sich in meiner Vorstellung gewünscht hatte. Mein Atem wurde kurz und flach. Ich spürte einen stechenden Schmerz unter den Rippen. Zev nahm die Perücke ab, und da wusste ich, dass ganz egal, was er mir angetan hatte, immer ich diejenige sein würde, die diese Nacht auseinandernehmen und sich fragen würde, was ich anders hätte sagen oder tun können. Schon in diesem Moment schmeckte ich die Scham, die mich ein Leben lang verfolgen würde. Sie war grobkörnig, wie Sand auf der Zunge. Ich wischte mir mit dem Handrücken über den Mund und dachte, gleich wird mir schlecht.

Zev ballte die Perücke in seiner Faust zusammen und schleuderte sie quer durch den Raum. »Treffer!«, rief er, als sie in der Schüssel landete.

»Was soll der Quatsch, Mann?« Das Mädchen mit den Dreadlocks blickte hoch, und ein Zungenpiercing blitzte in der dunklen Höhle ihres offenen Mundes auf. »Hey«, sagte sie und zeigte auf mich. »Du blutest ja.«

Ich tastete mir übers Gesicht. Meine Nase blutete. Ich bedeckte sie mit meiner Federboa und rannte aus der Küche. Debra und Crashy tanzten noch immer langsam mit Amos. Seine Hände lagen auf Crashys Hintern.

»Ich gehe«, sagte ich zu Debra. Sie blickte müde auf, dann sah sie mein Gesicht.

»Was ist passiert?« Sie schob Crashy zur Seite, als Zev mit einer Rolle Küchenpapier in der Hand aus der Küche kam. »Warte mal ... hat er dich etwa *geschlagen*?«

»Nein, Debra ...«

»Klar, du schon wieder!«, sagte Zev und hob die Hände zur Decke.

»Wieso redest du überhaupt mit ihm?«, fragte mich Debra.

»Hör auf, Debra.« Ich wischte mir übers Gesicht und ignorierte das Küchenpapier, das Zev mir entgegenstreckte. Mittendrin schlich Amos sich davon. Dies war nicht das Abenteuer, das er gesucht hatte.

Zev wandte sich an Debra. »Du bist ein Miststück, ist dir das klar? Du hast mir mein letztes Jahr auf dem College zur Hölle gemacht.«

»Puh, ich hab dir dein letztes Jahr zur Hölle gemacht«, entgegnete Debra. »Was glaubst du wohl, wie ihr letztes Jahr war, nachdem du sie vergewaltigt hast?«

»Hör auf damit, Debra!«, wiederholte ich.

»Warum lässt du sie nie für sich selbst sprechen?«, sagte Zev. »Ist es nicht das, was ihr Feministinnen wollt? Dass die Frauen selbst bestimmen und selbst entscheiden?«

»Du hast doch keine Ahnung von Feminismus«, sagte Debra und machte einen Schritt auf ihn zu.

»Halt die Klappe«, hörte ich jemanden sagen, erst leise, dann lauter. »Halt die Klappe, halt die Klappe, halt die Klappe.« Die Worte hallten durch den Raum und übertönten die Musik und den Lärm. Ich brauchte eine Sekunde, bis ich merkte, dass es meine Stimme war.

»Du hast gehört, was sie gesagt hat«, erklärte Debra und verschränkte die Arme.

»Nein«, sagte ich zu ihr. »Ich meinte *dich!* Du redest ohne Punkt und Komma. Du hörst nie zu. Du bist wie eine Wand.« Sie streckte die Hand nach mir aus, aber ich schob sie weg. Es fühlte sich gut an.

Draußen roch es nach frischem Gras und Gänseblümchen. Ich setzte mich unter einen Baum und spürte, wie die Feuchtigkeit des Bodens durch meine Jeans drang. Meine Hände waren klebrig, mit Glitzer und Blut beschmiert. Ich löste Crashys Haarband und ließ mir das Haar über die Schultern fallen. Das Kitzeln auf dem Rücken erinnerte mich an Connelly, und zum ersten Mal in dieser Nacht erlaubte ich mir, an ihn zu denken, mich zu fragen, was er gerade machte, ob er an mich dachte.

Nach ein paar Minuten stolperte Debra mit der Rolle Küchenpapier in der Hand nach draußen. Ihre Wimperntusche war verschmiert, und einer ihrer Strümpfe hatte eine Laufmasche.

»Wie jetzt? Bist du etwa sauer auf *mich*?«

»Ich weiß es nicht, Debra.«

»Unglaublich, dass du ihn so davonkommen lässt. Als wärt ihr *Freunde*.«

»Ich bin nicht ...« Ich vergrub das Gesicht in den Händen. »Vergiss es.«

»Vergiss was? Hör auf mit dieser stummen Aggression!«

»Es hat keinen Sinn, mit dir zu reden, du hörst ja sowieso nicht zu.«

»Wovon redest du?«

»Zum Beispiel von der Nacht mit Zev. Ich wollte doch bloß, dass du mir zuhörst.«

»Ich *hab* dir zugehört.«

»Nein. Hast du nicht. Du hast dich draufgestürzt.« Ich nahm die Boa von meinem Hals. »Ich weiß nicht, was in dieser Nacht passiert ist. Zev hat einfach das getan, was alle Männer tun, verstehst du? Er hatte die Möglichkeit, mich zu bumsen, und das hat er getan. Und ich habe nichts dagegen unternommen.«

»Das ist das Beschissenste und Traurigste, was ich je gehört habe.« Sie setzte sich neben mich. In ihrem Scheitel hatte sich Glitter angesammelt. Sie schniefte ein paarmal, bevor sie sagte: »Es tut mir leid, Iz. Ich wollte dich nur beschützen.«

»Ich weiß. Aber das brauchst du nicht.« Ich sah auf meine Hände und mein Shirt, alles blutverschmiert. »Trotz aller gegenteiligen Beweise.«

Debra lachte. Ihr Gesicht, breit, sanft und lebendig, glänzte im Mondlicht. Der Himmel über uns war weit und dunkel, übersät von winzigen Lichtpunkten. Nie würde ich die Worte finden, um diesen Teil von Wilder zu beschreiben, den ruhigen, majestätischen Teil, den ich am meisten in Erinnerung behalten wollte.

»Weißt du, warum ich nach Wilder kommen wollte?«, fragte ich.

»Keine Ahnung.«

»Weil es sein eigenes T-Shirt hat.«

»Die meisten Colleges haben ihre eigenen T-Shirts. Du hättest dir eine Menge Ärger ersparen können.«

»Yeah, aber es ist der einzige Ort, wo sie tatsächlich getragen werden. Als ich das erste Mal mit meinem Vater nach Wilder kam, hab ich all diese Kids in ihren Wilder-T-Shirts gesehen, und ich wollte dazugehören.«

»Ja und?«

»Also, ich finde es gar nicht so schlecht hier, verstehst du, Debra? Du redest ständig davon, Wilder zu verändern, willst es ›bis auf die verdammten Grundmauern niederbrennen‹, aber irgendwie liebe ich Wilder.«

»Ich auch.« Ich sah sie an. »Nein, wirklich. Was ich hasse, ist, dass es sich so anfühlt, als würde es uns nie wirklich gehören. Ich dachte, hier zu studieren würde bedeuten, gleichberechtigt zu sein, aber in Wirklichkeit ist es ihr Revier, und wir spielen nach ihren Regeln. Ich habe genauso hart gearbeitet wie Zev, um hierherzukommen, genauso hart wie all die anderen Arschlöcher. Und du auch.« Sie schniefte erneut, dieses Mal lauter, und ich sah, dass sie weinte.

Ich griff nach ihrer Hand und hielt sie fest, während sie mir erzählte, was mit ihr los war. Der Boden sei rutschig, sagte sie, sie habe das Gefühl, den Halt zu verlieren, so wie in ihrem ersten Jahr hier. Begonnen hatte es an dem Abend, als wir zu Zevs Zimmer zurückgingen, und da fiel mir plötzlich ein Muster auf: Debra brach gewöhnlich immer nach einer solchen Aktion zusammen, als ob die Dinge, von denen sie annahm, sie könnten Wilder destabilisieren, letzten Endes nur sie selbst destabilisierten.

»Ich bin einfach wütend, verstehst du?«, sagte sie, und ich legte meine Arme um sie und sagte, dass ich ihr verzeihe, natürlich verzieh ich ihr. Denn auch wenn Debra unmöglich, schwierig, chaotisch und leichtsinnig war – ganz zu schweigen von gewissen Dingen, von denen sie keine Ahnung hatte –, war sie meine Freundin, und schon damals wusste ich, dass sie es immer sein würde, selbst dann, wenn sie mich gerade nervte. Später habe ich Leute für viel weniger aus meinem Leben verbannt, aber Debra hatte mir ihren Stempel aufgedrückt. So ist es mit den Menschen, die uns als Jugendliche kennen, wenn wir noch dabei sind, die Welt zu begreifen und herauszufinden, wo unser Platz darin sein könnte.

Nach einer Weile gingen wir zu unserem Wohnheim zurück. Glühwürmchen funkten sich gegenseitig heimliche Botschaften zu, und ich dachte an etwas, das der Rabbi meiner Großmutter gesagt hatte, als ich ihn fragte, was nach dem Tod mit uns geschieht. Damals hatte mich seine Antwort nicht befriedigt, er murmelte etwas von Sternenstaub und Energie und dass nichts auf der

Welt verloren geht. »Yeah«, sagte ich, »aber was *bedeutet* das?« Die Energie war mir egal; ich wollte nur wissen, ob ich meine Mutter wiedersehen würde. Jetzt aber dachte ich, dass er vielleicht doch auf der richtigen Spur gewesen war. Ich spürte die Energie, die mich umgab, nicht nur die meiner Mutter, sondern auch die von Debra, Crashy, Zev und Connelly, ja sogar Amos'. Wir alle würden einen Teil von uns zurücklassen, wenn wir gingen. Nichts von dem, was wir hier getan hatten, wäre umsonst gewesen.

Wir fanden nie heraus, wer Dekan Hansen von der beschmierten Tür erzählt hatte – ein Hausmeister, dachte Debra; wahrscheinlich gab es bestimmte Verfahren für solche Dinge. Zev Neman bin ich nie wieder begegnet. Ich hörte, er sei zurück nach Israel gegangen, habe in der Firma seines Vaters eine Stelle angenommen und Yael geheiratet. Letzteres las ich in einem Hillel-Newsletter, der an dem Tag eintraf, an dem Bill Clinton vom Senat freigesprochen wurde. Wenn ich mir vorstelle, wie Yael den Beginn ihrer Beziehung beschreibt – Dinnerparty, Kerzenlicht, ein Glas Merlot –, habe ich nicht das Geringste damit zu tun. Ich liege zu ihren Füßen, mit dem Gesicht nach unten auf dem Boden.

18

Abe wollte zur Abschlussfeier kommen. Benji und Manny würden auf den Laden aufpassen, und Abe freute sich auf den Ausflug.

»Bist du sicher?«, sagte ich. »Es ist so eine lange Fahrt, und ich mache ja nicht mal irgendwas Besonderes.«

»Es gibt genug Zores im Leben, Isabel. Wenn etwas Gutes passiert, sollten wir es feiern. Außerdem ist es eine prima Übung für Benji. Dann kann ich mal sehen, wie er ohne mich klarkommt.«

Abe hatte sich eine Wohnung angeschaut, die Kelseys Eltern gefunden hatten, ein Anderthalb-Zimmer-Apartment in Alphabet City in einem Gebäude mit Pförtner; ich sollte das kleinere Zimmer nehmen und dafür weniger Miete zahlen als sie. »Gar nicht so übel«, lautete Abes Urteil. »Klein, aber viel Licht. Und es ist nicht Brooklyn. Ich weiß nicht, was ihr beide euch dabei gedacht habt. Ich jedenfalls dachte immer, alle wollten raus aus Brooklyn.« Kelseys Eltern würden die Kaution und die erste Monatsmiete vorstrecken, die ich zurückzuzahlen versprach, und ab 1. Juli würde die Wohnung uns gehören.

Kelsey hatte einen Job in einer Kunstgalerie in SoHo ergattert. Das feierten wir, indem wir ihr ein Augenbrauen-Piercing schenkten. Die Abende bis zur Abschlussfeier verbrachte sie damit, im Pottery-Barn-Katalog Artikel anzukreuzen: Weidenkörbe, Zierkissen und einen hellen

Kelim-Teppich. Auch Jason würde nach New York ziehen und an der juristischen Fakultät weiterstudieren. Er wollte sich mit Bo und noch einem anderen Kumpel von Gamma Nu eine Wohnung in der Upper West Side teilen.

Nach unserem Agora-Gespräch hatte ich Debra ermutigt, mit ihrer Mutter zu sprechen. Marilyn schaltete sich ein – klar –, und Debras Psychiater änderte ihre Dosierung. Möglicherweise ging sie sogar ein paarmal zu Dr. Cushman, obwohl sie das nie erwähnte. Auf mich machte sie einen stillen, fast gedämpften Eindruck. Sie hatte die Sache mit der Skulptur nicht mehr erwähnt und die letzten paar Abende mit Kelsey und mir zu Hause verbracht. Die beiden kamen sogar ganz gut miteinander aus. Es war fast so wie früher, trotzdem war ich nicht unglücklich, dass sie nach San Francisco ziehen würde. Mein Kopf war freier ohne Debra.

Ich selbst trieb meine Pläne mit der Wohnung in Alphabet City und dem Job bei *Get Out!* voran, den ich schließlich angenommen hatte (und zwar für das Gehalt, das sie mir ursprünglich angeboten hatten, obwohl ich Abe gegenüber so tat, als hätte ich hart verhandelt). Nebenbei suchte ich noch immer ein Zimmer im Ort und überflog die Kleinanzeigen im lokalen *Pennysaver*. Connelly hatte keine Ahnung von meinen Plänen in New York. Soweit er wusste, würde ich bei ihm in Wilder bleiben. Inzwischen trafen wir uns wieder in seinem Büro. Er hatte endlich die Maus unter dem Sofa erwischt, sprach aber immer noch davon, mich irgendwohin mitzunehmen. »Ich will in einem richtigen Bett mit dir schlafen«, sagte er. Wir würden den Sommer zusammen verbringen, und dann würde er mich mit einem fertigen Manuskript, das ich dann verkaufen konnte, nach New York zurückschicken. Er habe auch früher schon mit Studenten gearbeitet, sagte er, aber keiner von ihnen habe so viel Talent gehabt wie ich. Ich müsse es nur stark genug wollen. »Ich kann es förmlich riechen«, sagte er. Das konnte ich auch. Wie einfach würde es sein, in ein Leben zu schlüpfen, das er für mich vorgezeichnet hatte, statt mir ein eigenes zu schaffen.

Eines Nachmittags war ich zum ersten Mal seit langer Zeit wieder allein im Zimmer unseres Wohnheims und stieg über die Kartons, die Kelsey für uns besorgt hatte. Debra hatte schon angefangen zu packen. Ich dachte an den Tag, an dem wir eingezogen waren und alles die Treppe hinaufgetragen hatten. Wir hatten geschwitzt und geflucht. Es schien gar nicht so lange her. In wenigen Tagen würden wir alles wieder hinuntertragen. Es schien kaum die Mühe wert. Wir waren die ganze Zeit auf dem Sprung gewesen, das sah ich ganz deutlich, schon von Anfang an. Wilder befreite sich von seinen Studenten wie eine Schlange von ihrer Haut: langsam, aber unaufhaltsam verschob es die Grenzen und machte Platz für die Neuen.

Mit einer Zigarette im Mund ging ich ins Schlafzimmer. Dort öffnete ich eine von Debras vollgestopften Schubladen, probierte einen Pullover an und betrachtete mich im Spiegel. Dann zog ich ihn wieder aus und legte ihn zurück. Dasselbe machte ich mit noch ein paar anderen Klamotten, bis mein Blick auf Kelseys offenes Schmuckkästchen fiel. Ich griff hinein und nahm den silbernen Armreif heraus, den Jason ihr zum Valentinstag überreicht hatte, spürte sein kühles Gewicht auf der Haut. Dann streifte ich mir den Ring, den ihre Eltern ihr zum einundzwanzigsten Geburtstag geschenkt hatten, über den Finger.

Als ich ihn auf dem Knöchel hin und her drehte, dachte ich an den Tag, an dem ich aufgehört hatte zu stehlen. Es war im Herbst meines letzten Jahres an der Highschool. Meine Mutter war wieder zu Hause, nachdem sie den Sommer mehr oder weniger im Krankenhaus verbracht hatte, aber sie malte nicht mehr. Jeden Tag kam ich von der Schule nach Hause und hoffte, sie an ihrer Staffelei vorzufinden, stattdessen war sie genau da, wo ich sie zurückgelassen hatte: im Bett. Der Kaffee auf dem Nachttisch war kalt, das Sandwich, das mein Vater zum Mittagessen gebracht hatte, nicht angerührt. Ich fürchtete mich davor, nach Hause zu kommen, deshalb fing ich an, zu Fuß zu gehen, statt die Subway zu nehmen, und suchte mir immer längere Wege aus, um die Ankunft ein bisschen hinauszuzögern.

Eines Tages ging ich in ein Geschäft am unteren Broadway, eins von denen, die alte, aber auch auf alt getrimmte neue Kleidung verkaufte. Der Laden war leer; hinter der Theke saß eine einsame Verkäuferin und las Zeitung. Sie blickte kaum auf, als ich mit einem Paar Jeans und einer Bluse in die Umkleidekabine ging. Die Jeans waren nichts Besonderes, aber die Bluse war der Hammer. Damals wurde mir allmählich bewusst, wie Kleidung einen in jemand anderen verwandeln konnte, zumindest ein paar Momente lang vor dem Spiegel einer Umkleidekabine. Ich sah mir das Preisschild an, obwohl es keine Rolle spielte, wie viel sie kostete. Ich konnte es mir ohnehin nicht leisten.

Ich blieb ziemlich lange in der Umkleidekabine, mit einem rostigen Geschmack im Mund, und zwischen meinen Brüsten kribbelte der Schweiß. Ich hatte noch nie etwas aus einem Geschäft gestohlen. Nach ein paar Minuten knöpfte ich die Bluse auf und verstaute sie vorsichtig in meinem Rucksack, dann legte ich meine Bücher und Mappen darauf.

»Danke«, sagte ich zu der Verkäuferin, legte die Jeans auf den Stapel und ging auf den Ausgang zu.

»Moment mal.« Sie blickte von ihrer Zeitschrift auf. »Wie viele Sachen hattest du mit in die Kabine genommen?«

»Nur die Jeans«, sagte ich und hörte, wie meine Stimme zitterte. Ich konnte perfekt stehlen, aber nicht lügen.

Die Verkäuferin kam hinter dem Tresen hervor. Sie war älter als ich, kurzes Haar und Nasenring.

»Gib mir mal deinen Rucksack«, sagte sie und stemmte die Hand in die schmale Hüfte. Ich reichte ihn ihr und sah zu, wie sie die Bluse herauszog.

»Tut mir leid«, sagte ich und brach in Tränen aus, keuchte und schluchzte so jämmerlich, als hätte sich etwas in mir gelöst. Ich schämte mich, hatte Angst, das Ganze war mir entsetzlich peinlich, aber vor allem war ich traurig, dass diese schöne Bluse niemals mir gehören würde.

»Verschwinde«, sagte sie und warf mir den Rucksack zu. »Aber wenn ich dich noch einmal hier sehe, rufe ich die Polizei.«

Ich rannte den ganzen Weg nach Hause und blieb nur einmal kurz stehen, um mich zwischen zwei geparkten Autos zu übergeben. Als ich zu Hause war, packte ich alles, was ich je gestohlen hatte, in eine schwarze Mülltüte und warf sie in den Container hinter Rosen's.

Jetzt streifte ich Kelseys Ring ab und hielt ihn in der Hand. Er war wunderschön: Gold mit zwei winzigen Diamanten, die sich aneinanderschmiegten wie Zwillinge in der Gebärmutter. Wäre er meiner gewesen, hätte ich ihn jeden Tag getragen, statt ihn in einem überfüllten Schmuckkästchen herumliegen zu lassen. Ich schloss meine Hand darum, steckte sie in die Tasche und hielt ihn einen Augenblick dort fest. Mein Herz klopfte, mein Atem beschleunigte sich, und wieder hatte ich diesen rostigen Geschmack im Mund. Dann legte ich den Ring zurück in Kelseys Schmuckkästchen und warf den Deckel zu.

Am Freitagabend ging ich mit Ginny und einer Gruppe Ruderer hinunter zum Fluss. Es war spät, und ich hatte Kelsey und Debra irgendwo zwischen Gamma Nu und einer Party auf der River Ranch verloren, die außerhalb des Campus auf der anderen Flussseite lag, in Vermont. Ich hatte ziemlich viel getrunken, aber nicht so viel wie Ginny, die auf dem schmalen Waldweg, der hinunter zum Connecticut River zwischen Vermont und New Hampshire führte, ständig stolperte. Ginny und ich hatten noch nie wirklich etwas miteinander unternommen, aber je näher der Abschluss rückte, desto mehr hatte ich das Gefühl, dass ich mit allen hier befreundet war.

Vor uns stimmte jemand die Alma Mater an. Als ich noch im Glee Club war, sangen wir die Alma Mater für ehemalige Wilder-Studenten: alte, weißhaarige Männer in leuchtend gelbgrünen Jacken und karierten Hosen. Während wir sangen, füllten sich ihre trüben Augen mit Tränen; einige standen mühsam auf und hielten sich an ihren Gehstöcken fest. Ich hatte immer das Gefühl gehabt, die Alma Mater hätte etwas Kulthaftes, fast ein bisschen was von Hitlerjugend, aber als ich jetzt Arm in Arm mit Ginny durch die kühle Frühlingsnacht stapfte, schwoll mir das Herz, und es fühlte sich an, als könnten mir jeden Moment die Tränen kommen.

"We will remember Wilder, the rolling hills of Wilder, our happy years at Wilder nestled in our memory and our hearts,", sangen wir.

»Das Lied ist gruselig«, rief Ginny. »Ich will nicht, dass Wilder sich in meinem Herzen einnistet.«

»Ist doch nur eine Metapher«, rief ich zurück.

»Eine Metapher!« Ginny warf den Kopf zurück und lachte, als wäre es das Komischste, was sie jemals gehört hatte. »Ich liebe dich, Iz«, sagte sie und schlang ihren kräftigen Arm um meine Taille. »Wahrscheinlich hab ichs dir noch nie gesagt, aber ich habe mir immer gewünscht, wir wären bessere Freundinnen.«

»Oh, danke, Ginny. Ja, ich auch.«

»Ich weiß, manche hier mögen dich nicht«, sagte sie, »aber ich finde dich cool.« Und dann beugte sie sich vor und küsste mich auf den Mund. Es war mir nicht unangenehm, aber vielleicht lag das auch nur an diesem Abend.

Der Regen vom Morgen hatte aufgehört, doch der Himmel fühlte sich noch schwer und geschwollen an. Nach und nach verengte sich der Weg und mündete schließlich in eine Wiese, die zum Fluss hin abfiel. Ich trat gegen etwas. Es war ein T-Shirt. Vor uns führte eine Spur aus abgelegten Klamotten zum Flussufer.

Ginny streifte sich die Sneaker ab und sah mich an, als wollte sie sagen: »Warum nicht?« Ich sah zu, wie sie sich auszog und zum Wasser lief. Ihr großer, blasser Körper leuchtete im Mondlicht. Überall um mich herum taten die Leute dasselbe. »Komm schon, Isabel!«, rief Ginny. Ich sah mich um und zog dann sorgfältig Shorts, T-Shirt, Unterwäsche und BH aus und legte alles ordentlich gefaltet auf einen Stein. Und noch ehe ich großartig darüber nachdenken konnte, sprang ich mit den Füßen voran in das schwarze Wasser.

Für manche Leute war der Fluss die wichtigste Erfahrung in Wilder, so wie für mich die Bibliothek. Zum Beispiel für Ginny und die Ruderer, die im Herbst und Frühjahr, wenn der Nebel wie Trockeneis vom Wasser aufstieg, jeden Morgen hierherkamen. Im Winter, wenn der Fluss zufror, fuhren einige auf Langlaufskiern seine gesamte Länge ab. Im Sommer trudelten sie in dicken Gummischläuchen den Fluss entlang. Ich war nur ein paarmal hier gewesen und nie geschwommen. Ich hatte immer gedacht, dass der Fluss ein Teil von Wilder war, mit dem ich nichts anfangen konnte, aber jetzt, vom weichen Wasser umgeben, fragte ich mich, warum eigentlich.

Eine Weile ließ ich mich von der Strömung tragen und dachte an Connelly. Roxanne war auf einer Konferenz, und er hatte mich eingeladen, die Nacht bei ihm zu Hause zu verbringen. Ich wollte hin, aber ich wollte auch das hier, mich ziellos durch meine letzten Nächte in Wilder treiben lassen. Die Tunemen gaben ihr großes Abschiedskonzert, und Bo hatte mich eingeladen. Ich hatte das Gefühl, an einem Scheideweg angekommen zu sein. Ein Pfad führte in eine Zukunft, die ich verstehen konnte, der andere – wohin? Nichts Gutem. Heute sehe ich, dass ich so etwas wie einen Selbsterhaltungstrieb in mir hatte, den Glauben an mich selbst und an meine Zukunft. Ich wollte mehr als das, was Roxanne und Connelly hatten, mehr als das, was meine Eltern gehabt hatten. Ich wollte etwas, das dem nahe kam, was Kelsey und Jason hatten, dem, was ich bei Joanna und Tom vermutet hatte. Ich wollte Liebe. Ich wollte alles. Ich tauchte den Kopf unter Wasser und dachte seltsamerweise an Bo.

Der Wind rauschte in den Bäumen, kräuselte das Wasser und erzeugte eine Gänsehaut auf meinem Körper. Ich schaute auf und sah, dass ich mich von allen anderen weit entfernt hatte. Ein paar kletterten zurück ans Ufer, johlten und brüllten und suchten ihre Kleider. Ein Kerl namens Rod hielt Ginnys BH hoch, und sie bedeckte ihre Brüste mit einem Arm und sprang danach. Auf dem Felsen, wo ich meine Kleidung abgelegt hatte, saß jemand. Als ich näher schwamm, sah ich, dass es Andy war.

»Macht es Spaß?«, fragte er.

»Yeah, und wie«, sagte ich. »Warst du auf der River Ranch?«

»Nein. Ich war den ganzen Tag mit Joanna unterwegs.«

Joanna. Als Andy ihren Namen sagte, wurde mir klar, dass ich seit Tagen nicht mehr an sie gedacht hatte, an keinen der drei. *Tom und Igraine sind verschwunden,* schoss es mir gelegentlich durch den Kopf, dann wich der Gedanke etwas, das gerade wichtiger war. Ich hatte angefangen, an sie zu denken wie an Opfer von Unfällen oder Verbrechen, wie an Menschen, für die Gewalt zu ihrem Schicksal gehörte, anders als bei mir, wo das nicht der Fall war und auch nie sein würde. Doch jetzt tauchten Toms und Igraines Gesichter plötzlich vor mir auf, und ich fragte mich, wieso ich nicht an sie gedacht hatte.

»Wie geht es ihr?«, fragte ich.

»Was glaubst du wohl?«, entgegnete er schroff. »Grässlich.«

»Ja, klar. Tut mir leid. Gibt es irgendwas Neues?«

Er schüttelte den Kopf. »Keine Spur von ihnen. Jetzt sind es schon fast drei Wochen.«

»Wirklich seltsam.«

»Seltsam. Ja.« Er nahm einen Kieselstein in die Hand. »Die Polizei glaubt nach wie vor, dass sie New Hampshire nicht verlassen haben.«

»Wie kommen sie darauf?«

»Tom hatte nicht viel Bargeld bei sich, und er hat seine Kreditkarte seitdem nicht mehr benutzt. Außerdem hängen überall Plakate. Hast du sie nicht gesehen?«

Ich nickte. Ich hatte sie gesehen. Vermisstenfotos von Tom und Igraine, am Schwarzen Brett im Supermarkt, im Postamt, im Buchladen. Jedesmal, wenn ich sie sah, wandte ich den Blick von Toms schielendem Auge und Igraines schüchternem Grinsen ab.

Andy warf den Kieselstein. Er platschte ins Wasser. »Und niemand hat angerufen. Niemand hat sie gesehen. Als wären sie Gespenster.«

»Meinst du, sie sind ...«

»Tot? Vielleicht. Aber wenn nicht, dann haben sie ein gutes Versteck gefunden.«

Jetzt hatte wieder leichter Regen eingesetzt. Oben auf dem Rasen spielte jemand »Layla« auf der Gitarre. Ich hörte, wie Ginnys Stimme alle anderen übertönte. Im Wasser wurde es langsam kalt, und meine Beine waren müde. Ich fragte mich, wie lange ich noch warten musste, bis ich rauskommen und mich anziehen konnte. Ich wollte Kelsey, Jason und Bo suchen, wollte sie zusammen in Gamma Nu sitzen sehen. Ich hörte Bo bereits sagen: »Hey, du cooles Ding.«

»Ich glaube, jemand weiß, wo sie sind«, sagte Andy. »Ich glaube, jemand hilft ihnen, gibt ihnen Geld und versteckt sie.«

»Wer sollte das sein?«

Er hob einen weiteren Kieselstein auf. »Wie wär's mit Connelly?«

»Was ist mit ihm?«

»Sie sind gute Freunde, oder? Tom hing ständig in der Nähe unseres Seminarraums herum. Und weißt du noch, wie Connelly in dieser Woche nicht zum Unterricht kam? Das war kurz bevor Tom verschwand.«

»Mein Gott«, sagte ich. »Für wen hältst du dich – Scooby-Doo?« Andy schwieg und betrachtete den Stein in seiner Hand. »Was meint denn Joanna zu deiner Theorie?«

»Ich habe ihr noch nichts gesagt.«

»Weil du genau weißt, dass es Unsinn ist. Du bist eine Klatschtante, das weiß ich, aber glaubst du nicht, dass du jetzt ein bisschen zu weit gehst? Wenn du, wie nennt man das, jemand der Beihilfe oder Anstiftung beschuldigst?«

Andy warf den Kieselstein in meine Richtung und verfehlte nur um Haaresbreite meinen Kopf. »Nun, ich würde sagen, der Typ hat mehr als nur ein Geheimnis, oder?«

»Was soll das heißen?«

Der Regen nahm zu.

»Ach komm, Isabel.« Er hielt mein T-Shirt hoch, steckte zwei Finger in die kleine Brusttasche.

»Ach komm, was?« Ich spürte, wie mir kalt wurde. Immer mehr Leute stiegen aus dem Wasser. Ich beobachtete, wie Ginny sich oben im Gras umsah, vielleicht nach mir. Kurz darauf lief sie den Hügel zum Campus hinauf.

»Jeder weiß es.« Er sagte es so sanft, dass es sich freundlich anhörte, was es natürlich nicht war. »Hey, ich mach dir keinen Vorwurf.«

»Andy, ich weiß nicht, was du zu wissen glaubst, aber ...«

»Was, wenn er ihr etwas antut?« Er ließ die Worte einen Moment lang in der Luft schweben. Sein Gesicht hatte einen seltsamen Ausdruck. Später würde ich begreifen, dass es Angst war. »Ich verstehe, dass keiner was damit zu tun haben will, aber die Sache ist verdammt ernst. Vielleicht weiß Connelly tatsächlich nichts, aber man wird ja wohl fragen dürfen, oder?«

Ich sagte nichts dazu. Ein Wagen fuhr langsam über die Brücke, seine Scheinwerfer streiften das Wasser, als suchten sie nach etwas. Andy legte das T-Shirt weg und hob meinen BH auf.

»Hör zu«, sagte er, »ich weiß nicht, in welchem russischen Roman du dich gerade wähnst, aber du vögelst nur mit einem Professor, der nicht mal fest angestellt ist.« Damit stand er auf und schleuderte meinen BH ins Wasser. Ich schnappte ihn, bevor er unterging.

19

Connelly hatte gesagt, bis zu seinem Haus seien es nur sechs Meilen und die Straße sei meist flach. Ich hatte mich an den Worten »nur« und »flach« orientiert, als ich mir am Samstagabend Kelseys Fahrrad auslieh und losfuhr. (Ich hatte gesagt, dass ich im Haus eines Professors zum Abendessen eingeladen war; ich hatte nicht gesagt, dass ich der einzige Gast sein würde.) Immer hatte ich die Leute in Wilder um ihre Fahrräder beneidet, um die Leichtigkeit, mit der sie über die unebenen Landstraßen fuhren, hielt mich selbst aber für zu alt, um das zu lernen, was sie instinktiv zu können schienen. Doch als ich jetzt Kelseys Mountainbike über die glatte schwarze Straße lenkte, die aus der Stadt führte, fühlte ich mich unbesiegbar. Mir war, als könnte ich tagelang so fahren.

Schließlich erreichte ich Connellys Haus, eine kleine gelbe Ranch am Ende einer ruhigen, belaubten Straße. Er hatte mir ein wenig von diesem Haus erzählt, in dem er mit Roxanne seit fünf Jahren lebte. Es hatte einen Garten, der regelmäßig von einer unter der Veranda ansässigen Kaninchenfamilie geplündert wurde. »Überall hat sich Minze ausgebreitet«, hatte er einmal gesagt, als gehörte das zum Allgemeinwissen in Sachen Minze. Auf der hinteren Veranda stand ein Sofa; dort verbrachte er gern die Sommerabende mit Lesen, und im Vorgarten stand eine Ulme, die von einem Baumdoktor betreut wurde. So was gibt es?, hatte ich entzückt gefragt und mir einen Mann mit weißem Kittel vorgestellt, der sein Stethoskop an den dicken Stamm eines Baums hielt.

Als ich in die Einfahrt einbog, rutschte das Vorderrad unter mir weg. Ich verlor einen Sneaker, als ich über den Lenker flog, über die Auffahrt rutschte und da liegen blieb, wo der Asphalt in den Rasen überging.

Im gleichen Augenblick sprang die Fliegengittertür auf, und Connelly stürzte heraus.

»Nichts passiert«, rief ich, als er auf mich zukam. Meine Knie schmerzten, das rechte mehr als das linke, aber die Hände hatten das meiste abbekommen. Ich entfernte einen Kieselstein aus dem Fleisch in der Handfläche. Connelly kniete neben mir; ich konnte ihn kaum ansehen.

»Komm«, sagte er und half mir beim Aufstehen. »Waschen wir das erst mal ab.« Er sammelte den Schuh ein und führte mich ins Haus. Im Badezimmer setzte ich mich auf den Wannenrand, während er in einem Schränkchen unter dem Waschbecken wühlte.

»Was ist das?«, fragte ich, als er ein Fläschchen herauszog.

»*Cállate*«, sagte er, schüttelte das Fläschchen und sprühte mir dann so etwas wie ein Desinfektionsmittel auf die Handflächen.

»Au!«

»Ach, hör auf! So kann sich wenigstens nichts infizieren.« Er spritzte das Zeug auch auf meine Knie und nahm ein paar Pflaster aus einer wasserdichten Schachtel.

»Das kann ich selbst«, sagte ich.

»Es ist einfacher, wenn ich das mache. Halt still.«

Ich lehnte mich zurück und ließ mich verarzten. Er nahm seine Aufgabe ernst, und einen Moment lang sah ich, welche Art Vater er gewesen wäre: zärtlich, sanft, ein bisschen zu fürsorglich. Während er mir mit einem Waschlappen die Knie abtupfte, sah ich mich im Badezimmer um. Die Wände waren blassgelb tapeziert, und hinter der Tür hing ein Bademantel. Auf dem Rand des Waschbeckens stand eine Seifenschale aus Porzellan mit Schmuck.

»So müsste es gehen.« Er setzte sich zurück auf die Fersen und bewunderte sein Werk. Auf meinem rechten Knie klebten mehrere Pflaster kreuz und quer übereinander, auf dem linken drei untereinander, wie eine Leiter. Die Hände waren zu schwierig, deshalb besprühte er sie mit reichlich Antiseptikum.

»Danke«, sagte ich. »Ich wünschte, du hättest mich gesehen, bevor ich in der Einfahrt aufschlug.«

Er strich mit den Fingern die Pflaster glatt. »Ja. Aufschlug ist genau der richtige Ausdruck.«

Ich stieß ihm leicht gegen die Schulter. »Hauptsache, ich bin da, oder?«

»Ja. Und bestimmt hast du vorher eine tolle Figur gemacht.«

Ich folgte ihm ins Wohnzimmer, einen vollgestopften Raum mit niedriger Decke und einer verschlissenen grauen Couchgarnitur. Mein rascher Blick nahm alles auf: die geblümten Vorhänge, die antike Anrichte, den Wäschekorb in der Ecke. Dann verschwand Connelly in der Küche, und ich sah mir die Bücher an. Ein ganzes Regal war Roxannes Werken vorbehalten; ein anderes beherbergte eine Bibelsammlung. Eine hatte einen dunkelblauen Ledereinband und Seiten mit Goldrand. Manche sahen aus, als hätte man sie aus Hotelzimmern mitgehen lassen. Ich zog ein Exemplar aus dem Regal. Der Einband war weich wie eine alte Lederjacke; in der rechten unteren Ecke waren die Initialen RHC in Gold eingestanzt. Ich blätterte durch die Seiten: Exodus, Levitikus, Deuteronomium. Esra, Josua, Samuel, Johannes. Es klang wie ein Gedicht oder wie eine Liste von Studentenverbindungshäusern.

»Komm«, sagte Connelly und reichte mir ein Glas Wein. »Essen wir.« Ich stellte die Bibel ins Regal zurück und sah, dass sich dahinter noch eine verbarg, flach gegen die Rückwand des Bücherregals gepresst.

In der Küche gab es weitere Lebenszeichen: auf das Abtropfbrett gestapeltes Geschirr, ein Kalender über dem Kühlschrank, haufenweise Vitaminfläschchen auf einem Drehteller. An einem Gestell über dem Herd, wo Connelly stand und etwas umrührte, hingen mehrere Kupfertöpfe.

»Was ist das?«, fragte ich und warf einen Blick in den Topf. »Riecht toll.«

»Eine Suppe. Dazu gibt es Salat und frisches Brot. Ich hoffe, du hast Hunger mitgebracht.«

Er bestand darauf, dass ich mich hinsetzte, während er die Vorbereitungen beendete. Das Fenster stand offen, eine frische Brise strich durch den Raum. Draußen zirpten die Grillen. Ich sah, wie er noch eine Prise Salz in den Topf gab und mit einer Servierzange routiniert den Salat mischte. Ich wünschte, ich hätte ihm etwas mitgebracht – der Schal war noch nicht fertig –, andererseits hatte ich das Gefühl, dass er etwas für mich tun wollte und keine Gegenleistung erwartete. Als ich älter war, fand ich heraus, dass es andere Männer wie ihn gab, Männer, die einem Wunden verbanden, Essen machten und über den Esstisch hinweg die Hand hielten, wenn sie verletzt war. Aber mit zweiundzwanzig dachte ich, er sei der Einzige, und fragte mich, wie ich den Rest meines Lebens ohne ihn verbringen sollte.

Er stellte zwei Schalen auf den Tisch und zündete eine Kerze an. Ich nahm einen Schluck Wein und hatte das Gefühl, das Licht der Kerze glitte mir durch die Brust bis in die Beine hinunter. Wir aßen und unterhielten uns, bis die Suppe kalt wurde. Wir sprachen über mein Buch und die Arbeit, die wir uns für diesen Sommer vorgenommen hatten: Änderungen im zeitlichen Ablauf, seine Gedanken zum Ausgang des Buchs. Ich sah, wie von der Kerze kleine Wachsrinnsale auf die Tischdecke tropften, und beschloss, meine anderen Pläne sausen zu lassen und hier bei ihm zu bleiben, denn hier gehörte ich hin.

Wir liebten uns in dieser Nacht in dem Bett, das Connelly sich sonst mit seiner Frau teilte. Ich fragte nicht, ob Roxanne und er noch Sex hatten. Am nächsten kam ich dem Thema, als ich einmal fragte, ob er nicht Angst hätte, dass sie meinen Geruch an ihm entdecken könnte, und er antwortete: »Dazu kommt sie mir nicht nah genug.« Seiner Aussage zufolge war ihre Ehe am Ende. Mehrmals waren sie kurz davor gewesen, sich zu trennen, aber nie war es der richtige Zeitpunkt. Obwohl er es nicht ausdrücklich sagte, verstand ich ihn so, dass sie aus finanziellen Gründen zusammenblieben. Er hatte nur einen Teilzeitjob beim *Citizen,* und das Geld, das er mit seinen Büchern verdient hatte, war weg. Die Dozentenjobs waren rar und selten und wurden ihm von Roxanne verschafft. Mit der Komplexität einer langen Ehe kannte ich mich nicht aus, aber ich wusste, was es bedeutete, wenn finanzielle Realitäten die eigene Entscheidungsfreiheit einschränkten.

Ich schlief ein und träumte, dass ich im Seminarraum 203 war. Alles sah genauso aus wie immer, nur saß am Kopfende des Tischs Abe auf Connellys Platz. Wir besprachen meine Geschichte über das Rosen's, und Abe fragte mich, was ich mit einer bestimmten Bemerkung über ihn gemeint hatte. Ich versuchte zu antworten, doch mein Mund fühlte sich an wie ein verstopfter Abfluss. Ich griff hinein und zog meterweise dicken weißen Stoff heraus.

Dann schreckte ich hoch. Connelly schlief, schnarchte mit dem Arm über dem Gesicht. Ich ging auf Zehenspitzen ins Badezimmer und spritzte mir kaltes Wasser auf den Hals. Ich zog an meinen Wangen, dehnte die Haut unter den Augen, die dünne Haut, die ich laut meiner Mutter nur mit den Ringfingern berühren sollte, eine Angewohnheit, die ich nie mehr loswerden sollte. Der Badezimmerschrank war wie alle Badezimmerschränke, die ich je untersucht hatte, und davon gab es viele – eine Flasche Franzbranntwein, Erkältungsmedizin, eine Pinzette. Unter dem Waschbecken eine weitere typische Ansammlung: Toilettenpapier, Bittersalz, ein Durcheinander von Verbandsmaterial. Ich inspizierte die Seifenschale mit dem Schmuck und nahm einen Ohrstecker heraus, Bernstein auf einem silbernen Stift. Ich hielt ihn einen Augenblick in die Höhe, legte ihn dann zurück und verließ das Bad.

Im Mondschein sah das Wohnzimmer schöner aus, alle Ecken und Kanten waren geglättet. Ich durchstöberte die auf einem Beistelltisch gestapelten Bücher, Dostojewski und Tim O'Brien, eine abgewetzte Ausgabe von *Harper's*, ein halb fertiges Kreuzworträtsel. Ich öffnete Schubladen, hob Kissen und Vorhänge an. In einer Schublade fand ich einen Umschlag mit Fotos aus London – Connelly und Roxanne mit einer Gruppe fröhlicher Studenten, darunter Daria. Auf einem saßen Connelly und Daria in einem englischen Pub, Schulter an Schulter; alle schauten in die Kamera, nur sie hatte den Blick auf ihn gerichtet.

Ich legte die Fotos zurück und trat zum Bücherregal. Ich wusste nicht, wonach ich suchte, aber irgendwas suchte ich. Es war nicht nur die Diebin in mir. Etwas Intimeres als diese unmittelbare Nähe zum Materiellen gab es nicht. Ich stellte mir vor, wie Connelly das Gleiche bei mir zu Hause tat, wie er in den Bücherregalen stöberte, meine Wäscheschublade durchwühlte, meine Tagebücher, das Geheimversteck im hinteren Teil meines Schranks. Ich hätte ihm atemlos zugeschaut.

Irgendwo in der Ferne bellte ein Hund, dann noch einer. Ich zog die Bibel mit Connellys Initialen heraus und dann auch die dahinter. Als ich sie aufschlug, flatterte etwas auf den Boden – ein Gänseblümchen, das zwischen die hauchdünnen Seiten gepresst war. Ich hob es vorsichtig auf, wobei die Blütenblätter in meiner Hand zu zerbröseln drohten, und legte es zurück ins Buch. Dann entdeckte ich das Foto, tief in den Seiten der Bibel versteckt, die ihrerseits hinter der anderen Bibel verborgen gewesen war. Wer auch immer es dort hingelegt hatte, wollte nicht, dass man es fand. Man musste kein Dieb sein, um das zu erkennen.

Ich drehte es langsam um und ließ meinen Blick einen Moment verschwimmen, bevor ich ihn wieder fokussierte. Die Hunde draußen bellten noch immer, höflicher jetzt: Jeder wartete, bis der andere fertig war, bevor er wieder loslegte. Auf dem Foto saß ein Mädchen im Schneidersitz auf dem Rasen. Sie trug einen blassrosa Hoodie, den sie bis zum Kinn hochgezogen hatte, und auf dem blonden Haar einen Kranz aus Gänseblümchen. Obwohl ich sie seit Jahren nicht gesehen hatte, erkannte ich sie sofort, es war Elizabeth McIntosh, die Studentin, die Debra und ich aus Dr. Cushmans Büro hatten kommen sehen und die ein paar Tage vor ihrem Abschluss im Krankenwagen abtransportiert worden war. Dahinter erkannte ich eine Hütte, Connellys Hütte, über die ich im *Time Magazine* gelesen hatte.

Wieso besaß Connelly ein Foto von Elizabeth McIntosh? Und wann war sie in seiner Hütte gewesen? Ich versuchte, mir alles in Erinnerung zu rufen, was ich über Elizabeth wusste. Hübsch, ruhig, Hauptfach Anglistik, eine von denen, die alles gelesen hatten. Kelsey hatte gesagt, ihre Eltern seien schrecklich gewesen. Ein Bruder war im Internat gestorben. In dem Jahr hatte sie so viele Möhren gegessen, dass sich ihre Haut orange färbte. Auf ihren Armen hatte sich eine dünne Flaumschicht gebildet, mit der ihr Körper versuchte, Wärme zu speichern. Wir hatten beobachtet, wie sie mit ihren rissigen Händen aß, gerade genug, um einen weiteren Tag zu überleben, angewidert, aber auch merkwürdig fasziniert von der Disziplin, die man brauchte, um sich zu Tode zu hungern, und der seltsamen Schönheit, die sie einem verlieh.

Ich sah mich im Zimmer um. Hatte Connelly sie auch hierhergebracht? Ihr eine Suppe gekocht, ihr Wein eingeschenkt? Ihr gesagt, sie sei etwas Besonderes, die Einzige? Erneut betrachtete ich das Foto, und dieses Mal sah ich mir die Hütte genau an. Sie lag in einer entlegenen Ecke New Hampshires, wo keine Straßen hinführten und sich keine Menschen hin verirrten. Die Hütte, in der er geschrieben und getrunken, mit der Faust ein Fenster zertrümmert hatte und um ein Haar verblutet wäre. Ich stellte mir Elizabeth dort vor, wie sie Gänseblümchen für ihren Blumenkranz pflückte und Connelly von einem Adirondack-Stuhl aus zusah, wie sie auch für ihn einen bastelte. Dann stellte ich mir vor, wie sie in Connellys Bett lag, wie seine großen Hände über ihren geschundenen Körper glitten. Ich erinnerte mich an den Tag, als der Krankenwagen kam und die Sirenen die Stille auf dem Campus zerrissen. Wir hatten nicht mitbekommen, wie Elizabeth in den Krankenwagen gelangte. Konnte sie gehen? Wurde sie getragen? War sie allein? Ich ließ mich ins Sofa zurücksinken. Wie viele Mädchen waren es gewesen, fragte ich mich? War ich nur eines von vielen, wie ich vermutete? Und warum ich? Warum Elizabeth? Ich hatte Connelly geglaubt, als er mir erklärt hatte, ich hätte Talent, aber vielleicht war es meine Schwäche, die er liebte, dieselbe Art von Schwäche, die er auch in Elizabeth gesehen hatte. Vielleicht wusste er einfach, dass wir beide gut darin waren, Geheimnisse zu wahren.

Die Hunde hatten aufgehört zu bellen. Ich hörte jetzt nur noch einen von ihnen, ein leises anhaltendes Winseln. Dann wandte ich mich wieder dem Foto zu, das mir wie eine russische Matrjoschka von Lügen erschien. Plötzlich fiel mir wieder ein, was Amos erzählt hatte, dass er Connelly im Dorfladen in der Nähe der Farm seiner Familie gesehen hatte, und auch Andys Verdacht, den ich als Unsinn abgetan hatte. Jetzt war es klar: Connelly hatte Elizabeth nicht hierhergebracht, wenn er mit ihr allein sein oder in einem richtigen Bett mit ihr schlafen wollte. Er hatte sie in seine Hütte gebracht, was er auch mit mir getan hätte, wenn nicht schon jemand anderes dort gewesen wäre.

Ich sah mir das Foto noch genauer an. Die Eingangstür der Hütte war kaum zu sehen, aber ich konnte sie gerade noch erkennen. Es war eine schwere Klöntür mit einem großen Eisenschloss, genau passend für einen rostigen alten Schlüssel.

Die Schlüssel. Wann hatte ich sie zuletzt gesehen? Im Handschuhfach in Connellys Wagen, eine Woche nachdem Tom und Igraine verschwunden waren. Ich malte mir aus, wie Connelly am Straßenrand auf sie gewartet hatte, vielleicht sogar an der Tankstelle, wo sie zuletzt gesehen worden waren, Toms rotblondes Haar unter der schmutzigen Baseballmütze, Igraine auf dem Rücksitz, mit einer Decke. Hatte Connelly ihr gewinkt, hatte er sie gefragt, wie es ihr ging? Oder hatte er ihrem Vater einfach die Schlüssel gegeben und war wieder weggefahren?

Ich würde nie sein Vertrauen missbrauchen.

Ich schaltete das Licht im Schlafzimmer an und wartete darauf, dass Connelly sich regte. Ich dachte an etwas, das meine Mutter immer gesagt hatte, wenn ich mein Lunchgeld vergessen hatte oder mit einer von der Periode blutbefleckten Hose nach Hause gekommen war. »Für ein so kluges Ding kannst du ganz schön dumm sein.«

»Isabel?«, sagte Connelly und blinzelte ins Licht. »Wie spät ist es?«

»Weißt du, wo Tom ist?« Meine Stimme war leise, kaum ein Flüstern.

»Was?« Er tastete nach seiner Uhr. »Wovon redest du?«

»Weißt du, wo Tom ist?«, wiederholte ich, dieses Mal lauter.

»Mein Gott, Isabel. Was ist in dich gefahren?«

»Andy.« Ich kriegte kaum Luft. Und ich hatte immer noch das Foto von Elizabeth in der Hand. »Er glaubt, du wüsstest, wo sie sind. Dass du ihnen hilfst.«

»Andy? Was hat der mit der Sache zu tun? Hast du ihm von uns erzählt?«

Ich schüttelte den Kopf.

Connelly stützte sich auf einen Ellbogen. »Natürlich weiß ich nicht, wo sie sind. Wie kommt er darauf? Und wieso glaubst du ihm?«

Ich dachte über alle Gründe nach, die Andy genannt hatte, aber keiner erschien mir ausschlaggebend. »Weiß ich auch nicht.«

Connelly stand auf und führte mich zu einem Stuhl am Fenster. Ich versteckte das Foto unter mir.

»O Gott, du zitterst ja.« Er kniete sich vor mich hin und schlang die Arme um meine Taille. »Immer wenn so etwas passiert, suchen die Leute einen Sündenbock. Ich weiß nicht, warum Andy ausgerechnet *mich* zum Bösewicht machen will.« Er seufzte. »Ich weiß nicht, warum Tom das getan hat, aber glaub mir – er ist sicher bald wieder da.«

»Glaubst du das wirklich?«

»Ja, das glaube ich fest.«

Ich holte tief Luft. Als ich ausatmete, liefen mir die Tränen übers Gesicht. Connelly umarmte mich fester, küsste meine Schenkel. Trotz allem begehrte ich ihn.

»Andy hätte dich da nicht reinziehen sollen«, sagte er. »Und auch sich selbst nicht.«

»Er hat mit Joanna geredet.«

»Joanna ist außer sich, verständlicherweise. Aber warum sie das mit einem Studenten bespricht, ist mir ein Rätsel.« Er fasste mir unters T-Shirt, fuhr mit den Fingern meine Wirbelsäule entlang. »Was Tom getan hat, ist schrecklich, aber Joanna ist nicht schuldlos daran. Sie hatte schon immer Probleme mit Grenzsetzungen.«

Ich schob seine Hände weg. »Was soll das heißen?«

»Ich meine nur – es ist kompliziert.«

»Was ist kompliziert daran? Er hat seine Tochter entführt.«

Er sank zurück auf die Fersen. »›Entführt‹ ist ein ziemlich starker Ausdruck.«

»Ach ja? Wie würdest du es denn nennen?«

Er stand auf und ging zum Bett zurück. Ich blickte aus dem Fenster. Auf der Terrasse lag ein aufgerollter Schlauch, der im Dunkeln aussah wie eine Schlange.

»Andy glaubt, dass Tom ihr etwas antun könnte.«

»Unsinn. Das würde Tom nie tun.«

»Überall in der Stadt hängen Vermisstenanzeigen mit ihren Fotos, Connelly. Ich glaube, wir sind über den Punkt hinaus, an dem wir wissen, was Tom tun oder nicht tun würde.«

»Auf keinen Fall würde er ihr etwas antun.«

»Das hat er bereits.«

»Du weißt, was ich meine.«

»Vielleicht sind sie tot«, sagte ich und tastete nach dem Bild unter mir.

»Hör auf, Isabel«, flüsterte er. »Sie sind nicht tot.«

»Woher willst du das wissen?«

»Ich weiß es.«

»Aber *woher*?« Ich zog das Foto hervor und hielt es in die Luft.

»Was ist das?«

»Ist das deine Hütte?«

»Wo hast du das her?«

Ich ging zu ihm hinüber und gab es ihm. Er sah es sich eine Minute lang an.

»Ja, das ist meine Hütte.«

»Und ist das Elizabeth McIntosh?«

»Wer?«

»Scheiße, Connelly. Du weißt genau, wer.«

Er sah sich das Foto erneut an. Seine Augenbrauen zogen sich leicht zusammen. »Kanntest du Elizabeth?«

»Lenk jetzt nicht ab. Sie ist es, das weiß ich.«

Er reichte mir das Foto zurück. »Ich weiß nicht, worauf du hinauswillst, Isabel, und im Übrigen gefällt mir dein Ton nicht.«

»Sind sie da? Sind sie in deiner Hütte? Verstecken sie sich da?«

Er sah mich an und senkte dann den Blick zu Boden. Ich spürte, wie etwas in die Brüche ging, so wie wenn man zum ersten Mal seine Eltern etwas fragt und sie nicht antworten können, oder man mit einer Lüge durchkommt. Der Augenblick, in dem man die Distanz zwischen sich und den anderen erkennt.

»Sag es mir.« Ich sah, wie er das Foto betrachtete und abwog, was ihn eine Lüge kosten würde und womit er so gerade noch davonkommen könnte. Vielleicht glaubte er, dass ich das Foto gegen ihn verwenden, es jemandem zeigen würde. Wem? Joanna? Roxanne? Der Polizei? Ich hatte das nicht vor, aber ich glaube, dass er sich bedroht fühlte und deshalb so reagierte, wie er es dann tat.

»Ja. Sie sind da.« Er stützte den Kopf in die Hände, als wäre er zu schwer für seinen Hals, und für einen kurzen Moment hatte ich Mitleid mit ihm. Doch dann erinnerte ich mich an Igraine, an den Geruch ihres Haars und ihr Geschrei auf der Party, als Roxanne sie von ihrer Mutter trennte. Das Mitleid verflog.

»Was ist passiert?«

Connelly wiegte den Kopf hin und her. Die Geste widerte mich an. »Was ist passiert?«, fragte ich erneut.

»Tom hat mich angerufen.«

»Wann?«

»Weiß ich nicht mehr. Vor zwei Wochen?«

»*Zwei Wochen?*«

Er sah mich an. »Isabel, bitte.« Er holte tief Luft. »Er brauchte Geld. Joanna war dabei, durchzudrehen. Er hat gesagt, dass sie auf alleiniges Sorgerecht klagen würde. Sie wollte aussagen, dass er die Kleine missbraucht hätte.«

»Hat er das?«, fragte ich, obwohl ich das gar nicht wissen wollte. Er schwieg.

»Was hast du gesagt?«

»Dass er sich für ein paar Tage in meiner Hütte verkriechen könnte, bis er sich etwas überlegt hätte. Und da ist er jetzt. Soweit ich weiß.«

»Wir müssen es Joanna sagen.«

»Nein.« Er packte mich an den Handgelenken. »Nein, Isabel. Es geht ihnen gut. Dem Mädchen geht es gut.«

»Igraine. Sie heißt Igraine.«

»Igraine geht es gut«, sagte er leise.

»Joanna muss wissen, wo sie ist! Sie ist ihre Mutter.«

»Verdammt, Isabel! Wir können es Joanna nicht sagen!« Sein Blick war wild. Er roch nach Schweiß und etwas, das ich nicht definieren konnte. »Tom weiß, dass er Mist gebaut hat. Er braucht nur noch ein bisschen Zeit, dann bringt er sie nach Hause. Versprochen.« Er hielt mich noch immer an den Handgelenken fest. Ich sah die Finger, die jeden Teil von mir erforscht hatten. Und ich hatte jeden Zentimeter dieses Mannes gesehen und kannte ihn trotzdem nicht.

»Isabel, bitte. Versprich mir, dass du nichts sagst.« Er schloss seine Hände um mein Gesicht, presste seine Knöchel gegen meine Wangenknochen. Er kannte meine Architektur, meine wunden Punkte, die Schwachstellen, an denen ich einknicken würde.

»Kann er Joanna nicht einfach sagen, wo sie ist?«, fragte ich, als er die Hand unter mein Shirt schob. »Könntest du ihn nicht bitten, das zu tun?«

»Ja«, sagte er. Er strich mir mit der Hand über die Brustwarze und küsste meinen Haaransatz. »Mach ich. Alles wird gut. Versprochen.«

Was war ein Versprechen? Nicht mehr als eine Aneinanderreihung von Worten. Ich wusste genau wie jeder andere, dass sie nicht immer etwas bedeuteten.

Ich beobachtete, wie die Schatten über die Decke huschten, als er in mir kam und aufschrie, wie er es in seinem Büro nicht tun konnte. Ich hatte ihn nicht weiter nach Elizabeth gefragt, aber es spielte keine Rolle mehr. Ich verstand, was passiert war, ich verstand auch, warum er mich am Anfang gebeten hatte, mir darüber klar zu werden, was ich wollte, meine Wünsche zu formulieren. *Damit es keine Missverständnisse gibt,* hatte er gesagt. *Weil zu viel auf dem Spiel steht.* Er hatte das Ende im Anfang gesehen, auf eine Art, wie es mir nicht möglich gewesen war. So verhielten sich Erwachsene, das wusste ich jetzt, und von nun an sollte ich die Welt genauso sehen.

Nachdem er eingeschlafen war, ging ich ins Bad und nahm den Bernsteinstecker aus der Seifenschale. Ich stellte mir vor, wie schön er an Roxanne aussah, wie goldener Honig auf ihrer blassen Haut. Mit den Jahren hatte ich gelernt zu erkennen, was Leute vermissen würden und was nicht. Dieser Ohrstecker fühlte sich genauso an wie etwas, das ihr fehlen würde, und sein einsamer Zwilling würde sie für immer daran erinnern, was sie verloren hatte. Ich schloss ihn fest in meine verletzte Hand und steckte ihn dann in die Tasche meiner Shorts. Bevor ich ging, legte ich das Foto mit der Vorderseite nach unten aufs Waschbecken. Der Heimweg kam mir im Dunkeln länger vor.

20

Sonntag. Ich verbrachte den ganzen Tag im Bett und wachte nur auf, wenn Kelsey und Debra hereinkamen. »Anstrengende Nacht?«, fragte Debra. Kelsey legte mir ihre kühle Hand auf die Stirn. Mein Kopf tat weh, meine Hände brannten und die Knie schmerzten, aber ich hatte nichts. Jedenfalls nichts, was sie in Ordnung hätten bringen können.

Die Mittagssonne sickerte durch die Jalousien und zeichnete Streifen an die Wand. Das Telefon läutete: Debras Mutter, Jason, der sich zurückmeldete, später zweimal jemand, der wieder auflegte, wahrscheinlich Andy, dachte ich, der wissen wollte, ob ich mit Connelly gesprochen hatte.

Bevor Connelly eingeschlafen war, hatte ich ihm schwören müssen, dass ich niemandem erzählen würde, was ich über Tom und die Hütte wusste.

»Du findest also, wir sollten nichts tun?«, fragte ich.

»Es ist nicht so, als würden wir nichts tun. Wir geben Tom eine Chance, das Richtige zu tun. Und das wird er, glaub mir.«

Nachdem ich den ganzen Nachmittag mit meinem Kopfkissen gekämpft hatte, schleppte ich mich ins Badezimmer. Als ich mir die Pflaster vom Knie abzog, schlug die Uhr am Glockenturm fünf Mal. Inzwischen hatten sich blaue Flecken gebildet, wie Kontinente unter der

Haut. Das Telefon klingelte erneut, und ich überlegte, ob ich abheben und Andy alles erzählen sollte. Joanna anrufen und die Polizei verständigen? Oder gar nichts tun? Ich schloss die Augen und ließ dieses Gefühl des Nichtstuns sacken. Es fühlte sich gut an. Nichts fühlte sich gut an.

Dann kam mir eine Erinnerung, so klar wie ein Bergsee. So war es immer; kaum glaubte ich, alle Erinnerungen an meine Mutter durchgegangen zu sein, tauchte eine neue auf wie Gischt auf den Wellen des Meeres.

»Das ist das Tolle am Stricken«, erklärte sie. Sie hatte ihr Haar zu einem losen Knoten im Nacken geschlungen. »Man kann immer wieder von vorn anfangen.«

Das Tolle?, dachte ich. Wochenlang hatte ich an dem Pullover gestrickt, ein kompliziertes Strickmuster, Maschen zunehmen, Maschen abnehmen, Umschläge. Irgendwann war unterwegs etwas schiefgelaufen, und ich fand den Weg nicht mehr heraus.

Meine Mutter beugte sich vor und inspizierte meine Arbeit. »Du musst es wieder aufribbeln. Bis hierher.« Sie zeigte auf eine Stelle knapp über dem Bund.

»Bis dahin?«, jammerte ich. »Dann kann ich es ja gleich ganz auseinandernehmen!«

Sie hielt inne und sah mich über die Brille hinweg an. »Ja. Das könntest du auch.«

Ich tat, was sie vorschlug, und beschwerte mich die ganze Zeit. Aber sie hatte recht, wie Mütter oft recht haben, vor allem in Zeiten, in denen wir am wenigsten auf sie hören wollen: Beim Stricken kann man immer wieder von vorn beginnen, im Leben nicht. So etwas wie einen Neuanfang gibt es nicht. Wir nehmen unsere Entscheidungen mit uns, egal wie sehr wir uns wünschen, sie hinter uns lassen zu können.

Ich betrachtete mein Gesicht im Badezimmerspiegel. Elaine hatte recht: Mit jedem Tag sah ich meiner Mutter ähnlicher.

Ich war nicht sicher, wo ich hingehen würde, aber ich ließ mir Zeit, als ich mich fertig machte. Schließlich entschied ich mich für eine kurzärmlige Button-Down-Bluse, khakifarbene Shorts und ein Paar goldene Ohrstecker. Ich bürstete mein Haar, trug Lipgloss auf und tupfte ein wenig Parfüm hinter jedes Ohr. Ich suchte die Uhr meiner Mutter, fand sie aber nicht und stellte mir vor, wie sie auf dem Boden von Connellys Badezimmer lag, zwischen Kloschüssel und Waschbecken, und da kamen mir die Tränen, weil ich schon jetzt wusste, dass ich sie nie zurückbekommen würde.

Erneut klingelte das Telefon. Diesmal beschloss ich, ranzugehen. Wenn es Andy war, würde ich ihm sagen ... tja, ich war mir nicht sicher, was ich ihm sagen würde.

Doch es war nicht Andy. Es war Abe.

»Isabel? Alles in Ordnung?«

»Yeah, alles gut hier.« Ich war erleichtert, seine Stimme zu hören. Abe ging die Details seiner bevorstehenden Reise mit mir durch. Er hatte ein Zimmer in einem Motel am Highway gefunden, nichts Großartiges, aber okay. Sollten wir für Samstagabend einen Tisch reservieren? Und brauchte er ein Jackett für den Brunch, zu dem Kelseys Eltern am Sonntag eingeladen hatten?

»Du hörst dich aber gar nicht gut an«, sagte er, als ich nur einsilbig antwortete.

»Ich weiß nicht. Ich glaube, ich hab einen schlechten Tag.« Und dann brach ich zu meiner Überraschung in Tränen aus.

»Isabel, was ist los?«

»Ich glaube, ich habe einen Fehler gemacht, Dad.«

»Okay.« Er klang nervös. »Willst du mir davon erzählen?«

»Kann ich nicht.«

Abe holte tief Luft. Im Geist sah ich vor mir, wie er in seinem Büro im hinteren Teil des Ladens saß, dem Laden, den er jeden Tag aufschloss und abschloss, wieder aufschloss und abschloss. Sah den Schreibtisch, an dem er saß und seine Umsätze durchging, festhielt, was er eingenommen und ausgegeben hatte.

»Tja«, sagte er, »also, wenn ich glaube, dass ich einen Fehler gemacht habe, frage ich mich als Erstes, ob es etwas ist, das ich wieder in Ordnung bringen kann. Wenn das nicht möglich ist, frage ich mich, ob ich damit leben kann.«

»Und wenn es etwas ist, mit dem du nicht leben kannst?«

»Dann gehe ich einen Schritt zurück und stelle mir die erste Frage noch einmal.«

In der Stadt gab es eine Straße mit dem Namen Memory Lane. Es klingt wie ein Witz, wie etwas, das sich der Alumni-Verband ausgedacht hat, um Nostalgie zu schüren, aber das stimmt nicht: Schon auf Stadtplänen aus den 1890er Jahren sieht man, wie die hufeisenförmige Straße – passenderweise eine Sackgasse – senkrecht zur Main Street verläuft. Bei Klassentreffen kamen ehemalige Absolventen in Scharen für ein Wochenende nach Wilder und ließen sich vor dem Straßenschild fotografieren, mit ineinander verschlungenen oder über die Schultern gelegten Armen, wie Schiffbrüchige, die sich aneinanderklammern. Wir machten uns gern über sie lustig, diese zumeist dickbäuchigen Männer mittleren Alters, die ihre Jugend wiederbeleben wollten. Manchmal riefen sie uns etwas zu, wenn wir an ihnen vorbeirannten, fragten, ob wir Spaß hätten, ob wir Wilder so sehr liebten wie sie und jede Minute genossen. Sobald sie außer Hörweite waren, prusteten wir vor Lachen und versprachen einander, nie so uncool zu werden wie sie. Aber natürlich würden wir genauso werden. Wir hatten keine Ahnung, was Pathos und der Sog der Vergangenheit anrichten konnten. Der Stachel des Bedauerns. Die Memory Lane interessierte uns nicht, weil wir nicht an Erinnerungen glaubten. Wir glaubten ans Jetzt.

Auf dem Weg zum Grand Union, dem großen, hell erleuchteten Supermarkt am Ende der Main Street, begegnete ich niemandem, der Fotos machte. Kalt wie eine Tiefkühltruhe und groß wie ein Kongresszentrum war das Grand Union so weit von Rosen's Appetizing entfernt, wie es nur ging. Immer wenn ich Connelly sagte, dass kein Mensch ein Buch über den Laden meines Vaters lesen wollte, dann wegen solcher Einkaufszentren, wo niemand die Lebensmittel in die Hand nahm, aufschnitt oder abwog, wo alles in Packungen steckte, die genau in die braunen Einkaufstüten passten, wo das Essen einem nicht die Hände schmutzig machte oder einen Geruch auf der Haut hinterließ. Ich schlenderte durch die breiten Gänge an Packungen von Lender's Bagels und Philadelphia Frischkäse vorbei und dachte aus irgendeinem Grund an Lauren Fishman, Barbaras Tochter, das Mädchen mit der Reifenschaukel und dem Kinderspielzimmer, das Mädchen, dessen Leben ich mir mit acht Jahren so sehr gewünscht hatte. Nur vergaß ich manchmal, dass Lauren Fishman schon lange tot war. Eine allergische Reaktion auf

Erdnüsse, oder hatte eine Biene sie gestochen? Ein paar Jahre später hatten Barbara und Stanley sich scheiden lassen. Für Ehepaare war es schwer, den Tod eines Kindes zu verkraften, hatte Mom mir damals erklärt. Ich dachte immer an Lauren, wenn ich das Gefühl haben wollte, dem Schicksal ein Schnippchen geschlagen zu haben, als hätte ich irgendwie das Leben verdient, das ihr verwehrt geblieben war, weil ich nicht mit ihr getauscht hatte. Oder war ich von Anfang an zum Leben, Lauren dagegen, Erdnüsse hin, Bienen her, zum Sterben bestimmt gewesen? Wie auch immer, ihr Leben war eins, von dem ich dachte, dass ich es hätte haben wollen, und jetzt war es vorbei. Also Obacht bei dem, was man sich wünschte und so weiter. Doch anscheinend hatte ich meine Lektion nicht gelernt. Ich hatte nie aufgehört, mir Dinge zu wünschen, die mir nicht gehörten.

Schließlich fand ich, was ich suchte: die Vermisstenanzeige an der Pinnwand hinter der Kasse im vorderen Teil des Ladens. Die Gesichter von Tom und Igraine sahen mich an, und dieses Mal erwiderte ich ihren Blick. Draußen brannte die späte Nachmittagssonne auf die schmale Linie der Kopfhaut, wo mein Haar gescheitelt war. Ich ging zum Münztelefon an der Ecke, steckte eine Münze in den Schlitz und wählte die Nummer, die ich mir auf die Hand gekritzelt hatte. Das Telefon klingelte, und ich dachte daran, wie der Rabbi meiner Großmutter an Jom Kippur vor die Gemeinde getreten war und eine volle Tube Zahnpasta auf eine Plastikplane gedrückt hatte. »Es gibt Dinge, die man nicht zurücknehmen kann«, sagte er. »Das ist der Augenblick, in dem man Gott um Vergebung bitten muss.«

Dies war vielleicht nichts, das ich wieder in Ordnung bringen, aber auch nichts, womit ich leben konnte.

Die Welt geht nicht davon unter, dass man die Wahrheit sagt.

Das Telefon klingelte noch zweimal, dann nahm eine Frau ab, und ich erzählte ihr, was ich wusste.

Danach ging alles ganz schnell.

Wenige Stunden nach dem anonymen Hinweis wurde die Bundespolizei zu einer Hütte in der Nähe der kanadischen Grenze beordert, wo sie Igraine fand. Das kleine Mädchen lag zusammengekauert in einem Schlafsack, mit dem Wenigen, was von ihrem Proviant übrig geblieben war, stark dehydriert, aber lebend. Offensichtlich waren sie schon eine ganze Weile in Connellys Hütte gewesen – die Polizei fand Taschenlampen und Decken, eine Kochplatte und ein Transistorradio. Als die Beamten Igraine nach ihrem Vater fragten, sagte sie, er sei losgegangen, um Brennholz holen. »Wie lange ist das her?«, fragten sie. »Viermal schlafen.«

Sie brauchten mehrere Tage, um Tom zu finden. Die Gegend um die Hütte war dicht bewaldet, und da es vor kurz zuvor geregnet hatte, war der Boden weich und tückisch. Er war nicht weit gekommen; man fand seine Leiche am Grund einer Schlucht, nur eine Meile von der Hütte entfernt. Ob er ausgerutscht oder gesprungen war, ließ sich nicht sagen; eine Autopsie ergab keinerlei Anzeichen für Drogen oder Fremdverschulden, nur dass Tom an den Verletzungen gestorben war, die er sich bei dem Sturz zugezogen hatte.

Das meiste davon erfuhr ich erst später, als ich schon wieder in New York war. Während ich Listen von One-Woman-Shows und Coverbands für *Get Out!* zusammenstellte, verfolgte ich den Fall auf der brandneuen Website des *Daily Citizen*. In den Nachrichten wurde kaum über Igraine berichtet, was mich nicht überraschte. Bestimmt versuchte Joanna, ihre Tochter vor den Blicken Außenstehender zu schützen, die neugierig auf das kleine Mädchen waren, das überlebt hatte. Von Andy erfuhr ich, dass Igraine ein paar Tage im Krankenhaus verbracht hatte, aber größtenteils unversehrt war. Das einzige Foto, das ich aus dieser Zeit von ihr sah, war während Toms Gedenkfeier aufgenommen worden, die im Sommer in einem Versammlungshaus der Quaker stattfand. Darauf hält Joanna ihre Tochter an einer Hand und klammert sich mit der anderen an jemandes Arm, als ginge es um ihr Leben. Ich sah mir die Aufnahme genau an, es war Roxanne.

Was Tom betrifft, so konnte ich trotz allem einfach nicht glauben, dass er Igraine sich selbst überlassen hatte. Am Ende glaubte ich – entschied ich mich, zu glauben –, dass sein Tod ein Unfall gewesen war. Eins aber stand fest: Hätte die Polizei sie nicht rechtzeitig gefunden, wäre Igraine gestorben. Sie hätte sich auf der Suche nach ihrem Vater in den Wäldern verirren können oder wäre verhungert, weil sie nicht genug zu essen und zu trinken hatte. Ich dachte nicht allzu viel darüber nach, auch nicht über die Rolle, die ich bei ihrer Rettung gespielt hatte. Erst später, gegen Ende des Frühjahrs, nachdem ich Wilder schon verlassen hatte und die Berichterstattung nach der Veröffentlichung des Abschlussprotokolls zunahm, ehe sie wieder abflaute und im Sande verlief, gestattete ich mir, an Igraine zu denken, immer am Ende des Tages, wenn die späte Nachmittagssonne wie ein Leuchtfeuer über meinen Schreibtisch wanderte. Und dann dachte ich häufig auch daran, Connelly anzurufen. Einmal wählte ich sogar die ersten sechs Ziffern seiner Nummer, bevor mir bewusst wurde, dass ich das nicht tun konnte. Es fühlte sich an wie die Träume, die ich nach dem Tod meiner Mutter hatte. Das Telefon klingelte, und sie war dran. »Wo warst du?«, fragte ich sie dann. »Ich muss dir so viel erzählen.« Und berichtete ihr alles, was sie verpasst hatte. Natürlich konnte ich Connelly unmöglich anrufen. Nach dem, was ich getan hatte, redete ich nie wieder mit ihm – und er nie wieder mit mir.

Unsere letzten Tage in Wilder waren hektisch, voll mit Abschlussprüfungen, Packen und Besuchen bei Kinko's, wo wir unsere Abschlussarbeiten drucken und binden ließen. Die Anglistik-Fakultät ehrte Jason und Andy für ihre Arbeit bei *The Lamplighter*, und es gab einen Empfang für die Kunststudenten, bei dem eins von Kelseys Fotos ausgestellt wurde. Und dann, ein paar Tage vor der Abschlussfeier, eine Zeremonie, bei der man Debra für ihren Beitrag zum Leben der Frauen auf dem Campus auszeichnete.

»Völlig absurd«, sagte sie und warf die Plakette in den Müll, als wir zu Hause waren. »Die sind doch heilfroh, mich loszuwerden.« Ich freute mich für meine Freunde und ließ mich von der Aufregung um ihre Auszeichnungen mitreißen, obwohl ich selbst leer ausging. Andy gewann den Exzellenz-Fakultätspreis für Kreatives Schreiben, und Amos Jacksons Arbeit über seinen Urgroßvater erhielt das Prädikat »Herausragende Abschlussarbeit«. Ich war enttäuscht, aber nicht überrascht. »Für dieses Gefühl müsste es ein Wort geben oder zumindest einen deutschen Ausdruck, aber was soll's«, sagte ich zu Debra, als wir eines Nachmittags im Zimmer packten. »Es ist nicht so wichtig. Ich bin einfach nur froh, dass ich es geschafft habe.«

Debra warf ein Paar Stiefel in eine Kiste mit der Aufschrift *Mehr Mist*. Sie hatte ein Blow-Pop im Mund. »Das liegt daran, dass du dich mit den Krümeln begnügst, Isabel, und meinst, du verdienst nur die Reste. Ich bin gespannt, was du machst, wenn dir klar wird, dass du einen Platz an dem verdammten Tisch verdienst.«

Kelsey erzählte ich nie, was in diesem Frühjahr passiert war, aber ich erzählte es Debra. Nach ihrem Abschluss zog sie nach Kalifornien, studierte Akupunktur und spielte mit dem Gedanken, Therapeutin zu werden. Am Ende wurde sie Anwältin. Sie lebte eine Zeit lang in Mexiko, wo sie Luis kennenlernte. Die beiden zogen mit ihrer Tochter Anka nach New York, und dort fiel mir auf, dass sie mittlerweile sanfter geworden war. Eines Abends erzählte ich ihr die Geschichte, während wir auf dem Babymonitor Anka beim Schlafen zusahen. Ich erzählte sie schlicht und ungeschönt, angefangen bei der Senior-Mingle-Party bis zum bitteren Ende, oder dem, was ich dafür hielt. Debra hörte nachdenklich zu, ohne zu urteilen oder nachzuhaken. »Es tut mir leid, dass du das durchmachen musstest«, sagte sie, als ich fertig war. »Es tut mir leid, dass ich dir keine bessere Freundin war.« So wie sie es sagte, fand ich, dass sie am Ende vielleicht doch eine gute Therapeutin geworden wäre.

Doch vor alledem kam noch die Abschlussfeier.

Am Samstagnachmittag traf ich mich vor dem Buchladen mit Abe. Er wirkte ein bisschen fehl am Platz, wie er da unter einer grün-weiß gestreiften Markise auf der Bank saß und die *New York Post* las. Er trug eine khakifarbene Hose, die ich noch nie an ihm gesehen hatte, und einen dunkelblauen Pullover.

Ich umarmte ihn kurz. »Wo hast du geparkt?«

»Am Supermarkt. War ganz schön schwer, einen Parkplatz zu finden. Die Stadt ist proppenvoll.«

Wilder zeigte sich von seiner besten Seite, alles war gepflegt und sauber, alles herausgeputzt für den Besuch. Bis zum Abendessen war noch Zeit, daher führte ich Abe durch den Campus: die Bibliothek, das Studentencenter, den Informationsschalter, an dem ich so viele Stunden gehockt hatte. Es war aufregend und unbefriedigend zugleich, Wilder auf diese Weise zu sehen: als hörte man sich das Greatest-Hits-Album seiner Lieblingsband an. Die Songs waren großartig, aber ohne die B-Seiten und die Liner Notes fehlte etwas. Die meisten jüngeren Jahrgänge waren bereits nach Hause gefahren, und die wenigen, die noch da waren, mieden uns ältere wie ein Virus, das sie sich einfangen könnten. Ich beneidete sie bereits darum, wie sie sich auf dem Campus bewegten, mit diesem Besitzanspruch, der mir gerade entglitt.

Um fünf Uhr wehte vom Glockenturm eine extra lange Reihe von Songs herüber – die Alma Mater, »Auld Lang Syne«, Aerosmiths »I Don't Want to Miss a Thing« –, und ich musste daran denken, wie ich als Highschool-Schülerin Wilder zum ersten Mal in Augenschein genommen hatte. Es war einer dieser herrlichen Frühlingstage, die unweigerlich am Ende eines langen Winters kamen. Alle Welt war auf den Beinen, fuhr Fahrrad, joggte oder glitt auf langen, dünnen Skiern die Straße entlang – Trainingsskier für den Langlauf, wie ich erfahren sollte, der sich vom Abfahrtsski unterschied, wie ich ebenfalls erfahren sollte. Abe, der dasselbe sah wie ich, drehte sich zu mir um und sagte: »Bist du sicher, dass dies der richtige Ort für dich ist?«

Unsere Führerin an diesem Tag war eine überfreundliche Studentin mit grün-goldenem Wilder-Sweatshirt und einer Trainingshose, die beim Gehen leise raschelte. Ich erhaschte in einem Fenster einen Blick auf mein Spiegelbild. Meine Klamotten – Motorradstiefel, zerrissene 501er – waren hier völlig fehl am Platz, und ich schwor mir, sie nie wieder anzuziehen. Ich war siebzehn und dachte, mein Leben sei vorbei. Aber hier witterte ich eine Möglichkeit. Es gab andere Lebensweisen. Es gab andere Menschen, in die ich mich verwandeln konnte.

Auf dem Rückweg in die Stadt am Abend vor der Abschlussfeier schauten Abe und ich beim Arts Center vorbei, wo die Tunemen ein improvisiertes Konzert gaben. Als Bo auf der Bühne nach vorn trat, um sein Solo in »Oh, What a Night« zu singen, winkte ich ihm zu, aber er reagierte nicht. Seit der Knutscherei im Keller von Gamma Nu hatten wir nicht mehr miteinander gesprochen. Es war nur ein paar Wochen her, aber mir kam es vor wie eine Ewigkeit. Später, als wir anfingen, miteinander auszugehen, zog er mich damit auf: Wochenlang hatte er sich nach mir verzehrt, und ich hatte ihn einfach ignoriert. Es sei die beste Darbietung eines Sich-rar-machens gewesen, die er je beobachtet habe, behauptete er und erwähnte es sogar in seinem Toast bei unserem Probeessen vor der Hochzeit. Aber an diesem Nachmittag konnte ich sehen, wie verletzt er war. Ich hatte irgendwie ein schlechtes Gewissen, aber das war mir kaum wirklich bewusst, weil ich wegen so vieler Dinge ein schlechtes Gewissen hatte.

Nach dem Konzert der Tunemen gingen Abe und ich essen. Unterwegs kamen wir an einer Bronzebüste vor dem Zulassungsgebäude vorbei. Einer Tradition von Wilder zufolge sollte man jedesmal, wenn man daran vorbeikam, ihre Nase reiben. Das brachte angeblich Glück.

»Komm, reiben wir ihre Nase«, sagte Abe.

»Wirklich?« Ich war nicht sicher, ob ich das jemals getan hatte, außer vielleicht ein- oder zweimal im ersten Studienjahr.

»Warum nicht? Ein bisschen Glück können wir doch gebrauchen, oder?« Unsere Hände berührten sich, als wir gleichzeitig nach ihrer Nase griffen.

Wir hatten einen Tisch in einem Nahost-Restaurant reserviert. Es war der Abend vor der Abschlussfeier; die meisten Restaurants waren seit Monaten ausgebucht. Kelseys Eltern hatten sich ihre Reservierung im Wilder Inn schon im ersten Semester gesichert. Abe und ich wurden zu einem Tisch im hinteren Bereich geführt. Sofort spürte ich so etwas wie Verbundenheit mit den Leuten dort, die vermutlich genauso lebten wie wir: abseits des grenzenlosen Optimismus in die Zukunft und die Wohltaten, die sie zweifellos für uns bereithielt.

»Ihr werdet die Wohnung also nehmen?«, fragte Abe, nachdem der Kellner unsere Bestellung aufgenommen hatte.

Am Tisch neben uns spielte ein Junge mit orangefarbener Brille Tic-Tac-Toe mit einer Frau in einem bunt glänzenden Sari.

»Yeah. Du hast gesagt, sie sei okay.«

»Sie ist okay. Ich mache mir nur Sorgen, dass das Geld nicht reichen wird. Dieser Job bringt nicht viel nach Abzug der Steuern.«

»Kelsey und ich haben abgemacht, dass ich weniger zahle, weil mein Zimmer kleiner ist.«

»Es ist winzig. Und es ist ja nicht nur die Miete, Isabel – Strom, Heizung, Krankenversicherung kommen noch dazu.« Die Raten für den Studienkredit erwähnte er nicht. Bei meinem Treffen mit dem Sachbearbeiter hatte ich erfahren, dass ich ab Januar 175 Dollar im Monat zurückzahlen musste. Und das für die nächsten zehn Jahre. Damals war das eine Summe, die ich nicht einordnen konnte, aber es sollte sich herausstellen, dass es genau das war, was mich davon abhalten würde, mit Kelsey und Jason essen zu gehen, mir ein neues Paar Stiefel oder eine Handtasche zu kaufen. Mit anderen Worten, genau die Summe, die mich daran hinderte, mein Leben in der Stadt zu genießen.

»Ich dachte, wir wären uns einig, dass ich es schaffen kann, solange ich sparsam bin«, sagte ich.

»Du wirst mehr als sparsam sein ... du wirst zaubern müssen.« Er riss ein Stück von seinem Fladenbrot ab. »Benji wohnt noch zu Hause. Das Pendeln von Crown Heights ist schrecklich, aber so spart er wenigstens Geld.«

»Du meinst, ich sollte lieber zu Hause wohnen?«

»Nein. Es ist nur ... diese schicken Jobs, Isabel. Sie sind was für reiche Mädchen wie deine Freundinnen. Ich weiß, ich weiß, du willst Schriftstellerin werden, aber der Weg dahin ist steinig.«

Ich sah, wie er eine Zitrone in seinen Drink auspresste. Wieso kommt er jetzt damit, fragte ich mich, jetzt, nachdem ich mich endlich dazu durchgerungen habe, die Wohnung und den Job zu nehmen, und damit jede Hoffnung zerstört habe, hier bei Connelly zu bleiben? Ich dachte an »Dies jugendliche Herz«. Würde ich es ohne seine Hilfe jemals beenden können? Abe hatte recht, der Weg dorthin war steinig, und das hatte er nun einmal mehr klargemacht, obwohl es überhaupt nichts brachte.

Wir schwiegen, bis der Kellner unsere Vorspeisen servierte. Dem Jungen am Nebentisch war seine Tic-Tac-Toe-Partnerin abhandengekommen. Ich sah zu, wie er große schwungvolle Spiralen auf die Papiertischdecke zeichnete.

»Tut mir leid, wenn ich deinen Erwartungen nicht entspreche«, sagte ich und biss in ein Stück Broccoli. Es schmeckte verbrannt und bitter, wie Tränen.

»Was redest du denn da?«

»Hörst du dir eigentlich manchmal selbst zu? Ständig sprichst du davon, wie gut sich die anderen schlagen, Casey Hurwitz, Jeffrey Greenbaum ...«

»Jeffrey Greenbaum ist ein Schwachkopf.«

»Na ja, immerhin jetzt Doktor Schwachkopf. Sogar Benji ist so vernünftig und klug und wohnt zu Hause, um Geld zu sparen. Und ich? Ich nehme einen blöden Job an, den ich mir gar nicht leisten kann, und verfolge einen Traum, der nie wahr werden wird. Du glaubst nicht an mich, so wie du auch nie an Mom geglaubt hast.«

Ich hatte ihn verletzt. »Es tut mir leid, dass du so denkst. Ich wollte dich nicht .... Deine Mutter war eine große Künstlerin.« Ich verdrehte die Augen. »Nein wirklich, das war sie. Sie meinte immer, ich hätte ihr im Weg gestanden, und vielleicht stimmt das sogar. Aber in Wahrheit hat sie nie an sich selbst geglaubt. Ich weiß nicht, wie man Schriftsteller wird. So ein Leben habe ich mir für mich niemals vorgestellt, und ich habe keine Ahnung, wie man das schafft. Aber ich will nicht, dass du wie deine Mutter wirst, mit Träumen, die nicht wahr werden. Oder wie ich, der niemals Zeit für Träume hatte.«

Der Kellner kam und füllte unsere Wassergläser auf. »Kannst du dich an das Spiel erinnern, das wir immer gespielt haben?«, fragte Abe, als er weg war. »Wie klein ist Isabel?«

Ich nickte. Ich erinnerte mich an das Spiel, das ich als Kind mit meinen Eltern gespielt hatte. Es war eine Art Versteckspiel, bei dem ich mich so klein wie möglich irgendwo verkroch und wartete, dass meine Eltern mich fanden. Es fing an, als ich noch ein Baby war. Meine Mutter hatte nach mir sehen wollen, und meinem Vater zufolge war sie schreiend zurückgekommen. »Abe! Sie ist weg!« Sie hatten überall nach mir gesucht – im Schrank, im Badezimmer, sogar auf der Feuerleiter, bis Abe mich schließlich in eine Ecke des Kinderbettchens verkeilt unter einer Decke fand. Nachdem er meine Mutter überredet hatte, darüber zu lachen, wurde es Teil der Geschichte, die sie über mich erzählten. Isabel, die Zauberin! Die Shapeshifterin, die sich in ein Staubkorn verwandeln konnte!

»Das war ein verrücktes Spiel«, sagte ich und lachte.

Abe lachte nicht. »Nach einer Weile habe ich deiner Mutter gesagt, dass ich es nicht mehr spielen wollte, weil ich sah, wie du das auch getan hast, wenn wir nicht spielten. Ich weiß nicht, wie ich es erklären soll«, sagte er, »aber ich habe gesehen, wie du dich klein gemacht hast. Und das hat mir nicht gefallen.« Er stocherte in seinem Pilaw. »Es ist albern, die Schuld einem Spiel zuzuschieben, aber im Lauf der Jahre habe ich mich gefragt, ob ich dir jemals das Gefühl gegeben habe, du dürftest keinen Platz in der Welt beanspruchen. Denn das darfst du.«

»Ich weiß.«

»Wirklich?« Er schaute mir in die Augen. »Vielleicht ist es das, was ich zu sagen versuche, wenn ich über andere

Leute rede, die etwas leisten. Wenn Dr. Schwachkopf Medizin studieren kann, dann kannst du das auch.«

Der Kellner räumte unsere Teller ab. Die Gäste am Nachbartisch stießen an. »Auf unseren Absolventen!« Abe bestellte den Nachtisch – zwei Portionen, was für eine Verschwendung! Während wir unsere Mousse au Chocolat aßen, fragte ich mich, ob er deshalb gekommen war: um mir das zu sagen und sich zu vergewissern, dass ich zuhörte, wirklich zuhörte. Vielleicht hatte er es mir schon öfter gesagt, und ich hatte einfach nicht hingehört. Wieso hatte ich Connelly geglaubt, als er sagte, ich sei etwas Besonderes, und meinem eigenen Vater nicht? Im Kerzenschein des Restaurants sah ich Abe so, wie andere ihn möglicherweise sahen: als einen Mann, der frei entscheiden konnte, was er mit dem Rest seines Lebens anfangen wollte. Ich dachte daran, wie er darauf bestanden hatte, dass wir die Nase der Büste rieben. *Ein bisschen Glück können wir doch gebrauchen, oder?* Abe hatte nie eigene Träume haben dürfen, deshalb konzentrierte er sich auf meine. Es war das Einzige, was er mir geben konnte, ohne dass jemand es mir wieder wegnahm.

Als ich Abe zu seinem Auto zurückbrachte, hatte es angefangen zu regnen. Wir besprachen noch einmal in allen Einzelheiten, wo er sich am nächsten Morgen vor der Zeremonie mit Debras Eltern treffen sollte und wo wir uns alle im Anschluss daran versammeln würden.

»Übrigens«, sagte er, »hast du die Sache in Ordnung gebracht? Den Fehler, den du meintest gemacht zu haben?«

»Yeah«, sagte ich. »Hab ich. Wart mal. Ich hab hier noch was für dich.«

»Für mich?« Er wickelte das Paket aus, das ich ihm gegeben hatte. Es war der Schal, den ich gestrickt hatte, eingewickelt in die Titelseite der heutigen *Wilder-Voice*-Ausgabe. Er hielt ihn in die Höhe. Blau, gelb, grau, Wolle, Baumwolle, Polyester – ein schrilles, ausgeflipptes Flickwerk.

»Ich hatte sehr viel Wolle übrig«, sagte ich, während er ihn sich um den Hals schlang, einmal, zweimal, dreimal. Insgesamt war der Schal länger als er selbst.

»Das sehe ich«, sagte er und lachte. »Danke.«

Ich lächelte. Ein Schal war ein Projekt ohne klares Ende, daher hatte ich weitergestrickt, bis mir das Garn ausgegangen war. Die ganze Zeit hatte ich gedacht, dass ich ihn Connelly schenken würde, dabei war er von Anfang an für Abe bestimmt gewesen.

Er legte die Tüte mit den Resten unseres Essens auf den Rücksitz. »Ich mache mir nur Sorgen ums Geld, weil ich dir gern mehr gegeben hätte.«

»Hör auf. Du hast mir schon so viel gegeben.«

»Tja. Trotzdem wünschte ich, es wäre mehr gewesen.« Der Regen wurde stärker. Abe stieg ins Auto und schaltete die Scheibenwischer ein. Bevor er losfuhr, ließ er das Fenster herunter. »Wenn du wirklich schreiben willst«, sagte er, »dann wirst du eine großartige Schriftstellerin werden – das weiß ich.«

21

Drei Jahre später führte mich Abe zum Traualtar. Isabel, die mutterlose Braut, wurde von einem Mann einem anderen übergeben. Kelsey hatte mir geholfen, das Kleid auszusuchen. Es war weiß, weshalb Debra es als altmodisch und anachronistisch verspottete. Ihrer Meinung nach symbolisierte es das Patriarchat und die Unterdrückung der weiblichen Sexualität, aber mir gefiel es. Das Weiß symbolisierte einen Neuanfang, einen frischen Start, Schneetreiben, ein unbeschriebenes Blatt.

Bo Benson und ich heirateten in einem Country Club in Shaker Heights, Ohio. Für seine Familie brauchten wir zwanzig Tische, für meine nur vier. Das hätte mir eigentlich eine Warnung sein sollen. Wir stritten uns über die Formulierung der Einladungen und die Menüplanung, über Religion und Geld, natürlich Geld. Das alles ließ auf zukünftige Auseinandersetzungen schließen, aber Bo und ich waren jung, zuversichtlich und verliebt. Wir suchten beide im anderen etwas, das unsere eigenen Defizite ausgleichen sollte, klaffende Löcher, die viel zu groß waren, um gefüllt zu werden, aber wer weiß das schon mit fünfundzwanzig? Wer weiß es überhaupt?

Wir zogen in ein Zwei-Zimmer-Apartment an der Upper East Side, nicht weit weg von Kelsey und Jason. Wir gaben Dinnerpartys und kauften Duschvorhänge. Wir sprachen darüber, uns einen Hund oder vielleicht eine Katze zuzulegen, am Ende wurde es ein Baby. Während Kelsey eine Fehlgeburt nach den anderen hatte und Debra sich durch San Francisco vögelte, hatte ich eine problemlose Schwangerschaft und am Ende von neun Monaten ein hübsches pummeliges kleines Mädchen. Alice hatte zehn Finger, zehn Zehen und einen samtweichen Kopf, den ich immerzu küssen wollte. Ich hatte mich dem Optimismus verschrieben, und das war dabei herausgekommen. Würde das Leben nun immer so weitergehen? Davon war ich überzeugt.

Benji arbeitete inzwischen Vollzeit bei Rosen's, und Leon, Abes Bruder, bot an, meinen Studienkredit zu übernehmen, wenn Abe Benji als Partner für den Laden übernahm. Trotz meines schwachen Protests stimmte Abe zu, und ich war meine monatlichen Verpflichtungen los. Mittlerweile waren Bo und ich verlobt, und er hätte wahrscheinlich angeboten, meine Schulden zu zahlen, aber das ließ ich Leon machen, als Rache für die vielen, langen Dienstjahre meines Vaters, für ein Leben, das er sich nie ausgesucht hatte. Dafür hielt Benji sein Versprechen, die Reichweite von Rosen's zu vergrößern. Das Geschäft wird jetzt in mehreren New Yorker Stadtführern erwähnt, und man kann im World Wide Web Felchensalat kaufen; man kann sogar ein T-Shirt mit der Aufschrift »Rosen's Appetizing, gegr. 1920« erstehen. Doch Abe lässt sich den Erfolg nicht zu Kopf steigen. »Mir ist es egal, wie viel Geld wir haben, Isabel. Ich binde mir noch immer die Schürze um und verkaufe den Leuten ein halbes Pfund Frischkäse und eine Dose Hering.«

Bo und ich hatten Geld genug, um uns ein Kindermädchen leisten zu können. Ich arbeitete zuerst bei *Get Out!* und dann Teilzeit an der Westview Day School als Bibliothekarin oder Medienexpertin, wie meine Stellenbeschreibung später lautete. Nachmittags, wenn Alice schlief, fing ich wieder mit dem Schreiben an. Als sie drei war, veröffentlichte eine kleine Literaturzeitschrift, eine von denen, deren Honorar aus Prestige besteht, eine Kurzgeschichte von mir. Etwa um diese Zeit kam auch der Brief.

Ich hatte seit Jahren nichts von Connelly gehört. Ich wusste nicht, was er machte, nur dass er immer noch in New Hampshire wohnte und immer noch verheiratet war. Irgendwo hatte ich gelesen, dass das, was er getan hatte – Tom geholfen, Igraine zu verstecken –, eine schwere Straftat gewesen war und man ihn wegen Beihilfe zu einer Entführung hätte verurteilen können. Soweit ich wusste, war es nicht dazu gekommen, aber er lehrte nie wieder am Wilder College, und ich nahm an, dass Joanna als Leiterin der Anglistischen Fakultät etwas damit zu tun hatte. Ich fand nicht heraus, was er machte; abgesehen von ein paar Artikeln im Online-Archiv des *Daily Citizen* war er im Internet nicht präsent, aber damals suchte ich nicht besonders gründlich. Ich dachte nicht gern an diese Zeit meines Lebens zurück, an die Nachmittage in seinem Büro hinter verschlossener Tür, seine großen Hände, das Ledersofa. Gelegentlich glaubte ich, ihn in der U-Bahn-Linie 6 zu sehen, ein anderes Mal, wie er in der Third Avenue einem Taxi winkte, und einmal vor EJ's Luncheonette, wo ich oft mit Alice Pfannkuchen aß, die größer waren als ihr Kopf. Ein Musiklehrer in Westview erinnerte mich an ihn, und als Bo, Alice und ich den Sommer in Kalifornien verbrachten, hätte ich schwören können, dass ich ihn auf der Promenade von Venice Beach sah, wo er sich auf einem Fahrrad zwischen Skateboardern, Kiffern und Schlangenbeschwörern hindurchschlängelte. Als er aus meinem

Blickfeld verschwunden war, hatte ich Alice auf den Arm genommen, mein Gesicht in ihrem Nacken vergraben und mich daran erinnert, dass ich nicht mehr das Mädchen von damals war. Ich hatte es hinter mir gelassen.

Der Brief war kein Brief, sondern eine Erzählung über eine frisch geschiedene Frau, die in einer Villa in den Hollywood Hills lebt. Es ist Waldbrand-Saison, und sie muss entscheiden, ob sie sich evakuieren lassen soll oder nicht. Wir erfahren, dass sie Schauspielerin und ihr Ex-Mann ein Regisseur ist, der sie wegen eines jungen Sternchens verlassen hat. Die Schauspielerin und ihr Ex hatten keine Kinder, weil er nie welche gewollt hatte. Jetzt war das Sternchen schwanger.

Die Geschichte war nicht perfekt. Ich weiß noch, dass ich sie gern mehr gemocht hätte. Man merkt, dass Connelly nie in Hollywood gewesen war und keine Ahnung vom Filmgeschäft hatte. Einmal hatte er mir gesagt, er würde gern aus der Perspektive einer Frau schreiben, und ich fand, dass ihn das romantisch und emanzipiert machte. Erst jetzt fiel mir auf, dass er gar nicht wusste, wie das geht. Aber trotz der Mängel war es eine schöne Geschichte – die Bedrohung durch das herannahende Feuer, die Flammen, die an den Hängen lecken, das Heulen der Sirenen. Und vor diesem Hintergrund das langsame Aussieben von Erinnerungen, während die Frau durch das leere Haus wandert und entscheiden muss, was sie mitnehmen und was zurücklassen soll. Am Ende ist nicht klar, ob sie sich rettet oder stirbt, ob sie das Haus verlässt oder zurückbleibt, um in den Flammen umzukommen.

Ich setzte Alice vor eine Kindersendung im Fernsehen und las die Geschichte noch einmal. Der Umschlag enthielt weder eine persönliche Nachricht noch einen

Absender. Die Seiten waren so formatiert, dass der Text auf dem Blatt stand wie eine Mauer. Ich markierte Stellen, machte mir Notizen, unterstrich Absätze, die mir gefielen – »Autorenporno« hatten wir das in Englische Literatur 76 genannt –, aber ich wusste nicht, ob es das war, was er wollte. Ich hatte keine Ahnung, was er wollte. War es eine Botschaft, eine Warnung? War ich diese Frau, oder war sie Connelly? Oder war sie Roxanne und ich das junge Sternchen, für das er sie verlassen hatte? Aber er hatte Roxanne nicht verlassen, weder für mich noch sonst jemand. Ich fragte mich, ob er wusste, dass ich verheiratet war und ein Kind hatte. Wusste er, dass ich wieder schrieb? Wollte er mir mitteilen, dass auch er wieder damit angefangen hatte? Ich hatte »Dies jugendliche Herz« seit Jahren, seit dem Examen nicht mehr angerührt. Ich hätte nicht gewusst, wie ich es ohne ihn beenden sollte. Wusste er das auch?

Nachdem ich die Geschichte durchgegangen war, warf ich sie weg und schrieb ihm stattdessen einen Brief. Ich hätte mich gefreut, so fing ich an, von ihm zu hören, und berichtete dann, was ich alles gemacht hatte, seit wir das letzte Mal miteinander gesprochen hatten. Ich wollte kurz und geschäftsmäßig schreiben, doch dann ertappte ich mich dabei, wie ich ihm alles erzählte, von Bo und Alice, meiner Arbeit und meinem Schreiben. Ich stellte ihm nicht viele Fragen zu seiner Situation. Dann schickte ich den Brief ans Wilder College, in der Hoffnung, dort würde ihn jemand an ihn weiterleiten. Ein ganzes Jahr dachte ich, er würde versuchen, mich zu kontaktieren. Ich öffnete den Briefkasten in der Hoffnung, eine weitere Geschichte, ein Päckchen oder einen der Liebesbriefe zu finden, die er mir damals versprochen hatte. Ich kam nach Hause und rechnete damit, ihn vor meiner Tür vorzufinden. Aber er schrieb nie zurück.

Einige Wochen, nachdem ich seine Geschichte bekommen hatte, fuhr ich meinen alten Computer hoch, auf dem »Dies jugendliche Herz« gespeichert war, und machte mich an die Arbeit. Drei Jahre verbrachte ich damit, und am Ende des vierten fand ich jemanden, der die Geschichte veröffentlichen wollte. Bo war stolz auf mich, Abe begeistert. Das Buch erschien und bekam ein paar freundliche Kritiken, doch ansonsten herrschte Schweigen, was mich nicht störte, weil ich schon am nächsten Buch saß. Es hatte das bewirkt, was es hatte bewirken sollen: einen Funken gezündet, eine Tür geöffnet. Als es herauskam, schickte ich Connelly ein Exemplar, zusammen mit einem Essay, den ich für die *New York Times* über meinen Vater, Malamuds *Gehilfen* und die Parallelen zwischen Abes Geschichte und dem fiktiven Ladenbesitzer verfasst hatte, was den Umsatz des Ladens noch weiter ankurbelte. Eine Antwort erhielt ich nie. Ich schrieb einen weiteren Roman, und dann noch einen, und jedesmal schickte ich Connelly ein Exemplar zusammen mit Rezensionen und Artikeln über mich und mein Leben, meinen Mann, meine Tochter und meine Hautpflege. Er hatte immer gesagt, dass ich es schaffen würde, und jetzt war es tatsächlich so gekommen.

Etwa um diese Zeit empfand ich meine Ehe mit Bo als Druck, wie ein Paar Schuhe, das man zu klein kauft, weil es im Sonderangebot ist: Sie passen nicht wirklich, aber man kann sich das Schnäppchen nicht entgehen lassen. Bo wollte ein weiteres Baby, ich nicht, und so fing ich an, die Pille zu nehmen, ohne es ihm zu sagen. Ich spürte, wie ich in alte Gewohnheiten zurückfiel. Mich auflöste.

In dieser Zeit dachte ich immer öfter über den Waldbrand in Connellys Geschichte nach. Ich hatte die Seiten weggeworfen, deshalb war das, woran ich mich erinnerte, so etwas wie eine Frankenstein-Version dessen, was er tatsächlich geschrieben hatte, vermischt mit dem, was ich hineingelesen hatte. Ich kenne dich, hörte ich ihn im Geiste sagen. Vielleicht hast du die anderen mit deiner Luxuswohnung, deiner Vuitton-Tasche und deinem Kitchen-Aid-Mixer geblendet, aber mich kannst du nicht täuschen. Stand sein Haus in Flammen? Oder meins? Egal, ich war kurz davor, es niederzubrennen.

Als Alice neun war, hatte ich eine Affäre mit einem der Väter an ihrer Schule, einem ehemaligen Bildhauer, sehr sexy, der bei seiner Tochter zu Hause blieb, während seine Frau bei J.P. Morgan Karriere machte. Ich bumste ihn ein Jahr lang jeden Morgen, während unsere Töchter in der Pause Völkerball spielten. Ich hatte vergessen, wie gut es sich anfühlte, nicht nur der Sex, sondern auch die Geheimnisse, und fragte mich immer wieder, wie Connelly das alles hingekriegt hatte. Denn als ich erst einmal angefangen hatte, konnte ich nicht mehr aufhören. Am Ende des Jahres war meine Ehe ein Trümmerhaufen. Ich schrieb Connelly erneut und erzählte es ihm. Er hatte mich sowohl erschaffen als auch zerstört.

Jason und Bo blieben befreundet. Kelsey hielt zu mir, sie hätte mich nie im Stich gelassen, aber sie musste aufpassen, dass ihr eigenes Haus nicht mit abbrannte. Das verstand ich. Daher stützte ich mich auf Debra, die mit Luis und Anka nach New York zurückgekehrt war. Wir machten lange Spaziergänge mit Anka im Kinderwagen und redeten, während Debra sie stillte. Warum hat Connelly das getan, fragte ich sie? Warum hat er eine Bombe in mein Leben gelegt und sich dann zurückgezogen? Ich zerbrach mir den Kopf darüber, ob er mich beobachtete, ob er wusste, dass das, was er mir vorausgesagt hatte, in gewisser Weise wahr geworden war. Bis dahin hatte ich ihm mindestens ein Dutzend Mal geschrieben, und er hatte nie geantwortet. Ich hätte geträumt, dass er tot war, erzählte ich Debra. Nach allem, was ich wusste, hätte es stimmen können.

»Richte dir ein Google-Alert auf deinem Handy ein«, sagte sie und legte Anka von einer Brust an die andere.

»Ein was?«

Sie nahm mein Handy. »Hier. Gib ›R. H. Connelly‹ und ›Nachruf‹ ein, dann kriegst du eine Nachricht, wenn er stirbt.« Anka gluckste. Debra streichelte ihr die Wange. »Ich habe das für all meine ehemaligen Boyfriends gemacht.«

Die Zeiten änderten sich, oder war ich es, die sich änderte? Wir interpretierten Dinge neu, die wir als gegeben hingenommen hatten, hinterfragten die Trümmer unserer gemeinsamen Vergangenheit, und ich dachte viel darüber nach, was Tom Fisher einmal gesagt hatte: dass wir Produkte unserer Zeit seien. Junge Frauen unternahmen »Slutwalks« und sprachen von einer Vergewaltigungs-Kultur, und als ich das, was mir mit Zev passiert war, durch ihre Brille sah, war ich so wütend, dass ich kaum noch funktionierte. Selbst Monica Lewinsky war aus dem Exil wieder aufgetaucht. Eines Abends sah ich sie bei einem TED-Talk, während Alice ihre Hausaufgaben machte. Plötzlich erkannte ich, wie strahlend und intelligent sie war, und verstand instinktiv, warum sich mächtige Männer von ihr angezogen gefühlt hatten. Jetzt sah ich auch, wie jung und zerbrechlich sie gewesen war und wie schlecht wir sie behandelt hatten. Sie hatte Glück gehabt, dass sie überlebt hatte. Vermutlich gilt das für uns alle.

In diesen Jahren, nachdem die Scheidung endgültig durch war, schrieb ich »Crushgirls« wie in einem Fiebertraum. Bo übernahm Alice die Hälfte der Woche, sodass ich mehr Zeit für mich hatte, Zeit, die ich mit dieser seltsamen, wütenden Geschichte über Eliza Cherry und ihre weibliche Selbstschutztruppe verbrachte, die Männer, die sie unterdrückt und erniedrigt hatten, systematisch foltert und umbringt. Ich dachte daran, was Connelly mir über die langen Tage und Nächte in seiner Hütte erzählt hatte, wie er angefangen hatte, Selbstgespräche zu führen, zu viel trank und mit der Faust gegen ein Fenster hämmerte, bis sie blutete. In der Einsamkeit meiner Wohnung spürte ich, wie ich in meinen dunklen Gedanken zu versinken drohte, und brachte sie zu Papier. In dieser Zeit schrieb ich Connelly nur ein einziges Mal, einen langen, ausschweifenden Brief über Kunst, Einsamkeit und Wahnsinn. Er antwortete nicht.

Ich hatte »Crushgirls« teils als Witz, teils als Hommage an Debra und die Mädchen geschrieben, die wir damals gewesen waren. Daher war ich schockiert, als jemand das Buch veröffentlichen wollte. »Aber nein, meine Liebe«, sagte meine Agentin Matilda, nachdem sie es gelesen hatte. »Das ist genau das, was die Verlage gerade veröffentlichen wollen.« Sie bot es als eine Art Kreuzung aus »Heathers« und »Ein Mann sieht rot« an, und schließlich wurde es bei einer Auktion für mehr Geld verkauft, als es meiner Meinung nach wert war. Matilda regte sich immer auf, wenn ich so etwas sagte. »Ich kenne keinen einzigen Mann, der so etwas sagen würde. Er würde behaupten, dass er jeden verdammten Cent verdient hat, und das solltest du auch tun.«

»Crushgirls« verkaufte sich gut, sehr gut sogar, und so wurde ich auf meine eigene bescheidene Art berühmt. Eines Abends bei einer Lesung am Union Square, zu der fünfhundert Leute kamen, einige als Eliza Cherry verkleidet, hatte ich das Gefühl, dass Connelly da war und mich beobachtete. Ich erinnerte mich noch genau, wie er in den Seminarraum gekommen war, wie sich sein Hemd über den Schultern spannte, wie er mehr auf dem linken als auf dem rechten Fuß stand. Ich konnte ihn beinahe riechen, Holzrauch und Pfefferminz. Als die Lesung vorbei war, suchte ich nach ihm, aber er war nicht da. Schon wieder verschwunden, wie ein Geist.

Ein paar Monate später auf einer Dinnerparty begegnete ich Andy. Er war nach dem Studium nach New York gezogen und hatte bei einer Literaturagentur angefangen; inzwischen war er einer ihrer Top-Agenten. Wir liefen uns gelegentlich über den Weg, mal hier, mal dort. Er war nicht verheiratet, hatte aber jede Menge Freundinnen, darunter die, die ihn heute Abend begleitete, eine junge Asiatin, deren Arme etwa den Durchmesser eines Silberdollars hatten. Er trug sein Haar immer noch lang, obwohl es sich oben allmählich lichtete. Bei Cocktails und Canapés erzählte er mir von Joannas neuem Buch, einem Memoir mit dem Titel »Tochter« über die Entführung und den Missbrauch, den sie in ihrer Ehe erlitten hatte. Die ersten Kritiken waren überwältigend, sogar von einem Filmvertrag war die Rede. Igraine hatte in Wilder ihren Hochschulabschluss gemacht und schrieb jetzt ebenfalls. Andy hoffte, sie unter Vertrag nehmen zu können, wenn ihr Roman fertig war.

Das war im Januar 2017, wenige Tage nach Trumps Amtseinführung. Wir waren verunsichert und dünnhäutig, und es fühlte sich gut an, unter Freunden zu sein, selbst wenn es Andy war. Es war schon spät, als ich nach Hause kam, deshalb war ich überrascht, als das Telefon klingelte. Ich dachte, es wäre Debra, die unsere Pläne für das Wochenende absagen wollte, oder vielleicht Abe, der sich nach mir erkundigen wollte. Alice war bei Bo, daher waren nur unser Kater Sidney Fine (in Fortführung der Benson-Familientradition hatten wir ihn nach unserem Buchhalter benannt) und ich zu Hause. Ich öffnete eine Dose Katzenfutter und nahm ab, ohne auf die Nummer zu achten.

»Sind Sie Isabel Rosen?«, fragte eine Frau, während Sidney zwischen meinen Beinen Achten drehte.

»Ja.«

»Roxanne Stevenson. Vom Wilder College.«

Ich knallte Sidney die Dose vor die Nase und zwang mich zu einer Begrüßung.

»Tut mir leid. Ich weiß nicht, wie ich anfangen soll.« Sie klang nervös. »Ich bin Randall Connellys Frau. Ich wollte Ihnen – ich muss Ihnen mitteilen, dass Randall tot ist. Er ist vor ein paar Monaten gestorben.«

Ich blinzelte mehrmals und versuchte, das Gefühl zu deuten, das mich erschütterte. Schock, Trauer – was auch immer es war, es war mächtig. Ich sank aufs Sofa und tastete nach meinem Handy, um die Benachrichtigung von Google Alert zu suchen, die ich nie bekommen hatte.

»Was ist passiert?«

»Herzinfarkt, glauben sie. Er hatte einen Unfall mit dem Wagen, am Corness Pond. Es regnete, er hätte sich wirklich nicht ans Steuer setzen dürfen.« Sie ging hastig die Details durch. Ich merkte, dass sie dieselbe Geschichte wahrscheinlich schon zigmal erzählt hatte.

»Wann?«

»Im Oktober. Jedenfalls dachte ich, Sie sollten es erfahren. Ich weiß, dass Sie versucht haben, ihn zu kontaktieren.«

Oktober. Das war drei Monate her. Ich versuchte mich an die letzte Nachricht zu erinnern, die ich ihm geschickt hatte. Ein Artikel, der eine Verbindung zwischen »Crushgirls« und der weiblichen Wut in Bezug auf die Präsidentschaftswahlen herstellte. Ich fragte mich, ob Roxanne wusste, was ich ihm über all die Jahre hinweg geschickt hatte. Ich vermutete, ja.

»Wir hatten uns lange nicht gesehen«, sagte ich.

»Sie müssen sich nicht erklären«, sagte sie knapp. »Ich wollte nur nicht, dass Sie sich fragen, warum er nicht geantwortet hat.«

»Mein Beileid. Das hätte ich als Erstes sagen sollen.«

»Danke.« Sie holte tief Luft. »Es ist schwer zu verkraften.«

»Ja, natürlich.«

Sie lachte. »Um ehrlich zu sein, manchmal kann ich es noch immer nicht glauben. Heute Morgen hat sich ein Flughörnchen in unseren Kamin verirrt, und ich habe nach Randy gerufen, damit er etwas unternimmt.«

»Nachdem meine Mutter gestorben war, habe ich mich beim Nachhausekommen immer gewundert, dass sie nicht da war. Ich kam mir dann so albern vor, wenn es mir wieder einfiel.«

»Das kenne ich«, sagte sie. »Tja ...« Es hörte sich an, als wollte sie das Gespräch beenden.

»Wir haben Sie oft im Fernsehen gesehen«, platzte ich plötzlich heraus. »In diesen Dokumentarfilmen. Meine Mutter ... liebte die Royals.«

»Erstaunlich, wie viele Leute sich das ansehen.« Im Hintergrund hörte ich einen Wasserkessel pfeifen, und mir wurde klar, dass das Geräusch aus der Küche kam, in der ich vor fast zwanzig Jahren mit Connelly gesessen hatte. »Darf ich fragen, woher Sie meinen Mann kennen?«

»Er war mein Professor.«

»Ach.« Roxanne schwieg eine Minute. In der Küche hörte ich Sydney laut schmatzen. »Nachdem er die Lehrtätigkeit aufgegeben hatte, hat sich sein Leben sehr verändert. Die letzten Jahre waren hart. Er hat wieder angefangen zu schreiben, meistens Geschichten und ein paar Gedichte, aber das Unterrichten hat ihm sehr gefehlt.«

»Er war ein guter Lehrer«, sagte ich, und sofort wurde mir klar, dass es stimmte.

»Sind Sie Schriftstellerin?«

»Ja.«

»War das Ihr Traum?«

»Ja«, antwortete ich, ohne zu zögern.

Sie holte Luft. »Das ist das Geheimnis, nicht wahr? Man will uns einreden, dass es schwer ist, vielleicht, damit wir aufhören zu schreiben. Aber wir wissen, dass es ein Geschenk ist.«

Während wir uns unterhielten, suchte ich auf meinem Handy nach einem Foto von ihr. Ihr Gesicht war schmaler geworden, aber sie hatte noch denselben stechenden Blick und dieselbe kräftige Stirn. Ihr Haar war jetzt komplett grau. Als ich sie das letzte Mal gesehen hatte, musste sie so alt gewesen sein wie ich jetzt. Damals hielt ich sie für uralt. Ich erinnerte mich daran, was Connelly immer über sie gesagt hatte: dass sie keine Schriftstellerin sei, so wie wir. »Sie ist eine Akademikerin. Das ist nicht dasselbe.« Aber während ich Roxanne jetzt zuhörte, hatte ich das Gefühl, dass sie etwas verstanden hatte, was ihm entgangen war. Ich hatte mich immer gefragt, wie er das Schreiben so einfach hatte aufgeben können. Ich fragte es mich noch immer.

»Mein Mann hat nicht viel darüber gesprochen«, sagte sie, »aber er war gern berühmt. Die Interviews, die Kritiken, die Fans. Es gefiel ihm, sich durch die Augen anderer Menschen zu sehen, oder in dem, was sie auf ihn projizierten. Doch als das überhandnahm, wurde das Schreiben schwieriger. Dann ist er in seine Hütte gefahren, wo er allein sein konnte. Die Muse, hat er immer gesagt. Er hatte Angst vor allem, was sie hätte verscheuchen können.«

Als sie die Hütte erwähnte, stockte mir der Atem. Ich fragte mich, ob er sie hatte behalten können oder gezwungen gewesen war, sie zu verkaufen. Ich fragte mich auch, wie viel Roxanne von dem wusste, was er getan hatte, und wie sie darüber dachte. Was Toms Verhalten seine Frau gekostet hatte, war bekannt. Jetzt hätte ich sehr gern gewusst, was Connellys Verhalten für seine Frau bedeutet hatte.

»Aber die langen Nächte«, fuhr sie fort. »Die Dunkelheit und die Stille. Das alles hat ihm zu schaffen gemacht. Ich dachte, er hätte einen Weg gefunden, das Schreiben auf eine gesunde Art mit seinem Leben zu verbinden. Aber als er mit dem Schreiben aufhörte, hat er versucht, dieses Bedürfnis anders zu stillen.«

Sie musste es nicht sagen, ich wusste, dass sie von den Mädchen sprach. Daria, Elizabeth, mir – wie viele waren es gewesen? In den Jahren nach dem Gespräch mit

Roxanne und im grellen Licht der Me-Too-Bewegung erfuhr ich von mindestens zwei weiteren, darunter Whitney Shaw. Sie gestand es mir bei unserem zwanzigjährigen College-Treffen, einige Wochen nach der Veröffentlichung eines Essays von Elizabeth McIntosh über ihre Affäre mit einem ungenannten Anglistikprofessor und Wilders angeblicher Vertuschung. Als ich jung war, hielt ich die Opfer, die Roxanne für ihre Ehe gebracht hatte, für einzigartig und schrecklich, jetzt kannte ich die Kompromisse, die man als Ehefrau machen musste, Dinge, nach denen man nicht fragen kann, und Dinge, die man nicht wissen will. Ich fragte nicht nach dem Feuer in ihrem Haus, so wie ich auch nie nach dem in meinem eigenen gefragt hatte.

»Er wollte immer berühmt sein«, sagte sie, und jetzt endlich brach ihre Stimme, »aber als er starb, hat sich kein Mensch für ihn interessiert.« Ich führte das Gespräch zu einem Ende und verabschiedete mich. Mehr konnte ich nicht tun.

Nachdem wir aufgelegt hatten, suchte ich das Internet nach Connellys Nachruf ab. Es gab keinen. Folglich auch keinen Google-Alert, sondern nur eine knappe Meldung im *Daily Citizen*: »Ortsansässiger fährt Wagen in Teich«. Der Artikel enthielt fast nur die Fakten: den Zeitpunkt des Unfalls, das Wetter in besagter Nacht, die Namen der diensthabenden Beamten. Er ging kurz auf Connellys Karriere als Schriftsteller ein, erwähnte aber weder seine Lehrtätigkeit noch seine Verbindung zu Wilder.

Roxanne hatte mir nur die halbe Wahrheit erzählt. Sie hatte gesagt, Connelly habe einen Autounfall am Corness Pond gehabt, dabei hatte er seinen Wagen bewusst in den Teich gefahren. Er war noch angeschnallt, als die Polizei ihn barg, woraus man schloss, dass er bereits tot gewesen sein musste, als er im Wasser versank, doch es hatte keine Autopsie gegeben. Ich mache Roxanne keinen Vorwurf für ihr Versäumnis: Wir erzählen uns das, was wir zum Überleben brauchen. Diese Version war das, was Roxanne brauchte. Mit welchem Recht konnte ich etwas anderes behaupten?

Sidney kam ins Wohnzimmer und begann, sich langsam und ausgiebig zu putzen. Ich dachte daran, wie ich Connelly zum letzten Mal gesehen hatte. Am Abschlusstag. Der Regen hatte aufgehört – ein Wunder, meinten alle –, und die etwa zweihundert Studenten der Wilder Abschlussklasse 1998 fanden sich zum letzten Mal unter einem strahlend blauen Himmel ein. Dekan Hansen trug eine grüne Wilder-Fliege mit goldenen Schlüsseln, als er uns unsere Diplome überreichte, und dann war es vorbei. Abe fuhr nach dem Brunch wieder nach Hause. Debra brach mit ihren Eltern nach Hause auf. Kelsey und ich wollten zu Ende packen und dann mit dem Minivan ihrer Eltern nach New York fahren. Zurück im Wohnheim wechselten wir von unseren Abschlussklamotten in T-Shirts und abgeschnittene Shorts und liefen barfuß. Unsere Fußsohlen waren schwarz vor Dreck. Ich fühlte mich ein wenig aufgedreht und seltsam leer, weil die Zeremonie, die unseren Übergang von Studenten zu Absolventen markiert hatte, mich so kalt gelassen hatte. Nichts hatte sich wirklich geändert, nur hatte die Zeit uns schließlich eingeholt. Die Rolltreppe war zu einer Reihe von Metallzähnen verflacht, und uns blieb nichts anderes übrig, als sie zu verlassen.

Wir schleppten gerade Kisten auf die Straße, als ich ihn vor Fayerweather Hall unter einem Baum stehen sah.

Ich stellte die Kiste, die ich trug, in den Kofferraum und sagte Kelsey, ich sei gleich wieder da.

»Wer ist das?«, fragte sie und blinzelte in die Sonne.

»Mein Professor«, sagte ich. Sie nickte, und ich ging, bevor sie noch etwas sagen konnte.

Connelly trug Jeans und ein verwaschenes schwarzes T-Shirt mit einem Bleichefleck über dem Herzen. Während ich auf ihn zuging, wurde mir bewusst, dass ich noch nie jemanden so intensiv studiert hatte wie ihn. Wäre ich Künstlerin gewesen, hätte ich ihn aus dem Gedächtnis malen können: jede Haarsträhne, die Konturen seiner Fingerknöchel, die Art, wie sich sein Schwanz leicht nach rechts bog. Er war noch immer der schönste Mann, den ich je gesehen hatte.

»Wolltest du gehen, ohne dich zu verabschieden?«, fragte er.

»Ich wusste nicht, ob du mich sehen willst.«

»Ich auch nicht.« Er nickte in Richtung des Minivans. »Euer Wagen?«

Ich sah zu Kelsey hinüber, die uns beobachtete. »Yeah. Wir fahren heute Nachmittag. Alles okay bei dir?«

Er trat mit dem Turnschuh in den Boden. Eine Staubwolke wirbelte auf. »Du hast bestimmt davon gehört.«

»Ja, hab ich. Tut mir sehr leid wegen Tom.«

Er nickte knapp. »Er war mein Freund. So viele hat man im Leben nicht.«

Ich schwieg.

»Er hat einen Fehler gemacht«, sagte Connelly. »Einen großen. Aber wir machen alle Fehler.«

In diesem Augenblick fuhr ein Wagen mit heruntergelassenem Fenster vorbei. »Isabel Rosen!«, rief Ginny McDougall und winkte mir vom Beifahrersitz aus zu. »Du bist verdammt cool!« Sie zeigte mir die geballte Faust, während der Wagen sich entfernte.

»Ich weiß, du glaubst, du hättest das Richtige getan«, sagte Connelly. »Aber das Leben ist kompliziert. Es ist nicht nur schwarz-weiß.«

»Manchmal schon.«

Er trat einen Schritt zurück und vergrub die Hände in den Taschen.

»Ich wollte dich noch etwas fragen, bevor du gehst.« Er zog ein Stück Papier aus seiner Tasche. Es war eine Seite aus »Dies jugendliche Herz«.

»Eine Zeile von dir, über die ich immer gerätselt habe.« Er räusperte sich und begann zu lesen. »»Wir waren Mädchen in den Körpern von Frauen. Wir kauften Kondome mit den Kreditkarten unserer Väter, tranken Sloe Gin Fizzes und schliefen mit Plüschtieren im Bett. Wir wussten nicht mal, wie man ein Spannbetttuch faltet.«« Er sah mich an. »Siehst du dich so, als Mädchen in einem Frauenkörper?«

Ich wollte gerade Nein sagen, denn die Figur in meiner Geschichte ist erst siebzehn, als sie das sagt, doch dann fielen mir meine Freundinnen ein – Debra, Kelsey, Whitney, selbst Ginny –, wir alle würden jetzt auf die Welt losgelassen, egal, ob wir bereit dafür waren oder nicht. Was machte ein Mädchen zu einer Frau? Mithilfe welcher Mechanismen wechselten wir von einem Zustand in den anderen? War ich an dem Tag zur Frau geworden, an dem meine Mutter krank wurde? Oder an dem sie gestorben war? Als ich nach Wilder kam oder Connelly begegnete? War es an jenem Abend bei Zev, oder geschah es gerade jetzt, vor Fayerweather Hall, während die Sonne am Himmel höher stieg? In wenigen Augenblicken würde sie unmerklich ihren Sinkflug beginnen. Ich hatte immer gedacht, dass es Grenzen oder Meilensteine geben müsse, die den Übergang markierten, doch jetzt dämmerte mir allmählich, dass dies kein Entweder-oder-Prozess war, sondern genauso wie Einvernehmlichkeit über ein weites Kontinuum hinweg existierte. Die Grenzen bestanden nur so lange, bis man sie überschritt. Ich sah Connelly an. Er hatte die Lippen fest zusammengepresst. Ich wusste, dass ich ihm das nie würde erklären können, deshalb sagte ich einfach nur: »Ja«.

Er lachte. »Weißt du was? Ich glaube, die Leute benutzen die Jugend als Ausrede. Wer sagt denn, dass ich mehr Macht habe als du? Weil ich älter bin? Weil ich verheiratet bin? Weil ich dein Professor war? Jeder Mensch ist verletzbar, Isabel – die zwanzigjährige Studentin ebenso wie der vierzigjährige Professor. Die Frage ist nur, wer hat mehr zu verlieren?«

»Wahrscheinlich sind wir alle nicht nur das eine oder das andere.«

»Genau. Aber der Unterschied zwischen einem Kind und einem Erwachsenen besteht darin, dass ein Erwachsener weiß, dass das, was er tut, Konsequenzen hat.« Er sah über die Straße zu Kelsey hinüber und winkte ihr. Sie winkte zurück.

»Soll ich dir was sagen? Ich glaube, du wusstest genau, was du tust.«

Er faltete die Seite wieder zusammen und steckte sie in seine Tasche. Irgendwas in mir wollte sie zurückverlangen. »Viel Glück in New York, Isabel. Ich habe das Gefühl, dass du dort gut zurechtkommen wirst.« Er wandte sich zum Gehen, blieb dann jedoch stehen. »Und denk daran, wenn du später über all das schreibst und dich als Opfer darstellst. Das warst du nicht. Du warst nie das Opfer.«

Sidney sprang aufs Sofa, wanderte auf meinem Schoß hin und her, und kuschelte sich schließlich um meine Hüfte. Ich genoss das Gefühl, ihn neben mir zu haben. Es fühlte sich an wie das Einzige, das mich daran hinderte davonzuschweben. Draußen hörte ich Stimmen, irgendwo spielte jemand Saxofon. Nach einer Weile griff ich in meine Handtasche und nahm Roxannes Ohrring aus der Reißverschlusstasche, wo ich ihn all die Jahre in dem Papier mit dem Gebet meiner Großmutter aufbewahrt hatte. Der bernsteinfarbene Stein war nach so langer Zeit im Dunkeln nur leicht getrübt. Ich wusste nicht, warum ich ihn behalten hatte, vielleicht, um mich an etwas zu erinnern, das ich möglicherweise lieber vergessen hätte. Oder um nicht zu vergessen, dass ich Glück gehabt hatte, sehr viel Glück, und Chancen bekommen hatte, die ich nicht verdiente.

Lange saß ich so da und sah die Straßenlaternen durch die Jalousien flackern. Der Saxofonspieler spielte weiter; tiefe, sehnsüchtige Töne, die mich melancholisch stimmten. Ich schloss die Augen und stellte mir vor, wie Connelly nicht weit von Joannas und Toms Haus entfernt seinen Wagen in den Corness Pond steuerte. Hatte er an sie und die Rolle gedacht, die er bei ihrer Trennung gespielt hatte, als das Auto unter der Wasseroberfläche versank? Und als dann das trübe Wasser hineinströmte – hatte er da vielleicht sogar an mich gedacht? Ganz kurz sah ich ihn ein letztes Mal vor mir, angeschnallt, während das Wasser langsam über seine Taille, seine Brust, sein Kinn und die Stelle über der Oberlippe anstieg, bevor es ihn ganz verschluckte. Ich ließ das Bild dort hängen, presste den Finger auf die alte Wunde und entlockte ihr den alten Schmerz. Als ich fertig war, fühlte ich mich anders, nicht leichter, nur leer, als hätte jemand mein Inneres ausgeschöpft und bloß eine Hülle zurückgelassen. Ein Windstoß, und ich würde zerbrechen.

In der Nacht träumte ich von den Frauen, die ich kannte, und den Mädchen, die sie einmal gewesen waren, und von den Mädchen, die ich kannte, und den Frauen, zu denen sie geworden waren, ein langsames, sukzessives Übergehen von einem ins andere. Und am Ende stand ich ganz allein da im Sonnenschein, ein Mädchen mit staubigen Sandalen, kurzen Jeans und abgeblättertem Nagellack, nach Zigaretten stinkend. Allein und ein bisschen traurig, aber auch voller Hoffnung, so wie junge Mädchen eben sind. Ich sah, wie sich ihre Zukunft vor ihr ausbreitete, strahlend, schrecklich und unüberschaubar. Ich starrte sie direkt an, damit sie wusste, dass ich sie sah. Kurz bevor sie verschwand, erhob ich die Stimme und rief nach ihr, rief nach dieser fernen Version eines Mädchens, das nicht mehr existierte, jedenfalls nicht auf dieser Erde. Ich wollte ihr etwas sagen, irgendetwas, wusste aber ums Verrecken nicht, was.

Danksagung

Einer der Vorteile beim Schreiben eines Romans mit über Vierzig ist, dass man alt genug ist, um zu wissen, auf welche Stimmen man hören sollte und welche man lieber ignoriert. Mich haben so viele weise und wunderbare Stimmen begleitet, dass es mir eine echte Freude ist, sie hier zu würdigen.

Jeden Tag danke ich meinem Glücksstern für die Begegnung mit Suzanne Kingsbury, deren Einstellung zu Schreiben und Kreativität mein ganzes Leben verändert hat. Ohne sie hätte es dieses Buch nie gegeben, Punkt. Dank auch an Diana Whitney, die mich mit Suzanne bekannt gemacht hat, und an die Gateless Writing Community, insbesondere Sheena Cook, Terri Trespicio und Becky Karush für ihre jahrelange Freundschaft und Inspiration.

Ein riesiger Dank geht an Susan Scarf Merrell für ihre Freundschaft und Expertise und dafür, dass ich mein Manuskript auf dem Boden ihrer Küche ausbreiten durfte – wortwörtlich und vielleicht auch im übertragenen Sinn. Besonderer Dank an die gesamte Crew bei BookEnds, allen voran Meg Wolitzer und Jennifer Solheim. Dank geht auch an Sue Mell und Haley Hach für ihr scharfsinniges und aufmerksames Feedback.

Margaret Riley King hat seit dem ersten Tag an dieses Buch geglaubt und wusste, wie man es besser machen konnte. Suzanne Gluck las die erste Fassung und gab mir wertvolle Ratschläge. Caroline Zancan ist eine kluge Lektorin und eine wunderbare Freundin. Ich bin so dankbar, dass dieses Buch den Weg zu ihr fand. Allen Mitarbeitern bei Holt ein herzliches Dankeschön, vor allem Amy Einhorn, Chris O'Connell, Sarah Fitts, Vincent Stanley, Kelly Too und Nicolette Seeback. Mein besonderer Dank gilt Lori Kusatzky für ihre Unterstützung und gute Laune.

Ich danke dem Writing Institute am Sarah Lawrence College und Kathryn Gurfein für das Stipendium, mit dem Marian Thurn in mein Leben trat. Marian hat einen Großteil des Manuskripts im Anfangsstadium gelesen und mich ermutigt, weiterzumachen. Allison Boyle, Jeannie Suk Gersen und Erika Meitner boten mir Einblicke in die Campus-Politik, wenn es um sexuelle Übergriffe geht. Dank gebührt auch den vielen Autoren, die im Lauf der Jahre Teile des Buches in Workshops oder Kursen lasen, darunter Stephanie Newman, Dani Shapiro, Julie Buntin und Rufi Thorpe.

Besonders herzlich danke ich Mirra Ibarra, die sich um meinen Haushalt und die Kinder kümmerte, sodass ich die Zeit zum Schreiben hatte. Mein ewiger Dank gilt den Familien Alpert und Florin und denen, die ich unterwegs verloren habe, vor allem Peggy Tagliarino, die mich zum Schreiben inspirierte.

Ich schreibe im Gedenken an meine Mutter, Ellen Alpert, die so vieles verpasste, deren Geist aber in diese Seiten eingeflossen ist. Ich habe dir so viel zu sagen, Mom.

Dieses Buch widme ich meinen Kindern Sam, Ellie und Oliver, meinen bezauberndsten Schöpfungen. Ich werde euch immer lieben.

Und schließlich auch Ken, dem schlagenden Herzen von allem, der schon lange an mich glaubte, ehe ich es selbst tat. Das Nächste ist für dich, mein Liebster.